Magali García

del Sur

o

la vida de Andrés Estelrich de quien se dijo fue el primero en cantar la Canción Mixteca en las Antillas. Con testimonios de sus aventuras y vicisitudes y acotaciones de su desaparición

San Juan
2005

Ediciones Callejón

Ave. Las Palmas 1108
Pda. 18 P.O. Box 9024
San Juan, Puerto Rico
00908-0024

Tel 787-723-0088 Fax 787-723-5850
edicionescallejon@yahoo.com

Diseño colección:
SAMUEL ROSARIO

ISBN: 1-881748-40-5
Library of Congress Catalog Card Number:
2005933976

Colección –Litoral

Datos para catalogación:

García Ramis, Magali

Las horas del Sur

Ediciones Callejón. 2005. Primera edición.

Novela

Impreso en Colombia por
Panamericana Formas e Impresos S.A.

AGRADECIMIENTOS

Este libro pudo realizarse gracias a la ayuda de innumerables personas y entidades. Sobresale entre éstas la John Simon Guggenheim Memorial Foundation, cuya generosa beca permitió llevar a cabo mucha de la investigación.

Agradezco también a la Escuela de Comunicación de la Universidad de Puerto Rico, a la Asociación de Empleados del Estado Libre Asociado de Puerto Rico y a la Cooperativa de Empleados de la Universidad su apoyo fundamental.

A las maestras y los maestros de Puerto Rico.

¡Ah qué vieja es esta hora!
y todas las naves partieron.
En la playa sólo un cabo muerto
y unos restos de vela
hablan de lo lejano,
de las horas del sur,
de donde nuestros sueños sacan
aquella angustia de más soñar
que hasta callan para sí....

Fernando Pessoa

PRIMERA PARTE

Dispersados serán por el mundo
las mujeres que cantan y
los hombres que cantan
y todos los que cantan.
del Chilam Balam

pues ni novio se le conocía. Su osamenta diminuta, sus grandes ojos verdes y sus facciones delicadas daban una impresión de fragilidad que escondía una voluntad implacable y una capacidad de trabajo incesante, como de hormiga. En cuanto se dio cuenta de que era necesario hablar castellano con casi todos en la ciudad, se apresuró a aprenderlo y escondió en su pecho como escapulario el mallorquín que había hablado toda su vida, aunque siempre llamó a los naturales de la isla "porto-riqueny". Hacendosa en todas las labores del hogar y talentosa como pocas en las artes de la aguja, no tardó en aportar a la casa de la prima con sus servicios de costurera. María, en cambio, era voluntariosa e indolente, y encantadora con conocidos y extraños a los que cautivaba con sus ojos castaños soñadores. A los diecisiete años era cortejada por varios jóvenes que le seguían de soslayo cuando iba a la misa diaria o a alguna retreta en la Plaza de Santiago bajo la vigilancia severa de Lucía. Llevaba poco más de un año en la isla cuando se casó con un comerciante recién llegado de Madrid que no tuvo reparos en quererla aunque ella no tuviese bienes y ni siquiera tratara de hablar bien el castellano. En virtud de ser peninsular, el joven consiguió trabajo de inmediato en una pulpería y se mudaron a un pueblo al oeste.

Monserrate quedó sola con Lucía y su marido y se tornó aún más huraña con los pocos pretendientes que, motivados por su exterior de muñeca de porcelana, intentaban enamorarla y terminaban escaldados por esa mujer que era una incógnita para todos sus familiares. La prima Lucía, viuda y vuelta a casar, le instaba a que aceptara a alguno de los hombres que en vano tocaban a su puerta.

—No me gusta ninguno, Lucía —decía Monserrate.

—¿Cómo puede ser, mujer? Bartolomé es bueno y tiene futuro; y Alfonso es muy trabajador.

—No siento pasión por ninguno.

—¿Pasión? ¿Qué sabes tú lo que es la pasión? La pasión es para los hombres y a las mujeres les toca tomar las riendas de esa pasión. A la mujer, si le llega la pasión, le llega más tarde, después del matrimonio.

—Pues a mí me tiene que llegar antes. Primero la pasión, después el casamiento. —Al oírla hablar así, Lucía se persignaba—. Calla, Monse, no tientes a tu mala estrella. ¡Rézale a San Antonio de Padua para que te busque esposo, como hacen las mujeres de aquí!

Monserrate no le contestaba. Cada vez que discutían salía calle abajo hasta la Capilla del Cristo y allí se detenía, en lo alto de la cortina de las murallas que cercaban no sólo la ciudad sino también los sueños que ella urdía, a mirar la cordillera serena y hermosa que su padre cruzaba cuando venía a San Juan. Antón era un padre ajeno y sus visitas a Monse terminaban siempre en reproches al oír las quejas de Lucía. Ésta nunca le acusó de perezosa, pues nada más lejos de la verdad, pero Monserrate no se comportaba como debería. Amén de despreciar a los buenos partidos, repetía en sonsonete Lucía, era esquiva hasta con los vecinos. Peor aún, se iba a caminar a la hora de la siesta. Cuando el bochorno de la tarde obligaba a los sanjuaneros a cerrar celosías y esperar a que bajara el sol, tomaba en alquiler un caballo y cabalgaba sola, con la cabellera al aire. Antón escuchaba, ponía mala cara, carraspeaba alguna advertencia y se regresaba a la sierra.

La vida de Monserrate en la Capital era un círculo cerrado. Sólo una vez pudo viajar a la ciudad de Arecibo a ver a su hermana, pues poco después ella partió con su marido a España y Monse se quedó más sola y cerrera que nunca. Comenzó entonces a visitar con frecuencia la iglesia de San Mateo de Cangrejos, que se encontraba más allá del puente que unía la isleta de San Juan a la Isla Grande, en esa parte alta de hatos de ganado poblada de negros y mulatos libres dispersos entre el pequeño poblado que se abría a ambos lados de la carretera, y las quintas de veraneo que habían construido los sanjuaneros pudientes.

Como tantas otras mujeres sin lugar seguro en el mundo, Monserrate estaba considerando tomar los hábitos. Era tan diestra en la costura y el bordado que pensó que, a falta de una dote, su habilidad para coser le abriría las puertas de un convento. Por eso frecuentaba la parroquia de San Mateo y trataba de probar su vocación ayudando al señor párroco en labores de caridad. Pero a veces, cuando Lucía, en un arranque de conmiseración, le prestaba la yegua Lucero, Monserrate cabalgaba más lejos de la iglesia y bajaba hacia la costa donde los manglares colindaban con la franja de palmeras que abría al mar del norte, agreste y azul profundo.

Allí le conoció. Él también iba a caballo; él también parecía que iba impulsado por una pasión. Monserrate supo muy poco de él. Había abandonado su hogar desde muy joven y vagaba por las islas trabajando con los abastecedores de naves. Su padre lo había bautizado Santiago pero no por el santo matador de moros, sino por un caballero de antaño, le explicó. Era grande de cuerpo, de ojos grises y pelo marrón lleno de remolinos. Desde la primera vez que hablaron al pie de las palmeras, sintieron que estaban destinados a unirse; él como tantas otras veces; ella, creyendo que sería para siempre.

Mucho debió de haberle prometido Santiago para que Monserrate se atreviera a soñar. Y mucho debió haberle ocultado pues ella nunca se lo mencionó a la prima Lucía. La primera vez que se quisieron fue en un recodo del camino al palmar cerca de una boca de río que, decía la gente, manaba de unas cuevas profundas. Después encontraron un cobertizo donde se guarecían los pescadores en esa playa solitaria poblada por miles de cobos minúsculos de palancas rojas que habían llegado citados por su instinto al lugar que les correspondía. Monserrate y Santiago paseaban por la playa mirando a los cangrejos diminutos que caminaban de lado con sus caracoles encima, apareados de dos en dos, imposibilitados de separarse. Luego ella y él se miraban a los ojos y volvían corriendo al cobertizo donde las ganas eran más candentes que el mismo sol y allí se querían y se arrastraban la una con el otro como si también hubieran sido citados.

Pero el tiempo, como siempre, estaba medido y llegando la Cuaresma con sus tonos de dolor y sacrificio, Monserrate supo que esperaba un hijo. Santiago ni se inmutó cuando ella se lo dijo. Hacía varias semanas que venía repitiendo: —Pronto tendré que irme, tengo asuntos en Maracaibo. —Monserrate no le rogó y él nunca prometió que iba a regresar. Con sus ojos verdes llenos de orgullo y su destino marcado por su vientre, Monse montó en Lucero por última vez y regresó a San Juan. Aguantó esa noche los reclamos y la angustia de Lucía cuando le contó lo sucedido y al día siguiente metió en un bulto sus pocas pertenencias y se fue caminando a buscar al sacerdote de San Mateo de Cangrejos. Antón Estelrich nunca la volvió a procurar.

El Padre Jacinto no le regañó. Los hijos naturales de la Isla eran los que más abundaban en su parroquia; los niños malhabidos allí, como en todo el país: los mulatitos engendrados a la fuerza por los señores blancos en todas sus esclavas que ahora, hacía apenas diez años, eran sirvientas en esclavitud; los negros y los blancos de las parejas arrejuntadas sin la bendición de Dios; los pardos hijos de los soldados y las criollitas de San Juan, imposibilitados de casarse pero no de amancebarse. No le era extraño que viniese otro bastardito al mundo. Se limitó a preguntarle a Monserrate: —¿De qué vas a vivir? ¿Por qué no vas con tu padre, con tu prima, y les pides perdón?

—Tengo dos manos, padre —respondió Monserrate en un tono desafiante que obligó al Padre Jacinto a regañarle.

—¡Y un pecado que purgar, no lo olvides! Sí, ahora tienes dos manos pero si algo te sucediese ¿quién cuidará de tu hijo? Si has decidido abandonar a tu familia, tienes que encaminarte en la vida.

—Mi familia me abandonó ya. Mi padre, lo sé, no querrá verme más. Pero puedo mantenerme con mis manos, cosiendo, haciendo lo que sea, si usted me ayuda.

Y él la ayudó. Le consiguió empleo de costurera en un pueblo más allá del palmar de San Fernando de Carolina. Los rezos de Lucía se cumplieron como ella jamás hubiera imaginado pues Monserrate se mudó al pueblo del santo patrón de las mujeres en busca de marido. En una trastienda habilitada con un fogón y dividida en dos por una cortina, montó casa Monserrate en San Antonio de las Vegas y montó guardia en espera del nacimiento de su hijo.

Andrés Antonio Estelrich, hijo natural de Monserrate Estelrich y de padre desconocido, según insistió ella frente a la pila bautismal, llegó al mundo un día extrañamente silencioso y la historia del viaje de su vida comenzó a plena luz del día. Monserrate le contó a Andrés que cuando él cumplió catorce días de nacido, ella se asomó a la ventana con él en brazos y vio la puesta de sol más brillante de la que jamás se tuvo recuerdo en todo el pueblo. Las semanas siguientes el sol, al nacer, parecía verdoso en vez de amarillo; y al caer, lanzaba destellos de una luz opaca mientras iba quedando envuelto en nubes que parecían de tisú y engalanaban el cielo de rosa, de rojo, de púrpura, de anaranjado, obligando a todos los habitantes de San Antonio a salir, maravillados, a mirarlo. Ella lo tomó como una señal, aunque no supo nunca de qué".

Capítulo 2

Eso fue lo primero que les contó Madame Delestre cuando al fin accedió a recibirlos. Llevaban casi dos años buscando datos, preguntando en lo que fue el pueblo de San Antonio y hasta poniendo modestos anuncios en los periódicos a ver si daban con el rastro de alguien que le hubiese conocido, alguien que le recordara, alguien que les explicara el qué y el por qué y el dónde de ese pariente tan lejano y tan cercano a la vez. Hasta entonces sólo habían encontrado datos históricos de emigrantes mallorquines en el Archivo General y en los libros de algunas parroquias, pero nada preciso sobre él. También habían recibido una carta de una mujer que decía haberlo conocido en Coamo en los años 30, pero cuando le escribieron al apartado rural que puso como dirección postal, nunca les contestó.

Cuando al fin se toparon con Madame fue por pura casualidad, aunque al pasar de los años llegaron a creer, como ella, que esa palabra sólo señala certezas que uno aún no comprende. Habían ido de pasadía con unos amigos a la antigua playa de la Poza de las Mujeres del pueblo de Manatí y escuchaban los cuentos familiares de los Pérez y los Otero cuando alguien mencionó a la familia Cantré. De inmediato saltaron emocionados los dos.

—¿Cantré? ¿Los de San Antonio? ¿Es que queda alguno vivo, de los mayores? ¿Ustedes los conocen?

—Calma, calma, uno a la vez. Son los Cantré de acá, primos de los de Carolina. Hace unos años murió el último, Heraclito Cantré; sólo tuvo hijas, y ahí se perdió el apellido.

—Querrás decir Heráclito.

—No, Heraclito, diminutivo de Heraclio. No era tan viejo, sesenta y pico, es que ellos todos mueren así, son corajudos y les sube la presión.

—¿Entonces no queda ninguno? ¿Pero, y alguien que conociese bien a ese Heraclito, que supiera de su vida de niño y de los amigos de la familia....?

—Bueno las dos hijas viven en Estados Unidos; él dejó muchas propiedades pero la casa del pueblo la vive por temporadas una amiga o parienta de la familia, una doña francesa ella, esa sí que es mayorcita, gallinita de caldo, ya no es pollita de freír. Dicen que ella los conocía, pero fue por allá por Europa, porque aquí nunca se le vio de joven.

—¿A todos los Cantré? —su asombro no cesaba.

—Ah, eso tendrán que preguntárselo a ella.

Y a convencerla de que les permitiese preguntárselo se dedicaron las siguientes semanas. Su dama de compañía, Casimira, no los dejaba cruzar el umbral del segundo piso del caserón donde vivía Madame en la Calle McKinley. Abajo, entre un negocio de ropa de hombres y una ferretería, se entraba a un pasillo amplio que abría a una escalera de balaústres de metal y escalones altos cubiertos con losa decorativa del país. La escalera terminaba en un descanso frente a una puerta enorme enmarcada por paneles de cristales rojos, verdes y azules. Coronada por un sol trunco de madera labrada, la puerta establecía el lindero entre dos mundos. Para los habitantes de la casa el respeto comenzaba allí; para los jóvenes, la curiosidad era más fuerte que el respeto.

—Dice Madama que no insistan, que no vuelvan, que ella no tiene nada que decirles a ustedes, que ella no los conoce —decía Casimira.

—Por favor dígale que nos reciba un minuto, un sólo minuto. Queremos presentarnos, mi nombre es Lydia, él es Enrique. Que sí tiene que vernos, que ella es nuestra única pista para saber del primo Andrés. Mire, se lo voy a escribir aquí porque es un apellido raro, Estelrich, Andrés Estelrich. No sabemos su otro apellido ni nada más, era primo de nuestro abuelo.

Pero la puerta se cerraba y no se volvía a abrir. Al otro fin de semana regresaban, con fotos de su abuelo Fernando, pero no les dejaban pa-

Lydia— pero después que le prenden a uno las ganas de saber, entonces se esconden.

—Llevamos ya tres años investigando, desde que entramos a la universidad.

—Ah, estudian, bien, bien, eso está muy bien. Se ven muy jóvenes para universidad. ¿Qué estudias tú? —le preguntó a Quique.

—Biología e historia, aún no me decido —dijo. Ella pareció sonreír.

—¿Y tú?

—Historia del arte, Madame.

—Ah, el arte.... Para algunos el arte es la vida. —Se quedó callada un momento, entonces advirtió: —Buscar en las vidas de la gente no siempre es... —y calló.

—Por favor Madame, sólo díganos lo que sepa.

—O lo que quiera —dijo Quique.

—¿Qué quieren saber? Yo puedo tratar de recordar cuando él visitaba Francia, allá fue que le conocí, y lo que de él me contó Haydée. Y podría buscar un poco en las cartas que hay aquí de los Cantré, que como ya deben saber fue una de las familias más poderosas de la Isla en el siglo pasado. Una rama quedó acá, con tierras en Manatí, Barceloneta y hasta Mayagüez. La otra se estableció en San Antonio, que es el pueblo donde nació el Sr. Estelrich. De allí también era oriunda Haydée.

—Yo quiero saber cómo era él, y si de verdad fue un periodista nacionalista, un hombre ilustre que luchó por su país —dijo Quique. —Y si tuvo renombre, porque no hemos encontrado ni un artículo suyo en ningún periódico ni en ninguna revista de aquí. Es decir, ¿hizo algo notable?

—Y si es cierto que fue artista y músico, y amigo de Oller ¡y que conoció a Matisse! —añadió la joven—. Eso cuentan en mi familia. Madame sonrió.

—Las familias sólo gustan recordar lo bueno, esconder lo malo y exagerar lo sencillo. Andrés fue un hombre como tantos otros de su tiempo. Vivió en muchos lugares pero nació y murió aquí en la Isla. Él fue hombre culto; durante muchos años trabajó en varias revistas en el exterior como corresponsal y además era muy dado al dibujo, muy bueno. No supe que fuera músico aunque amaba la música. Creo que por un tiempo fue delineante, quizás pudo ser ayudante de arquitectos, eso lo heredaría de su abuelo.

—¡Pero si su abuelo era agricultor! —dijo Quique.

—No, ese no, el otro, el abuelo paterno que fue quien lo crió. Vengan la próxima semana, a ver qué puedo buscarles para entonces.

La próxima semana estuvieron allí, y la siguiente, y muchas más, escuchando a Madame, absortos ante lo que ella narraba y anotando hasta sus suspiros, convencidos de que al fin comenzaban a entender la vida de Andrés Estelrich.

Capítulo 3

"Monserrate estaba cosiendo junto a la ventana a media tarde. Pespunteaba una falda de raso bordada de flores de seda para la señora de la hacienda La Providencia. Andrés jugaba a sus pies con un carrete de hilo y un muñeco de trapo vestido de marinero cuando se escuchó una voz profunda llamar desde afuera: —¿Hay alguien en casa? —Monserrate dejó la costura y abrió la puerta. Sintió su corazón detenerse unos segundos al ver los ojos de Santiago. ¡Pero estaba tan cambiado! Era un hombre entrado en años, de pelo blanco. ¿Era más alto y un tanto más ancho de hombros? Su turbación no pasó desapercibida para el hombre, que le dijo suavemente: —¿Tanto me parezco a él? —Monserrate asintió con su cabeza. —Soy su padre —dijo—. ¿Me permite pasar un momento? —añadió, mientras entraba tranquilamente a la casucha de los Estelrich.

Cuando vio a Andrés en el suelo se acuclilló y le miró fijamente a los ojos. Lo puso de pie, lo midió con la palma de la mano, le esculcó el cráneo y al final sonrió a Monse al tiempo que le dijo: —Es muy saludable pero seguramente no habla todavía ¿verdad?

—No — contestó ella y añadió: —mire usted, no sé qué busca, pero mi hijo….

—No tienes nada que temer, Monse —le dijo el hombre con una familiaridad cariñosa—. Tu hijo es tuyo y de nadie más. No he venido a quitártelo ni a hacer ningún reclamo, todo lo contrario. Déjame ver dónde duerme. —Monserrate señaló hacia un armazón de tablas con un petate al lado del camastro de ella.

—Me lo suponía —dijo él—. Lo tienes durmiendo mal. El es un hombre del sur, hay que acostarlo de manera que sueñe mirando al sur. Así empezará a hablar enseguida. Hay que arreglar esta casa, también. Soy maestro carpintero, yo me ocuparé de todo. ¿Me puedo sentar? He traído unas frutas para refrescarnos.

Monserrate, turbada, le indicó que tomara la única silla de la casa. Él salió, buscó un saco que había dejado a la entrada, regresó y se sentó a ofrecerle frutas a los dos. Andrés se le acercó lentamente, llevaba su muñeco en una mano y los carretes en la otra. Entonces puso los carretes en el suelo, tomó una naranja, bajó la cabeza y mirando de reojo estiró su otra manita hasta tocar al hombre con su muñeco.

—Soy tu abuelo —le dijo él—. A-bue-lo. Y fui marinero, como tu muñeco. ¿Le hiciste tú ese muñeco? —preguntó a Monserrate, que le miraba desconfiada y sorprendida a la vez. Ella asintió con la cabeza.

—¿Y por qué marinero y no soldado o labrador? Te diré por qué, porque ya nos estábamos comunicando. Sí, desde que consideré volver a Puerto Rico a ver si tenía nieta o nieto, ya nos estábamos comunicando. Sospechaba que era varón. ¡Qué bienandanza que le hayas nombrado Andrés! Me voy a quedar en el pueblo esta noche. Mañana vendré a visitarles de nuevo, si no te molesta. Me gustaría quedarme un tiempo acá.

Se quedó para siempre. —Vicente, me llamo Vicente Ramírez Ángel —le dijo al otro día a Monserrate—. Soy oriundo de Asturias pero he vivido en todas partes. Uno de mis abuelos era de Islas Canarias, como también lo fue tu madre ¿no? Santiago me lo contó. Ese cuerpo grande que tiene lo heredó de los guanches, seguro, todo se hereda. El niño también será de cuerpo grande. ¡Andrés! ¡Andrexu! ¡Qué fortuna que le hayas puesto ese nombre! Santiago te habrá contado que los nombres son importantes ¿no? ¿Qué más te dijo? ¿Acaso te habló de mí? Yo le fallé, nunca pude ocuparme de él, ni verlo crecer. No sé dónde esté ahora mismo, México, creo. ¿Lo quisiste mucho, verdad?

Vicente no dejaba contestar a Monserrate, no dejaba hablar a nadie, pero no hacía falta contestarle pues parecía que antes de uno hacerlo, ya él había decidido lo que uno debía responder. Cuando vio los trajes que ella cosía le dijo enseguida: —Esta costura es excelente. ¡No sólo eres diestra, eres excepcional¡ —Bajó la voz un poco y añadió: —Te diré un secreto: yo también lo soy.

Antes de salir por la puerta ese día le prometió: —En un mes, todo cambiará.

Consiguió trabajo de inmediato porque el dueño de La Providencia iba a construir una casa en la plaza del pueblo y Vicente se presentó en la hacienda y mostró dibujos de trabajos hechos por él en Cuba, en la Florida, en Campeche. Don Heraclio Cantré quedó muy satisfecho y lo contrató como maestro de obra. Vicente escuchó a don Heraclio y a doña Margarita hablar del cortinaje de calidad que necesitarían para los salones y dormitorios de la mansión y les recomendó: —Mi nuera, la Señora Monserrate Estelrich, es excelente costurera. —Doña Margarita gesticuló con su cabeza al escuchar la relación familiar pero sólo dijo: —La conocemos, cose muy bien, me ha hecho vestidos de fiesta.

—Pero sabe hacer de todo —exclamó con entusiasmo Vicente. —Cose, borda, hace encajes, confecciona ropa íntima, cojines....

A los pocos meses los tres se habían mudado juntos a una casita a la salida del pueblo, en el camino a la playa . Vicente le agregó dos pequeños cuartos, uno para él y uno para Monserrate y el niño, y labró en el dintel de la puerta un símbolo contra el mal de ojo. Construyó muebles para el interior: una mesa fuerte con cuatro sillas, dos mecedoras y un escritorio. Desde la primera noche que pasaron bajo un mismo techo comenzó a enseñarle a Andrés a leer y a escribir. Poco tiempo después el niño hablaba claramente y ya garabateaba su nombre y los de su madre y su abuelo en los cuadernos que Vicente le preparaba.

La construcción de Villa Margot se aceleró cuando terminaron las lluvias. Era una casa estilo palacete neoclásico con puertas labradas, ventanales de celosías bordeados de cristales y amplios balcones que daban a las calles laterales de la esquina achaflanada donde se había aposentado la Familia Cantré. Vicente dirigió la obra y escogió con esmero las maderas para los trabajos que él mismo hizo: espinillo para los balaústres, capá blanco para las columnas estilizadas que daban soporte al techo de los balcones, cedro hembra colorado para el medio punto de tres arcos con un encaje de madera que representaba una cornucopia con frutas y pájaros y cobana para la escalera que abría al jardín y para la baranda y la cúpula oriental de la glorieta donde la familia se reuniría en sus horas de solaz. Por dentro los techos de las habitaciones estaban cubiertos de latón decorado y sobre los montantes de las puertas pintaron al relieve unas fantasías de querubines bordeados de arabescos dorados.

Monserrate, mientras, cosía las cortinas para las habitaciones y confeccionaba colchas y doseles para los dormitorios. Su fama de buena costurera se iba extendiendo por todo el pueblo. Tenía pedidos de las familias pudientes para trajes de fiesta, vestidos de novia y bordados de todo tipo. Salía temprano y caminaba rápido cuando tenía que ir a alguna casa a tomar medidas o entregar un encargo. Dejaba a Andrés con Vicente, que se lo llevaba a la casa en construcción y se maravillaba de lo tranquilo que era. Él le había regalado un juego de naipes y unos animales tallados en madera con los que el niño se embelesaba por horas. Un día Vicente se percató de que Andrés llevaba mucho rato sentado muy quedito en una esquina del patio con un tabloncito en las manos. Se le acercó sin hacer ruido y para su sorpresa encontró a Andrés dibujando la casa con un carboncillo. Con trazos uniformes, increíbles para una criatura tan pequeña, Andrés dibujaba sobre el pedazo de madera las puertas y ventanas, la galería, las molduras, las pilastras y el decorado de guirnaldas y hojas de acanto en escayola. Vicente lo tomó en brazos y lo santiguó al tiempo que dijo unas palabras en una lengua que los obreros no entendieron.

Las excentricidades de Vicente, de quien en el pueblo se llegó a rumorar que era un poco brujo, pudieron haberle puesto de malas con otros señores pero no molestaban a don Heraclio, quien caminaba como en un sueño por la casa en construcción, pues no recordaba haber deseado algo antes con tanta pasión como esa casa, hecha a su imagen y semejanza, que en nada se parecía a la de la hacienda, heredada de sus abuelos y matizada por soplos de vida de otras voluntades de varón. Villa Margot, en la esquina de las calles Sol y Constancia, las principales del pueblo, era una prueba de su talento como proveedor de su familia y un regalo para doña Margarita, su segunda esposa, con quien se había casado por amor y no por obligación como sucedió en sus primeras nupcias. De su primer matrimonio tenía un hijo, Heraclio José, que estudiaba derecho en Barcelona y cuando venía de vacaciones le exasperaba por su vociferante defensa de los liberales. Argumentaba que los gobernadores no habían sabido desarrollar la economía de la Isla. —Las autoridades no quieren entender que es importante ampliar los cultivos para no estar siempre dependientes de los mercados internacionales y ni siquiera nos protegen de los andaluces que están acabando con nuestra producción azucarera —decía en la Taberna de Arriba cuando se citaba a tertuliar con otros jóvenes de su clase como los hijos de Don Celedonio Adell, propietario de la Hacienda Santa Úrsula, la más poderosa del litoral para aquel entonces y los del librepensador Gabino Grau, dueño de la hacienda La Celestina, cuyo nombre, a pesar de ser el escándalo de párrocos y damas, duró hasta entrado el siglo 20 pues nunca pudieron convencer a Gabino de que lo cambiara. La casa-hacienda de La Celestina tenía fama de ser la más bella de todas las de la región porque el abuelo de los Grau había mandado a pintar las paredes del interior con escenas bucólicas de campesinos, manadas de ovejas y parques afrancesados y le había construido ventanas dobles, con persianas fijas y vidrieras multicolores. Además, el enorme corredor exterior que le daba la vuelta a la redonda lucía un piso de losas pequeñas que simulaban, en los bordes, un tablero de ajedrez y al centro tenían ramilletes de lilas y signos del zodiaco que había diseñado él mismo. De todos los hacendados, los Grau eran los únicos cuyos ancestros llevaban tantas generaciones viviendo en la Isla que no sentían la necesidad de invocar a algún abuelo español cuando, como era común en las Antillas hispanas, la gente buscaba raigambre, hidalguía y acaso algo de limpieza de sangre mencionando con nombre y apellido a algún abuelo que hubiese llegado poco tiempo antes de la península.

Don Heraclio Cantré, al igual que los demás hacendados y los estancieros más ricos, había comenzado hacía años a comprar tierras aledañas a la suya para aumentar su producción de caña. Había adquirido las más potentes máquinas de vapor y ampliado su sistema de transportación, que ahora constaba de cincuenta vagones y ocho kilómetros de rieles a través de su señorío. Llevaba años multiplicando su herencia y viviendo allá en la casa-hacienda con muy pocas visitas al pueblo y aún menos a la Capital, pero luego de dos lustros de viudez se había casado con Margarita y tenía familia nueva: un hijo, luz de sus ojos y dos hijas, luceros de su vida, y para ellos mandó a construir esa mansión ahora que todos los hombres de bien comenzaban a considerar importante mostrar su grandeza y opulencia en la construcción de casas en el pueblo.

Veinte años antes, San Antonio era apenas un villorrio de cinco calles, cuatro casas de mampostería, dos docenas de casas de madera y tres edificios públicos: la iglesia, la Casa del Rey y el cuartelillo de la Guardia Civil. La mayoría de los habitantes vivía en bohíos cercados de tablas de palma real o en casuchas cubiertas de yaguas y encaramadas en socos si quedaban cerca del río. Pero ahora, gracias al desarrollo de las haciendas y las estancias de frutos menores, y a la rehabilitación del puerto de la playa chica de San Antonio, la villa era un pueblo próspero con diez almacenes, cuatro tiendas mixtas, un practicante de cirugía, un relojero, tres pulperías, una farmacia, una abastecedora de carne, dos hornos de tejas y ladrillos, y varios puestos para alquiler de coches y caballos, panaderías, cafés y tabernas. Se decía que pronto llegaría a residir un médico con consultorio en la plaza. Eran muchos los jornaleros, agricultores, artesanos y comerciantes que venían semanalmente a avivar el desarrollo de San Antonio.

Heraclio recomendó los servicios de Vicente a Don Celedonio, quien había comenzado a modernizar su caserón frente a la iglesia y Vicente trabajó con él y con otros hacendados de la vecindad. Su trato jovial y abierto así como su buena costumbre de no hablar de más ni de vanagloriarse de ser español: —Soy ciudadano del mundo —afirmaba cuando tertuliaba en la botica, le permitieron entablar si no profundas, al menos cordiales relaciones con los demás compueblanos. Viendo lo mucho que sabía sobre construcción, la gente tomó por costumbre consultarle cuando se proponían hacerle cambios a sus hogares. —¿Cuán ancho debe ser el pasillo central de la casa? —preguntaba alguien, y él respondía sin pestañear: —Tan ancho como para que quepa un ataúd y los hombres que lo cargan.

Ayudaba también a su popularidad el que supiera tirar las cabañuelas con una precisión envidiable. Su método era distinto al de los isleños, porque ellos lo hacían del modo tradicional, analizando las condiciones del tiempo con granos de sal los primeros doce días del año para de ahí pronosticar lluvias, sequías, plagas y huracanes por los próximos doce meses y así poder proteger sus cultivos. Pero él parecía acertar con más precisión utilizando otras medidas en días consecutivos en diciembre que, según explicó, eran del sistema catalán. —Sol blanco, vendaval en el campo. Arcoiris en el mar, coge las yuntas y ponte a laborar —sentenciaba don Vicente para mejor augurar las condiciones del clima y el mejor modo de cuidar las siembras. Esto le hizo simpático, sobre todos a los que plantaban frutos y vegetales. Monserrate, en cambio, era huraña con todos. Cumplía con sus trabajos disciplinadamente pero no ofrecía ni una sonrisa a quien no conocía. Era seria y comedida con sus superiores y con sus iguales, como si desconfiara de todo el género humano porque desconfiara de sí misma y no se perdonara nunca su exabrupto de pasión.

En las noches, Vicente se dedicaba por completo a Andrés y le ponía a practicar lectura y escritura con un libro voluminoso y deshojado que le había regalado: *El Diccionario Doméstico - Tesoro de las Familias ó Repertorio Universal de Conocimientos Útiles. Contiene más de 4,000 fórmulas, preceptos o recetas de fácil ejecución sobre las materias siguien-*

tes: labranza o cultivo de los campos, horticultura o labor de la huerta, conservación de carnes, arte de planchar y lavar, los meses del año con preceptos de higiene... Andrés leía en voz alta con mucho énfasis pero en un tono demasiado agudo que Vicente insistía en modular con ejercicios musicales de su propia invención. Una vez el niño leía por media hora cualquier tema que escogiera al azar del diccionario, Vicente le sentaba a practicar la caligrafía, que era tan primorosa como sus dibujos. A la hora de dormir, luego de lavarle, lo llevaba de mano a acostar asegurándose siempre de que la cama que le había construido, en cuya cabecera estaban labrados el sol y muchas abejas, estuviese colocada mirando al sur.

En el duermevela del niño Vicente le contaba de sus viajes y peripecias y de la primera vez que cruzó el Atlántico escoltando desde Francia a dos abejas reinas por encargo de un hacendado de Santo Domingo. Cada una viajaba con su séquito de obreras en unas cajas de madera fina construidas por el propio Vicente según le instruyeron, con un lado enrejado para ventilación y un hueco tubular relleno de miel para que se alimentaran durante la travesía. A lo largo del viaje platicó con las abejas, que le miraban con sus grandes ojos como seres inteligentes, decía, y las reinas, como corresponde a los seres de altura, añadía, nunca se desesperaron ni perdieron su dignidad. Fue así como llegó a América y decidió trabajar por algún tiempo como apicultor, para aprender de las abejas, pues para él se habían convertido en el ejemplo más noble que brindaba la Madre Naturaleza de lo emprendedor que debe ser todo ser viviente.

Estaba empeñado en que Andrés fuera tan trabajador como él, como Monserrate, como deberían ser todos los seres que se respetaran a sí mismos y a su comunidad y no como los que vivían del trabajo de los demás. —Porque desde el comienzo del mundo —le explicaba al niño— los primeros pobladores del planeta fueron asiduos trabajadores que hicieron un país de maravilla, la Atlántida, cuyos hijos quedaron dispersos por toda la Tierra luego del Gran Estallido. Algunos sobrevivientes llegaron con sus secretos de cómo sanar el cuerpo y la mente y cómo ser uno con el Universo, al antiguo Egipto, que entonces se llamaba Al Chemia, la tierra negra. Y luego sus conocimientos fueron revelados a los hebreos y a Hiram, el constructor del templo de Salomón, y esa sabiduría universal pasó callada a los Caballeros del Temple y a sus seguidores que leyeron a Simeón Benz Jochai, quien explicó que 3 + 1 nunca son 4, y lograron hacerse grandes arquitectos de la vida y grandes arquitectos de castillos y de catedrales. A la de Oviedo llegó el Arca de las Reliquias ¡que adentro tenía tierra de la que Dios usó para crear a Adán, huesos de los Santos Inocentes y hasta maná del desierto! Y la Orden le proveía a los Caballeros Templarios todo lo que era menester tener: una capa, dos mantos, uno para el verano y otro para el invierno... si caían prisioneros en guerra quedaban como esclavos... y si morían, se les sepultaba boca abajo —le contaba al nieto que escuchaba embelesado.

Vicente Ramírez Ángel había sido carpintero y sindicalista en su juventud. Más tarde fue marino mercante y buscafortuna en ultramar. Luego de su iniciación en la apicultura, viajó sin rumbo por el Caribe hasta que, llegado a Veracruz, retomó su oficio de carpintero pero con una compostura y seriedad que rayaban en religiosidad.

Desde que residió en Puerto Rico, dos veces al año, en los solsticios, viajaba de San Antonio a la Capital y regresaba cargado de libros y mapas que leía una y otra vez. La mayoría de los textos eran tratados de las fortificaciones abaluartadas españolas y de sus líneas, ángulos y magnitudes; lo demás, escritos esotéricos repletos de fórmulas matemáticas, pruebas de la presencia de los espíritus en la vida terrenal, historias inconclusas de los Grandes Iluminados y antiguas leyendas revestidas de veracidad irrefutable con las que dormía a Andrés noche tras noche contándole con su voz acompasada de cómo los Templarios fueron construyendo el Castillo de la Haba, el Castillo de la Blanca Guardia, el Castillo de la Sal, el Castillo Peregrino.

Contrario a lo que supuso cuando le conoció, Monserrate se acostumbró fácilmente a la presencia de don Vicente en sus vidas. Siempre le puso el 'don' de por medio para que mediara entre ellos como signo de distancia, de respeto y quizás de virtud frente a las casas vecinas, aunque en esa parte del pueblo en que vivían, eran contados los que tenían papeles oficiales y muy pocos los que sentían que debían dar a alguien explicación de su vida. Todos trabajaban de sol a sol. Inés y Margario, los vecinos más cercanos, habían nacido esclavos y tenían una prole de media docena de hijos pescadores y otra media docena de hijas cocineras y lavanderas. Petrona, quien vivía en una casa de madera detrás de la de Vicente y Monserrate, era una viuda de medios modestos que sólo sembraba su huerto, y visitaba la iglesia los domingos, aunque se rumoraba que los cuatro viajes que hacía al pueblo de Arroyo cada año eran para visitas a espiritistas, cosa con la que simpatizaba grandemente Vicente aunque el clero había declarado abominable el espiritismo y había decretado que a los que lo practicaran no se les casara ni bautizara, ni se les sepultara con los ritos de la Santa Madre Iglesia. Los demás vecinos, Atenor, Facunda, Blasina, trabajaban en los puestos de frutas, en las pulperías, en los negocios de alquiler de caballos y en otros oficios de servicio. Allí cada quien se ocupaba de lo suyo, pero a pesar de la aparente tranquilidad de sus vidas, Vicente sentía que se avecinaban tiempos malos.

—Lo sentí la tarde que llegué al pueblo, es como una corriente adversa, algo que está cruzado y a veces disminuye, pero a veces aumenta, y lo sigo sintiendo ahora, vienen tiempos tormentosos, está en las cartas, está en la mirada de la gente y si eso no bastara, que debería porque es donde se encuentra la verdad sin escondrijos, está en los rumores —dijo una tarde.

—¿Qué rumores? —preguntó Monserrate.

—Lo que dicen, que todo está más caro, que los puertorriqueños cada vez están más pobres, que las autoridades favorecen a los recién llegados de España por sobre los criollos porque el Gobierno... —Por favor, baje la voz, don Vicente, no lo vayan a oír —interrumpió Monserrate, siempre suspicaz de lo que los vecinos supieran, murmuraran. Pero él continuó muy serio.

—Que el gobierno tiene la culpa, y los ricos también, eso dicen, como si fuera algo nuevo. Eso lo sé yo desde que era niño, pero ellos creen que con reformas y con revoluciones se cambian las cosas, pues no señor, no es así, por más que la Humanidad quiera, sólo cuando regrese el Gran Arquitecto se enmendarán las cosas....

Entonces ambos comenzaron a darse cuenta de que algunos de sus vecinos salían muy de noche y regresaban a sus casas de madrugada. El silencio habitual del barrio a media noche se rompía con cada relincho, cada galope, cada susurro. Un día Monserrate tomó un atajo para ir a llevar una docena de pañuelos bordados a la Hacienda Santa Úrsula cuando se encontró en un recodo del camino con un grupo de jinetes fuertemente armados. Era don Celedonio Adell junto a sus hijos mayores reunidos con el sargento de la Guardia Civil y varios comerciantes del pueblo. Cuando se lo contó a Don Vicente éste se limitó a decir: —Ya se acercan los días de la plaga.

Fue entonces cuando empezó el boicot de algunos comercios de españoles en San Antonio y el pueblo se caldeó. Pasada la Semana Santa, llegó sorpresivamente el primogénito de los Cantré, Heraclio José. Llevaba dos semanas en la Isla y se acababa de inscribir en el recién creado Partido Autonomista. No bien saludó a la familia, comenzó de inmediato sus tertulias en la Taberna de Arriba, donde exhortaba a sus amigos de infancia a que ayudaran a implantar en la Isla las reformas que ya habían sido legisladas en la Madre Patria. Los hermanos Adell le acusaron de separatista y él se les rió en la cara. Un día, los Adell cesaron de venir a la taberna. El pueblo entero se preparaba para algo cuyo desenlace, al parecer, todos imaginaban y todos desconocían. Entonces llegó el verano y con él los días de calor y las noches de llanto y tortura que las autoridades llamaron 'del Componte' porque se propusieron componer a la población isleña que consideraban demasiado rebelde.

A Atenor el sastre se lo llevaron una madrugada y lo devolvieron a los tres días con los dedos deshechos y la espalda reventada a golpes. A un estanciero menor, don Antonio Caro, lo detuvieron casi una semana y murió poco después de aparecer inconsciente junto al Río de Oro. Al boticario, al hijo mayor de Facunda y a muchos más los guardias civiles les dieron golpizas, los colgaron por los pies de postes altísimos, empujaron sus cabezas en las letrinas, les pusieron palillos bajo las uñas hasta hacérselas estallar tratando de obligarlos a que confesaran lo que sabían y lo que ni se imaginaban y los amenazaron de muerte si continuaban con sus 'reuniones secretas y conspiraciones separatistas en contra del buen gobierno, de la ley y de la moral'. A Heraclio José se lo quisieron llevar pero Don Heraclio salió a la galería de su hacienda con fusil en mano junto a diez hombres armados la noche que intentaron venir por su hijo. Los guardias civiles, capitaneados por el mayor de los Adell, no pudieron hacer nada. Al día siguiente Don Heraclio llevó a Heraclio José a la Capital y lo embarcó rumbo a España.

—Si tanto te gustan las leyes allá —le dijo— allá quédate.

—Pero Padre —argumentó— usted no entiende, hay que ayudar a salvar al país, a nuestra patria.

—La patria se llama España y es una sola, no lo olvides, esta isla es parte de esa patria ¿es que no entiendes?

—Quien no entiende es usted, Padre —le gritó el joven desde la lancha que le llevaba a la nave, pero Don Heraclio no le contestó.

Capítulo 4

Los tiempos se sosegaron luego del Año Terrible de 1887, pero en San Antonio se vivió con desconfianza por mucho tiempo y nunca sellaron bien las cicatrices que tenían en cuerpos y almas las familias que sufrieron los desmanes del Componte. Los Grau jamás perdonaron a los Adell la tortura de que fue objeto su compadre, el agricultor Joaquín Villegas. El pueblo vio a su sastre convertido en un guiñapo humano pidiendo limosna frente a la parroquia, con los dedos quebrados, imposibilitado de trabajar; y el hijo mayor de Facunda por el resto de su vida guardó rencor a los guardias por haberlo dejado ensangrentado y medio desnudo por el Camino Real luego de interrogarle a golpes.

Don Heraclio, hombre de un sólo propósito, agrandar su fortuna, se convenció de que vendrían tiempos mejores y se dedicó a adquirir aún más terrenos ya fuera por compra, ya fuera dando préstamos cuyos pagarés no podían saldar los agricultores, para así tomar en prenda sus tierras. Optó por olvidarse de Heraclio José, pues estaba claro que no había heredado su amor por la tierra y por engrandecer el patrimonio y decidió cuidar por que su hijo Miguel, el verdadero primogénito porque era el primero gestado por amor, decía para sí, creciera a ser un hombre como él. Cuando el niño cumplió ocho años, lo sacó de las faldas de Margarita y de los mimos de sus hermanas, le compró un potro escocés para que aprendiera a montar y se lo llevó con él a trabajar en la hacienda.

Miguel Heraclio cabalgó desde chico por todas las tierras de los Cantré, desde las estancias y las pequeñas vegas de tabaco al borde de la cordillera, hasta el llano inmenso del cañaveral que terminaba en un palmar junto a la costa. Con los ojos cerrados podía galopar por la vereda que cruzaba pastos y malezas donde se alimentaba la bueyada. Con la mirada puesta en el futuro vio paso por paso cómo construyeron un nuevo alambique con máquinas de vapor importadas de Escocia, se acostumbró al estruendo de las calderas y observó cómo instalaban nuevos rieles por los que los vagones halados por bueyes transportarían primero la caña para procesar y luego el azúcar moscabada, las mieles y el ron hasta el camino que abría al muelle. Con fuete en mano, junto a Don Heraclio, increpó a la peonada, instándola a no ser tan holgazana y a darse prisa en la construcción de un canal de riego que desviaría las aguas del Río de Oro. La mayor de las hijas, Teresa, a veces los acompañaba y a Don Heraclio no le molestaba pues de ser necesario, estaba dispuesto a hacer de ella una amazona en caso de que le llegara a fallar Miguel, y si no a ella, a la más pequeña, Haydée, que era fuerte y rabiosa desde que nació, tan convencido estaba de que el dueño de la hacienda es cabeza y sementera, de que de nada vale trabajar inteligentemente para amasar una fortuna si no se tiene estirpe a quién legársela. Para esto, proclamaba en las fiestas de los hacendados de la región, Dios había escogido a unas pocas familias, a un grupo selecto de hombres, al que él pertenecía, que tenían fuerza en los dos polos importantes del ser humano: la cabeza y la ingle. Pues si bien era cierto que los negros y mulatos se reproducían con mucha facilidad, afirmaba, no tenían el ingenio para progresar y, del otro lado, los blancos tronchados podían tener inteligencia y perspicacia, pero eran faltos de semilla para dejar plantado su nombre en la tierra.

El pueblo de San Antonio, empujado por Heraclio y los otros terratenientes e impulsado por el trabajo de los cientos de campesinos, jornaleros y obreros mal pagados y mal alimentados que soñaban siempre con tiempos mejores, seguía creciendo más y más pues era ley social y económica en esos días que 'así como en la hacienda, así en el pueblo'. De los impuestos que escogían pagar los hacendados luego de mil malabares para que los eximieran de sus responsabilidades fiscales, se pagaba desde la guarnición de la Guardia Civil hasta la limpieza de la Casa Ayuntamiento recién construida. Pero ahora, con la expansión del muelle, habían comenzado a llegar más barcos, el comercio se acrecentaba y de pueblos cercanos venían muchos a comprar y negociar en San Antonio. Los sanantoninos, además de la agricultura, tenían como fuente de ingresos desde hacía más de un siglo la industria del carey. Varias familias trabajaban artesanalmente con la concha de esas tortugas gigantescas cuya carne era plato regular en las mesas de pobres y ricos. Y una pequeña fábrica casera propiedad de los Caro empleaba a una docena de compueblanos que hacían botones, exvotos, bastones, abrecartas y mangos para carteras de señora. De todas partes de la Isla mandaban a comprar los delicados exvotos en forma de personas, animales o partes del cuerpo por las que daban gracias los curados o los esperanzados colgándolas frente a las imágenes de su devoción en cada iglesia. Los botones de todos tamaños se exportaban a casas comerciales de las Islas Vírgenes, Curazao y Santo Domingo, mientras que los bastones, altamente cotizados, se llevaban de noche al muelle para enviarlos de contrabando a la Florida y a Nueva Orleans. Así se resarcían los habitantes de San Antonio que siempre consideraron a la Real Hacienda una real intromisión en la vida del pueblo y a las leyes y ordenanzas como algo que se respetaba pero no se acataba.

El cementerio civil, construido por decreto oficial años atrás, no lo habían usado nunca las familias de San Antonio por el miedo a ser enterrados tan lejos del camposanto de la iglesia y tan cerca de la playa donde al bajar la marea aparecían cabezas de gallinas con trapos rojos, enterradas por los que hacían brujerías. Sin embargo, al morir ahogados dos niños en el río, el alcalde emitió una proclama en la que decía que había llegado la hora de que, obedeciendo las leyes de sanidad, la gente comenzara a comportarse como en las ciudades, de que entendieran que el progreso iba atado a nuevas formas de convivencia, y de paso, de que pagaran al erario público por el alquiler de las tumbas, por lo que se ordenaba de inmediato que a todos los muertos se les sepultara en el cementerio, bautizado del Carmen y dedicado a la virgen patrona de los pescadores, para que velara a las ánimas si se salían por la playa hacia el mar.

San Antonio tuvo además el prestigio de convertirse en el primer pueblo del litoral en tener una imprenta y periódico propios, el *Boletín de la Patria*, cuyo título de primera intención molestó por igual a los criollos liberales autonomistas y a los españoles conservadores incondicionales porque no parecía definir a qué patria se refería. Los hacendados, al palpar el progreso del pueblo, iniciaron un proceso para que se le declarase ciudad y dejara de ser tan sólo la Villa de San Antonio de las Vegas. Ya se habían abierto dos hospederías, una modesta que bajo el nombre de Albergue Tetuán daba cama y comida a los viajantes que tuvieran que pernoctar en el pueblo y otra de más monta llamada Hotel Hamburgo, con un salón comedor de seis mesas donde se hospedaban comerciantes, autoridades visitantes y las sobrinas del señor párroco cuando venían de visita dos o tres veces al año dizque por la salud que brindaba el pueblo seco y fresco pero, según la gente, en busca de marido entre los jóvenes hijos pudientes de la región, que no eran pocos y estaban en edad de casamiento.

Las esposas de los hacendados, conscientes de que sus hijas e hijos ya estaban en edad de merecer, impulsaron la creación de un lugar que sirviera de punto de enlace para bailes y jaranas, donde pudieran codearse las familias decentes. Hasta entonces se habían reunido en las haciendas y en las casonas grandes del pueblo, pero las pequeñas discordias y los compadrazgos mal llevados inclinaban a todos a buscar un lugar neutral. Se abrió así el Casino Cultural Español de San Antonio en cuya planta baja se habilitó un despacho para el Dr. Morin, un belga invitado no se sabía por quién a instalarse en el pueblo, y un café llamado La Arcadia, que desplazó a la Taberna de Arriba como lugar de reunión de los hombres de bien.

Aunque hacía años existía una escuela de primeras letras para varones, a donde asistían niños pudientes y pobres, y otra escuelita junto a la iglesia para las pocas niñas a quienes sus padres permitían aprender a leer y escribir, los ciudadanos de mayor conciencia social fundaron la Sociedad Protectora de la Educación para amparar a los niños y escolarizarlos si su estado de pobreza no se lo permitía. Luego de la primera convocatoria a exámenes, tres de los diez jóvenes que los presentaron fueron enviados con beca a terminar sus bachilleratos al Instituto Civil de Segunda Enseñanza en San Juan.

Al otro extremo del pueblo, más allá del Camino Real, los cambios llegaron como tenían que llegar, a su propio ritmo y manera, según explicaba don Vicente. Él y Monserrate, junto al herrero Jesús Frau, eran los únicos peninsulares que quedaban viviendo en el lado que daba al mar, ahora llamado Barrio Abajo por los pobladores de San Antonio para distinguirlo de Barrio Arriba, la parte donde estaba el centro de la villa y que terminaba al pie de las colinas, y del Barrio del Frutal, al este, que colindaba con la estancia de don Félix Caro. Él recién había sido nombrado alcalde de San Antonio y era ahora compadre de los Cantré, habiendo olvidado la muerte de su hermano en el Año Terrible y habiendo apadrinado a Providencia, la nueva heredera de don Heraclio.

Barrio Abajo se había expandido con la llegada de medio centenar de almas que construyeron casuchas y bohíos. Eran hombres y mujeres que se arrimaban a San Antonio porque habían oído decir que allí había trabajo de más para los que estuvieran dispuestos a doblar el lomo. Entre éstos estaban los hermanos Robles, tipógrafos que combinaban su quehacer social montando el *Boletín de la Patria* durante el día y educando políticamente a los desposeídos durante la noche. Eran sindicalistas de la más pura estirpe y abogaban por la creación de gremios de artesanos y hasta de trabajadores de la caña. Los jornaleros sin empleo, sobre todo durante el tiempo muerto, los escuchaban embelesados pero luego seguían camino buscando sustento, pues la vida no daba para más.

Vicente continuaba con su labor de carpintería y poco a poco comenzó a guardar dinero —para una eventualidad— decía. Ya habían abierto en el pueblo la maravilla de la región, una caja bancaria de la Sociedad Anónima de Comercio. El desarrollo de las grandes haciendas, del pueblo y de sus habitantes parecía que no se detendría, a pesar de que en otras partes de la Isla había cada vez más desempleados debido a que las haciendas iban cerrando. El azúcar del Caribe no podía competir con el azúcar de remolacha que los países europeos, liderados por Francia, exportaban ahora al mercado mundial, sobre todo a Inglaterra, la mayor consumidora. Pero La Providencia, en vías de convertirse en central, al igual que la Santa Úrsula, aceleró la producción de un azúcar fina junto con la moscabada y alquiló sus servicios de molienda a las haciendas pequeñas, de modo que la fortuna de los Cantré se agrandaba cada vez más. Éstos, al igual que los Adell, habían diversificado bastante su capital y al comprar varias estancias se aseguraron, además, las ganancias del café y, en menor grado, del tabaco que estaba en gran demanda en Europa y Estados Unidos. Heraclio Cantré tenía un contrato de venta exclusiva de su tabaco con una casa de las Antillas holandesas y Celedonio Adell vendía gran cantidad a los estadounidenses. El pueblo, pues, crecía a su sombra.

Había aumentado el número de guardias civiles, pues ya se habían construido más calles y edificaciones y eran más los habitantes que había que mantener a raya. Se habían abierto otras cinco tabernas y entre éstas y los alambiques de las trastiendas, los hombres saturados de calor, trabajo y aguardiente terminaban a cada rato sangrando en algún callejón luego de una riña. Era necesario, además, obligar a la gente a seguir las leyes de higiene, a abrir zanjas para que no se empozara el agua, a sacar los animales de las vías principales. El Ayuntamiento ahora ostentaba cuatro salones y dos empleados que atendían todos los asuntos oficiales de hacendados y comerciantes, de peones y jornaleros.

La única institución del pueblo que había quedado rezagada con tanta bienandanza era la parroquia de la iglesia de San Antonio de Padua, que atendía solícito el padre Bermejo pero cuya feligresía mermaba cada vez más. El templo grande de mampostería y ladrillo, con tres naves y un gran campanario, había sido una anomalía cuando se construyó en los albores de la fundación del pueblo y ahora, mientras más gente llegaba a San Antonio, más vacío se encontraba y más abandonado. Por eso los santos en el cielo, explicarían más tarde los historiadores locales, se apiadaron del párroco y le enviaron a un pecador milagrero. Para poder costear un licor de almendras que habían llevado a la Taberna de Abajo y que él ansiaba probar, Cayayo, un borracho del Barrio del Frutal, se metió una noche en la iglesia dispuesto a cometer un pecado imperdonable: robarse el dinero de la caja de los pobres. Nunca se supo qué sucedió, pero al día siguiente, juró luego ante abogados y presbíteros el sacristán de la parroquia, cuando él abrió temprano la iglesia para repicar las campanas y llamar a los fieles a la misa de las seis, encontró a Cayayo arrodillado, elevado varios centímetros del suelo, orando frente a la pequeña pintura de la Virgen de la Buena Leche, de donde salía un halo de luz y en donde lloraba Nuestra Señora unas lágrimas con un olor a dulce de almendras que impregnó la iglesia por varios días.

La noticia se extendió por toda el área y empezaron a llegar feligreses y peregrinos a rogar a la Virgen por la salud de los suyos, por sus enfermos y moribundos. La gente dejaba flores, monedas y exvotos frente al cuadro, un óleo donado hacía más de cien años por los antepasados de los Adell, de una virgen de rostro apesadumbrado y ojos verdes, con un pecho redondo y rosado fuera del vestido, de donde mamaba acostado boca arriba en su falda, un niño Jesús largo y algo flaco, tapado con un pañal extrañamente lujoso, de brocado rojo. A los pocos meses eran tantos los visitantes a la iglesia que el Padre Bermejo consiguió dinero de los hacendados para construir una capilla adosada al templo, con ancho espacio para los devotos. Tenía que estar bien ventilada, dijo el alcalde, porque ya se quejaban la señoras sanantoninas de que no podían rezarle en paz a su Virgen cuando se apiñaban junto a ellas y frente a la pintura los forasteros hediondos, sudados de sus viajes, con llagas y pústulas algunos, con lágrimas y peticiones todos.

A la Capilla de la Virgen de la Buena Leche fue trasladado el cuadro milagroso con toda solemnidad luego de una procesión por el pueblo y poco a poco ella iría opacando al santo de la beatífica sonrisa que abrazaba a un niño rollizo y a cuyo cuidado había estado la villa por doscientos años. 'San Antonio de Padua tiene un niñito que ni come ni bebe y siempre está gordito', rezaba el estribillo popular que fue sustituido por: 'Para que sanara a la Virgen le rogaban y a la Santa Madre, con olor a almendras, los ojos le lloraban'.

Monse llevó a Andrés al fastuoso acto de instauración de la Virgen en la nueva edificación porque desde siempre se había identificado con esa pintura de la madre sola con su hijo alargado. En medio del trajín de las cientos de personas que asistieron, Andrés se le perdió. Sucedió que el calor dentro del lugar, no empece la directriz de buena ventilación exigida por el alcalde a los constructores, era sofocante. La cúpula falsa de la capilla tenía tragaluz y respiraderos pero no ayudaba en nada a airear el local.

Andrés salió empujado por la multitud, y decidió quedarse afuera. No entendía ese fervor de cuerpo contra cuerpo, de la humanidad junta sudando confinada por voluntad propia en un lugar tan estrecho. Su madre lo había llevado los domingos a misa temprana, cuando no iba casi nadie y su abuelo sólo pisaba la iglesia en ocasión de los ritos fúnebres de algún compañero del pueblo o cuando mandaba decir misa una vez al año, en marzo, por un pariente fallecido hacía mucho. Fuera de eso, Andrés no tenía filiación con la iglesia. En la plaza, al menos, se respiraba aire limpio aunque no había brisa. En el local del diario liberal, todos seguían trabajando a pesar de que se había decretado día feriado. —Herejes e impíos son los que no están hoy aquí —había gritado desde el púlpito el padre Bermejo, henchido de un renovado espíritu de autoridad gracias a la fama de su parroquia. Ahora los impíos subían rollos de papel para almacenarlos en el entrepiso del local que albergaba al periódico. El sol estaba en su cenit; Andrés se embelesó mirando cómo descargaban los pesados rollos y los subían con cuerdas amarradas a un travesaño de madera y metal cuya silueta brillaba desde el techo del almacén. De pronto sintió un pánico pesado y viscoso que se iba apoderando de él. No sabía qué le sucedía pero entendió que tenía que irse lo más lejos posible de ese lugar. Comenzó a caminar rápidamente cuando, cegado por la resolana, creyó ver un árbol de frutillas negras y echó a correr asustado. Tomó por el Camino Real y en su huida no se fijó en una calesa que venía a toda prisa trayendo tarde a un trío de piadosos a la solemne misa y ceremonia de apertura de la capilla. Un grupo de zanjeros relató luego cómo, de la nada, apareció el joven Gabinito Grau en su caballo y le gritó a Andrés antes de que lo atropellara la calesa. El niño se tiró a un lado. La sacudida lo volvió en sí. Gabinito desmontó.

—¿Estás bien? —preguntó.

— Sí —dijo Andrés, todavía aturdido.

—Casi te matas muleque —le gritó un zanjero.

—A ver si miras por donde corres —exclamó otro. Gabinito saludó cortésmente a Andrés y se fue. Monserrate llegó asustada. Había salido a buscarlo y presenció su súbita carrera.

—Hijo, hijo —gritaba mientras se acercaba, para gran vergüenza de Andrés, que caminaba de vuelta tratando de desembarazarse del abrazo de su madre.

—Estoy bien, Madre —decía.

—¿Qué te sucedió? —preguntó Monserrate como queriendo hurgar más allá de lo que él mismo podía contar.

— Nada, Madre, tenía calor en la iglesia, me sentía encerrado y... quise correr....

Monserrate no le creyó. Esa noche logró que él le contara de la visión que tuvo y cuando el niño se durmió, conversó hasta muy tarde con don Vicente. A los pocos días el abuelo dijo que tenía asuntos en la Capital y que ya era tiempo de que Andrés le acompañara, de que saliera del pueblo. Para él, que nunca había cruzado los linderos de su municipio, viajar en calesa y coche hasta la Capital y hospedarse en otro lugar que no fuera su casa era algo que no cabía en su imaginación. Se puso tan nervioso que no dormía. Contaría luego que ése, su primer viaje, fue de tanta emoción que nunca ningún otro pudo competir con el sentimiento de aventura y alegría que vivió al viajar con su abuelo.

Un martes, de madrugada, dijeron adiós a Monserrate. Resguardados por una sombrilla roja, caminaron bajo una llovizna suave a la trastienda del hijo de Facunda donde les esperaba la calesa que les llevaría hasta el puesto de la muda. Durante todo el trayecto, Andrés miraba extasiado y no cesaba de suspirar mientras veía la orilla del mar quedar atrás. Luego se internaron por el camino entre montes y atrecharon por las sabanas verdes hasta llegar a San Fernando de Carolina. Allí merendaron, tomaron un coche y llegaron a San Juan al atardecer.

Desde que se toparon con las murallas que guardaban el Fortín de San Jerónimo y corrían a lo largo de toda la isleta, Andrés sintió que el corazón se le apretaba. Después de haber escuchado tantas aventuras de caballeros y castillos ahora las estaba viviendo. Don Vicente, alertado por Monserrate, le tocaba la frente a cada segundo no fuera a tener una fiebre o un ataque, pues notaba que Andrés se iba enrojeciendo. Pero no estaba enfermo; como le sucedería a lo largo de su vida, era sólo la emoción que le causaban algunos lugares lo que hacía que la piel se le pusiera roja y el corazón redoblara su latir.

Y así, emocionado, entró por la Puerta de Santiago a la antigua San Juan de Puerto Rico, ciudad que, según le había contado don Vicente, tenía pasadizos secretos desde los tiempos de los corsarios. Todo en la Capital le maravilló: las plazas, las casas enormes con fachadas que medían media cuadra; los balcones altos, los fortines, las garitas, las campanas de iglesias y ermitas sonando a un mismo tiempo; y la gente, tanta gente, tantos militares uniformados con gorras de pelo de granaderos, tanto oficial con charreteras vistosas y espadas al cinto, tanto marino, tantos vendedores de dulces en las calles, tantas mujeres elegantes, tantas a caballo y, cosa que no se hubiera imaginado, tantos acentos distintos en el hablar de la gente. En San Antonio apenas había dos modos de hablar, el de los criollos y el de los peninsulares, casi todos catalanes y uno que otro asturiano. Acá en la Capital uno podía entrar a un almacén y escuchar diez acentos distintos: el castellano ronco de jotas duras de los gallegos; el de las zetas zumbadoras de los madrileños; el sibilante de los catalanes y mallorquines; el de los vizcaínos, que tenía tono imperativo; el de los franceses, que acentuaban las últimas sílabas de todo; el de los negros de las islas pespunteado de inglés y holandés; el de los puertorriqueños del sur, con esa 'r' carraspeada y el de los canarios, que era el que se le había pegado a la mayor parte de los criollos. —¡Cómo te fijas en esas cosas! —decía orgulloso Vicente, pues consideraba que luego de su disposición al trabajo, el segundo don que mejor podía servir al hombre para sobrevivir en el mundo era la capacidad de observación.

Vicente alquiló una habitación en una hospedería de la Calle San Francisco y Andrés esculcó cada rincón del cuarto, desde la cama con cabecera de metal y su mesita de noche con un guardabrisa de vela y candelabro, hasta un objeto que nunca antes había visto: el mueble del lavamanos, empotrado en la pared, con espejo ovalado, un jarro con agua para lavarse la cara y, en el suelo, un lebrillo de loza para lavarse los pies. Acostumbrado a la sobriedad de su hogar, Andrés quedó fascinado con ese dormitorio que le pareció monumental y le permitió experimentar, por vez primera, que había otros modos de vivir más cómodos, más vistosos.

Vicente salió de paseo con Andrés, le compró un chaquetoncillo y un corbatín y, cuando cayó la noche, le llevó a comer a un restorán decorado con espejos enormes, grandes jarrones de porcelana llenos de flores y mesas cubiertas con manteles blancos. Muchos hombres y señoras que a Andrés le parecieron elegantes a más no poder conversaban animadamente mientras cenaban y varios de ellos, señaló el niño, hablaban mallorquín. —Claro Andrés —le dijo el abuelo— por algo se llama La Mallorquina, y por eso te traje, para que conozcas algo de donde viene el otro lado de tu familia. —Al terminar de cenar, Andrés, extasiado, se miró en uno de los espejos del local y sintió por primera vez un deseo profundo de que otros notaran su paso por el mundo, de que su imagen de niño bien vestido se quedara allí reflejada para siempre.

Don Vicente venía con la encomienda de comprar materiales para otra casa a construirse en el pueblo, esta vez para Don Gabino Grau, pero la idea de llevar a Andrés consigo era para que lo auscultara un médico de mucho renombre, el doctor Mondragón. A su despacho en la calle de La Fortaleza fueron una tarde calurosa y húmeda. El doctor Mondragón encontró al niño muy saludable y alto para su edad pero le aconsejó baños termales cada año y aceite de hígado de bacalao para fortalecer su sistema nervioso y sus pulmones. A Vicente le pareció una solemne pérdida de tiempo y dinero la visita y, sin haber pedido permiso a Monserrate, decidió llevarlo a donde él sabía que sí podrían ayudar a su nieto.

Pero el día antes de partir de San Juan don Vicente escribió varios recados y pagó a un niño de mandado para que los repartiera. A punto de ponerse el sol, Vicente salió con Andrés a lo que llamó 'una reunión de amigos' y que resultó ser la más extraña que el niño hubiera presenciado. Andrés sabía que su abuelo era miembro de un grupo de 'hermanos' que estudiaban las construcciones de los fuertes españoles en América, pero no tenía ni la más remota idea de a qué se dedicaban. Él había visto, en correspondencia que llegaba a don Vicente, el signo de esa hermandad: una abeja volando sobre una pared de ladrillos con aparejo flamenco, pero no conocía nada más del grupo.

Ahora caminaba de prisa calle arriba por una cuesta, tratando de ir al paso rápido y firme de su abuelo quien, al llegar al promontorio desde donde se ve el mar, tomó a la izquierda hasta llegar al Bastión de las Ánimas. Los amigos de don Vicente ya estaban allí. Eran cuatro; todos vestían uniforme militar. Se saludaron cordialmente y aguardaron unos minutos. Al momento de ocultarse el sol, protegidos por la oscuridad, se pararon en círculo y se fueron dando las manos entre sí, primero en una dirección, luego en la otra. Vicente sacó su brújula pero tuvo que guardarla enseguida porque su aguja apenas se movió. Entonces uno de los militares extrajo de una bolsa un extraño instrumento que tenía una esfera a modo de una brújula náutica, pegada a un cilindro que de un lado parecía cascanueces, y del otro, catalejo, y comenzó a hacer mediciones. Andrés quedó asombrado, pues reconoció de inmediato el theodolito, objeto que su abuelo le había dicho que hacía más de cien años no se usaba. Otro de los hermanos acercó un quinqué y todos se turnaron diciendo palabras que parecían rimar, luego frases y al final, recitaron el abecedario al revés, primero completo, luego saltando una o dos o tres letras.

Entonces uno de ellos sacó de su bolsillo una cinta roja de la cual colgaba una medalla, se la puso por el cuello y caminó hasta la muralla; midió desde la tierra hasta arriba poco más de metro y medio y para sorpresa de Andrés, que creyó ver un acto de magia, pareció extraer de la mismísima piedra un pañuelo blanco. Los demás se acercaron y uno a uno, besaron la tela y se la llevaron a la frente. Al terminar, el soldado de la medalla al cuello colocó el pañuelo de vuelta en su lugar. Entonces empezaron a conversar como amigos, preguntaron a don Vicente por su trabajo en San Antonio, elogiaron lo grande y apuesto que era su nieto y hablaron de sus dichas y desdichas con la mayor naturalidad. Andrés, mientras, caminó hasta la muralla pero por más que buscó, no encontró el hueco donde se escondía el pañuelo, ni encontró hendidura alguna. Maravillado, regresó donde su abuelo con intención de preguntarle sobre lo que acababa de suceder, le tomó de la mano y se la haló. Vicente se viró y bastó con que sus ojos miraran directamente a los de Andrés, para que éste entendiera, sin lugar a dudas, que había espacios o mundos en la vida en los que él aún no podía indagar.

Terminadas sus gestiones en San Juan, Vicente, antes de abandonar la ciudad, compró regalos para Monse: sobreasada mallorquina, botifarrones y el pan de higo que tanto le gustaba; luego tomaron sus pertrechos y salieron rumbo a la ciudad de Río Piedras, tierra adentro. Allí tenían quintas de veraneo el Gobernador y muchas familias de San Juan, pues estaba bendecida la villa por el clima fresco de su río y sus tributarios. Además, tenía una gran cantidad de comercios porque se mercadeaban todos los frutos que traían del valle del Turabo, uno de los más fértiles del norte de la isla, y de sus pueblos y barrios como Caguas, Gurabo y Juncos. Vicente pernoctó con Andrés en una casa de huéspedes donde era muy querido, la de las hermanas Osorio, quienes les recibieron con mucho cariño. Eran mujeres ya mayores, muy afectuosas, que habían convertido su amplia casa de dos pisos en lugar de reposo para viajeros y que tenían fama de olvidadizas porque cada vez que se iban de algún lugar, se despedían con besos y abrazos entre sí además de despedirse de los de la casa que habían visitado.

—¿Está el Musiú en la calle Roble o anda de viaje? —fue lo primero que preguntó Don Vicente al llegar.

—Claro —le dijo Candita— él ya se quedó aquí para siempre, hace años que no viaja.

Y al Musiú llevó Vicente a Andrés. Antonio Leclerc, además de médico, era frenólogo. En su despacho sentó a Andrés en un taburete de tres patas, posó sus manos sobre la cabeza del niño y procedió a palparla. Luego sacó de un estuche unos extraños instrumentos de mango de marfil y midió cada centímetro de su faz, la línea de la mandíbula a la oreja, la distancia entre sus ojos, la circunferencia del cráneo. En lo que consultaba sus libros los mandó a esperar en una salita junto a su gabinete. Al ver los muebles de la sala, don Vicente sonrió y le dijo a Andrés que los mirara de cerca; eran 'cangrejeras', unas sillitas muy estables de palo blanco, que fabricaban en Cangrejos y que él mismo había regalado a Leclerc veinte años atrás cuando el entonces joven doctor se avecindó en Río Piedras. Comenzó a contarle al niño una vez más de cómo llegó a la Isla, pero Andrés apenas le escuchaba, estaba saboreando vaso tras vaso de un agua de horchata que les había traído una criada, mientras miraba embelesado por la ventana a la multitud que caminaba calle arriba y calle abajo en día de mercado. Al poco rato Leclerc apareció en el umbral y le pidió a Vicente que entrara solo al despacho.

—Hay tres entes en este niño —le dijo con la mayor naturalidad— un artista, un monje y un agricultor pero este último… no sé, no está en paz. Va a llegar lejos tu nieto, Vicente, tiene muchos viajes en su futuro pero no será feliz hasta muy entrado en años, si es que dura tanto porque el monje lucha con el artista y a los dos los opaca el sembrador, que es como alma en pena.

—Ha tenido visiones, Antonio —explicó don Vicente.

—¿Qué ha visto?

—No puede recordar. La más reciente fue hace poco, con un árbol de frutilla negra, pero dice su madre que de infante también las tuvo y que así le pasó al padre de ella.

—Mándame luego el día y hora en que nació, a ver qué podemos averiguar. Te adelanto esto, llévalo a dar baños de mar, le hace falta el contacto con el agua salada… ya te habrás encargado de ver cómo duerme…

—Duerme como le toca, mirando al sur —explicó Vicente, y Leclerc asintió con su cabeza. Vicente salió confundido de la consulta; feliz de saber que su nieto no estaba enfermo, con aprehensión por lo que le esperaba. A veces era mejor no saber. Andrés estaba lleno de vida, saltaba por las calles y Vicente le guardó para el final del viaje una doble sorpresa. En una tienda le compró un cuaderno de dibujo y un estuche de lápices de colores importado de Alemania que traía hasta una pequeña cuchilla para sacarles punta. —Nunca olvidaré este día, abuelo —repetía una y otra vez el niño. —Me alegro, hijo —contestó Vicente— y ahora, camino a casa, quiero que veas lo que es un artista de verdad.

Esa fue la única vez en su vida que habló con Francisco Oller. Bajo un aguacero torrencial salieron en coche de Río Piedras hacia Carolina. Llegaron a media tarde a la hacienda Santa Bárbara, donde Oller estaba pintando *El Velorio*, ese cuadro que algunos han dicho que representa a esta Isla. En su improvisado estudio, regados por el suelo y encima de mesas y sillas había pinceles y pinturas, racimos de plátanos, flores, tiples, güiros y machetes, y bocetos de perros, niños, mujeres, hombres, mazorcas y palmas. En una repisa estaba planchado y doblado el mantelito que cubría la mesa donde descansaba el niño muerto en el medio de la pintura. Francisco Oller recibió a Vicente y a su nieto con mucha cordialidad. Había conocido a Vicente en el Museo de Artillería en Madrid hacía varios años, cuando estudiaba con precisión los detalles de las armas militares para un cuadro que le habían comisionado y Vicente se encontraba allí con sus hermanos de cofradía estudiando mapas de fortificaciones. Al oírle hablar, Vicente supo que el pintor era puertorriqueño así que se le presentó y le contó de sus visitas a la Isla y de lo mucho que le gustaba esa Antilla. Oller conversó varias veces con Vicente, lo llevó a ver su estudio y le extendió una invitación abierta para que si volviera por Puerto Rico, fuera a visitarle. Ahora Vicente y su nieto miraban maravillados el lienzo gigantesco que tomaba vida de la vida misma, que como por magia se apropiaba de una casa campesina, de todos sus objetos, de una fiesta que celebraba lo triste, de una muerte convertida en jolgorio. Andrés quedó extasiado y a pesar de su timidez, no tuvo reparos en hacerle preguntas al Maestro. Cuando fueron a salir ya el sol estaba brillando y la sombrilla roja quedó olvidada. Al otro día regresaron a San Antonio. Oller incorporó la sombrilla de Andrés al *Velorio*, esa fue su única relación directa con el pintor apuntó Madame.

Capítulo 5

Monserrate procuró seguir los consejos del doctor pero como no sabía nadar y sentía temor por el mar abierto, modificó en algo la receta de los baños de mar que debía tomar Andrés. Lo llevaba, en vez, a la boca del Río de Oro, donde nacía el manglar, y lo metía al agua amarrado por el tobillo a una soga muy larga. Andrés se ponía a flotar aletargado en ese pasillo de agua llano y seguro y miraba el cielo a través del dosel de las hojas del manglar que a media tarde dejaban filtrar una luz tranquila que se mecía a su propio ritmo sobre el agua tibia y verdosa. Mientras él tomaba su baño, Monserrate se sentaba a tejer en la orilla, donde la humedad era perfecta para los hilos; y mucho disfrutaba también esas órdenes médicas pues de no ser por obligación, nunca salía de su casa ni a tomar aire fresco.

Llevaban pocos días yendo a esa frontera entre río y mar cuando, una tarde, más arriba en la ribera, vieron una garza real anidando con su polluelo. Ella y Monserrate, dadas a la misma tarea de cuidar crío, se miraron con curiosidad y quedaron tranquilas, cada una en lo suyo. La garza se acostumbró a ellos; volaba a pescar y volvía al nido, como si no tuviese qué temer de esos dos, de esa pareja de animales sosegados e integrados al manglar con la misma naturalidad que ella y su polluelo.

Un tiempo después, Monserrate quiso dejar los baños, pues le parecía que Andrés estaba muy compuesto; había crecido y se veía más fuerte. Pero él insistió en seguir yendo. No recordaba nada que le diera mayor placer que ese flotar semidesnudo en el agua salobre, soñando con aventuras que nunca contaba, chocando cada cierto tiempo con las raíces que los árboles habían lanzado al agua para asirse al fondo, y volviendo luego a nadar en medio de los canales, entregado a un mundo primigenio y privado. La soga con que le tenía atado Monserrate era vieja y el agua la fue gastando. Un día, mientras ella tejía unos botines de bautizo, el tobillo delgado de Andrés se deslizó del nudo de la soga. El estaba adormilado, arrullado por el agua serena y caliente. Así salió flotando hacia el mar y la corriente lo fue alejando del manglar. Cuando Monserrate se dio cuenta, se levantó y comenzó a gritar a viva voz pero Andrés, boca arriba y con el agua hasta las orejas, no oía nada. Ella gritaba y suplicaba pidiendo auxilio pero no había nadie en la playa a esa hora. Entonces, contó luego asombrada, la garza la miró desde su nido, levantó el cuello, batió las alas y voló mar afuera hasta donde estaba Andrés. Cuando llegó hasta el niño comenzó a graznar y él abrió sus ojos y la vio, una sábana de plumas blancas flotando frente al cielo, avisándole que tenía que regresar. Miró a su alrededor y se dio cuenta de cuán lejos estaba la orilla y cómo una figura en la lejanía movía sus brazos desesperadamente. Él comenzó a nadar de vuelta sin asustarse, pues nunca el agua le dio miedo, hasta que llegó a la orilla.

Monserrate estaba desencajada. Al llegar Andrés se le abalanzó encima dándole gracias al Sagrado Corazón de Jesús. Andrés miró hacia el nido; allí estaba la garza, arrullando a su crío.

—Pero Madre —dijo el niño— ha sido la garza quien me avisó.

—Sí, ¿pero quién la hizo volar si no fue el mismo Jesús? —le contestó Monserrate.

En la casa don Vicente escuchó con mucha atención el recuento que ambos le hicieron, una enfatizando en la certera intervención del Corazón de Jesús y el otro en la ayuda prestada por el ave.

Cuando terminaron, sólo atinó a decir: —No es casualidad, Andrés, no es casualidad. —Al otro día, muy a su pesar, talló una garza en la cabecera de la cama de Andrés, borrando de paso a casi todas las abejas.

—Es un animal solitario el que te ha tocado —dijo. A Monserrate, quien casi nunca argumentaba con don Vicente de estas cosas, no le agradó ese gesto ni toda la habladuría de don Vicente sobre animales tutelares. Ella le había rogado al Corazón del Jesús, a quien siempre invocaba y que estaba en el pecho de la más bella imagen de la iglesia de San Antonio, una talla majestuosa, con Jesús ascendido al cielo, vestido como un rey con ropaje verde, morado y dorado, y mostrando su corazón traspasado de clavos y lanzas y coronado de espinas.

—Más le valiera haberle puesto el Corazón de Jesús en vez de tanta cosa pagana —le reprochó. Al oír esto, don Vicente la miró seriamente, tanto, que Monse y el mismo Andrés se asustaron, y exclamó: —No seré yo quien le marque símbolos de agonía, Monse, que bastantes tendrá a lo largo de su vida, como todo hombre.

Del episodio de la garza no se volvió a hablar en la casa. En realidad, todos estaban muy atareados, porque ésos fueron los años de una breve bonanza en San Antonio, que trajo uniones y desuniones, como siempre sucede en los buenos tiempos. Para mayor desarrollo del pueblo, se abrió otro periódico a donde se fue a trabajar Emérito Robles luego de enemistarse para siempre con su hermano. Sucedió que al día siguiente de la inauguración de la nueva capilla, Armando Robles sufrió una caída de su caballo cuando regresaba de una reunión política y, sintiendo que se moría, invocó a la Virgen de la Buena Leche y se salvó. Desde entonces, visitó el santuario diariamente y empezó a distanciarse de su hermano diciendo que era más importante la paz espiritual que el activismo social. Emérito, por el contrario, atribuyó el alejamiento de su hermano de las causas de reivindicación social a la locura que sufrió al golpearse la cabeza, complicada con la superchería de los religiosos. Por eso cuando se abrió la *Gaceta Imparcial*, se fue a trabajar allí con los dos abogados autonomistas que la habían fundado.

Fue también para ese tiempo cuando llegó al pueblo un hombre demasiado blanco, vestido de paño negro y sombrero de paja, que sudaba copiosamente todo el día. Traía un cargamento de camisas y faldas ya cosidas que se echaba sobre un brazo enorme y abarcador para llevarlas a vender casa por casa, callejón por callejón. De una alforja que colgaba del hombro, sacaba, para ofrecer, cintas, hebillas y otras bisuterías. Vendió mucho esos días, estaban casi al final de la zafra; luego se fue con su mercancía a otros pueblos. Al poco tiempo regresó con su esposa y su hijo, en un carro enorme tirado por cuatro mulas. David Levi fue el primer residente hebreo en la historia de San Antonio y fue una novedad porque supuestamente era un judío converso pero nunca se le vio en misa los domingos. Su mujer era una cubana preciosa y sandunguera que en nada parecía tener vocación de esposa de un comerciante serio y judío.

Se mudaron a una casita que colindaba por el patio con la de Andrés. Éste, aleccionado por su madre a no salir nunca de los alrededores de su hogar a menos que no fuera con permiso de ella o del abuelo, iba por temporadas a la escuelita primaria, donde se aburría rápidamente, o acompañaba a don Vicente, que lo tenía de aprendiz de carpintero. El resto del tiempo lo pasaba encerrado dibujando, leyendo o construyendo pueblos de juguete con trozos de madera que se traía de las construcciones. Desde su casa se veía a lo lejos una isleta llena de palmas que él trabajaba una y otra vez en dibujos, que pintaba con sus lápices de colores y que tallaba en maderos. En esa faena estaba el día en que conoció a Jacobo Levi, el hijo del judío. Un poco menor que él, de piel morena y ojos negros, más parecía gitano que judío, decía la gente.

De noche, mientras Don Vicente seguía enseñando a Andrés lo que él sabía de geografía, matemáticas y su particular historia del mundo, escuchaban a veces las voces de la casa vecina donde, junto a la ventana, David y Jacobo también estudiaban. Pero no era español lo que hablaban y esto desconcertó a Andrés.

—¿Qué hablan abuelo, acaso es inglés? La gente dice que ellos han venido de los Estados Unidos.

—No hijo, hablan hebreo, su gente lo ha hablado por miles de años y los padres se lo enseñan a los hijos. No importa en qué parte del mundo vivan, por eso son judíos primero y luego del lugar donde les tocó nacer, su patria es la judía.

—¿Pero dónde queda, abuelo? no está en lo mapas, sólo la antigua Judea.

—No tienen, ya no tienen, eso es lo curioso, la llevan adentro. Sí, era Judea de los romanos pero desde que los echaron de allí, no tienen país. Sueñan con regresar allá en sus oraciones y su cantos y algunos, cuando han podido, la visitan.

Pero si de noche hablaban hebreo, de día, a veces, hablaban inglés. Andrés lo supo el día que conoció al niño, cuando éste cruzó el patio y se paró frente a él, que estaba terminando un dibujo muy elaborado de palmas de corozo. Al ver al niño metido en su patio, no supo qué decirle y lo saludó, siempre se lo recordaría Jacobo, con una pregunta que era una definición de terreno propio.

—Yo soy de San Antonio ¿y tú, de dónde eres?

—De Nueva York, allí nací, pero he viajado con mi padre por las islas.

—¿Y puedes hablar inglés? —preguntó Andrés.

—Claro, mi padre me hace practicarlo todo el tiempo para que no lo olvide, y sé algo de holandés también, y hebreo.

—Yo sé castellano —explicó Andrés, como si no lo estuviera hablando—. Y soy carpintero de oficio —añadió.

Andrés y Jacobo se hicieron amigos porque tenían soledades en común y porque eran, además, los hijos de dos extraños hogares en esa comunidad donde al atardecer, los únicos hombres que no iban a las tertulias políticas, ni a las cantinas, ni a los gallos eran Vicente Ramírez Ángel y David Levi.

—¿Por qué tu mamá no lleva el apellido de tu abuelo? —le preguntó un día Jacobo.

—El no es su padre, él es el papá de mi papá.

—¿Y dónde está tu padre?

—Atendiendo asuntos en Maracaibo.

Eso le había contestado Monserrate desde la primera vez que él preguntó por su padre y eso repitió Andrés siempre que la pregunta temida salía de boca de los que no le conocían. Jacobo supo, como saben intuitivamente los niños, que el tema no era del agrado de Andrés y no le volvió a preguntar. Tras admirar varios días la destreza de Andrés para el dibujo, Jacobo se presentó un día con un cuaderno de su padre y dos lápices afilados para que Andrés le enseñara a dibujar. A cambio, Jacobo comenzó a enseñarle inglés y, de paso, el alfabeto hebreo. Contrario a Monserrate, Vicente pensaba que no era buena idea tener al niño tan encerrado. —Le hace falta salir a caminar por la playa, tomar baños de mar —insistía. Pero Monserrate no permitió jamás que su hijo volviera al agua. Transaron por permitirle caminatas por la orilla de la playa, habiéndole ella hecho jurar a Andrés, sobre una estampa del Corazón de Jesús, no volver a nadar en el mar salado.

Así comenzaron Andrés y Jacobo a andar por la playa en las tardes, a conocer cada recoveco del muelle de los Cantré, de las radas y palmares y de las tres bocas de río que daban al mar abierto. Y en esa orilla de playa se fijó en su memoria el olor de la leña quemándose en los fogones junto al mar; un recuerdo que Andrés asociaría para siempre al olor salitroso de ese Atlántico vivo y azul profundo, al batir de las pencas de las palmas de coco tan antiguas que nadie sabía quién las había sembrado, al ruido de las olas junto al palmar a media tarde, fijándose imagen, olor y sonido como un sello indeleble en su identidad de niño costero antillano.

Ahí, además, fue que conocieron a Miguel y a Teresa porque también a ellos les habían recetado caminatas junto al mar los médicos que, a fines de siglo, no sabían cómo diagnosticar las melancolías y las rebeldías de los niños que se van haciendo adultos. Llegaban los dos a caballo, acompañados por su sirviente Blas, quien montaba en una mula y nunca les perdía de vista. Andrés conocía a Blas porque éste era pariente de Facunda y siempre había sido de trato cordial con todo el mundo. Cuando los demás niños del pueblo estaban si no aprendiendo en la escuela, ayudando en faenas, en oficios, junto a sus padres, de aguadores durante la zafra, cargando ropa recién planchada, ayudando a cocinar, pelando gallinas, dándole comida a los animales o tendiendo los huertos; y todos los hijos de los hacendados estaban recogidos junto a sus tutores particulares, ellos cuatro caminaban de un lado a otro por las playas agrestes de la costa.

Al principio se miraban y apenas mascullaban un saludo como parte del ritual de las buenas costumbres. Pero poco a poco, Miguel y Teresa se fueron acercando a Andrés y a Jacobo. Aunque tenían edad para reconocer sus diferencias, no eran ellos tan grandes como para que éstas fueran amenazantes. Eran niños aún y la novedad de alguien como Jacobo, que siendo casi de la edad de ellos había viajado ya por muchos lugares y contaba con gracia lo que había visto, avivaba la curiosidad de los herederos Cantré, quienes nunca habían salido de la Isla. Los bocetos y dibujos de Andrés, entretenían mucho a Teresa. Bastaba con que ella dijera que uno era muy bonito para que él se lo regalara. Miguel le había hecho jurar a Blas que nunca diría que ellos se apeaban de sus caballos para conversar con el judío y el bastardito de ojos bonitos, como les decían en su familia.

Caminando a la orilla del mar, comenzaron a tejer sueños juntos. Liderados por Andrés, que les contaba de las hazañas de Marco Polo y de los regalos que éste llevó al Preste Juan, enhebraban una historia fantástica porque mirando hacia el horizonte infinito era posible configurar un mundo ajeno a San Antonio, una historia donde cada uno de ellos era un héroe. Miguel era el Emperador del Mundo de Cristal y sus dominios eran tan vastos que se extendían a otros planetas. Teresa era la Reina de las Flores del Mediodía y su corona brillaba más que el sol. Jacobo era el Señor de las Sombras y su poder era tan grande que con sólo él ordenarlo, las estrellas de la noche se alineaban en el firmamento. Andrés era el Príncipe Peregrino que visitaba invisible todos los reinos del mundo y nadie podía capturarlo jamás.

A esto jugaban a veces, porque cuando los herederos Cantré venían acompañados de la hermana menor, Haydée, apenas había tranquilidad para hablar, mucho menos para jugar. Miguel y Teresa decían que era caprichosa y malcriada y no cesaban de mortificarla. Echaban a correr y la dejaban atrás diciéndole que el cuco de la playa se la iba a comer, o amarraban las bridas de su potrillo a las de la mula de Blas para que tuviera que ir rezagada. Ella era pequeña y no entendía por qué la molestaban tanto; por eso se envenenaba, hacía pataletas y les tiraba pelotas de arena húmeda al cuello para que les entrara por la ropa, cosa que detestaban sus hermanos.

Jacobo estaba feliz en ese pueblo, pues nunca había vivido tanto tiempo en un lugar así ni había tenido oportunidad de formar una amistad como la que tenía con Andrés. Su padre lo complacía mucho y le repetía que estaba orgulloso de él, aunque le apenaba la falta de interés del muchacho en los negocios. David había mandado a buscar a su hermano Daniel y juntos, decía, iban a montar un gran almacén un día. Daniel, al igual que el resto de su familia, le había rogado que no se casara con esa mujer cubana, pero David, que había perdido a su primera esposa e hijos durante una epidemia en la Europa central, se encaprichó con María Soledad en Cuba y al ésta acceder a casarse sólo si lo hacían por el rito católico, él rompió con la familia, por lo que todos, excepto Daniel, le dieron la espalda. Ahora él miraba a ese hijo perfecto, inteligente, que Dios le había dado en el Caribe y se figuraba que al fin sería feliz.

Lo único que le preocupaba de Jacobo era que no era frugal; en eso sí había salido a la madre. Cada vez que David iba a comprar mercancía, ella insistía en que le trajera un regalo especial: una estola, un bolsito, unas plumas para un sombrero y él siempre accedía. Un día se presentó además, con una caja de madera grande donde venía, dijo, el regalo que le había pedido su hijo que pronto sería hombre, pues estaba a punto de cumplir los doce años. La sonrisa de Jacobo iluminó no sólo su rostro sino la casa entera pues David le trajo una cámara fotográfica, que le costó un potosí, con todo lo necesario para montar un pequeño gabinete de fotografía. A la Capital lo llevó a que aprendiera el oficio con un fotógrafo y poco después, Jacobo comenzó a ejercer con la mayor naturalidad la profesión que le llenaría la vida y lo llevaría a la muerte.

Cuando, pasado el verano, los Cantré no volvieron a pasear junto al mar y el tiempo se tornó más fresco, Andrés y Jacobo comenzaron a internarse por las veredas entre las bocas del río, uno a dibujar y el otro a fotografiar los paisajes que más les llamaban la atención tierra adentro. Caminaban hasta una pequeña meseta donde había un parque de indios, que es como le decía la gente a esos lugares donde abundaban piedras labradas con signos que ya nadie entendía; pasaban cerca del Monte de los Cimarrones, aunque se les había advertido que no era lugar seguro porque ahí se refugiaban desde los tiempos de Maricastaña los que se escondían de la justicia; y trepaban hasta llegar a la falda de la sierra. Desde allí se veía el pueblo completo y podían distinguir algunas casas de su barrio, los ranchones de los animales, los espirales de humo de los fogones y la pequeña chimenea de ladrillos rojos de la fragua de Jesús Frau, que hechizó a Andrés cuando la tormenta San Martín azotó a la isla.

El era muy pequeño aún y no entendía por qué tenía que quedarse en la tormentera que había construido don Vicente, un hoyo enorme en la tierra, al lado de la casa, donde le colocaron mientras Monserrate y el abuelo terminaban de traer lo indispensable. Ya habían preparado todo, faltaban tan sólo sus tesoros: de ella, sus hilos, agujas, cañamazos y el crucifijo que colgaba en la pared tras su cama; de él, sus libros, su caja de herramientas, su brújula y su juego de cartas. Las paredes de tierra de la tormentera habían sido aplanadas con la pala y rebajadas con un cepillo de metal que dejó marcadas ristras con sus cerdas. Andrés miraba con curiosidad ese hogar en las entrañas de su patio donde un sólo quinqué iluminaba suavemente el interior. Había en el suelo varias cobijas, otro quinqué, un racimo de guineos, una bacineta y, sobre una banquetita, un queso recién hecho por Monserrate todavía envuelto en su tela. A pesar de que entendía que los adultos sentían temor y por eso corrían de ida y vuelta a la casa bajo la lluvia tenue que había comenzado a caer, él sintió deseos de ver cómo era esa tormenta que decían iba a llegar de un momento a otro. Además, quizás quedaban revoloteando del día anterior algunos de los mariposones enormes, negros y rojos, que aparecieron de pronto a la orilla del mar y que los niños más grandes del barrio habían cogido por montones. A él no le había tocado ni uno porque por más que corrió junto a los muchachos, no alcanzó a agarrar ninguno.

La curiosidad era tanta que él trató de trepar por la pared, pero no pudo. Entonces quitó el queso de la banqueta, se encaramó y se estiró hasta llegar a la viga de madera en la que estaba empotrada la puerta de la tormentera y alcanzó a salir al patio.

El viento empezaba a aullar anunciando a todo el litoral que estaba por llegar la tormenta que llevaría por nombre San Martín, porque era día de su santo. No se oía ni a un sólo animal ladrar, mugir o balar. La luz del día estaba sin brillo, como si fuera de eclipse de sol y todo se sentía frío, húmedo; era como si la Naturaleza misma sintiera temor. Entonces Andrés miró hacia dentro del palmar, donde brillaba la llama de la fragua de Jesús. El humo salía por la chimenea y, de pronto, se escuchó el martillar del herrero. Mientras todos buscaban cobijo, él seguía trabajando como si no le importara. Andrés caminó hacia la casa de Jesús Frau.

Al llegar Monserrate y don Vicente a la tormentera y darse cuenta de que el niño no estaba, Monse se espantó y quiso salir corriendo pero don Vicente no la dejó ir. —Tú quédate por si él regresa poderlo meter adentro —le dijo—. Yo lo buscaré. Miró alrededor, vio el fulgor que salía de la fragua y corrió hasta allí. Jesús Frau estaba de espaldas, martillando herraduras y a pocos pasos de él, parado como un soldadito, inmutable y erguido, Andrés Estelrich miraba fijamente al herrero, al hierro y al fuego. Su abuelo le llamó pero el niño no podía escucharlo. Estaba absorto, como en trance, acercándose cada vez más a la fragua. Vicente se acercó despacito, lo tomó en brazos y salió corriendo. El viento había arreciado y a Vicente, una vez metido en la tormentera, se le hizo difícil cerrar la puerta y pasar la aldaba, pero al fin lo logró y los tres quedaron resguardados bajo la tierra.

Monserrate se alarmó al ver a Andrés tan callado, con los ojos demasiado abiertos y sin pestañear ni un segundo y, al abrazarle, lo sintió caliente. Miró asustada a don Vicente. Este puso su mano sobre la cabeza del niño como queriendo explicar algo; sólo acertó a decir cosas ininteligibles para Monserrate; que si el signo de Andrés, que si los artesanos y forjadores… pero Monserrate, tajantemente sentenció: —No quiero que vuelva allí nunca. —Así será —dijo don Vicente. Pero Andrés continúo yendo a escondidas y se quedaba largas horas inmutable al ver al herrero trabajando, al sentir el calor que emanaba de la fragua, al respirar el olor a metal derretido al rojo vivo, percibiendo algo que no podía explicar cuando Jesús le permitía manejar el fuelle, acercándose al hierro fundido hasta enrojecer, imantado a ese oficio antiguo, fundamento de guerreros, y de constructores.

A Andrés y a Jacobo les gustaba mirar desde la sierra su rincón de mundo y luego internarse en el bosque tropical, donde los helechos prehistóricos crecían hacia el cielo formando un palio verde chatré y las miramelindas rosas, blancas, anaranjadas y lilas pespunteaban la maleza, que siempre parecía estar húmeda y en movimiento. Perfectamente acoplados los dos, Jacobo podía estar varias horas escogiendo un lugar en donde las luces que caían entre los árboles se unieran a las sombras que abajo les esperaban para que juntas dieran la justa iluminación que le permitiera hacer de un paisaje, una fotografía de ensueño. Andrés podía estar las mismas horas sentado sobre un tronco cubierto de musgo dibujando el palmar a los lejos, palma por palma, penca por penca, recreando con sus manos diestras, hermosas y alargadas las luces y las sombras que formaban toda imagen en el mundo. Les complacía, además, que las cajas de los instrumentos de trabajo de ambos tenían etiquetas que parecían hechas por un mismo artista. La caja de lápices de Andrés, marca *Emperor* tenía un emperador vestido de rojo y azul sentado de lado en su trono, con su mano izquierda al cinto, un cetro dorado en la mano derecha y en el suelo, junto al trono, un escudo con un águila también dorada. La caja de madera de la cámara de Jacobo era marca *Le Chariot* y mostraba a un rey vestido de azul y rojo, con su mano izquierda al cinto y portando en la derecha un cetro dorado, viajando de frente en un carruaje halado por dos caballos, uno rojo y uno azul. Era demasiada casualidad, decía Jacobo, que ellos, tan amigos, tuvieran además esos marbetes tan similares. Andrés decía que no habían casualidades, que su abuelo le había enseñado que todo estaba escrito. Entonces callaban y volvían a sus oficios.

A veces se desplazaban hacia la quebrada que desembocaba en el ojo de agua del Río de Oro, allí donde se habían ahogado los dos niños con los que inauguraron el cementerio nuevo. Fantaseaban con subir quebrada arriba por las rocas, pero se les había prohibido y estaban en esa edad en la que uno pone en la balanza, de un lado, las consecuencias de desobedecer a los padres y, del otro, el instinto de obedecer los impulsos del corazón. Hasta entonces, siempre que habían llegado hasta las rocas desistían de subir por ellas, pero un día, considerando si escalarlas o no, escucharon un lamento intermitente, como de pequeño animal herido. No dudaron un momento y dejando al pie de las rocas cámara, cuadernos y lápices, subieron por el lado de la quebrada. Era un camino escarpado y para colmo, en esas rocas abundaban los alacranes, por lo que escudriñaban cada piedra antes de agarrarla para impulsarse hacia arriba. Al llegar a la cima vieron, colgando de una rama casi encima del ojo de agua, un saco de donde provenía el gemido. Lo bajaron y lo abrieron. Adentro, tres cachorros de perro montés apenas se movían y uno lloraba quedito. Jacobo estaba horrorizado. —Esto es malo, Andrés, muy malo —dijo. Andrés, conmovido por la suerte de los perritos, le explicó: —Es la costumbre, Jacobo. Cuando hay perros o gatos de más, la gente los echa en un saco y los tira al mar o al ojo de agua, así salen de ellos, y los animales mueren rápido. Parece que esta vez, cuando tiraron el saco se enganchó en la rama.

Los llevaron junto al río y trataron de que tomaran agua, pero los tres se les murieron en las manos. A Jacobo se le salieron unas lágrimas pesadas, calientes, que él trataba de borrar de su cara pero no podía y seguía con el rostro desencajado. Andrés enterró a los animales y puso signos sobre su tumba. Esa noche le contó al abuelo lo sucedido y éste le recriminó por haberse acercado al ojo de agua.

—Jacobo dijo que era una gran maldad, como si fuera pecado el mandar matar a esos cachorros, abuelo —dijo.

—Y tiene razón, sobre todo porque su religión así lo enseña —respondió Vicente.

—¿Qué enseña?

—No recuerdo si en el Tora o en alguna parte de la Biblia, pero para ellos está escrito que no se puede ser cruel con los animales, ese mocoso está bien educado. Yo nunca dejé que maltrataran a las mangostas que trajimos —añadió.

—¿Pero es que eso es cierto, abuelo? —preguntó Andrés.

—¿Ah, acaso yo te he mentido alguna vez? ¿Es que cuántas veces te voy a enseñar la fotografía? —Don Vicente buscó una vez más la foto borrosa de unos marineros en la Dársena de San Juan con la goleta *Elizabeth* atrás, sonriendo acuclillados junto a unas jaulas por donde asomaban los hocicos varias docenas de mangostas.

—Ese soy yo hijo —dijo señalando al marinero del centro— la primera vez que pisé suelo puertorriqueño. Vinimos de Jamaica con esos animalitos.

—¿Para qué las trajeron, abuelo?

—Para que mataran las ratas en los cañaverales. Las trajimos de Jamaica, a donde los ingleses las llevaron de la India. Aquí las soltaban en los cañaverales; las primeras las trajo un hacendado de Barceloneta y luego las llevaron a Arecibo, y por ahí se fueron propagando. El dueño de una central las tenía amaestradas como si fueran gatitos ¡dentro de su casa! Y sus hijos jugaban con ellas. Ahora la gente les teme, dicen que se han propagado demasiado, que atacan a las personas, yo no sé, eso no lo he visto. Los animales son criaturas sin capacidad de mal. Ahora, te advierto, no vayas a contarle a tu madre de esa aventurilla, ella se preocupa demasiado.

Capítulo 6

Andrés nunca le contó a su madre de su escapada al monte, ni de ninguna de las situaciones en las que estuvo en peligro. Con Monserrate él tenía el cuidado que tienen los hijos únicos con las madres que les quieren demasiado. Pero su madre no sólo le quería, pensaba para sus adentros Andrés, también le hacía sentirse avergonzado. El no sabía exactamente de qué pero lo sentía. Por eso caminaba cabizbajo casi siempre y un poco entre distraído y huraño. Como un pájaro que tuviese un peso amarrado a una pata, brincaba por el pueblo si lo enviaban a hacer mandados, él que hubiera querido volar. En San Antonio la gente decía que él sólo se llevaba completamente bien con el hebreo y con los loquitos del pueblo. Por eso su madre le permitía ir a visitar la casa de Facunda, donde en la parte trasera, amarrado a una estaca colocada en el medio de una galería techada, vivía Anselmito, el Niño de la Voz de Plata.

Había nacido aparentemente normal pero, cuando a los dos años gritaba si alguien lo tocaba, rehusaba mirar de frente a las personas, no lloraba si se caía y parecía no escuchar a nadie, Facunda lo llevó a donde un curandero que dictaminó: mal de ojo. Le pusieron todos los ungüentos posibles, sacrificaron un pollo blanco, le hicieron tomar brebajes de yerbas, pero Anselmito no progresaba. Como no obedecía cuando le explicaban algo, más de una vez se acercó demasiado al fogón y se quemó las manitas. En ambos brazos tenía cicatrices que comprobaban sus encuentros con el fuego. Trataron de entrenarlo a ir a la letrina, pero resultó imposible. De mil en ciento seguía instrucciones y de pronto revertía a su estado natural. Imposibilitada de estarlo cuidando las veinticuatro horas del día, Facunda consultó al Padre Bermejo y éste estuvo de acuerdo con lo que sugirió el padrino del niño, que lo mejor era tenerlo amarrado por su propio bien.

Le construyeron entonces una galería techada en la parte de atrás de la casa, con una plataformita de madera en el medio, donde estaba la estaca a la que lo amararon con una cuerda muy larga que le daba la vuelta por la cintura. Para que no se lastimara la piel, le pusieron una fajita de algodón con pasadores para la cuerda. De pequeño siempre pareció un monito con esa faja azul, pero según fue creciendo hubo que ponerle tirantes de cuero con hebillas para que no se bajara el pantalón y se agarrara sus partes, cosa que hacía con la mayor naturalidad solo o frente a las visitas. Así pasó los primeros doce años de su existencia, corriendo por la plataforma de madera y saltando a veces hacia el patio, justo hasta el platanal, pues hasta allí le llegaba la cuerda, para tirarse al suelo y asolearse entre los cerdos y las gallinas.

Sin embargo cuando cumplió los doce años y comenzó a desarrollarse, se obró un cambio milagroso en él y empezó a levantarse con los gallos todos los días y al primer canto de éstos, empezaba él a cantar. Nadie nunca le había escuchado hablar, por eso era tan raro oírlo cantar todas las canciones que alguna vez hubiese oído, en un español claro y melodioso, aunque pronunciando exageradamente con los labios cada palabra, como hacen los sordos. Cantaba desde las cinco hasta la siete de la mañana y luego volvía a su mutismo hasta la próxima madrugada. Al principio todos los vecinos venían a verle y él, como en trance, seguía cantando sentado en el medio de su plataforma, completamente ajeno al público presente. Pasado algún tiempo, y habiéndole echado el Padre Bermejo agua bendita por si acaso, Anselmito cantaba solo. Facunda limpiaba diariamente la plataforma de madera con baldes de agua y con un cepillo de raspar calderas robado de alguna hacienda y echaba una pasta de flores machacadas para dar buen olor a ese corral improvisado.

Pero cuando se acercaban las Navidades, los vecinos, según sus posibilidades, le regalaban pomitos de pacholí, un frasco de agua de flores, un alcoholado con malagueta, pequeñas ofrendas para que la galería estuviera fragante y así hacer más llevadera la vida de Anselmito. Y Facunda restregaba más aún las maderas, a veces hasta con aceite, y en el pueblo se escuchó decir 'tan limpias como las maderas de Facunda' cuando querían alabar la limpieza de algo. Nochebuena tras Nochebuena los vecinos venían a traer sus regalitos y Facunda, agradecida por esa solidaridad que sólo se da entre los que no tienen nada más que ofrecer, preparaba un sancocho de gallina y arrimaba al fogón guineos verdes y batatas para que se asaran junto a la leña. Entonces aparecía un vecino con aguardiente; otro traía una bordonúa y un güiro con su conchita para rasparlo; el hijo mayor de Facunda descolgaba de la pared el tiple doliente y comenzaban una fiesta cantando aguinaldos más viejos que el frío.

Mientras, Anselmo daba brincos y salía hacia el patio, rehusándose a estar siquiera cerca de los presentes pero, todos sabían, memorizándose de alguna manera inconcebible todas las palabras, todos los ritmos y cadencias, todas las notas de cada melodía que luego interpretaría de cinco a siete por los próximos meses. En esa época los músicos que tocaban en el casino pasaban de noche por casa de Facunda al volver al barrio. Eran criollos de todos los colores: negros, morenos, blancos y trigueños, y traían sus guitarras, sus violines y, siempre, un acordeón. Entonces empezaba el jolgorio de los de Abajo, que bailaban mazurcas y merengues y hasta valsesitos muy movidos. A veces también llegaba el padrino de Facunda, Domingo Chéquere, con todo su clan, a interpretar una música movida, 'bomba' le llamaban, y la tocaban con tamboras alargadas hechas de barriles de tocino y con las maracas, los cué y la marímbola, que era la pasión de Andrés. Él quedaba extasiado ante ese instrumento que daba el bajo con tanta precisión cuando lo tocaba Domingo con sus manos de dedos negros y largos que parecían mariposas nocturnas sobre las clavijas plateadas. Esa música no le gustaba a los hacendados porque decían que los negros habían hecho conspiraciones con esos ritmos. En la hacienda de La Providencia no podía tocarse porque el que lo hiciera quedaba despedido. Don Heraclio nunca perdonó ni a los liberales que apoyaron la emancipación ni a los esclavos que se liberaron. A los negros los toleraba como peones pero desconfiaba de ellos, sobre todo si hacían fiesta. Pero allí en Bario Abajo, los músicos eran los amos porque lo que ellos tocaran, eso bailaba la gente. Anselmo rezongaba, y se tapaba los oídos pero luego repetía, exactamente sincronizados, los toques de cada músico en cada tambora .

Así dieron comienzo las famosas Fiestas de Nochebuena del Barrio Abajo de San Antonio. A los pocos años el Padre Bermejo, preocupado porque fueran a tomar un rumbo poco religioso, insistió que deberían dedicarlas al Niño Emanuel recién nacido y a Santa Cecilia, la patrona de la música. Los santeros del barrio, Justo y Gabriel, tallaron a la santa con su palmita y sus ojos en un plato. Del Niño Jesús Emanuel hicieron dos imágenes, una de él rumbo a Egipto con sus padres y una más grande de Jesús joven rodeado de ovejas, y siempre se empezó la fiesta cargando en procesión las tres pequeñas tallas de los santos rodeadas de flores y velas. Se llevaban durante siete días a diferentes casas del barrio y el veinticuatro en la noche llegaban a casa de Facunda, que había montado un altar con pencas de corozo y hojas de plátano y ahí las ponían antes de empezar a cantar. A casa de Andrés nunca vinieron los santitos, por más que él rogara a Monserrate que ofreciera la casa. Ella rehusaba tener con la comunidad relación alguna que no fuera de la más estricta y formal buenacrianza. Siempre saludaba sus buenos días o buenas tardes cuando se cruzaba con un vecino; y si los sabía necesitados, era la primera en procurar ayudarlos con un dinerito que sobrara, con un trajecito para la nena, con una frisa para el abuelo enfermo. Pero nunca pisaba más allá del umbral de casa ajena, ni permitía entrada a su casa a nadie que no fuera invitado de don Vicente o de Andrés.

Herida por su sentido de vergüenza, siempre vivió pensando que los demás la podrían herir a ella o a su hijo, y por eso nunca bajaba la guardia ni le permitía a nadie acercarse al bastión en que había convertido su vida. Como ella, Andrés no solía visitar casas ajenas hasta que un día, cuando vio a Anselmo pataleando, imposibilitado de regresar a su galería porque se le había enredado la cuerda en un arbusto, se metió en el patio para ayudarle. Anselmo, para sorpresa de Facunda, que llegaba en esos momentos a la casa, se le abalanzó encima a Andrés dándole palmaditas en la quijada mientras emitía unos gruñidos que eran su forma de manifestar agradecimiento, o acaso, cariño.

Facunda entendió que alguna comunicación había entre ellos e invitó a Andrés a visitarle cuantas veces quisiera. Andrés tomó la costumbre de irlo a ver cada semana. Como no podía conversar con Anselmo, que ahora era un muchachón de torso cuadrado y piernas cortas y torpes, se llevaba sus herramientas cuando iba de visita y confeccionó una marímbola que pintó de rojo y decoró con una hilera de palmas. Cuando Domingo Chéquere la vio le dijo: —Se ve bien, pero no vale si no sirve para tocar.

—Pues enséñeme, Domingo —respondió Andrés, sorprendido ante sí mismo por su osadía. Domingo Chéquere era un hombre mayor, de mirada intensa; hablaba poco pero cuando lo hacía todos le escuchaban porque tenía el don de la palabra. Sus muñecas estaban marcadas con unos tatuajes al relieve que semejaban pulseras de guijarros. Esas marcas, había escuchado decir Andrés, se las había hecho su propio padre, que vino de África esclavo y nunca habló castellano.

Domingo Chéquere tomó la caja y le dio unos golpecitos, luego tocó una por una las clavijas de metal. Entonces se sentó junto a Andrés en la maderas de Facunda y empezó a entonar una melodía que contaba la historia de una jicotea, mientras marcaba el ritmo colocando los dedos de Andrés en las clavijas. Así fue que Andrés aprendió los rudimentos del único instrumento que tocó en su vida, pero de ahí no pasó.

Cuando Andrés iba de visita a la casa, solía llamar a Anselmito para que no se fuera a asustar y el muchacho abría los ojos al oír la voz de Andrés. Anselmo le provocaba a Andrés una sensación confusa, parecida a la que sentía con los perros que encontraba en los caminos y se dejaban tocar por él, los cerdos de ojos pequeños que siempre lo miraban más de lo necesario y los gansos de Petrona, que le seguían graznando, como protegiéndolo, cuando andaban sueltos; era un sentimiento íntimo como de estar hermanado a ellos por alguna vena perdida en el tiempo. Si era cierto, como decía el abuelo en voz baja y bajo promesa de que el niño no lo repetiría, que se estaba comprobando ahora que los humanos reencarnábamos en otros seres y habíamos vivido en otros cuerpos, entonces él había sido mamífero, ave, pez e insecto en vidas anteriores. Si no, se preguntaba, ¿por qué se sentía tan a gusto entre los animales y se llevaba tan bien con esta especie de animalito que era Anselmo?

Así como con Anselmo era su relación con Venturita el de la plaza, que nació contrahecho por el pecado de su madre de quererlo abortar. Ella murió en el parto y él nació como un recuerdo a toda la población del fruto de un doble pecado: la lujuria y el intento de aborto. Cuidado por el sacristán de turno en el sótano de la casa parroquial, Venturita, en cuanto pudo gatear, se mudó al frente de la iglesia donde pasó sus días pidiendo limosnas, siguiendo entierros y, cuando lo emborrachaban los muchachos, encaramándose en los árboles de la plaza de dónde había que bajarlo al día siguiente, a veces a pedradas. Cuando Andrés pasaba por la plaza, sin embargo, Venturita se quedaba quieto, sonreía y en vez de estirar la mano para pedirle monedas sacaba alguna del bolsillo de la chaqueta que nunca se quitaba e intentaba dársela a Andrés. —Amigo, amigo —le decía. Así la gente aprendió que para calmarlo cuando se ponía furioso y no se quería ir de un velorio al acabar los rezos, o no quería bajar de los árboles de donde lanzaba improperios, había que buscar a Andrés.

—Permiso, doña Monse —decía el sacristán— mande venir al niño, es que Venturita....

Y allá iba Andrés a llamarle. —Amigo, amigo, baja, ven. —Venturita, con mansedumbre, bajaba del árbol.

Aparte de lo que sentía cuando su abuelo lo elogiaba por sus dibujos y sus destrezas manuales, ese rol de aplacador de los locos del pueblo le producía un sentimiento de orgullo, si bien un orgullo extraño, ambiguo, porque le señalaba ante los demás como alguien raro. Importante, quizás, por brevísimos momentos, pero no por algo que era en sí admirable sino por una capacidad no solicitada para comunicarse con las bestias y con los seres humanos que no entraban en razón.

Ese don, sin embargo, fue el que le permitió comenzar a conocer a Haydée. La encontró un día por la playa, con su vestido de encajes lleno de arena, su pelo revuelto, y gritando como una energúmena porque un cangrejo, decía, la había picado. Andrés soltó sus dibujos, tomó la mano de la niña y vio un puntito rojo.

—No es nada —le dijo— mete la mano en el agua salada y se te va. Además, los cangrejos no pican, muerden, y tú no tienes nada ahí. —Ella, sin embargo, no quitaba sus ojos de los dibujos de Andrés.

—Yo quiero ése —exclamó, señalando uno de una iguana sobre hojas de almendros de playa. Andrés, de inmediato, le respondió como habían hecho con él toda la vida.

—Se dice 'por favor'.

Haydée lo miró desafiante y dijo muy despacio: —Por fa–vor.

—Está bien, cógelo —le dijo Andrés. Ella lo tomó por los bordes con una delicadeza que rayaba en la veneración, le sonrió a Andrés y le dijo: —Yo también voy a pintar así.

—No es pintura, es dibujo —dijo Andrés y en eso escucharon a Miguel que, iracundo, venía al trote por la orilla de la playa con el potrillo de Haydée a la zaga y con Teresa y Blas tratando de alcanzarle.

—Por eso no me gusta traerla, maldita niña, siempre haciéndonos pasar sustos y malos ratos —gritó furioso.

—Y todo por tu culpa, Blas, se te ha dicho que no le quites los ojos de encima —añadió Teresa.

—Su merced, lo que me ha dicho el amo es que no se los quite a ninguno de los tres —respondió muy certero Blas.

—Haydée ven aquí inmediatamente y sube a tu potro, anda —ordenó Miguel. Haydée empezó a llorar y a patalear en la arena mientras con su brazo derecho ponía a salvo de ella misma el dibujo regalado.

—Tu hermano tiene razón —le dijo Andrés— ¿Por que no te montas en el potrillo y así regresas a cambiarte a tu casa? Anda, ve. —Le habló suavemente, como le hablaba a Anselmito. La niña hizo un mohín pero se acercó al caballo y montó.

—Gracias —dijo Miguel secamente—. Ella es…difícil —añadió, mientras con el dedo índice se señalaba la cabeza. Teresa abrió los ojos como en reproche y Miguel rápidamente bajó la mano.

Haydée los miró a todos, ahora muy dueña de sí; con gran compostura tomó las riendas del potro mientras le contestaba a Miguel: —Difícil tú, difíciles ustedes.

En otra ocasión Andrés la encontró caminando sola por el atajo que daba de la hacienda al río. Esta vez se había raspado la frente con alguna rama y tenía gotas de sangre en su blusa blanca.

—¿Te saliste de nuevo sin permiso? —le preguntó Andrés mientras le tomaba de la mano y la llevaba de vuelta a la casa hacienda. Haydée no habló nada en todo el trayecto pero cuando vio a su madre, que se acercaba con su parasol rodeada de los sirvientes con los que había salido a buscarla, murmuró: —Un día me voy a ir de aquí para siempre.

—Haydée, niña ¿por qué haces esto? —dijo doña Margarita simulando un llantito de rigor mientras se secaba imaginarias gotas de sudor de la mejillas. Era, como afirmaban todos y había escrito el padrino de su boda cuando ofreció el brindis, la mujer más hermosa de San Antonio, con su pelo negro, cuello de alabastro y grandes ojos castaños, con los que miraba ahora agradecida a Andrés, que se sentía preso de esa belleza en el medio del pastizal. Cuando él soltó la mano de Haydée, ella comenzó una rabieta magnífica tirando manotazos y patadas de manera que dos sirvientas y Blas tuvieron que cargarla de vuelta a la casa. Entonces doña Margarita se dirigió a Andrés.

—¿Cómo lograste que volviera? —preguntó—. Hacía horas que andábamos buscándola. A nosotros nunca nos obedece. Gracias a Dios que te hizo caso, gracias, niño —dijo. Andrés se encogió de hombros. En realidad él no tenía idea de por qué la niña Haydée no gritaba cuando estaba con él. Pensó que era lo mismo que sucedía con Anselmo y con Venturita pero creyó prudente no comparar a la hija de los Cantré con los idiotas del pueblo. Estaba empezando a crecer y a darse cuenta de las máscaras que había que ponerse a veces para sobrevivir en el mundo.

Capítulo 7

Entonces llegó el tiempo en que Monserrate, por primera vez en su vida, cantó. Parecía haberse obrado un cambio en ella desde que llegó al pueblo Carmen Ocasio. A sus dieciocho años era maestra, música y sufragista. Vino recomendada por los dueños de la *Gaceta Imparcial* para dirigir una escuela para niñas. Les daba lectura, escritura, historia sagrada, catecismo, aritmética y clases de canto, y le ofreció trabajo a Monserrate para que les enseñara costura y bordado, cosa que ésta aceptó pues en aquel tiempo otras costureras se habían mudado a San Antonio y competían con ella. Carmen, entre sumas y restas, pecados mortales y pecados veniales, les daba a las alumnas unos conocimientos que no entroncaban con lo que la gente del pueblo entendía era educación de niñas, mucho menos de niñas casi señoritas. Les hablaba de la importancia de luchar por los desafortunados, del desarrollo personal de todo ser humano sin distinción de sexo y del derecho de la mujer a educarse. Y cuando estudiaban Historia Sagrada, les saltaba la parte de cómo Eva tentó a Adán pues según ella, bastaba que supieran que a los dos, por igual, los había echado el ángel del Paraíso, así de semejantes eran.

Ajeno a todo esto, el Padre Bermejo apoyó la escuelita y cuando Carmen ofreció formar un coro para acompañar las misas, él accedió, muy agradecido. Allí Carmen puso a cantar a Monserrate, a quien nadie nunca le había dicho que tenía una linda voz, y también a las sobrinas del padre, que se quedaron para siempre en el pueblo. Monserrate entonces cantó aún en la casa y parecía estar viviendo una segunda juventud. Se hizo dos trajes nuevos, ella que jamás se arreglaba; era como si al fin pudiera quererse de nuevo.

Ese año, en las fiestas del santo patrono, el ayuntamiento organizó varias veladas con quioscos, música, juegos y magia. Hechizado por un hombre que parecía había saltado de un vitral medieval, con un sombrero rojo y amarillo de ala ancha y un traje a colores, Andrés insistió en quedarse hasta tarde una noche en la plaza, mirándolo hacer sortilegios tras una mesa pequeña cubierta de dados, vasos y cuchillos. Monserrate estuvo junto Andrés pero mirando las luces de bengala y sintiendo que por primera vez en años, unos ojos se posaban en ella.

Ahora, al fin, parecía una mujer feliz. Por eso fue tan extraño que, pocos meses después, insistiera en que tenían que abandonar la Isla ella y Andrés y buscar trabajo en otro lugar. Había hablado de eso a veces con don Vicente porque las cosas no estaban yendo tan bien como antes, pero nunca se lo había propuesto como algo definitivo.

Todo comenzó cuando despidieron a Carmen Ocasio de su trabajo como directora de la escuela. Las madres de algunas alumnas se habían quejado a las autoridades, que no eran otras que sus propios maridos, de las ideas que ella les metía en la cabeza y además, estaban preocupadas porque una morena como esa diera órdenes, corrigiera y hasta castigara a sus hijas.

—¡Qué van a creer las pobrecitas! Imagínese, don Félix —le decían al alcalde—. Una cosa es que las negras libres tengan oficio para no depender de la caridad pública, pero otra muy distinta es que sean maestras de nuestras hijas. Si hubiera dos escuelas, la cosa sería distinta porque una morena podría encargarse de las negritas y una mujer bien, de nuestras hijas. Mientras sea una sola escuela, la directora debería ser alguien intachable, como Elisa Bermejo, que usted sabe que les daría el catecismo como se debe y no como lo hace esa mujer tan parejera.

Carmen no se inmutó. Fue un par de meses a la Capital y regresó con un carta que certificaba que era aprendiz de tipógrafa. De inmediato comenzó a trabajar junto a Emérito Robles en la *Gaceta Imparcial*. Ya se sabía en el pueblo que el dinero para esa imprenta y para todas las desfachateces autonomistas venía de Gabino Grau, que ahora en contubernio con abogados liberales había hecho un préstamo para la construcción de un teatro en la plaza de San Antonio, que sería estrenado con una obra sobre una bailarina.

Pero a pesar de ese aparente renacer del pueblo, en Barrio Abajo las estrecheces eran cada vez mayores. Algunas haciendas estaban en la ruina y habían dejado cesantes a todos los trabajadores, que ahora intentaban sobrevivir arrimados a los bohíos que se extendían más allá del palmar, buscando proveer al menos una comida al día a sus hijos y no hallando modo alguno de alimentarlos. Otros se habían ido, emigrado a Santo Domingo, a Cuba, a la Florida en busca de trabajo. Pero para Monserrate, a pesar de que había perdido su trabajo en la escuelita pues renunció cuando botaron a Carmen y ya no tenía tanta labor de costura, la vida no le apretaba tanto como para tener que irse y menos ahora, tan linda que se había puesto, murmuraban sus vecinos.

Ella, sin embargo, insistió. En un ranchito detrás de la casa se había instalado Isidra, una de las últimas esclavas de la hacienda de los Adell. Con 14 años ya cumplidos para el día de la abolición, sorprendió a sus antiguos amos cuando prefirió irse a trabajar con su marido a una finca de un pequeño propietario antes que quedarse en la hacienda con los privilegios que le aseguraba su rol de esclava doméstica, bien tratada por los Adell y reputadísima por sus dotes para la cocina y la repostería. Los Adell no se iban a quedar sin los servicios de su ex esclava y hubo trifulca legal porque ella estaba obligada a ofrecerse a trabajar con ellos por varios años. Pero ella no cedió y los hacendados no quisieron insistir ante tan malagradecida criatura. Ahora viuda, Isidra y su único hijo, Ramón, llegaron una noche a Barrio Abajo y algo en su mirada impulsó a Vicente a ofrecerles el ranchito donde él había almacenado utensilios y maderos en tiempos de bonanza. En paja seca cubierta con una frazada, hicieron nido Isidra y Ramón y en las mañanas desayunaban pocillos de café prieto y la crema de harina de maíz que el abuelo había instituido como lo más noble y reconstituyente que debe de comer una persona para romper el ayuno luego del sueño. Recostados de la pared trasera de la casa, pues no había quien los hiciera entrar, Isidra y su hijo aceptaban agradecidos esa primera y a veces única comida del día, pero rehusaban compartir la comida fuerte de las dos de la tarde porque su sentido de honor no se lo permitía.

—Ya verán, don Vicente, doña Monsita, como les pagaré esto que han hecho por mí y por mi hijo —decía.

—Ni te atrevas a intentarlo, estás aquí como huésped, mientras necesiten nuestra ayuda, no hay nada que pagar —respondía Vicente con un tono tan cálido como cálidas eran las miradas de Isidra para con él. Al poco tiempo ella consiguió trabajo cocinando en el Hotel Hamburgo.

Fue entonces cuando Monserrate se sintió, si no libre, al menos rescatada un poco de la deuda eterna que tenía con Vicente Ramírez Ángel y tomando sus ahorros, buscó carta del Padre Bermejo para colocarse con una familia española en Estados Unidos, cosió dos abrigos, uno para ella y uno para Andrés y se dispuso a abandonar Puerto Rico.

La noche antes de la partida Andrés no podía dormir. Deslumbrado con los cuentos de viajes, con las maravillas que esperaba ver, con las aventuras que de seguro tendría, no podía estarse quieto. De pronto, le asaltó un miedo ancestral, tan verdadero que casi lo podía palpar; sentía como si dentro de su pecho anidara algo oscuro y pesado. Fue al cuarto de su abuelo y lo encontró, por primera vez, arrodillado en el suelo, en oración.

—Abuelo —exclamó— ¿también usted tiene miedo, también usted cree que...?

—¿Miedo? —le interrumpió Vicente—. No hijo, estoy haciendo meditaciones para que el viaje sea placentero y sin inconvenientes. ¿Por qué habría de tener miedo?

—¿Y si algo pasa, y si nunca nos volvemos a ver?

—¿De qué hablas? ¡Claro que nos volveremos a ver!

—¿Pero no siente tristeza, Abuelo, ahora que nos vamos?

—¿Tristeza? Sí, ¿Cómo negártelo? Tarde en la vida encontré mi vocación de familia, pero todo lo importante de la vida llega así, en su justo momento, como la muerte, que nunca llega en la víspera.

—No hable de muerte, pues, Abuelo —dijo Andrés santiguándose, entregado ya y para siempre a las más simples supersticiones.

—Andrexu —dijo parsimonioso don Vicente— nunca he sido bueno dando sermones, tú lo sabes, sólo hay una cosa que quiero que escuches y guardes contigo siempre.

—Sí Abuelo —respondió todavía agitado el niño—. Ya sé lo que me va a decir, que mire bien cómo duermo dondequiera que me toque pasar la noche.

—No, eso no tengo que decírtelo porque bien que lo sabes y para eso te regalé mi brújula, lo que te voy a decir es algo muy sencillo pero toma toda la vida entenderlo. Tienes que aprender a pensar con tus sentimientos, sobre todo cuando se trate de situaciones difíciles.

—¿Cómo Abuelo? ¿Qué dice?

—Cierra los ojos, respira tranquilo. Piensa en tu partida mañana en el coche; mírate en el puerto a punto de subir a la barca que te llevará al navío que está esperándote. Ahora piensa en que quizás nunca nos volvamos a ver. Piénsalo y siente esa separación. ¿Puedes sentirla? Sé honesto contigo mismo. Luego piensa en tu regreso. ¿De verdad crees que nunca nos volveremos a ver aquí, en esta casa, en esta habitación?

—No, no creo, pienso que quizás me tarde en volver pero….

—¿Pero qué sientes?

—Siento que sí, que sí nos veremos, Abuelo —dijo feliz el niño.

—Entonces esa es la verdad; los sentimientos saben, pero la razón, al intentar descifrar, confunde. Permítete sentir; siempre ve hacia lo que sientes.

—¿Y si me equivoco? ¿Si siento algo y no resulta y sale mal?

—Nunca sale mal, lo que sale mal es la interpretación que damos a lo que sucede. ¿Y qué si te equivocas, acaso no se equivocan los hombres cuando creen que han razonado las cosas? ¿A qué le temes?

—A equivocarme, a hacer mal las cosas, a hacer el ridículo, me avergüenza equivocarme Abuelo.

—Lo sé, eres igual a tu madre. Pero permítete equivocarte, permítete sentir, es la única manera de encontrarle sentido a la vida, Andrés.

—Le voy a echar mucho de menos, Abuelo.

—Y yo a ti, mi hijo, cuando vuelvas, serás todo un hombre.

—Pero un hombre que volverá a su familia.

—Ay, vaya usted a saber. Habrás viajado, quién sabe si habrás encontrado más familia.

—¿Familia? ¿Cuál? Sólo los tengo a usted y a Mamá —dijo, y de pronto recordó a su padre—. Ah, él —añadió, y por respeto no dijo más.

—No sé dónde esté Santiago, pero recuerda que tiene hermana en México. Y también está la familia de tu madre en Mallorca, y algunos de sus primos acá en las Antillas. Quién sabe a cuántos lugares viajarás, está en las línea de tus manos, ¿recuerdas?

—Andrés miró la palma de su mano izquierda, donde, por el lado, desde la muñeca hasta el meñique estaban marcadas más líneas de las que podía contar.

—No importa a dónde vaya, yo sólo quiero volver aquí, Abuelo. Un día construiré una casa aquí mismo, una casa hermosa, para nosotros, por eso quiero volver aquí.

—Pues así será.

—Y usted estará aquí, esperándonos.

—Aquí estaré —contestó Vicente, con una certeza innegable en su voz.

A la mañana siguiente salieron en coche rumbo a San Juan y, al atardecer, el vapor *La Regente* zarpó rumbo al noroeste cargado de bocoyes de ron, sacos de azúcar, tabaco en rama, dos caballos de paso fino que un comerciante se llevaba a su país y una veintena de pasajeros entre los que se encontraban un niño de doce años que corría de proa a popa maravillado de poder estar parado sobre el mar profundo y sus peces y sus caracoles, y una mujer menuda y dura, vestida de negro y avergonzada, tratando de entender por qué su vida estaba marcada de tal manera que ella misma se declaraba la guerra cuando estaba en paz, y dispuesta a emprender una nueva lucha, esta vez por su hijo de doce años y por el otro que venía dentro de ella haciéndose lugar en el mundo".

SEGUNDA PARTE

De todos los actos,
el más completo es el de construir.

Paul Valéry

Capítulo 8

Esa madrugada de noviembre, a las cuatro en punto, *Sister* Saint Sulpice y *Sister* Clementia se levantaron al unísono, cada una en su celda. Lavaron sus caras con agua fría, orinaron en sus palanganas de peltre blanco con borde azul cobalto, vistieron sus hábitos negros, calzaron sus botines de cuero y se arrodillaron a rezar por un nuevo día. *Sister* Clementia, maestra de historia, catecismo y matemáticas rezó, además, por que si, como se rumoraba, el fin del mundo iba a llegar en vísperas del nuevo siglo, que estaba a sólo unos años de distancia, Dios se apiadara de los niños de todo el planeta y les permitiera morir rápidamente para que no sufrieran. *Sister* Saint Sulpice, maestra de gramática, literatura y ciencias, rezó para que Dios ablandara el corazón de Mr. Joseph Cannard, millonario comerciante de navieras, y éste le otorgara el dinero que faltaba para poder abrir al fin dos salones de secundaria.

Sister Saint Sulpice, nacida Catherine Reilly, estaba imbuida de un amor tan grande por la justicia y un odio tan fuerte por la injusticia que había militado en el movimiento liberacionista de Irlanda, su país natal, hasta que a punto de ser arrestada por participar en un apedreo de soldados ingleses, embarcó rumbo a América. Buscando templar su vida, que era toda pasión, ingresó al convento de las Siervas de la Caridad para dedicarse a la educación de niños católicos de este lado del mar. A su mejor entender la vida era un calvario y el deber de los hombres y mujeres era hacerse fuertes para sobrellevarlo con dignidad, para no flaquear, y daba gracias a Dios todos los días por haber dotado a la Humanidad de un cerebro capaz de razonar para crear y sobrevivir.

Sister Clementia, nacida Mary Conally, era una mujer apacible, quinta hija de un matrimonio que emigró a Estados Unidos muerto de hambre y lleno de tesón para subsistir. Amaba sobremanera a los niños y al enterarse, en la adolescencia, de que no podría tener hijos, entendió, como entendían las mujeres de su tiempo, que ningún hombre la querría por esposa y creyó ver la mano de Nuestra Señora de la Clemencia guiando sus pasos hacia un apostolado de amor con los niños. Se hizo monja-maestra y nunca se arrepintió de su decisión. Trabajaba junto a *Sister* Saint Sulpice y dos postulantes dando clases de día y visitando a las familias pobres de la parroquia en las noches, para repartir limosnas en los hacinados cuartuchos donde vivía la mayoría de su feligresía y guiar en oración a los enfermos que no podían abandonar sus cuartos.

Pero sus vidas religiosas no estaban exentas de las tentaciones del mundo. *Sister* Saint Sulpice tuvo por varios años un enamorado con quien nunca cruzó palabra, pero que le alejaba constantemente de su noviazgo con el Señor durante las misas dominicales, sentado en el quinto banco de la iglesia, desde donde le quemaba con una mirada que reflejaba la Irlanda verde que ella dejó atrás y la pasión de lucha que tanto la sedujo en su juventud. Y *Sister* Clementia, en su soledad, tenía un sueño vano y pecaminoso de ser algún día madre superiora de un colegio de tres plantas y de un convento con cocinera que todas las mañanas preparara panecillos con mantequilla y quesos de su provincia natal. Las tareas cotidianas, sin embargo, no les proveían tiempo mas que para su trabajo.

Ese lunes de noviembre *Sister* Saint Sulpice y *Sister* Clementia se dieron prisa con sus oraciones, asistieron a una misa al alba y luego de un desayuno frugal estuvieron listas para recibir a un nuevo pupilo, recién venido de la Isla de Porto-Rico. Era un pequeño nativo ya cristianizado, les había dicho el padre McMurray, que había recibido noticia del arzobispado mediando una carta del padre Bermejo, y quien les explicó, porque lo sabía a ciencia cierta, que todas las islas tropicales tenían palmas, monos y niños morenos en espera de civilización.

Por eso, al pararse frente a la iglesia de San Francisco de Borja, las hermanas esperaron mucho rato antes de dirigirse a esa mujer de mirada dura, abrigo negro y pelo rojizo que no soltaba del brazo a un niño algo largo, delgado, de pelo castaño lleno de remolinos y los ojos más verdes y hermosos del mundo. Blancos los dos, parecidos a miles de europeos que desembarcaban todos los años en Nueva York, su fisonomía no representaba el esquema latino-tropical que las monjas habían recibido del padre McMurray.

Cuando cayeron en cuenta de que éste era el niño porto-riqueño su curiosidad no tuvo límites. *Sister* Saint Sulpice hablaba algo de español y conversó como pudo con Monserrate. Andrés habló con *Sister* Clementia en su inglés aprendido casi a perfección con Jacobo. Adorado de inmediato por esas dos mujeres quienes, como su madre, vestirían siempre de negro, a Andrés sólo le faltaba ser seleccionado para uno de los dos salones que componían la escuela de San Francisco de Borja.

Aunque tomaría clases con ambas hermanas, el salón donde lo ubicaran marcaría un derrotero particular en su vida. Con *Sister* Clementia, dotada de una caridad que no tenía límites, tendría una educación que enfatizaría la historia de las sagradas escrituras y de las civilizaciones y el uso de las matemáticas para triunfar en la vida, ofrecido todo este conocimiento con una dulzura que motivaba a estudiar. Con *Sister* Saint Sulpice, embarcada en una cruzada por dominar los instintos y ponerlos al servicio del intelecto, aprendería cómo funcionaban los seres vivos y, en particular, los hombres y las mujeres con su cerebro capaz de desarrollar el don de la palabra y reglas para su uso y capaz de crear poesía, que era donde más se parecía la Humanidad a Dios, todo ello impartido con una rigurosidad que era, también, una forma de amor.

El destino fue justo con Andrés Estelrich y le envió al salón de *Sister* Saint Sulpice pues él, rodeado de ternuras desde su infancia, necesitaba aunque fuera por un breve período de su vida exponerse a una disciplina revolucionaria como la que era capaz de imponer esa mujer de hábito negro y corazón encendido.

Capítulo 9

“Quienes más ayudaron a educar a Andrés en Nueva York fueron unas monjas que tuvo de maestras”, explicó Madame cuando comenzó a narrar la vida de Andrés en esa metrópolis. “De lo que no cabe duda es de que él y su madre llegaron con buena fortuna a una ciudad que era harto azarosa e inhóspita con los emigrantes que desembarcaban, horda tras horda, para buscar fortuna en los Estados Unidos. Como la familia de Noé y sus cientos de parejas de animales, llegaban a tierra firme luego de una travesía de hacinamiento, llenos de ilusión con el porvenir pero, a diferencia del patriarca, encontrándose de pronto con una vida tan dura como la que habían dejado atrás, de penuria, dolor y trabajo mal pagado. Sobrevivían por la esperanza, siempre la esperanza de romper el ciclo de la pobreza y de algún día gozar de buena fortuna. Monserrate había ido a trabajar a una casa en la parte norte de la ciudad, uno de los hogares de un ex cónsul español bebedor y mujeriego. De inmensa fortuna habida no se sabía cómo, él viajaba por el mundo y acostumbraba enviar a su señora madre, la baronesa, a su esposa prematuramente aseñorada y a su cuñada soltera a una de las casas a las que eventualmente llegaba luego de divertirse por su cuenta en el paradero anterior. Nueva York, París, Barcelona y Trieste eran los lugares donde había puesto casa Benigno Monte Olaya. Se hacía llamar Barón con una naturalidad que no permitía dudar del título y su inmensa fortuna y su lista de invitados a las fiestas y banquetes que ofrecía respaldaban su reclamo de abolengo y poderío. Monserrate fue contratada, gracias a las cartas del Padre Bermejo, amigo del confesor de la baronesa, como costurera y dama de compañía de ésta. Le fueron dadas una habitación grande y una chica en el ático del tercer piso de la mansión, donde cómodamente se instaló junto a Andrés. Una vez lo colocó en la escuela, ella vio con consternación cómo el niño aprendió en un dos por tres a ir solo y a caminar la ciudad con la alegría de los adolescentes que ya se creen hombres.

—Excúseme, Madame —dijo Lydia— pero ¿cómo pudo Monserrate llegar así encinta, soltera, a trabajar en esa casa? ¿No le extrañó a la familia del barón? ¿Y Andrés? ¿Cómo pudo aceptar eso, o entenderlo siquiera?

—Ah, pues Monserrate se presentó vestida de negro, como viuda y luego de informarle secamente a Andrés que estaba embarazada, se lo comunicó a la baronesa, añadiendo que si en algo les molestaba que ella tuviese esa criatura, le dieran un par de semanas para buscar otro lugar de trabajo y mudarse con su hijo. La madre de Monte Olaya no lo tomó a mal y le manifestó que mientras cumpliera con sus labores no habría problema alguno en la casa, pues más de una sirvienta había criado niños al rescoldo de ese hogar. Andrés detestaba que consideraran a su madre como sirvienta y nunca gustó de esa casa ni de esa gente. Cuando llegaba de la escuela subía como un bólido por la escalera de atrás e igualmente bajaba corriendo a la cocina a cenar con los criados, con quienes se comportaba ajeno y solemne.

En la escuela *Sister* Saint Sulpice había comenzado a despertarle una pasión por la lectura de la poesía, mundo hasta entonces cerrado para él pues, aparte de los libros piadosos y los de geografía con los que trabajó en la escuelita de San Antonio las pocas veces que asistió, todo lo que había leído se lo había provisto su abuelo, desde el diccionario de cosas útiles y algunos tomos sobre carpintería, albañilería y construcción de fortificaciones, hasta los tratados de espiritismo, francmasonería, estudios pseudo-científicos sobre el continente de Atlántida, leyendas del Grial y del Rey Arturo, la herencia de los templarios y, recientemente, artículos sobre teosofía y Madame Blavatsky, de cuyas ideas se estaba enamorando don Vicente. Pero *Sister* Saint Sulpice le puso en las manos a Byron, a Shelley, a Kipling y a Longfellow cuyos elocuentes poemas Andrés leyó una y otra vez.

Llegando la primavera, nació Eladia y la alegría de Andrés parecía no tener límite. Se levantaba de noche si ella lloraba y la cuidaba en lo que Monserrate le daba de mamar. Desatendía sus lecturas por hablarle y se maravillaba de tener una hermana, alguien que, como él, fuera de su misma unidad familiar, de un mismo tronco, de una misma sangre. Si había algo que él ansiaba en la vida, ese algo era una familia grande, como las de la gente de su barrio o las de los hacendados, con padres, madres, hijos y hermanos y abuelos, todos juntos. Ahora, con su hermana, tenía el comienzo de esa familia y soñaba despierto con la casa que construiría cuando volvieran a vivir todos juntos en San Antonio. Monserrate, en cambio, la cuidaba con tristeza. Aunque celaba su bienestar y su seguridad, siempre sentía que había algo invisible entre ella y esa hija que no le permitía quererla como se debe querer a quien uno mismo ha traído al mundo. A veces, escribía a don Vicente, se preguntaba si así sintió Antón, su padre, cuando ella nació.

La viuda Monte Olaya le decía que llevara la niña a pasear al jardín cuando Monserrate le acompañaba de tarde, pero Monse prefería dejarla en el cuarto, excusándose con que Eladia era delicada de salud. Doña Catalina sufría una soledad especial porque no conocía nada del idioma inglés y su nuera y la hermana de ésta lo hablaban con todos los invitados y a veces entre sí, para practicarlo, decían, pero en realidad para zaherir a esa mujer anciana y fuerte que viajaba el mundo entero tras su único hijo y que no se separó de él ni en su luna de miel. Doña Catalina le pedía a veces a Monserrate que le leyera algunas páginas de un antiguo libro de oraciones escrito en valenciano, sólo para deleitarse con el sonido de su lengua materna y recordar su ciudad natal, Valencia, la que había abandonado en la adolescencia, casada a los quince años con el viejo Monte Olaya, y a la que pudo volver pocas veces en su vida.

Cuando nació Eladia, le regaló a Monse una esclavina de oro pequeñísima y cada vez que podía, le iba dando botines, pañales y cotitas primorosas guardadas por más de veinte años. Era la ropa que había mandado a hacer cuando pareció que iba a tener un nieto. Pero su nuera perdió ese primer hijo que hubiera heredado título y bienes y nunca volvió a embarazarse. Doña Catalina guardó el ajuar del nieto que nunca tuvo y se lo iba dando a escondidas a Monse. Ella lo aceptaba y agradecía pero temía ponerle ropa de un no nacido a su hija y optaba por guardar los regalos lo más lejos posible de la niña.

Andrés seguía entusiasmado con su escuela. De la etapa inicial de lector de poesía pasó a ser lector de toda la literatura que le pusiera en las manos *Sister* Saint Sulpice y se esforzaba en las clases para que las religiosas vieran que él sí apreciaba todo lo que aprendía y así le prestaran más libros. Ellas le llevaron, además, a inscribirse en una biblioteca pública y Andrés la visitaba cada vez que podía, sintiéndose dueño del mundo, pues no concebía que con tanta naturalidad existiera un lugar lleno de miles de libros para que uno los leyese gratis. Y todo lo nuevo que iba experimentando lo compartía más con las monjas que con su madre.

—Ya yo tengo un oficio, soy carpintero como mi abuelo, pero me gusta mucho todo lo que leo, *Sister*, yo quisiera, además, ser poeta —le dijo un día a su maestra.

En esa confesión, *Sister* Saint Sulpice reconoció el comienzo del la adolescencia del niño, ese momento brevísimo, aunque parece eterno, cuando los sueños se conjugan con el cuerpo para producir unos muchachos torpes y sentimentales que no se dan cuenta en qué momento sus pantalones se les hacen cortos ni en qué lugar les nace tanto gusto por soñar con hazañas de aventureros y héroes. La monja no pudo evitar sorprenderse cuando, tras sólo una lectura de *Mort d'Arthur*, Andrés podía recitarle de memoria todas las aventuras de los caballeros de la mesa redonda y aun algunas que no estaban en el poema y que eran, ella sabía, de tradición más antigua, todo ello producto de la educación que le había dado su abuelo. Pero si eso le llamó la atención, más lo hizo el dibujo de la Iglesia de San Francisco que Andrés le obsequió al terminar el curso escolar.

—Es ciertamente hermoso —dijo asombrada. Y lo era. Los trazos, el ángulo desde el cual estaba dibujada, el cuidado con el que Andrés había plasmado las torres y columnas de ese templo del *revival* neogótico eran de maravillarse.

—Es un don que te ha dado el señor, Andrés —le dijo—. Tenemos que ver cómo hacemos para que lo desarrolles.

Y con su ayuda consiguió que lo becaran en un instituto de arte a donde él comenzó a ir todas las tardes del verano. Así fue que adquirió la base de sus conocimientos de arte. Siempre fue excelente en el dibujo de casas, edificios, arquitectura y detalles ornamentales y muy bueno dibujando paisajes y animales, sobre todo pájaros, pero nunca pudo hacer buenos retratos, se le escapaban de sus manos los rasgos de las personas y sin embargo, desde que había llegado a Nueva York, lo más que le interesaba aparte de los rascacielos, era la gente, las caras de la gente.

Al caminar de vuelta a la casa se encontraba con un mundo poblado por los humanos más diversos que jamás hubiese imaginado, trabajando en todas las tareas y oficios que exigía esa enorme ciudad. Guiando autobuses tirados por caballos; vendiendo sombreros; cargando pescado, frutas y maderas en los muelles; empacando estibas de panes frente a las panaderías con rumbo a los restaurantes y hoteles; descargando pieles de los bosques del norte para hacer abrigos y sombreros; vigilando, fusil en mano, cargamentos de piedras preciosas que serían trabajadas en el Bajo Manhattan; repartiendo leche, quesos, mantequilla y hielo, y vendiendo en las esquinas periódicos, pájaros, marmotas y serpientes, la gente hacendosa se desplazaba por la ciudad como un ejército de hormigas trabajadoras y sólo dos o tres borrachos hacían el contrapunto de la cigarra cantora de la fábula, mirando pasar el mundo entre tragos y canciones, sentados frente a algún edificio dilapidado donde niños harapientos apenas asomaban sus caras.

Alguna vez acompañó a *Sister* Clementia y *Sister* Saint Sulpice a atender a los desafortunados, como ellas llamaban a los hombres, niños y ancianas tan desamparados que no encontraban palabras para describirlos. Conoció así los hacinados tugurios de Nueva York donde vivían los nuevos esclavos llegados del Viejo Mundo. De Italia llegaban por miles: sicilianos, napolitanos, calabreses, cerdeños, cada uno con su propio dialecto, sus raídas ropas típicas, sus bordaditos de flores hechos trizas, sus hijos raquíticos, sus hijas prostituidas, sus ojos hundidos esperando el milagro de la redención a través del trabajo, ese milagro prometido por los que le vendieron la idea de emigrar y el boleto de ida y por los que le alquilaron, por más de la mitad de lo que podía ganar semanalmente, el cuartucho inmundo donde le tocaba vivir con su familia de siete miembros y donde, para poder pagar la renta, subarrendaba a otros cuatro paisanos, un entrepiso mugriento encima del fogón.

Allí estaban en su barrio los judíos, trabajando hasta dieciséis horas por día, encerrados en sus talleres de costura con las estibas de ropa apiñadas por doquier, a veces sin salir a la luz del sol en toda la semana, interrumpiendo su vidas sólo en el Sabbath con velas y cánticos tristes que al atardecer unían al vecindario que todavía esperaba al Mesías y que nunca parecía cesar en sus tribulaciones. Allí estaban los irlandeses, hermanos de etnia de las *sisters*, que llevaban decenios emigrando y habían sido los chivos expiatorios de todo en la ciudad, desde robos hasta ultrajes y por ello linchados de postes del alumbrado, temidos y odiados tan sólo por ser católicos. El flujo de irlandeses pobres nunca acababa de echar hacia adelante en el nuevo continente y nunca terminaba con la pobreza en el viejo país, pues cada año, no bien una oleada de miles de irlandesitos daba contra las costas de ese pedazo de mundo, otra nacía en la isla-nación.

Allí estaban también los chinos, vendiendo en sus calles vegetales frescos, frutos del mar y yerbas medicinales y más acá los suecos y los noruegos y los rusos. Los galeses cargaban carbón como en su tierra natal, los refugiados de Bohemia estaban esclavizados en la producción de cigarros y los recién llegados de Grecia, Hungría y Portugal laboraban en lo que apareciera. Y más arriba, hacia el norte de la isleta, ciudadanos del país hacía años pero más marginados que muchos extranjeros, estaban los negros americanos que emigraban del sur con destrezas agrícolas que no encontraban salida en esta ciudad de constructores y comerciantes. Los negros habían poblado poco a poco el antiguo barrio holandés de Haarlem, impresionando a los neoyorquinos porque a pesar de su gran pobreza, eran las suyas las calles más limpias de la ciudad.

Andrés se fijaba en los rostros, en las manos de ese mar de ciudadanos del mundo, en esos cuerpos doblados, sucios, cansados, a veces sonrientes pero siempre ajados, desfallecidos pero no vencidos, esa oleada rítmica que cada mañana se arrastraba de sus camastros al unísono y al unísono regateaba su subsistencia. Como los galeotes de los barcos de la antigüedad, movían con sus manos, su sudor y su sangre esas enormes galeras que eran los negocios de la isla de Manhattan, las calderas de las fábricas de Nueva Jersey, los incontables vagones de los trenes que surcaban todo el noreste desde Boston hasta Filadelfia, las incalculables riquezas de la bolsa mercantil, remeros desechables ellos, sacados a puntapiés cuando la tuberculosis y la anemia los hacía inválidos o inservibles, para ser sustituidos rápidamente por los millares que seguían llegando.

Las hermanas de la caridad, algunas sociedades benéficas y un puñado de oficiales del gobierno trataban de aliviar la situación pero era imposible detener el rumbo de las naves del progreso para atender a los enfermos de cuerpo o de alma que había que encerrar o castigar por el camino. En más de una ocasión algún obrero muerto de hambre, desesperado por la situación de su familia, se había personado frente a un lugar público como la estación de trenes o la boletería de un teatro y sacando un puñal, herencia familiar antigua y necesaria para cortar el pan o hurgar en las costillas del enemigo, había gritado una consigna en contra de los ricos y atacado a un par de transeúntes que vistieran ropa elegante. Acto seguido era agarrado por la Policía. Entonces lo molían a palos y patadas y, si sobrevivía, era encerrado en un asilo donde duraría menos de lo que le había tomado la travesía de ultramar.

—La culpa la tienen los anarquistas y socialistas —gritaba la gente hija de emigrantes que ya habían logrado espacio en la ciudad y podían olvidar sus orígenes.

—Miren, ahí están dos de ellos —exclamaban los ciudadanos cuando un par de tímidos milaneses se atrevía a pararse en una esquina a repartir propaganda para que los obreros se unieran a demandar un aumento de salario. Entonces, se congregaba una multitud iracunda que buscaba vengar a los atacados la noche anterior, en ese par de jóvenes lampiños con un hambre de tres días en las tripas y con una conciencia de veinte generaciones en el alma. Golpeados pero indómitos, los jóvenes regresaban a sus barracones, los que visitaban las hermanas de la caridad, quienes escuchaban sin pasar juicio las quejas de los desposeídos y trataban de brindarles esperanza en la oración y la fe.

Las visitas a ese mundo doliente y hacinado de los emigrantes que se esparcían por todos los bolsillos de la ciudad, calaron hondamente en Andrés y él se propuso que nunca iba a vivir como ellos; ni él, ni su familia caerían en el pantanal de los pobres de Nueva York. El hálito de compasión de las monjas por esa gente le llegaba como una advertencia de que él tenía que hacer algo para evitar jamás depender de caridad ajena mendigando un par de zapatos, una medicina o un bocado.

Pero una que otra vez, entre las historias de la inhumanidad de la ciudad y sus habitantes, se contaba una que era esperanzadora, como la del carbonero que salvó a las niñas de ahogarse en el río. Él vio a una madre colocando a sus tres hijitas en una barcaza media hundida en la orilla, e impulsarla hacia el medio del río para sacar de la miseria a las niñas, ninguna de las cuales había comido hacía más de dos días. El carbonero tenía tuberculosis y le habían advertido que no podía resfriarse. Era marzo. Él venía de su trabajo a las seis de la tarde y comenzó a gritarle a la mujer. Ella estaba incoherente y siguió empujado la barcaza desde la ribera con las niñas a bordo, inmutables, sacrificadas a nombre de los miles que como ellas, sufrían. El hombre bajó por la ladera hasta el río, se quitó su abrigo y se lanzó al agua. Trajo a las dos pequeñas primero y dejó a la mayor agarrada a las tablas, a punto de hundirse, y luego nadó rápidamente de vuelta por ella. Algunos transeúntes se acercaron al ver la tragedia, llegó la Policía y todos fueron al cuartel tiritando. El carbonero rehusó inculpar a la mujer y no pudieron radicarle cargos; él se las llevó a todas consigo.

El hombre empeoró y no le daban más de dos meses de vida, según le contaron a *Sister* Clementia. Ella fue con Andrés a llevarle ropa y algo de comida. En una esquina del cuarto del carbonero estaba sentada la mujer, que se mecía como loca y apenas hablaba. La niña menor tenía una fiebre que nunca se le quitaba. Andrés no llevaba diez minutos en aquel cuarto mugroso escuchando las cuitas de la familia, cuando se percató de que todos estaban condenados a una muerte lenta, pues se les notaba en los ojos que estaban muy enfermos, exhaustos de una vida demasiado dura. Hubiese sido mejor que hubieran muerto todos, pensó. Pero de inmediato le asaltó un gran remordimiento por siquiera haberse atrevido a pensar así. Cuando regresaron a la parroquia se lo dijo a *Sister* Saint Sulpice.

—Está bien que no quieras ver sufrir a la gente, Andrés, pero los humanos no somos animales, no se nos mata para que no suframos como se mata a un caballo que tiene la pata rota.

—Pero es que nadie puede hacer nada, *Sister*. ¡Son tantos! Nunca habrá suficiente dinero para tanto enfermo, tanto pobre, yo querría haber hecho algo.

—Quizás algún día los ricos compartan sus riquezas y los grandes héroes de la Humanidad, como el carbonero, reciban su justa recompensa.

—¿Cómo lo llama Gran Héroe, *Sister*? Hizo una buena acción pero ¿grande?

—Héroes son todos los que como él ayudan cuando hace falta sin pensar en las consecuencias ¿Quiénes crees tú que son héroes?

—Alejandro Magno, Napoleón, el Rey Arturo —respondió en un santiamén.

—Ay Andrés, ¡sólo has mencionado guerreros! Es posible que a veces haga falta ir a la guerra, pero no sólo son héroes los guerreros; el progreso del mundo está en manos de héroes que se dedican en cuerpo y alma a la humanidad. San Ignacio de Loyola fue un héroe, las enfermeras que laboran en los hospitales son heroínas, los que enfrentan la vida con dignidad y no se dejan vencer son héroes. ¡Quisiera Dios que hubiese más héroes como ese carbonero! Cada mancha de ese cuarto que visitaste, cada suspiro de ese pobre hombre, cada llanto de esas niñas atestigua el heroísmo tremendo de las ganas de vivir a pesar de la vida que llevan. Eso es ser héroe.

—¿Usted está diciendo que esas personas que no han hecho nada glorioso, que nunca saldrán en los libros, son héroes? ¿Cómo va a ser, *Sister*?

—Sí, cada uno de ellos —continuaba, convencida, *Sister* Saint Sulpice—. Tu propia madre, trabajando de sol a sol para vestirte y cuidarte, dejando su país, es una heroína; esa humanidad completa de los que por amor a sus familias emigran y laboran, los que venden en las calles, los que sirven en las casas y negocios de esta ciudad para mantener a los suyos, a pesar de los maltratos. Los héroes no son los que logran hacerse famosos o de dinero, Andrés, son los que logran seguir luchando aún cuando todo está en su contra.

Ese día Andrés regresó cabizbajo a su casa. No podía compaginar a los detestables sirvientes de la casa del barón con los héroes gloriosos de sus admirados poemas épicos ni a la gente de vida cotidiana con los héroes de grandes aventuras.

Capítulo 10

Cada uno de los ocho largos ventanales que llegaban hasta el suelo del salón tenía puertas de cristal labrado y viejas cortinas verduscas, atadas con cordones aterciopelados a ambos lados de los marcos para que permitieran que entrara la luz. Hacía años que las cortinas no se cerraban, no importaba si había sol de verano o penumbra de invierno, pues el Maestro Van Dam insistía en que había que aprender a dibujar con todo tipo de iluminación, al igual que había que aprender a construir para todo tipo de clima.

Enormes mesas de madera, algunas con resortes que permitían ajustar el ángulo de la superficie, otras inamovibles, enclavadas en troncos, e incluso una de cedro oloroso montada sobre un piano blanco, ocupaban el antiguo salón de baile de la casa y ahora Instituto Italiano de Arte y Dibujo del Profesor F. W. Van Dam. Ubicada a la orilla del Río Hudson, la mansión de tres pisos de la Familia Warren era un enclave de academias de arte y estudios privados de dibujo, pintura y escultura desde que el millonario Thomas Warren, entristecido por la muerte de su familia en alta mar, se volviera filántropo y donara ésa y tres casas más a un consorcio mitad público, mitad privado, cuyos administradores, accionistas y abogados se pasaban la vida en corte tratando de descifrar la madeja de cláusulas que precisaban quiénes, en qué momento y de qué modo, tenían el control y poder absoluto sobre esas estructuras. Mientras esto se decidía, por más de una década, habitaciones y salones de las casas se habían alquilado a grupos o personas que promovieran el aprendizaje o el aquilatamiento de las artes, pues sólo en ese renglón estaban de acuerdo los litigantes.

Así había adquirido el profesor F. W. Van Dam el enorme salón lateral y lo había ido amueblando poco a poco con lo que iba apareciendo, convirtiéndolo en estudio y vivienda. La mayor parte la constituía el salón de clases. Una división de biombos y cortinajes lo delimitaba del pequeñísimo hogar de Van Dam. Pocos estudiantes se habían aventurado a transgredir los límites entre una y otra estancia y los que lo habían hecho se habían arrepentido pues salían contando de cosas horribles y abominaciones en el recinto de aseo y sueño del maestro. Un joven tuvo pesadillas por mucho meses luego de asegurar haber visto allí un maloliente brazo humano cosido a una tabla y desgarrado con un bisturí, junto al cual había bocetos de los músculos, venas y huesos del miembro. Y uno de los niños más pequeños nunca quiso volver a clases desde que entró a la vivienda de Van Dam y vio un frasco grande de cristal, de los de vender dulces en las confiterías, lleno hasta la tapa de ratoncitos blancos y grises, cada uno con un lazo al cuello, aparentemente disecados y envueltos como bombones en papel multicolor.

Pero los cuentos de las excentricidades de F. W. Van Dam no eran detrimento alguno para las decenas de solicitantes que esperaban en lista ser admitidos a su instituto porque Van Dam era, ante todo, un profesor excelente. No sólo era él, propiamente, un gran dibujante, sino que era un maestro nato y sabía adaptarse a los talentos y a las limitaciones de cada uno de sus alumnos de manera que lograba que cada quién desarrollara al máximo sus habilidades. Aunque prefería que sus alumnos fueran jóvenes genuinamente interesados en el arte, aceptaba a cualquiera que pasara las pruebas iniciales que él les daba. No importaba si eran niños ricos, con padres atraídos por la fama de excelencia del maestro; no importaba si eran señoritas aburridas cuyas familias deseaban añadir el arte del dibujo a la lista de encantos para rápidamente poder casarlas y tampoco importaba si eran pequeños emigrantes de botas sin lustrar y gorras raídas quienes apenas balbuceaban el inglés pero cuyas manos, como pájaros en bandadas, revoloteaban con el carboncillo sobre los papeles y dejaban plasmada la flor de su talento; si pasaban las dos pruebas, él los admitía.

Algunas personas pudientes, agradecidas por las maravillas que había logrado Van Dam con sus hijos, habían creado un comité de becas y a ese comité apeló *Sister* Saint Sulpice para que se le diera una oportunidad a Andrés de entrar al instituto. Así llegó una mañana de verano al estudio de Van Dam a tomar sus exámenes. El profesor sólo daba clases de tarde pero dos veces al mes, temprano en la mañana, ofrecía las pruebas a los aspirantes. Ese día salió de sus aposentos vestido con traje de tres piezas color mostaza y, a pesar del calor, con un sobretodo de paño negro que parecía de medio siglo atrás. Tenía la barba recién cortada y perfumada y sus rizos blancos y marrones le llegaban hasta el pecho, ocultando a medias el corbatín de cuadros blancos y negros que usaba todos los días de su vida.

Cinco jóvenes, cuatro varones y una señorita, le esperaban de pie, frente a la puerta principal, a donde los había conducido Zukov, el ayudante del profesor, gesticulando para que guardaran silencio. Van Dam, al llegar ante ellos, los observó detenidamente un rato sin decir palabra. Luego leyó en voz alta los datos que cada uno había escrito en el folio que habían entregado a Zukov.

—William Zangler, edad 16 años, ha tomado dibujo y pintura, desea especializarse en el dibujo de plantas para ilustraciones botánicas —leyó el profesor mientras miraba a un joven un poco jorobado de sonrisa franca y ojos azules.

—Sarah Cohen, edad, 17 años —continuó— desea desarrollar destrezas de dibujo de la persona humana para asistir a juicios e ilustrarlos para los diarios. Max Pfiffer, edad 16 años, ha tomado varios cursos de arte con maestros privados e institutrices. Desea mejorar sus destrezas por el amor que siente por lo estético. James Allen, de edad 14 años, ha tomado cursos de dibujo y pintura. Desea desarrollar su talento y ser un gran pintor cuando vaya a Europa. Andrés Estelrich, edad, 13 años y 8 meses. Dibujo desde pequeño. Mi abuelo es carpintero. Me gusta dibujar casas, pájaros y palmares.

Van Dam los invitó a que de la veintena de lugares, cada uno seleccionara el que quisiera y les indicó que ajustaran sus sillas hasta sentirse cómodos para comenzar la primera prueba. Zukov les dio papel, lápices, carboncillos, gomas y plumillas. —Lo primero que van a dibujar es algo de aquí adentro, lo que deseen de este estudio —dijo Van Dam—. Tienen una hora y media. Al terminar colocarán sus dibujos sobre las mesas y, sin decir palabra, saldrán afuera, al parque, por un periodo de veinte minutos. Estirarán sus cuerpos, darán masaje a sus muñecas y manos. Utilizando toda la cavidad torácica, respirarán varias veces seguidas el aire fresco que trae el río y volverán para la segunda parte. Afuera sí pueden hablar.

Los cinco se sentaron de inmediato a trabajar. Andrés escogió un pupitre de madera rubia y seleccionó para dibujar el ventanal con sus cristales labrados, los pliegues de las cortinas y el estucado de yeso de las falsas columnas adosadas a la pared entre las ventanas. A la hora y media en punto todos habían terminado pero permanecían como solditos en sus puestos excepto Max Pfiffer, que se había levantado hacía rato y caminaba por el estudio mirando detenidamente los trabajos de los demás. Zukov apareció sonando una campanilla y todos desfilaron hacia el parque.

Al volver ocuparon nuevamente sus lugares y Van Dam entró al estudio. —Ahora —dijo— van a dibujar un recuerdo de su infancia, lo que deseen, tienen de nuevo hora y media. Al terminar pueden irse a sus casas, el viernes próximo vendrán para la evaluación. Buenos días.

Cuando el profesor se retiró, los cinco, al unísono, miraron hacia arriba, como si el pasado colgara del techo, y al poco rato comenzaron su labor. Andrés decidió dibujar la parte de atrás de la casa de Facunda y su platanal.

Al viernes siguiente, cuando Andrés llegó y se sentó en un banco en el pasillo, ya los otros tres jóvenes habían recibido sus evaluaciones y sólo el tal Max había sido aceptado para tomar clases en el estudio. Ahora Van Dam entrevistaba a Sarah, le había dicho Zukov. Al ésta salir, le sonrió a Andrés con alegría, indicando su triunfo y él le ofreció una media sonrisa pues pensó que habiendo sido aceptados ya dos de los cinco, sus oportunidades eran mínimas. Entró cabizbajo al estudio. Van Dam estaba sentado a su mesa de espaldas a las ventanas y estudiaba detenidamente los dibujos de Andrés.

Alzó la cabeza al verlo y le dijo: —Joven, venga, siéntese. Usted es muy bueno. No tiene técnica aún y sabe poco de sombras, tiene que trabajar los puntos de luz y los reflejos, pero tiene mucha habilidad que podremos desarrollar juntos. El dibujo de los ventanales está muy bien pero el de su recuerdo de infancia tiene algo aún mejor que el primero, aunque no esté tan logrado técnicamente. ¡Tiene alma! ¿Sabe usted lo que es el alma del dibujo? ¿No? ¡Pues ya lo irá aprendiendo! Lo único que no entiendo es por qué hizo tan oscura esa parte de la casa, no tiene relación con el resto de la vivienda, ni con el paisaje de esas plantas, que son, creo bananos ¿ no?

Andrés bajó la vista y respondió muy quedito: —Es que ahí hay un niño amarrado.

—¿Cómo? no le escucho, hable mas fuerte, joven.

—Un niño amarrado, profesor, ahí vive Anselmo amarrado y yo no sé dibujar gente….

Al siguiente lunes comenzaron sus clases tres nuevos alumnos del Instituto Italiano de Arte y Dibujo. Llegaban a la una de la tarde y durante tres horas laboraban en silencio mientras el Maestro caminaba entre ellos, les susurraba correcciones, les increpaba a sentir lo que dibujaban, les hacía detenerse para hacer ejercicios, doblar la cintura, estirar piernas y brazos; les instaba a soltar sus muñecas, a tomar los lápices y carboncillos como si fueran extensiones de sus propias manos, a tratar de no tener que usar en lo absoluto un borrador, a hacer trazos que emanaran de adentro, de sus propias almas, allí donde estaba anidada el alma del dibujo que era sólo una continuación de ellos mismos, les decía.

—¡Sólo lápiz con punta plana, para valorar los tonos de gris! —gritaba una y otra vez—. Para una buena composición, recordar: distancias, medidas y proporciones. ¡Y nada de bordes en negro, eso es para mediocres; los artistas del dibujo sólo fijan los contornos con los contrastes!

Luego de dar órdenes, sugerencias y ejemplos, los dejaba solos y durante la última media hora volvía para aquilatar los trabajos, caminando sin parar e instruyendo constantemente a sus alumnos, hasta que se detenía jadeante y sudoroso. Entonces les daba un breve descanso para que luego regresaran y recibieran una conferencia sobre arte. Con la ayuda de Zukov, Van Dam arrastraba al centro del salón un enorme caballete en el que iba colocando reproducciones de obras de la pintura universal, bocetos de arquitectos y grabados de libros de viajes que mostraban las grandezas de civilizaciones desaparecidas del Mediterráneo, de Centro y Sur América, de Egipto y, sobre todo, de la antigua Mesopotamia que estaba siendo redescubierta. Luego les enseñaba láminas de pinturas para que las analizaran junto a él. Van Dam insistía en que miraran, vieran, sintieran y palparan a Rafael, a Tiziano, a Durero, a Goya, a Miguel Ángel, a Velázquez. Y volvía a la carga con ejemplos de los trabajos clásicos mostrándoles libros y revistas con ilustraciones de la Loba Capitolina de los etruscos, de los Apolos griegos, de las cariátides de templos remotos y entonces regresaba al presente con una amalgama de obras de los que llamaba 'nuestros ilustres contemporáneos' como los vitrales de La Farge, las esculturas de Rodin y las pinturas líricas de Albert Pinkham Ryder.

Cuando iba a terminar su conferencia, Van Dam gustaba de dejar a sus pupilos en vilo con frases grandilocuentes. Luego de una de las primeras lecciones, finalizó su clase afirmando que Ryder debía ser el modelo a seguir.

—El artista, ha dicho Ryder con gran acierto y les cito, 'debe vivir para pintar no pintar para vivir'. No puede sacrificar sus ideales por tener un gran atelier, no señor —continuó—. Todo lo que necesita es un techo sin coladuras, una vida frugal, una caja de colores y la luz que Dios envía a través de buenas ventanas para mantener el alma viva y el cuerpo lleno de vigor para el trabajo diario.

Esas palabras calaron hondo en Andrés y en casi todo los jóvenes alumnos que salían del instituto con el pecho encendido de amor por el arte. De todos sus compañeros de clase con los que más empatía tenía era con John Spencer, el introvertido del grupo, un muchacho de mucho talento quien siempre estaba dispuesto a compartir sus conocimientos y criticar constructivamente los bocetos de Andrés, y con Max Pfiffer, cuyos extraños dibujos de una sensualidad provocadora eran mirados en silencio por sus condiscípulos. Maximilian Augustus Friederich Pfiffer era hijo de un hombre tan rico que le enviaba a las clases todos los días en su coche y el cochero se quedaba esperándolo en el parque hasta que saliera. A la hora del descanso el sirviente sacaba una cesta y le preparaba una merienda de emparedados, quesos y frutas acompañada de un té o de un refresco parecido a una cidra que Max bebía a grandes sorbos. El era cínico con los que consideraba tontos, generoso con los que consideraba sus iguales, aunque sólo fuera en el mundo del arte, y esquivo con los que temía. De toda la clase, le decía a Andrés, sólo le temía a Sarah Cohen, quien no perdía oportunidad para discurrir sobre los derechos de los obreros, las injusticias de los patronos y la necesidad de dar espacio político a la mujer.

A sus dieciséis años, Max parecía más hombre de mundo que el mayor de la clase, Harold, un joven de veinte años, hijo de un pastor, que dibujaba escenas bíblicas aniñadas y a quien Max apodó 'Horrord'. —Ese perro —decía, pues siempre llamó perro a los que despreciaba— nunca hará nada que valga la pena. No sabe lo que es el arte, sólo quiere imágenes al servicio de la religión como estampa pictórica, y eso no vale, así nunca será artista de verdad. ¡Esas atroces escenas domésticas de la vida de Jesús, por Dios, no valen nada!

Los dibujos de Andrés y John, por el contrario, los hallaba 'estimulantes por lo auténticos' y a menudo convidaba a ambos a merendar con él en el parque mientras hablaban como grandes conocedores del mundo del arte. Van Dam instaba a sus alumnos a ir a los museos y exposiciones por lo que Andrés ya había comenzado a mirar el mundo de otra manera. En una de sus primera visitas a un museo de la comunidad que tenía una exposición itinerante de arte medieval, vio por primera vez una estampa de arte simbólico: un tapiz de fondo blanco con una luna azul de la que caían gotas amarillas, rojas y azules y frente a la cual, en tierra, dos perros ladraban, cada uno con una torre dorada detrás y parados ambos frente a un estanque donde un escorpión amenazante se confundía con el agua azul. Cuando les contó de este hallazgo sus condiscípulos quedaron fascinados y cada quien aventuró su interpretación. Andrés se sintió fenomenal; nunca antes algo dicho por él había sido objeto de discusión o admiración por un grupo de personas; por primera vez en su vida, diría más tarde, se sintió valioso.

Pero Max , tan cosmopolita y poderoso, siempre iba muchos pasos adelante de Andrés y de todos los demás. —¿No han estado en París, verdad? —preguntó un día—. Esperen a que vayan, entonces nada será igual. ¿No han visto siquiera los reportajes de las exposiciones del Salón? ¿Y a Inglaterra tampoco han ido? ¿Es que no han visto nunca las ilustraciones de Aubrey Beardsley ? ¡Es un genio! ¿Ni siquiera sus ilustraciones del Salomé de Wilde? ¿Cómo que no conocen a Oscar Wilde? Mañana mismo les traigo sus obras.

Andrés le escuchaba embelesado. Estaba sorprendido porque le deslumbraba alguien joven, junto a quien él sentía que descubría la vida, a diferencia de todos los adultos que por virtud de serlo, estampaban autoridad a lo que le enseñaban pero no sentían como él sentía. Al regresar a su casa no podía evitar pensar y repensar en todo lo que iba descubriendo. Su pequeña habitación se llenó de tanto dibujo y pintura que Monserrate pidió permiso para que él pudiera guardar en el sótano algunos cartapacios repletos de sus obras. La esposa del barón accedió y cuando le vio bajándolos le pidió que se los enseñara. Andrés, a regañadientes, los mostró y la sorpresa y admiración de ella ante la maestría del niño le hizo llamar a su hermana. Ambas alabaron su destreza, impresionadas, sobre todo, por una pintura maravillosa de la Mansión Warren hecha desde el parque.

—¿Podrías hacernos una de esta casa, Andrés? —preguntaron. Y antes de que él pudiera responder añadieron: —Te la pagaríamos, claro está. —Andrés enmudeció de pronto. Le tomó varios segundos decir: —Claro, señora, si usted lo desea —pero no comprendía que le estuvieran ofreciendo dinero por un trabajo que para él no era tal, que era placentero y no difícil como tantas otras tareas que detestaba.

Al comenzar el nuevo curso escolar Andrés se encontró rebelde ante los postulados moralistas del bien y el mal de *Sister* Saint Sulpice y *Sister* Clementia. Algo en él había cambiado y *Sister* Saint Sulpice lo supo enseguida. Cuando estudiaban el catecismo y la hermana planteaba que las acciones del hombre sólo tienen valor si se hacen en nombre de Dios, Andrés le cuestionaba. A veces hacía preguntas o exponía sus puntos de vista. La más, suspiraba como embuchado pues no podía aceptar ya esa lealtad a un ser superior que no aparecía para nada cuando se le necesitaba, que permitía tanta injusticia y tanta desgracia en el mundo y cuyas leyes contemplaban castigos para personas ajenas a la religión y obviamente superiores al resto de los humanos como lo era, sin duda, Max. Porque de eso se trataba, en última instancia, lo que Andrés cuestionaba de Dios y de su poder como el castigador eterno, el que sanciona. Andrés entendía que su religión mucho sancionaría en la vida de Max, pero no podía precisar qué, y además no importaba porque Max era estupendo, era culto, había visto obras originales de grandes maestros y ¡había caminado por la Acrópolis de Atenas! ¡Era el ser más preocupado por la estética que él hubiera conocido!

La ética tenía que ver con Dios y sus leyes y con cómo el ser humano se dejaba regir por éstas; la estética, en cambio, era sólo de los hombres, era creación humana, para ello, afirmaba Andrés, no hacía falta Dios —ningún dios —decía.

—Cierto, porque a través del arte, los creadores llegan a ser como dioses —explicaba Max, y repetía Andrés en su salón a *Sister* Saint Sulpice. Al oír estas sentenciosas frases del muchacho, ella le miraba por encima de sus espejuelos gesticulando una media sonrisa, casi una burla, que desquiciaba a Andrés y le hacía continuar con más ahínco aún: —Mientras que las normas éticas pueden cambiar, sí, sí pueden —insistía, alzando la voz frente a *Sister* Saint Sulpice—. ¡Uno puede matar en la guerra aunque el quinto mandamiento ordene no matar! —decía como ejemplo. Y continuaba: —Las leyes de la estética lo que establecen es la medida de lo que puede ser bello en el mundo real, natural, éste de carne y hueso y el de los objetos y construcciones hechas por el hombre. Esas leyes nos brindan la capacidad para diferenciar entre lo bueno, lo malo y lo mediocre en torno a la belleza, eso no cambia. Aunque cambien la forma y los estilos y los gustos en distintas épocas, lo Bello siempre es Bello mil años luego de hecho por el hombre —pontificaba. *Sister* Saint Sulpice no se quedaba callada y arremetía contra esa blasfemia.

—Cuando Dios ordena a su pueblo no matar se refiere al asesinato, no a la legítima defensa. Y en cuanto a tu tonta teoría estética te diré que en África hay mujeres con medio metro de cuello estirado con argollas que se van poniendo desde que nacen y eso es lo que las hace bellas frente a su tribu. ¿Acaso serían bellas aquí en Nueva York? La estética cambia de época en época y de país en país. En cambio, la moral cristiana ha permeado al mundo, intacta, ¡desde hace diecinueve siglos!

—No vale –argumentaba Andrés subiendo la voz— no vale, cuando hablamos de arte y estética lo hacemos desde el mundo civilizado, no de los continentes atrasados.

—¡Ja! —exclamaba imperturbable la monja— ¿continentes atrasados? ¿Y de dónde crees que aprendieron los europeos a hacer papel para que los occidentales como tú hagan sus dibujos? De los chinos. ¿Y de dónde aprendieron a hacer cristales para sus copas y vitrales? De los reinos moros del Norte de África. Andrés, hasta que no sepas historia, nunca podrás discutir con los sabios del templo.

—¿Ah, *Sister*, pero es que usted es de los sabios del templo? —preguntaba envalentonado el muchacho.

—Dada la escasez de argumentos lúcidos que estoy escuchando últimamente, tendría que afirmar que sí. En tierra de ciegos el tuerto es rey y en tierra de ignorantes, yo paso por sabia —ripostaba ella, deleitándose con cada palabra. Y salían del salón discutiendo hasta la saciedad.

Pero Andrés, cada vez con mayor certeza, sentía que tenía más recursos para argumentar porque Van Dam le estaba desarrollando el gusto y Max se lo estaba nobilizando, llevándole poco a poco a la esfera de lo sublime, un espacio que decididamente colindaba con lo extraño y lo prohibido. Lo había intuido desde la primera vez que él y John Spencer fueron citados a casa de Max.

La suya era una mansión de varios pisos, de mármol color arena, flanqueada por dos casas de ladrillos a las que opacaba con su esplendor neoclásico. Max los había invitado para repasar conceptos del arte barroco ya que Van Dam había anunciado examen de ese tema.

—Estudiaremos con mi hermano Ernst, él también pasó por manos de Van Dam y acaba de llegar de Alemania con Papá. Le están entrenando para los negocios de la familia allá pero creo que a Ernst la administración y la economía le interesan tanto como a mí, que es decir: nada. Él sabe mucho de arte, escucharlo a él será el mejor repaso.

Llegaron a las cinco de la tarde, invitados a merendar y apenas entraron a la casa fueron llevados por un mayordomo al ala derecha del segundo piso donde estaban los cuartos de Max y Ernst. En un salón de estar que abría a ambos lados a suntuosos dormitorios, estaban los anfitriones tomando vino oporto, cada uno recostado en un diván tapizado de terciopelo azul oscuro, con las piernas encaramadas en un escritorio en el que había torres de libros, mapas, cartapacios y varios modelos a escala de máquinas de ferrocarril y barcos de carga con el escudo de la familia Pfiffer al costado. Las paredes estaban recubiertas de libreros con puertas de cristal, y entre librero y librero, colgaban desde el techo hasta el suelo cuadros costumbristas, sobre todo de desnudos, y máscaras chinas. Sobre una chimenea de mármol verde había un óleo gigantesco de un claro en un bosque en cuyo centro un sátiro bebía vino. Sus ojos lujuriosos parecían estar al acecho de una víctima pero la víctima era siempre el espectador que miraba a la pintura. Arriba el cielo era de un tono azul plomizo, el que se da en verano en los campos meridionales justo en el momento en que va a desaparecer el sol.

—Es el instante en que muere el día y surge el misterio, un tono muy difícil de lograr sin que parezca artificial porque tiene uno que usar mucho pigmento negro, pues llega la noche, pero no tanto como para que opaque el último suspiro de luz solar —explicó Max al ver a Andrés absorto en la pintura

—No entiendo por qué el dios Pan está apenas trazado a la izquierda —señaló Andrés sin quitarle lo ojos a la pintura.

—¡Ah, veo que se ha fijado en el misterio! —exclamó Ernst mientras se levantaba para dar su mano cortésmente a los dos invitados—. Hola, soy Ernst Pfiffer, señorito Andrés y este cuadro, que lleva mucho tiempo en mi familia, es de un maestro flamenco no muy conocido quien creía firmemente en que lo verdaderamente misterioso no debe poder verse a simple vista. A simple vista están los sátiros en el arte y en la vida, son groseros, hacen ruido, raptan a las jóvenes, corren por los bosques. Escondidos entre los árboles están los dioses, los que rigen nuestros destinos aunque no queramos.

—Pues Pan no me parece un dios muy poderoso, regirá a los débiles —dijo sacando pecho Andrés—. Yo tendría por dios a Neptuno, poderoso en las aguas, o a Atenea, diosa de la sabiduría…

—Bien dicho, Andrés —interpoló Max, al tiempo que le echaba el brazo por el hombro a John—. Y éste es el famoso y talentoso John Spencer —le dijo a Ernst.

—Ah, sí, tú eres el callado romántico incurable que prefiere la mesa de dibujo sobre el piano roto y angustiado, la misma que yo utilicé cuando tomé clases con el maestro, eres entonces mi alma gemela. Y tú, Andrés, el portorriqueño gran dibujante que aspira a ser esteta como Max. Vengan, vamos a merendar primero, luego un buen cigarro y... ¿Es que no fuman? Pues entonces no, si es la primera vez sólo quedarían mareados y no aprovecharán el repaso de su humilde servidor Ernst Van Dam —dijo mientras se transformaba prodigiosamente en el profesor, imitando su voz y su cadencia, su modo de caminar entre las mesas con las piernas zambas y su enervante gesto de sobarse el corbatín de cuadros. Todos rieron a carcajadas y Max repetía: —Se lo dije, que Ernst es estupendo, estupendo.

Luego de merendar, John, desacostumbrado a tanto vino, transgredió las normas básicas de urbanidad haciendo más preguntas de las que procedía en una casa donde era huésped por vez primera.

—Esta casa es gigante, ¿ustedes viven aquí solos?

—No, con Papá.

—¿Y su mamá?

—Murió dando a luz a Max —dijo Ernst secamente.

—Murió porque estábamos en la maldita misión de mi tío en la China —agregó Max pero sin encono, como si sólo abundara en datos.

—¿Y entonces no tienen más hermanos?

—Te dije que Mamá murió al nacer Max y él es el menor —explicó Ernst.

—Sí, perdón —dijo John, levantándose súbitamente—. Con su permiso....

—Ven —le dijo Ernst— te diré dónde queda el excusado.

Cuando quedaron solos Max continuó: —Sí, tenemos un hermano, pero es un perro. Mi padre lo tuvo con una corista en Viena pero lo reconoció y a veces lo trae de visita.

—¿Cuántos años tiene? —preguntó Andrés.

—Nueve.

—¿Sólo nueve? ¿Y cómo ya le llamas perro?

—Porque lo es, Andrés. Es un perro con 'p' mayúscula. Lo he visto hacer cosas que aterrarían a cualquiera. Pero es inteligente, y todo un esteta a pesar de su corta edad. Puede ser divertido. Es un perro divertido.

Al regresar John y Ernst, se prepararon para estudiar. —Primero calistenia —dijeron a coro lo hermanos Pffifer quitándose sus sacos. Los otros dos les imitaron y luego de unos minutos de brincos todos sudaban copiosamente.

—Ahora la comodidad, para que la mente funcione bien y no haya energía negativa limitando al cuerpo —indicó Ernst mientras procedía a desvestirse completamente—. Sólo en el estado de desnudez absoluta es que un hombre asimila —añadió. Los demás se echaron a reír pero ninguno hizo ademán de quitarse la ropa.

—¿Nadie me acompaña? Entonces seré yo quien más aprenda —dijo, y comenzó su repaso.

Al cabo de dos horas estaban los cuatro embebidos en un intercambio rico y emotivo de los logros y las fallas del barroco, de los templos jesuitas, de los castillos alemanes, de las mansiones francesas, del arte por el arte y de la estética por sobre la ética. Andrés y John escuchaban extasiados a Ernst mientras éste daba saltos por la habitación explicando sus ideas, transmitiendo sus conocimientos, recitando de memoria fechas, lugares, pintores, arquitectos, haciendo hincapié sobre algún punto para al fin terminar encaramado en el escritorio con una gran erección al hablar de Borromini y la iglesia de San Carlo alle Quattre Fontane. Andrés se percató entonces de una corriente velada de complicidad que había entre los dos hermanos. Max sonreía plácidamente al tiempo que decía: —Como habrán podido observar, Ernst es toda pasión cuando habla del arte. Su vida es, en mayúscula 'Arte y Belleza'.

Ernst, mientras, jadeaba en la mesa de estudios. —Tienen que volver pronto —dijo— para volver a sentir intensamente.

A la siguiente semana volvieron a la mansión Pfiffer. En esa y varias otras ocasiones, estudiarían desnudos John y Ernst, vestidos Andrés y Max y sudorosos los cuatro.

Capítulo 11

En Andrés, todo este despertar al arte era, también, el despertar a la joven adultez. A su alrededor, miles de muchachos de la edad de él y aún menores trabajaban por un jornal de miseria, maltratados y avejentados, pero creyéndose dueños de sí mismos. En los edificios frente a los que pasaba a diario, Andrés los veía a veces fumándose un cigarrillo como premio a su hombría explotada o tomando un trago de una botellita compartida entre cinco, sintiéndose muy hombres por los centavos que tenían encima. También los había visto de apenas once años, vestidos de marineros en los muelles, a punto de embarcarse como grumetes en los transatlánticos. Y a veces recordaba que en San Antonio, sólo él, Jacobo y Anselmo estaban al margen del trabajo asalariado en el Barrio de Abajo. De seguro ahora todos los muchachos de su edad estaban en las haciendas ganando algún dinero, o de pescadores, o de aprendices de algún oficio. Y él seguía viviendo de su madre. Y él ahora que era el hombre de una familia, no traía dinero a la casa. Sólo la venta del dibujo de la mansión de los Monte Olaya había generado unos dólares que Monserrate había guardado celosamente en una cajita para que él dispusiera de ellos. Esto le carcomía por dentro, pues pensaba que ya era hora de que él aportara, ganara dinero, se empujara en la vida camino al éxito. Después de todo, de eso se trataba esa ciudad donde vivían. Eso habían hecho miles de emigrantes y eso iba a hacer él, que ya estaba bastante grande y no necesitaba más el colegio y las monjas, y ni siquiera, quizás, cursos de arte. Él sabía de carpintería y se propuso comenzar a buscar trabajo.

Fue entonces que empezó a dibujar la casa que un día tendría, grande, fastuosa, diseñada por él mismo. El trabajaría hasta hacerse rico y un día llegaría de sorpresa a donde Monserrate y le diría: —Empaque todo, Mamá, nos vamos a vivir a una casa nuestra. —Y era una casa hermosa, una casona grande, en la plaza de San Antonio. Sí, así sería, o mejor allí no, mejor frente al mar, en el pedazo de tierra de ellos y del abuelo, desde donde vería el palmar. Tendría un balcón enorme todo alrededor, decorado con butacas de mimbre y grandes cojines de telas estampadas verdes y doradas. Y vivirían de nuevo con don Vicente, todos juntos y felices, con él como proveedor. Con esto fantaseaba día tras día. *Sister* Saint Sulpice notó en sus ojos que ya no jugaba a ser niño. Lo mismo le sucedía a tantos otros alumnos y ella se decía a sí misma que era natural, que no tenían por qué querer seguir siendo niños si estos no eran tiempos para la niñez pobre de las grandes ciudades. Se hablaba de una posible guerra. Seguían los atentados en toda Europa. Los anarquistas trataban de cambiar el mundo a la fuerza. Los irlandeses recrudecían su lucha por la independencia. Y ella miraba a Andrés y se preguntaba cuál sería su destino, él tan talentoso y, por qué negarlo, su favorito entre todos los alumnos. Había que encausarlo para que siguiera estudios superiores, por eso un día le llamó aparte y le encomendó una tarea muy especial.

—Quiero que me ayudes con los hermanos McQueen, están muy atrasados en lectura, necesitan ayuda, tú eres el más adelantado. ¿Lo harás?

—Pero *Sister*, yo…

—Serías mi maestro asistente, así podrás practicar para cuando te gradúes y pases a secundaria, y de ahí a la universidad porque de seguro serás un alumno destacado.

—Yo había pensado trabajar en algo… para ayudar a mi familia.

—¿Pero es absolutamente necesario ahora, Andrés?

—Sí, es decir, creo. No sé. No nos podemos quedar toda la vida en la casa de los Monte Olaya, yo no querría. Quiero volver a mi pueblo, ayudar a Mamá, llevar a mi hermana a San Antonio.

—¿Y qué mejor profesión que hacerte maestro? Así conseguirás trabajo rápidamente.

—Yo había pensado trabajar en construcciones, ahora hay tantas en la ciudad, yo sé de carpintería…

—Pero creo que sabes más de letras que de carpintería. Además. ¿no dijiste que querías ser poeta?

—Sí, también, pero…

—Pero nada, hagamos un trato. Si tú logras que los McQueen mejoren en su lectura y escritura y me preparas un informe extenso sobre una poesía que tú escojas, te graduamos este diciembre al terminar el curso y ya sigues con tus planes. ¿Trato hecho?

—Está bien —contestó, decidido a graduarse y tener empleo al comienzo del próximo año. Al darle esa tarea, *Sister* Saint Sulpice estaba apostando contra el destino, tratando de despertar en Andrés una vocación por la enseñanza, que ella estaba segura que él tenía, aunque intuía que el espíritu del muchacho lo llevaría por otros caminos.

Andrés le contó a Monserrate de sus planes y ésta no supo qué decirle. Hacía un tiempo que se preocupaba por el futuro de los tres, pues la familia Monte Olaya ya estaba considerando mudarse a otra de sus casas y no se sabía qué harían con la viuda, cada vez más delicada de salud. Le preocupaba, además, que Eladia no daba indicios de ser muy saludable. Apenas se movía y no emitía sonido alguno. Temieron que fuera sordomuda pero el doctor de los Monte Olaya la auscultó y sólo la encontró un poco anémica. Eladia rehusaba todo lo que no fuera leche materna, pan o frutas y estallaba en rabietas agónicas si le ofrecían de comer algún trozo de carne o un caldo de pollo, tal como había ordenado el médico que se le diera. Desesperada, Monserrate había escrito a don Vicente para consultarle al respecto. Él le dijo que durante un mes fuera rotando cada tres o cuatro días la cuna de la niña hasta hallar a dónde le tocaba dormir, que eso la compondría; pero ni siguiendo ese consejo logró Monse que la niña mejorara.

Andrés, que demostraba una paciencia infinita al tratar a su hermana, la tomaba en brazos y bajaba con ella al jardín hablándole suavemente para mostrarle los pájaros que abundaban en los árboles de aquel lugar. Entonces la niña se calmaba, se tornaba completamente dócil y movía sus manitas como si dirigiera la música que brotaba de las aves. Andrés pensaba que así debieron haber sido los niños santos de los cuentos que le leían en la escuelita de San Antonio. Quizás ella era una predestinada y cuando grande sería una santa famosa, llena de luz y bondad. En unos meses él comenzaría a trabajar y se las llevaría a las dos de allí, soñaba embelesado y Eladia le sonreía, le agarraba los cachetes con sus manos y se le quedaba mirando intensamente a los ojos. —Nunca nos separaremos —le decía Andrés— y pronto estaremos de vuelta con Abuelo.

Entonces se dio a la tarea de enseñar a los tres hermanos McQueen a leer y escribir. El mayor no era muy diestro, los otros dos sí, pero nunca habían tenido tanta atención de una persona como la que les brindó Andrés. Les contaba cuentos, les ponía a copiar artículos del periódico, les preguntaba qué cosas deseaban hacer y los ponía a escribir de eso, tal como habían hecho *Sister* Clementia y *Sister* Saint Sulpice con él. Y a la vez, se dedicó a hacer su trabajo de literatura del poema *La Canción de Hiawatha*, de Longfellow. Cuando lo leyó por primera vez, casi lloró al morir la esposa del héroe indio, pero una segunda lectura le reveló lo que era la nostalgia, algo que él había sentido pero nunca había encontrado simbolizado en un texto. 'Dos amigos tenía Hiawatha', dice el poeta, 'a quienes prefería por sobre todos los demás: Kwasind, el más fuerte de todos, un hombre noble cuya fuerza estaba templada por la bondad y Chibiabos, el cantor de la tribu' que con su dulzura y su música hacía que la tribu entera le escuchase y hasta las bestias del bosque se doblegaban ante él. Chibiabos era el arte y era el amigo más querido. Andrés lo identificó con Jacobo, que era quien había traído esa dimensión de amistad a su vida.

Cuando leyó por tercera vez el largo poema, sintió que estaba enfermo, sacudido por lo que le pareció la belleza inigualable y la cadencia de esas rimas octosílabas. Pensó en cómo hubiese sido su vida si hubiese nacido indio un siglo antes y luego recordó a su familia, a su abuelo, a lo que había sido su corta vida en San Antonio y todo le parecía confuso, porque estaba envuelto en un sentimiento de añoranza que le había causado el poema y que apuntaba, sentía Andrés, a la necesidad que tienen todos los pueblos por arte y por los artistas.

Escribió un informe precioso que ilustró con dibujos de un bosque, incluso uno en el que un indio toca una flauta, el primer ser humano que pudo hacer con algo de soltura. Su trabajo tenía poco de erudición, pero mucho de sentimiento y de intuición, de un conocimiento profundo del ser humano y sus necesidades y *Sister* Saint Sulpice quedó tan impresionada que apenas acertó a decirle: —Quizás me equivoqué, quizás sí debes de dedicarte a la poesía, a las artes.

Ese diciembre se graduaron nueve jóvenes del octavo grado de San Francisco de Borja. El Padre McMurray ofició una misa y dio un breve discurso en el que narró, tal como hacía cada vez que había graduación, cómo San Francisco, una vez viudo, abandonó el servicio de los hombres y se consagró al servicio de Dios. Y relató en detalle la experiencia de ese noble español cuando, luego de haber escoltado por semanas el cadáver de su bellísima reina, al abrir el féretro el día del funeral para constatar oficialmente que a quien se enterraba era a la soberana, quedó sobrecogido al ver que el que fuera un cuerpo precioso estaba en pleno proceso de ser devorado por gusanos de toda índole, lo que le llevó a exclamar: 'Nunca más servir a señor que se me pueda morir'. Así abandonó la vida privada, se convirtió en un adalid del catolicismo y llegó a ser un gran santo. Andrés escuchó el sermón con mucha atención, pero no sintió que fuera dirigido a él, que apenas ahora se aventuraría a la vida y de seguro serviría a muchos mortales.

Monserrate estaba orgullosa de Andrés, pero también preocupada pues sabía que ahora él querría lanzarse a la vida y aunque parecía maduro y listo para hacerlo, ella aún no lo estaba para verlo crecer de pronto. Al terminar la ceremonia le preguntó si él quería celebrar de alguna manera, ya que había dejado a la niña por unas horas al cuidado del ama de llaves. El le pidió que fueran a un local donde vendían helado. Era un pequeñísimo café y fuente de soda, recién abierto, con dos palmas en macetas a la entrada y un puñado de mesas redondas cubiertas con manteles rosa pálido. Allí se sentaron y en silencio comieron unos helados de vainilla con grageas, un gasto mediano que ella se permitió y él atesoró toda su vida, primera y única vez que fueron juntos a comer cosa alguna a un lugar público.

Capítulo 12

Enero llegó con nieve. Andrés se quedaba las mañanas en el cuarto con Eladia y en las tardes continuaba asistiendo a las clases de Van Dam. Sentía que a pesar de lo mucho que estaba aprendiendo ya era tiempo de buscar trabajo, tal como se había propuesto. Le escribía sobre sus planes a Jacobo, que continuaba desarrollándose como fotógrafo, ahora en la Capital, y a don Vicente, a quien siempre tenía que asegurar que dormía mirando al sur.

Cuando Van Dam les pidió a sus discípulos un proyecto para finalizar esta etapa de su aprendizaje, Andrés decidió que haría un portafolio titulado *Puertas Mágicas*. Pintaría varias puertas y el título de cada una señalaría qué se encontraría el espectador si la puerta se abriera. Había una llamada "Serpiente de Mar", otra, "El Duende", otra "La Reina de las Flores", otra "La Muerte" y así sucesivamente. A Max le fascinó la idea y le cuestionó por qué le interesaba tanto el mundo mítico y mágico. Andrés le contó lo que había aprendido con su abuelo y de la insistencia de éste en buscar los lugares imantados y en construir la vida de uno según las máximas del arte de la fortificación, comenzando con el trazo, que debiera ser, idealmente, de estrella. Max escuchó atento todo lo que narró Andrés, aunque no entendió ni la mitad de lo que dijo, pero al éste terminar le sonrió. —Ya tienes trabajo, en cuanto comience junio, ve a esta dirección —dijo, dándole una tarjetita de presentación— y procura al Sr. Marchand, dile que yo te envié.

—¿De qué hablas, qué trabajo?

—Es una nueva empresa de mi padre. Ha comprado hace apenas un año una casa editora que publica, entre otras cosas, una revista muy especial. Ya verás. Me has dicho que sabes escribir muy bien ¿verdad? Pues eso necesitamos, hombres que sepan dibujar y escribir para enviarlos a cubrir toda suerte de sucesos.

—Pero Max, no sé… no he trabajado nunca en algo así, yo soy aprendiz de carpintero, ya sabes.

—Andrés, ¿por qué insistes en llamarte carpintero? Si pensaste en eso cuando eras niño, ahora que vas a ser un hombre tienes que aceptar que no naciste para andar con martillo y clavos en las manos, trepado en andamios, construyendo casas para que otros las vivan. ¡Por todos los dioses, Andrés, tú eres más que eso!

Andrés sintió deseos de contestarle que a él no le daba vergüenza alguna trabajar con sus manos, todo lo contrario, le daba un placer inmenso pensarse artesano y constructor como su abuelo, pero algo le movió a no argumentarle a Max.

—Falta mucho para junio, no sé —fue lo único que se aventuró a contestar.

—Andrés ¿no que todo llega en su justo momento? Al menos eso dicen los esotéricos y tú fuiste criado por uno ¿no? —dijo Max.

Andrés tenía razón para preocuparse por buscar empleo. Parecía que la familia Monte Olaya estaba en desbandada. Doña Catalina había enfermado y su nuera soñaba con que esto fuera el fin de la mujer junto a la cual había estado obligada a vivir tantos años. El Barón regresó de Europa y hablaron de la posibilidad de mudarse una larga temporada al sur de Francia. Monserrate también estaba alarmada y se lo hizo saber a Andrés.

—Dicen que quizás los señores se muden.

—¿Volveremos a casa entonces, Madre?

—No creo que sea prudente. Tu abuelo no tiene mucho de qué vivir y con nosotros allí se afligiría buscando trabajo.

—Pero si los tres trabajamos, Madre, él, usted y yo…

—No parece haber mucho trabajo por allá ahora, Andrés, dicen que las cosas están malas.

Y era cierto. Cada vez había más desempleados en San Antonio. Don Vicente estaba algo cansado y ya no podía trabajar tanto, vivía de sus ahorros y le ayudaban en la casa Isidra y su hijo. Las revueltas de Cuba se hacían sentir en Puerto Rico. En su carta más reciente decía que en el pueblo todo el mundo hablaba de una posible guerra. Pero de lo que más se comentaba era de cómo Miguel Cantré había llegado a manejar todos los bienes de su familia. En los meses anteriores don Heraclio Cantré, preocupado por la situación, se había tornado más severo que nunca con sus empleados y los explotaba a más no poder. Había dado órdenes de despedir de la hacienda a cualquiera que se atreviera siquiera a hablar de un aumento de sueldo o a leer en reuniones nocturnas algún texto sobre los derechos de los obreros, de los que Emérito Robles imprimía y Carmen Ocasio regalaba con tanta desfachatez de hacienda en hacienda.

Entonces sucedió el encontronazo de Carmen con la familia Cantré por las condiciones de trabajo de las tejedoras. En esos tiempos las mujeres dedicadas a tejer sufrían de muchas enfermedades respiratorias ya que para que los hilos no se enredaran, era necesario que trabajaran en lugares húmedos. Había unas lámparas especiales de cristal, con agua en el fondo, pero eran caras y no se les proveía de éstas a las tejedoras comunes y corrientes de los pueblos. En vez, en San Antonio como en otros lugares, las ponían a tejer en un entrepiso construido en los establos a donde subía la humedad del ganado encerrado. Sobre esa paja húmeda, con malísima iluminación, inhalando la peste insoportable de las reses, decenas de mujeres del pueblo confeccionaban los más primorosos tejidos, sobre todo de las blusas blancas ahora de moda, blusas que ellas hacían pero que jamás podrían lucir. En La Providencia había un grupo numeroso de mujeres que trabajaban para la industria de la aguja bajo la tutela de los Cantré. Muchas tejedoras estaban enfermas y habían pedido que se abrieran unos tragaluces laterales en el establo para que al menos circulara el aire en el turno de la noche y fuera más llevadera la labor. Don Heraclio respondió dejando cesante a las dos que le llevaron el pedido y aumentándole a las restantes una hora extra de trabajo como castigo pues no podía tolerar que no sólo hubiese hombres desafiando a los benefactores del pueblo, sino que también hubiese mujeres que se atrevieran a darle a él instrucciones de cómo llevar sus negocios y tratar a sus empleados.

Al enterarse de esto, Carmen Ocasio se presentó una noche con un abogado liberal y un doctor de un pueblo vecino. Le explicaron a las mujeres que su salud estaba en riesgo y que ellas podían, si querían, montar un taller por sí solas en otro lugar y no bajo la tutela de Don Heraclio, que si bien tenía asegurada la venta de sus productos por un intermediario, no era indispensable para ellas. El abogado se ofreció a ayudarles en esa empresa. Sentada entre las mujeres que escuchaban cabizbajas estaba Haydée. Ella, niña aún, había aprendido a tejer y a veces practicaba junto a ellas. Además les llevaba unos dibujos preciosos de encajes que ella ideaba, para que las tejedoras los adaptaran. Así de joven como era, así de rebelde y le encantó escuchar de labios de Carmen que uno podía retar a don Heraclio y seguir su camino. Pero las tejedoras, en su mayoría, optaron por permanecer allí, en las condiciones que fuesen. Era mucha el hambre y poca la fe en su propia capacidad para retar a los que habían sido los amos durante toda la vida. Eso vendría más tarde.

Don Heraclio, al enterarse del atrevimiento de Carmen, hizo lo posible por cerrarle las puertas en el pueblo pero no pudo echarla. En cambio, pudo castigar a Haydée despidiendo al maestro de dibujo que le daba clases en su casa e indicándole que desde ese momento tenía que aprender, en vez, oficios propios de mujer como cocinar y hornear dulces y bizcochos. Haydée se rehusó a pisar la cocina y, alzándole la voz a su padre, proclamó que ella no era sangre de él sino probablemente una bastarda. Don Heraclio tomó un fuete y al acercarse iracundo a poner en su sitio a esa hija, para él endemoniada, sufrió un ataque que le dejó paralizado todo el lado izquierdo del cuerpo y le acabó de envenenar el corazón.

Miguel sintió pena por el percance de su padre pero no pudo ocultar el placer enorme que le invadió cuando se dio cuenta de que, de un día para otro, había heredado los poderes de don Heraclio y el manejo de la fortuna. Llevaba pocas semanas reorganizando sus negocios cuando se presentó de pronto Heraclio José a reclamar su lugar, si no en la familia, en la potestad sobre los bienes familiares. Llegó a la hacienda, no a la casa del pueblo, pues nunca había vivido allí, y con la mayor naturalidad ordenó al servicio como él acostumbraba. Al enterarse de la llegada de su hermano, Miguel cabalgó de inmediato a La Providencia y se encerró con Heraclio José varias horas en el estudio. Los sirvientes luego contaban que salieron sonrientes y cenaron juntos pero no en la mesa de diario, sino en el comedor formal. En una tarde dividieron entre ambos la fortuna familiar que debía tocarle también en ley a la madre y a las tres hermanas. Pero doña Margarita había dado a su hijo mayor una carta poder y él dijo que él se encargaría de ellas. Heraclio José estuvo de acuerdo.

Terminaba su carta don Vicente instando a Andrés a tratar de continuar estudios en la escuela superior y a seguir hacia la universidad.

—Creo que tienes el talento para ser arquitecto —repetía y añadía— sigue estudiando, hijo mío, y hazte de una carrera por allá.

Esa insistencia de don Vicente para que se quedaran en Nueva York ponía a Andrés taciturno. Decidió, a pesar de los consejos de su abuelo y de su madre, buscar trabajo. Varias veces se atrevió a preguntar en lugares de construcción si necesitaban un aprendiz de carpintero pero en uno, bastó con que le vieran el rostro de señorito y su ropa de corte impecable, como lo vistió siempre Monserrate, para que el capataz creyera que el joven se estaba burlando de los obreros; en los demás, le gritaron que volviera a buscar trabajo cuando tuviera manos de hombre en vez de manos de señorita. Era tímido por naturaleza y tantos años de encierro junto a su madre, que todo se lo solucionaba y todo se lo proveía, no le habían permitido forjar ni el carácter ni la disposición necesarias para presentarse por sí solo y anunciar su valía ante los demás.

Entonces, como haría durante toda su vida, se refugió en su proyecto inmediato. Por eso comenzó a deambular por las calles de Nueva York buscando puertas para dibujarlas o adaptarlas según su imaginación. Fue así que conoció a fondo la ciudad, sus parques, las rutas de los tranvías, las plataformas de los elevados, los puentes, las fachadas de las mansiones que parecía se construían de un día para otro y las nuevas edificaciones, los grandes rascacielos que él sentía que elevaban su espíritu, sobre todo luego de haber leído, a insistencia de Van Dam, *Las siete lámparas de la arquitectura.* Él se paraba, embelesado, frente a los edificios que estaban en construcción y luego escribía a su abuelo todo lo que observaba. Unas cuadrillas hacían aparejo de ladrillo inglés, otras flamenco, otras belga; según la procedencia de los obreros, así iban levantando las paredes de ladrillos. A muchos bancos les hacían frontones como de templo griego, a las tiendas por departamentos las adornaban con montantes de abanico sobre las puertas y a los clubes privados los engalanaban con decoraciones de mosaicos. Los detalles decorativos comenzaron a fascinarle y copiaba fervorosamente en sus cuadernos las guirnaldas, las gárgolas, las cariátides y las mil y una variedades de hojas de acanto con que los neoyorquinos adornaban capiteles y molduras.

Nada que le pareciera bello escapaba a su mirada y caminando calle tras calle consiguió ejemplos de puertas muy diversas. Ya casi tenía trazado todo su proyecto cuando decidió buscar detalles ornamentales chinos para la 'Puerta del Dragón de Plata'. Caminó un día hacia el barrio chino donde algunas fachadas y no pocas tiendas mostraban infinidad de rasgos arquitectónicos orientales. Cuando llegó al barrio, estaba lloviendo y de pronto arreció el aguacero. Caía un agua tan fría, que dolía como alfileres en la cara y en las manos sin guantes de Andrés. Todo el mundo corrió a guarecerse y él apenas pudo parase en el umbral de un edificio con vitrina y puerta de cristal donde no le caía agua encima aunque la ventolera del aguacero le mojaba los pies. No había nadie más junto a él excepto un niño que permaneció de espalda frente a la vitrina. Estaba pintando en un papel que había pegado al cristal. Con un pincel grueso trazaba mujeres, puentes, garzas y pagodas. Los pomitos de colores que tenía colocados en el suelo se le estaban llenando de agua. El pequeño se viró para taparlos y entonces Andrés vio que no era un niño, sino un enano. Tenía el pelo largo, un abrigo negro y una bufanda a rayas amarilla y roja. Su mirada se cruzó con la de Andrés. Luego se dio vuelta y fue a guarecerse a un local.

Cuando escampó, Andrés se acercó a ver las pinturas Eran preciosas, revestidas de los detalles diminutos y precisos que hacen tan delicadas a algunas pinturas chinas. El enano volvió, botó el agua de sus pomos y continuó iluminando bocetos que había trazado. En unos minutos, una mujer tenía los cachetes colorados, los labios carmesí y su traje decorado de azul y oro; la garza de plumas azul-grisáceas apenas alzaba el vuelo y el puente marrón estaba rodeado a ambos extremos de bambúes. El chino sonrió al terminar su trabajo, pasó al siguiente boceto y comenzó un paisaje, esta vez de una montaña, con un lago al frente y pájaros en ramas en un primer plano.

Andrés se quedó largo rato mirándolo y luego, a manera de presentación, abrió su pequeño portafolio y le mostró al hombre sus dibujos de puertas. El chino sonrió, puso el pincel junto a los pomos y le indicó con la mano que lo siguiera. Entraron al local de la esquina, un restaurante caluroso y húmedo donde el hombre pidió té e invitó a Andrés a tomarlo con él. Andrés pensaba que no se podrían comunicar más allá de las señas y de las obras de cada uno hasta que el chino, luego de tomar un sorbo largo de té le dijo: —Están bonitos tus dibujos, ahora falta que los colorees.

Andrés sonrió. Sabía que muchos extranjeros en la ciudad dominaban, al igual que él, el inglés; pero este hombrecito parecía de otra dimensión y el lugar a donde habían entrado era como el que esperaba que hubiera detrás de una de las puertas que había dibujado. Cayó la tarde y continuaron hablando del arte, del dibujo y la pintura.

Se llamaba Li Yu-ch'iang que traducido libremente, le dijo orgulloso, sería 'el que florece, el fuerte', y había llegado de infante a San Francisco.

Lo habían paseado en ferias desde que nació porque además de ser chino y pequeño, era, a pesar de sus torpes brazos, malabarista, pero en su corazón él sabía que era artista y siempre había querido dedicarse a pintar. Cuando un accidente le impidió continuar con sus malabares, le echaron del circo y creyó que iba a morir de hambre pero un pariente lo recogió y lo trajo a Nueva York, donde él trabajaba pintando en un taller de cerámica. En el poco tiempo libre del que disponía hacía sus acuarelas y lograba vender de vez en cuando alguna. Su sueño era tener un taller propio pero todavía debía tres años de trabajo al benefactor que lo había empleado.

—¿Qué otras cosas pintas? —preguntó Andrés.

—De todo. Paisajes para montarlos en pared, figuras, teteras, abanicos nacarados, muy bonito todo. También una vez hice unos biombos, los biombos gustan mucho a la gente de Nueva York.

—¡Biombos! —exclamó Andrés—. Yo sé hacerlos. Soy carpintero, si tú los pintas, yo los haría, quiero decir, si yo los hago, ¿tú los pintarías? ¿Se podrían vender? ¿Pero cómo conseguir las maderas, las telas?

—Si tú consigues dinero para las maderas y haces el armazón, yo consigo las telas y las pinto —dijo entusiasmado el hombre.

Andrés llegó a la casa ilusionado, pero decidido a no decir nada a Monserrate. Estaba tan absorto en su plan que de primera instancia no se dio cuenta de la sorpresa que le tenía su madre. —Dile, anda, Eladia dile su nombre —dijo suavemente Monse y la niña susurró: —Andé.

—¿Qué dice Mamá? ¿Fue Eladia? ¿Puede hablar?

Eladia recitó el catálogo de su mundo: —Mamá. Andé, pan, páaroz. —La pequeña al fin había decidido hablar y Andrés la hizo repetir una y otra vez las palabras y se deleitó escuchándola.

Al día siguiente, tomó la latita donde le había guardado Monse su dinero y salió de prisa para el barrio chino. Durante varios días se reunió con Li Yu-ch'iang a trabajar en el patio central del edificio donde él alquilaba un cuartito, en un ranchón adosado a una pared de ladrillos. Era un lugar húmedo y poco soleado, y en algunos días muy fríos, tenían que recesar temprano porque quedaban entumecidos a media tarde; pero al menos era un sitio abierto para trabajar con madera y pintura. Los demás inquilinos que vivían en el largo ranchón, todos chinos, miraban con curiosidad su trabajo pero no les dirigían palabra alguna. Andrés lo tomó como algo de su cultura pero en realidad no le dio importancia pues sólo estaba entusiasmado con el proyecto que le haría hombre independiente. Trabajando hombro a hombro, Andrés y Li habían llegado a compenetrarse como sucede a veces entre dos personas cuando tienen una labor gustosa en común. Se entendían profundamente, aunque no lo dijeran, y se regocijaban en ese sentimiento de hermandad que uno descubre en otro ser humano cuando comparte con ganas un oficio, sentimiento que le hace a uno la vida más llevadera como llevadera se les estaba haciendo a ambos ahora en esa esquina de la ciudad.

Li ya había pintado sobre una tela sedosa, que parecía gasa, unas escenas hermosas de pagodas, ibis, garzas, puentes y ríos. Andrés había hecho el armazón para cuatro biombos con una madera muy pulida por él y luego pintada con un esmalte negro brillante. Faltaba tan sólo ensamblar las telas en los biombos y atornillar las bisagras a las tres hojas de cada uno.

Un sábado temprano en la tarde decidieron descansar un poco de su labor, y al siguiente lunes, Andrés llegó a casa de Li con una bolsita de dulces que llevó para celebrar porque Li le había dicho que tenía un posible comprador para al menos dos biombos. Los demás residentes de la vecindad merodeaban por allí, como siempre. Uno muy mayor, que fumaba una pipa larga, estaba tomando sol en la escalera de entrada. Andrés caminó por el corredor que daba al patio interior, en el que colgaba ropa de todas las esquinas, y tocó en la puerta del cuarto de Li. Estaba cerrado. Tocó en la ventanita junto a la puerta pero nadie contestó. La habitación se veía a oscuras. Miró a su alrededor y vio que los demás vecinos, imperturbables, hacían lo posible por no mirarle. Andrés le llamó en voz alta: —Li, Li Yu-ch'iang. Nadie contestó. Entonces se acercaron a él dos hombres, uno muy alto, con un moño, el otro, el viejo que estaba a la entrada y que fue quien le dijo: —Él se fue.

—¿Cómo? —exclamó sorprendido Andrés—. ¡No puede ser! Están equivocados, ustedes saben, trabajamos en los biombos. Hoy íbamos a terminar los primeros.

—Se fue —dijo el viejo con cierta dulzura y añadió— tú debes irte también.

—No, no entienden —dijo Andrés comenzando a desesperarse— él tiene que venir, vamos a terminar lo que estamos trabajando.

—Li Yu-ch'iang trabaja para su amo. El no puede trabajar contigo, tiene deuda —explicó el hombre mayor.

—¡Pero mis cosas, mis maderas! Todo el tiempo que invertimos....

—Tú no tienes cosas aquí ¿entiendes? Tú no tienes nada, vete, y no vuelvas —gritó de pronto el hombre alto.

Andrés se asustó lo suficiente como par salir del lugar. Caminó unas cuantas calles más abajo, a donde había visto a Li por primera vez. Trató de comprender lo que pasaba pero estaba tan alarmado que no podía. ¡Su amigo! ¡Su trabajo¡ ¡El dinero que tomó sin decir nada a su madre. ¡Se sentía impotente, abusado, humillado! ¡Él que iba a ser un hombre independiente! No, no se podían quedar así las cosas, él volvería hasta encontrar a su socio.

Varios días rondó el barrio pero no le encontró. Una tarde se armó de valor, entró al patio y se detuvo frente al ranchón. El hombre alto se le acercó y en un segundo le agarró por los hombros al tiempo que exclamó: —Te dijimos que no vuelvas nunca. —Acto seguido le apretó en algún lugar del cuello y Andrés sintió una corriente por todo el cuerpo. Los ojos se le aguaron, hizo un mohín de dolor; el hombre, mirándole a los ojos repitió: —Nunca, ¿entiendes? —Y Andrés echó a correr.

Deambuló por la ciudad, desesperado. No sabía a quién hablar de su desventura. Sin darse cuenta cómo, llegó a la parroquia de San Francisco de Borja. *Sister* Saint Sulpice estaba sola en su salón corrigiendo papeles cuando le vio entrar con los ojos rojos de llanto y de rabia y la respiración entrecortada. Andrés se sentó junto a ella y le contó de Li, de su proyecto, y de su desaparición. La monja, que conocía tan bien los corazones angustiados, le preguntó: —Dime, ¿qué es lo que más te duele, lo que más te molesta de todo esto?

Andrés se quedó callado un rato y luego respondió: —Creo que la incertidumbre. No saber qué pasó con Li. Y también que me siento humillado, que querría matarlo, al que me acosó, caerle a golpes.

—Me gusta oírte decir que te preocupa el destino de tu amigo, que su infelicidad te toca. Eso quiere decir que algo de lo que te hemos enseñado del camino cristiano te ha llegado. Pero lo que más te mueve es un deseo de venganza por la vergüenza que sientes de no haberte podido enfrentar a ese hombre, que de seguro es una persona ruin con la que tú nunca debes medirte. Lo primero que tienes que hacer, para calmarte, es sincerarte contigo mismo. Para comenzar, todo era descabellado. Si tú no conoces a una persona, no puedes hacer negocio con ella así nada más. Si tú haces algo a escondidas de tu madre, que tanto te ha cuidado, si no tienes la madurez para reflexionar antes de lanzarte a una gestión de esta naturaleza…

—Pero *Sister,* —respondió Andrés —yo sólo quería trabajar, ser un hombre independiente. ¿Acaso eso no vale? ¿No se deben tomar riesgos en la vida? Usted misma me decía eso, que a veces hay que lanzarse a seguir uno su camino.

—Sí te lo dije y te lo repito, pero uno toma riesgos calculados, no al azar y lo más importante de todo, es que no te tengas pena. Lo que más te molesta, Andrés Estelrich, es que sientes pena por ti mismo y ese es el más nocivo de todos los sentimientos. Considera: si los millones de hombres y mujeres que viven aquí sintieran pena por ellos mismos cada vez que los estafan o los echan del trabajo ¿a dónde llegarían? Fracasaste en un primer intento de trabajar que fue casi una cosa de niños; pues vuelve a comenzar, no te sientas herido en tu orgullo, y pídele fuerzas a Nuestro Señor. Nunca digas: 'Señor no quiero beber de este cáliz'. En vez di: 'Señor dame fuerza para soportarlo y sabiduría para sobreponerme'. Tienes que templarte Andrés, si quieres vivir en serio.

Andrés miró a la mujer monja, a la monja mujer de ojos tan azules como el cielo del parque en días de verano e intuyó que ella también había fracasado en algún momento de su juventud y se había templado, si no, no le hablaría con tanta emoción. ¿Qué habría vivido ella? ¿Por qué se habría refugiado en un convento? Sintió entonces una emoción parecida al amor por la intimidad que compartían hablando tan juntos, cara a cara y ella poniendo su mano sobre el hombro de él. Andrés se retiró un poco de ella. Estaba agradecido, se lo dijo, y salió del salón. Afuera, el día estaba gris. El corazón le latía fuertemente. Le hubiera dado un beso, pensó. ¡Estuve a punto de besarla! Se horrorizó y se maravilló por una excitación extraña que sentía al haberse sincerado con esa mujer.

Varios días después, se aventuró a contar lo sucedido con Li a sus compañeros en el Instituto de Arte Italiano. Max se rió a carcajadas.

—Eres muy atrevido ¿no sabes de los chinos ligados por contrato?

—¿Y acaso tú sí? —interpoló Sarah, quien no perdía oportunidad de bajarle los humos a Max.

—¡Claro! ¿No les he dicho que nací en China?

—¡Pues llevas mucho tiempo acá y nunca te he visto con un chino!

—Los conozco como a mis manos. Esa presión que te hicieron te pudo haber matado, o dejado paralítico. Ellos tienen secretos, de sus artes marciales.

—Leyendas, puras tonterías —insistía Sarah— la gente le atribuye a los chinos las más extrañas costumbres por prejuicios. A los judíos también; dicen que comemos niños crudos....

—Los chinos tienen la sabiduría antigua, créeme, Andrés —contestó Max, ignorando a Sarah—. Además tienen razón; si él te había dicho que estaba bajo contrato, no debió haber comenzado nada sin permiso de su amo. A veces son siete o quizás doce años los que están obligados a trabajar para alguien por el pasaje que se les pagó y la habitación que les proveen. Quizás es injusto, pero es así y tú te interpusiste entre él y lo que le debe a su amo. Además, por Dios, ¡biombos chinos! El gusto por lo chino ya pasó con los primeros años de la Reina Victoria, hace décadas. Sólo los nuevos ricos andan ahora rebuscando decoraciones chinas.

—La Reina Victoria, he ahí una mujer ejemplar para nuestro tiempo —dijo Harold, uniéndose a la conversación como si hubiese sido invitado.

—¿Qué dices? Esa anciana está a punto de morirse. Ella no es ejemplo para nada. ¿Crees tú que el Siglo 20 que está a la vuelta de la esquina debe de tener como ejemplo a esa vieja? Pues no. Ese siglo tendrá como ejemplo a los modernos, a los que no miran hacia atrás, a los que se atreven a darlo todo, a los que no son hipócritas como la familia real inglesa completa, a los hombres valientes como Oscar Wilde. ¡Abajo la tiranía de los victorianos y arriba la estética y la belleza! —gritó Max.

—¡Cómo puedes hablar así de ese pederasta abominable, de ese canalla, tú que eres cristiano Max, debería darte vergüenza! —dijo Harold.

—¿Cristiano yo? Te equivocas. Nunca he sido bautizado. Al morir mi madre, mi padre estuvo como perdido por varios años, eso me contaron. Nunca se volvió a interesar en nada religioso y nunca se tomó el trabajo de llevarme a bautizar. Yo soy pagano, querido Horrord, mi religión es la belleza a la que se llega a través del arte de la Humanidad.

—No, Max, nada tiene sentido si no se hace siguiendo los preceptos de Dios —contestó Harold, adoptando una postura de ministro ante su grey.

—Mierda —dijo Sarah.

—¿Qué dices, mujer?

—Mierda, te digo Harold. Tú no haces nada por Dios, sino por ti. ¿Acaso no tienes a tu esposa encerrada en tu casa, pariendo niños y cocinando, mientras tú te das la gran vida estudiando para pastor y tomando cursos de arte?

—¡Cómo te atreves! Ella es mi mujer en el Señor, somos un matrimonio cristiano, como debe de ser. Ella cuida la casa y educa a los hijos y yo tomo clases para ser ilustrador de revistas bíblicas, todo mundo lo sabe.

—Tú eres un hipócrita, ella debería ser la que estudie aquí y no tú, es mucho más talentosa que tú; ella sí es artista y ahora se perderá para siempre arrimada a un marido como tú.

—Ella es feliz siendo esposa, y madre. ¿Acaso no es el deber de toda mujer tener hijos y cuidarles?

—No, si quiere hacer otras cosas —contestó airada Sarah.

—Bueno, no exageres —interrumpió Max al ver lo agitados que estaban sus compañeros de clase—. No importa lo moderno que podamos ser, la ciencia jamás podrá sustituir a la mujer como la procreadora de vida ni nos podrá poner a nosotros a generar leche por las tetillas, ¿no?

Harold se escandalizó. —Max —dijo en tono conciliador— no hables así frente a una dama.

—Nada de dama, soy una mujer. Siempre toman eso de excusa ustedes para no conversar de cosas serias frente a nosotras. Pues les diré esto: claro que somos las que procreamos, por eso mismo, porque el destino de la Humanidad está en nosotras, tenemos que tener el derecho a decidir qué queremos hacer en la vida —gritó Sarah

—Si te vas a poner irracional me retiro. Nada hay más ajeno a la paz del Señor que una mujer gritando, Sarah. Por eso no puede haber mujeres en los foros de discusión porque no hay cosa más fea que una mujer histérica chillando —dijo Harold para zaherir a la joven.

—Ajá. —Sarah saltó a la carga nuevamente—. No creas que no te vi, pastor rastrero, te vi ojeando el libro de magia del profesor Van Dam, de ahí sacaste esa cita porque eres incapaz de pensar por ti mismo.

Harold se alejó rápidamente del grupo y Max preguntó: —¿Por qué eres tan cruel con ese perro? Horrord es sólo un idiota.

—Nada hay más peligroso que un mediocre, y para colmo, religioso, de esos que tienen iniciativa. Él no tiene conciencia de que es un patán, pero tiene el atrevimiento y la crueldad de que son capaces los idiotas criados sin respeto por la gente, cobijados tras la supuesta infalibilidad de su religión. Con eso, y una organización que te respalde, llegarás muy lejos. Eso dice mi padre, por eso hay tanta gente peligrosa en puestos de poder. Yo conozco a Anne, su esposa, ella sí hubiera sido una gran artista, ella fue quien le habló a él de esta escuela, pero al él casarse, le delimitó su mundo. Él es un imbécil que sólo pinta Cristos amariconados, fuentes de agua viva estancadas y apóstoles que parecen ninfas. Ahora ella se va a podrir criando a los hijos de él en la casa mientras él se llevará la gloria de ser el artista de la familia. Él cree que haber nacido varón es, de por sí, una virtud. Él no toma en cuenta a la mitad de la Humanidad, a nosotras, por eso lo enfrento, para que aprenda a respetarnos.

Capítulo 13

En los meses siguientes, el grupo de alumnos del instituto de Van Dam fue cambiando, pues algunos se habían retirado, y ahora era un puñado de nuevos compañeros el que se acercaba a escuchar las discusiones en las que siempre llevaban la voz cantante Max y Sarah. Andrés continuaba sin sosiego aguardando el verano para conseguir trabajo, pero no tuvo que esperar tanto pues pocas semanas después de la desaparición de Li, Max le avisó que se presentara a la dirección que le había dado. Un martes de ese marzo frío, llegó a las oficinas de una publicación que nunca había visto en los puestos de diarios y revistas que abundaban en la ciudad. El salón principal de *Popular Magic & the Ancient Arts* era largo, polvoriento y oscuro y allí se encontraban apiñados escritorios cubiertos de papeles y estantes de madera atestados de libros, en su mayoría viejos y en mal estado. Varias lámparas de kerosén bajaban del techo colgando de unas cadenas recubiertas de hollín. Lo único que parecía de reciente adquisición era una serie de mapas, unos pegados en las paredes, otros que hacían las veces de faldas a las mesas y otros más que sobresalían de una planera enorme colocada en el mismo centro de la Redacción. Ninguno de los escribientes levantó la vista al él llegar, así que por intuición caminó hasta el fondo del salón y se detuvo ante el escritorio más grande, donde un hombre de mediana edad y gruesos espejuelos miraba a contraluz un grabado de una copa y deletreaba en silencio lo que parecía leer en el diseño.

—Sr. Marchand – dijo Andrés de modo muy correcto —soy el nuevo empleado. —El Sr. Marchand continuó inspeccionando el grabado.

—Me envía el Sr. Max —añadió Andrés, esperando al menos ser atendido al pronunciar ese nombre.

—Estos se las traían, estos sí que se las traían —dijo Marchand poniendo el papel sobre su escritorio y señalando la copa—. ¿Ves esto? Aquí tenemos nada menos que una oración en copto. Andrés miró la copa y acto seguido exclamó:

—Imposible, señor, esa copa es celta—. Y al unísono, todos los escribientes y el propio Sr. Marchand comenzaron a reírse.

—Eres el cuarto muchacho que viene buscando trabajo esta semana y el primero que siquiera entiende de lo que hablo —le dijo.

—¿Buscar trabajo? Max dijo que ya lo tenía —fue lo único que se le ocurrió contestar a Andrés.

—Ah, el señorito Max de nuevo armando líos… aunque, a decir verdad, las personas que él ha recomendado en los pocos meses que lleva esta empresa bajo la tutela de los Pfiffer usualmente han resultado hábiles para este tipo de trabajo. ¿Sabes qué harás aquí?

—Dibujar, imagino, no sé.

—Bueno, eso si hiciera falta alguna ilustración, pero aquí tengo la nota del señorito Max donde dice que tú podrías servir de enlace.

—¿Enlace de qué?

—Enlace llamamos a los reporteros, porque eso somos casi todos aquí —explicó, mientras abarcaba con un gesto de la mano a la media docena de escribientes— quienes viajan constantemente a los lugares de los hechos sobrenaturales para constatar la certeza de los mismos y luego escribir reportajes y, a veces, ilustrarlos. ¿Nunca has visto nuestra revista? Se vende mayormente por subscripción y te sorprenderías de cuántos la leen en toda América y Europa ¡y hasta en Egipto! Toma estos ejemplares, siéntate ahí, léelos, empápate. A la tarde te daré tu primera asignación.

Andrés comenzó a leer y le pareció que se remontaba de un tirón a los cuentos de su abuelo. Los ejemplares estaban llenos de historias de niños salvados milagrosamente de ahogarse por alguien que luego resultaba ser un ánima perdida; cuentos de excavaciones arqueológicas en lo que fue la antigua Babilonia, que habían terminado en tragedia por una maldición antigua; declaraciones de excéntricos ingleses emigrados a

América que en su lecho de muerte daban las claves para encontrar el castillo de Camelot; confesiones de curas excomulgados explicando cómo Satanás les mandaba mujeres-demonios para tentarlos. En las últimas páginas de cada revista había anuncios por decenas de pociones mágicas, talismanes, esencias de flores y medallas poderosas, además de una sección de clasificados donde los más taimados anunciaban ventas de lotes ubicados en lugares imantados o viajes fantásticos a ríos y cavernas donde había tesoros esperando ser hallados.

A Andrés le pareció lo más simple del mundo y no tuvo problemas en desplazarse esa tarde hacia el norte de la ciudad para visitar un predio de terreno en donde mágicamente había aparecido la imagen del presidente Washington en la corteza de un abedul. A esta historia siguieron otras igualmente sorprendentes y Andrés no salía de su asombro pues estaba recibiendo un salario semanal por escribir noticias que eran como cuentos de hadas.

Llevaba poco tiempo como enlace, cuando Marchand anunció lo que tanto había vaticinado Max. *Popular Magic* iba a cambiar. Primero ensayarían con el formato; ahora sería más grande y los artículos serían como reportajes de las buenas revistas y, gracias a una nueva imprenta que había comprado Max, llevaría ilustraciones exclusivas, algunas fotográficas. Era necesario buscar un par de fotógrafos de inmediato para que retrataran lo lugares que visitarían. Andrés se apresuró a hablar con Max para que contratara a Jacobo.

Hacía meses que Jacobo le escribía diciéndole que quería salir de los confines del Caribe, tener aventuras, viajar por el mundo y sobre todo, practicar la fotografía de paisajes en lugares desiertos. Ansiaba conocer la tundra en los linderos del Ártico y las estepas de la Rusia ancestral de su familia paterna, le decía. A pesar de que abundaban los fotógrafos en la ciudad, Max confió en la palabra y el entusiasmo de Andrés y le ofreció trabajo a Jacobo. Éste aceptó de inmediato, y cuando embarcó rumbo a Nueva York, no miró ni una sola vez hacia atrás; cargaba con su cámara y su trípode y con una agenda de vida que no tenía espacio para la nostalgia.

Andrés lo fue a buscar a los muelles y casi le pasó por el lado sin reconocerlo. Había crecido alto como Andrés, su pelo ensortijado era más negro y lo llevaba muy corto, el bigote, negro también, agudizaba su cara larga; sólo la mirada fija e intensa era la del niño que hacía años no veía. Comenzaron a conversar como si se hubiesen visto la noche anterior y a los dos días estaban trabajando juntos en *Popular Magic*.

El primer artículo que hicieron, sobre una casa embrujada en las cercanías del Río Hudson, causó sensación tanto por los ángulos de la casa fotografiada por Jacobo como por el tono íntimo y extrañamente veraz que supo darle Andrés al asunto. Marchand reconoció enseguida el talento en ciernes de ambos muchachos y, enterado como estaba de que vendrían cambios importantes para la revista, quiso asegurarse de que no se le fueran, por lo que los mantuvo ocupados cubriendo todo suceso que pudiera representar una aventura para jóvenes tan ilusos como eran ellos en ese tiempo. *Popular Magic* tenía un público fijo que se emocionaba con un texto sobre la aparición de un hada minúscula en un jardín pero bostezaba ante noticias políticas o policiacas, por lo que no sufrió grandes bajas en esos meses, cuando todos en la ciudad se peleaban frente a los quioscos de revistas y periódicos por comprar los ejemplares de los diarios que, exacerbados por un nacionalismo vitriólico y militarista, seguían con sed de venganza y con noticias inventadas la Guerra Hispanoamericana.

El día en que Puerto Rico fue cedido como botín de guerra a Estados Unidos, Andrés y Jacobo llegaban a una vieja hacienda en las cercanías de Baltimore donde un octogenario ex esclavo, que tenía la espalda y los brazos cruzados de cicatrices por los latigazos que recibió durante su juventud, les contó de las extrañas apariciones de Miss Emily. Estuvieron toda la noche en vela, escondidos tras un castaño, y a las tres de la mañana escucharon un grito fantasmal, vieron luces que parecían salir de la casa hacienda y creyeron distinguir una silueta humana que deambulaba por los jardines abandonados, la mismísima Miss Emily, ultimada el día de su boda por un antiguo pretendiente llamado Lord Charles.

Embriagado por lo que suponía era un oficio al mismo tiempo tonto y superfluo pero entretenido y grandioso, Andrés no tuvo respiro el resto del año y se hizo de cierta fama, de esa perecedera que asalta a veces a los jóvenes talentosos que llegan a la sala de redacción de alguna publicación menor. Pero él sabía que esos compañeros de oficio de *Popular Magic* y del círculo de redactores de la prensa populachera que alababan sus escritos, más que avezados hombres de letras o reporteros de tinta en las venas, eran maestros de inglés desempleados y venidos a menos o poetas alcoholizados que aún soñaban con ser descubiertos por algún agente literario. Por un sueldo que apenas les daba para beber diariamente y visitar prostíbulos en fines de semana, ponían al servicio de *Popular Magic* y de otras revistas y mensuarios sus conocimientos del idioma, de los recursos literarios y de la buena composición.

Para ese tiempo, Andrés recibió muchas cartas de don Vicente en las que comenzó a contarle de los cambios que había de pronto en la Isla, de la incertidumbre de la gente, de las cosechas que se habían tenido que almacenar porque no estaba claro, internacionalmente, cómo vender o comprar los productos de Puerto Rico, y de cómo los americanos habían devaluado la moneda española. Detrás de las tropas, llegaron a San Antonio unos inversionistas de Boston y fundaron un banco que era el único donde estaba permitido tramitar el dinero que llegaba al pueblo. En todas partes pasaba lo mismo. Cada semana desembarcaba más y más gente del norte. Los norteamericanos se iban por las costas y hacían ofertas por las mejores tierras llanas para sembrar caña de azúcar, como si hubiesen sabido de antemano qué valía la pena comprar en esa isla tan lejana y tan pequeña. Constantemente la confundían con las islas de Hawaii y había uno escribiendo un libro que hablaba de las Filipinas y de Puerto Rico como si ambos territorios quedaran en el Pacífico. Preguntaba Vicente en sus cartas si los ciudadanos de Estados Unidos no sabían de geografía, y cómo era que ahora todo tendría que tramitarse en inglés.

Pero no sonaba ni remotamente asustado, todo lo contrario, estaba como maravillado de poder haber vivido para presenciar tanto cambio. Los Cantré habían hospedado en su casa a un teniente asignado a poner orden en el pueblo de San Antonio, y el *Boletín de la Patria*, ahora llamado *El Boletín del Norte* había publicado una edición en inglés en honor de los militares. *La Gaceta Imparcial*, sin embargo, hablaba cautelosamente de la democracia que representaba Estados Unidos y de la patria que había que forjar cuando los norteamericanos regresaran a sus tierras. —Pero no tienen intenciones de irse —decía Vicente— lo vi en las cartas ¿y sabes qué? Van a traer más mangostas, también lo vi.

El abuelo estaba contento. Parecía querer decir algo entre línea y línea; Andrés lo presentía pero no podía imaginar qué cosa favorable estuviese sucediéndole a Vicente que éste no le pudiera decir abiertamente. Un día trató de comunicarse con su abuelo mentalmente, como él le había enseñado. Se sentó una tarde en el parque, de cara al río, cerró los ojos y meditó como en trance tratando de ver la figura de Vicente Ramírez Ángel en la casita, que a esa hora estaría llena de rayos de sol, caliente y brillante y con las sombras de las pencas de los cocoteros reflejadas en el balcón. Ahí estaría el abuelo en su mecedora tomando una siesta. Allí lo vio, solo, pero lo sintió enlazado a una cualidad: la juventud, el germinar, algo nuevo. Andrés no pudo descifrar de qué se trataba, pero estaba cerca de la verdad. Sintió deseos de visitar a don Vicente, de estar junto a él y compartir aunque fuera por un rato, para remediar tantos años de ausencia. Pero su vida ahora estaba atada a su trabajo.

Poco después Max los llamó a él y a Jacobo para hablar seriamente de lo que estaba próximo a acontecer con la revista. El viejo Alfred se la acababa de ceder con título de propiedad y todo. Esa sería su primera empresa para dirigir, hacer dinero, experimentar en la vida. Alfred Pfiffer sabía que Max no tenía alma de comerciante, pero su amor por el arte y la cultura le podría servir de acicate para tratar de hacer algo con esa revistilla, por eso se la regaló. A Ernst, sin embargo, se lo llevaría consigo a Alemania para empezar a trabajar en una metalúrgica, pues le gustara o no, era el hijo mayor y tenía que aprender de la industria y los negocios para seguir las huellas de su padre.

Max les ofreció una magnífica cena a ambos en la mansión Pfiffer y le sorprendió enterarse de que Jacobo era mitad judío pues al él usar sus dos apellidos, Levi y Rosas, los oficiales de inmigración sólo le dejaron el 'Rosas'. Su semblante como de gitano, su dominio del español y su apellido no daban indicación alguna de sangre hebrea.

—Les tengo grandes noticias —dijo, al acabar de cenar, mientras bebía copa tras copa de vino—. Se acerca el gran siglo, el del progreso, el del desarrollo pleno de la ciencia y la razón, ciencia y razón que siempre deben estar al servicio del conocimiento y éste, claro está, del desarrollo de la creación humana en su más alta categoría, es decir, el arte. Sí, el Arte. No se sorprendan, nada hay más maravilloso para el arte que comprobar su verdad y su importancia como la suprema manifestación humana, a través de la ciencia. Por eso vamos a cambiar la revista de rabo a cabo. ¿Cómo dijo el romántico poeta de ustedes, ese tal Gustavo Bécquer? Vamos, Andrés, no pongas cara de sorpresa, español o porto-riqueño es lo mismo, escriben en castellano ¿no? 'Mientras exista un misterio para el hombre, habrá poesía'. Pues, eso, el más puro romanticismo es lo que vamos a trabajar desde las ciencias. Mi padre cree que no lograré mucho pero yo sé que haré justo lo que me toque hacer. La palabra 'misterio' nos da la poesía, la palabra 'mundo' nos entronca con lo que somos, la palabra 'ciencia' nos lleva al Siglo 20. Nuestra revista será ahora *The Mysterious World of Science*; nada de fantasmas de segunda y faquires levitando en Brooklyn, sólo lo más maravilloso desde el punto de vista de lo creíble y constatable ¿entienden?

—Déjame ver si te entiendo. Vamos a sustituir nuestros cuentos de aparecidos ¿con qué? ¿Con viajes a la luna como los de Julio Verne? —preguntó Andrés.

—No, con viajes en globo como los de Julio Verne y con islas exóticas llenas de nativos que le temen a animales monstruosos, animales que sí existen; hay pruebas, hay gente que los ha visto. Tú vas a entrevistar a esa gente, y tú, a tomarle fotos. Y si el monstruo no aparece, tomas fotos de la baba que dejó.

—¿El Sr. Marchand estará de acuerdo?

—El Sr. Marchand no estará.

—¿Cómo, lo vas a echar?

—No, estará a cargo de otra subdirección. Lo que tengo en mente, mis queridos reporteros, es un conglomerado de publicaciones y una industria de imprentas. Marchand dirigirá la impresión de fascículos ilustrados sobre lo que le gusta: fantasmas, espíritus y monjes que regresan a iniciar a los escogidos. Para *The Mysterious World of Science* he mandado a traer a un especialista: Michael St. John. Viene de Londres, sabe muy bien su oficio. Y contraté a un científico para que les acompañe, serán un trío ahora. Aidan Walsh se especializa en zoología pero sabe de todas las ciencias, como los enciclopedistas, ya lo entrevisté, en una semana estará en Nueva York.

Jacobo, hasta entonces callado, sólo atinó a decir: —Es muy reducido el número de misterios científicos en estos lares, Sr. Max, todo está demasiado civilizado.

—Te sorprenderías, Jacobo —contestó Max—. Pero es cierto que por ahora necesitamos atraer, con fenómenos de otros lugares, la atención de los neoyorquinos y de las grandes masas cosmopolitas del mundo, que parecen haber perdido la capacidad de asombrarse. Por eso van a viajar muchísimo. Necesitarán tener sus papeles en orden, sus visas o documentos. ¿Qué usarás tú ahora, Andrés, ya que no pertenece tu tierra a España? Averígualo. Los quiero listos para todo y, por favor, quiero que cubran lo que sea que les mandemos a hacer, no importa lo que cueste. Max continuaba bebiendo y añadió: —¡Así tengan que acostarse con la sobrina del Papa en Roma!

Cuando Max dijo esto, ambos jóvenes se miraron el uno al otro y parecieron reírse con los ojos. Max los observó un rato. Ninguno de los tres dijo nada hasta que Max explotó de risa al tiempo que exclamó: —¡Maldita sea, ustedes son un asqueroso par de vírgenes!

Los muchachos guardaron absoluto silencio. —¡Vírgenes, de seguro! —continuó Max—. Desde que sus madres se los agarraron para enseñarles a mear ninguna mujer se los ha tocado, ¿verdad?

Max reía estrepitosamente y ellos acabaron haciéndole coro. Max les sirvió más vino, les obligó a tomarse dos copas de sopetón y entonces les dijo: —Acompáñenme, por favor.

Por una escalera angosta pero bien iluminada, bajaron al sótano. Las paredes húmedas y frías se tornaban más calientes mientras más se adentraban en un laberinto de habitaciones hasta que llegaron frente a una puerta en la que Max tocó cuatro veces. La puerta fue abierta desde el interior y entraron a unos cuartos tapizados en seda verde con pisos recubiertos de alfombras persas. Oyeron un ruido tenue y, en la penumbra de las lámparas de gas apenas encendidas, vieron a una mujer menuda que se movía con dificultad. Parecía caminar de lado, cojeando ligeramente. Vestía un traje chino de blusón y pantalón de brocado. Se acercó lentamente hasta que estuvo frente por frente a Max. Él tomó una lamparilla y la puso junto a su cara para que Andrés y Jacobo la vieran. Era una mujer china, hermosa, de edad imprecisa, aunque parecía joven. Max le dijo algo que no entendieron y Andrés preguntó sorprendido

—¿Max, sabes hablar chino?

—¿No te he dicho mil veces que allá nací?

—Sí, pero te criaste acá.

—Llegué aquí a los cinco años rodeado de sirvientes y nanas chinas. Papá los dejó quedarse un tiempo pero luego los fue echando porque dijo que acá no responden igual que en su país, se juntan con otros emigrantes y desarrollan ideas indebidas, ya sabes, de derechos de empleados, salarios exorbitantes y esas cosas. Ahora no se las vayan a meter en la cabeza ustedes—añadió entre risas. Max bromeaba, como pueden bromear los jefes que se sienten que son dueños de uno y, además, amigos.

—Pero no hablemos de cosas serias —continuó—. Los traje para que se vayan sensibilizando a un mundo que es obvio que ambos desconocen, aunque no me imagino por qué, sabiendo lo dados que son los latinos a disfrutar del mundo de los sentidos, sobre todo, del de la carne. Ahora, prepárense para ver lo más sensual que quizás experimentarán en sus vidas, la primera vez no se olvida nunca, muchachos, ¡ja! —se reía una y otra vez. Entonces calló, colocó la lamparita en una repisa e hizo un gesto con su mano.

La mujer se sentó en unos cojines, se bajó los pantalones y comenzó a quitarse lentamente los calcetines de lana que cubrían sus piernas hasta que mostró, ante la horrorizada mirada de Andrés y Jacobo, los pies deformes, puntiagudos, con sus dedos sellados unos a otros a causa de la antigua costumbre de amarrarlos con trapos para hacerlos pequeños. Max miraba, embelesado, los pies-muñones. —La primera vez que le quitaron las amarras, el dolor le hizo desmayar, pero ya se acostumbró —explicó—. Ahora vive aquí tranquila en la oscuridad del sótano. Es costurera, me hizo esto —dijo, mostrando orgulloso la elaborada pero chocante bata de casa que vestía, de diseño antiguo, bordada de flores de crisantemo amarillas sobre fondo negro.

—Y bien ¿qué piensan de esta belleza? —preguntó fascinado.

—No entiendo, Max —dijo Andrés—. ¿Cómo se te ocurre que esa deformidad pueda ser algo sensual? ¡Tú que amas la belleza! ¡Tú que clamas por la regla de oro, por el balance sin el cual no hay belleza!

—Es degradante que la muestres así —añadió Jacobo.

Pero Max, demasiado bebido para discutir, sólo atinó a decir: —Ah, imagino que esperaban otra cosa. Son ustedes tan tradicionales, bueno, para los gustos los colores —dijo y volvió a hablarle a la mujer. Entonces ella se recostó, se subió el blusón más arriba de la cintura y Andrés y Jacobo vieron, por primera vez en sus vidas, un Monte de Venus amarillo suave, apenas asperjado de vellos negros y unos labios vaginales carnosos, los cuales Max abrió suavemente con sus dedos largos, ensortijados, demasiado blancos. —He aquí la fruta del paraíso —anunció mientras le exponía el clítoris. La mujer se incomodó un poco pero permaneció yacente, callada, inmutable y apenas movió sus caderas. —Pero si Adán se hubiera detenido aquí —continuó Max, no hubieran echado a nuestro padre del paraíso, no hubiera habido problemas, es lo que sigue lo que nos hundió, literalmente.

Andrés y Jacobo estaban tan mudos como la mujer. Nunca habían pensado en estar en una situación semejante, pues cuando soñaban con hacer el amor, su repertorio de ilusiones románticas probablemente comenzaba con una aventura que desembocaba en ellos salvando a alguna doncella y luego recibiendo sus favores en una habitación de cama con dosel, de seguro blanca la muchacha, de seguros solos, cada cual con su pareja, de seguro llegando al éxtasis de poseerla sin nadie más presente.

Nunca habían imaginado esta vía abierta, pasiva, inerte por donde los dedos de Max, como carabineros, ordenaban la entrada y la salida.

De pronto, un ruido hizo sobrecoger a los cuatro. Un muchachón de paso pesado se acercaba desde el cuarto contiguo. —Es sólo Sammy, no se preocupen —dijo Max—. Tampoco tendrían que preocuparse si fuera algún otro habitante de esta casa puesto que cada quien sabe y respeta su lugar —añadió.

—¿Pero ella, Max...? —exclamó Andrés y el tono de su voz cuestionaba qué respeto podría haber allí.

—Ella es mía, Andrés, vino conmigo, Wang Chieh siempre ha estado conmigo —explicó Max alzando la voz—. Fue una de mis nanas y es apenas unos años mayor que yo. No le gusta el mundo de afuera, sólo quiere permanecer aquí. Una sola vez pudimos obligarla a salir al jardín, para que cogiera aire fresco y a la vuelta, trató de matarse. No soporta el sol. Wang Chieh es 'la mujer orquídea', vive aquí sin luz directa, segura y escondida. Es su placer estar en este sótano y el mío mantenerla feliz. ¿Acaso creen ustedes que todos los hombres somos iguales, que todas las relaciones son iguales? Misterios de la ciencia, caballeros, de la ciencia del comportamiento humano, o de la ciencia del destino que nos trajo aquí. Miren a Sammy allá afuera —dijo, señalando al muchachón—. Es un mongoloide. No se sabe cómo ha durando tanto, ellos viven muy poco. Allá afuera sería víctima de quién sabe cuántos atropellos, aquí está contento y seguro. Wang Chieh cuida de él y él es quien acomoda todos los víveres y mueve los muebles cuando hay limpieza. Ambos son míos y también son felices, tanto como pueden serlo dada su condición. ¿Qué de malo hay en ello?

El vino le estaba haciendo efecto a Jacobo y a Andrés. Trataron de incorporarse pero no pudieron. —Ah, pero ¿cómo se les ocurre retirarse en este momento? No es posible, qué mal educados. ¿Nunca jugaron de pequeños a 'te enseño lo mío si me enseñas lo tuyo'? Pues volvamos a hacerlo. Una de las cualidades de esta mujer es su memoria privilegiada. Ella tiene un don único. Bájense los pantalones, ella, con mirárselos sólo una vez, los recordará para siempre. Otro día que vengan pondremos capuchas en sus cabezas y verán cómo ella sabrá quién es quién tan sólo con mirarles el pene. ¡Es un don!

Andrés y Jacobo nunca recordaron cuánto tiempo pasaron allí, ni qué más sucedió. Y tampoco pudieron borrar de su memoria por mucho tiempo esa desnudez amarilla y obligada que les acercó demasiado a una parte de sí mismos que no conocían. Cuando amaneció, estaban tendidos en sofás en el salón de fumar, a donde un mayordomo les llevó de desayuno café y panecillos dulces. Max, había salido de viaje.

Capítulo 14

Aidan Walsh apenas se había incorporado al equipo cuando los tres fueron citados a una nueva oficina en una calle al sur de la ciudad. En el medio de un piso amplio, con palmas sembradas en tiestos de terracota china y cuadros alegóricos a los ocho planetas adornando las paredes, un cubículo de cristal con un letrero que decía 'Director' indicaba el lugar transparente desde donde Michael St. John comenzaría su cruzada para dar a conocer al mundo los misterios de la ciencia. A la derecha del cubículo, un puñado de redactores, mecanógrafas y correctores de estilo estrenaban mobiliario de oficina de madera rubia. Al final, junto a una ristra de ventanas que permitían ver el claro cielo neoyorquino, el despacho de Max desentonaba majestuosamente del resto de la redacción con sus paredes de nogal, ventanales de cristal azul y cortinaje de brocado verde oscuro. Al verles llegar les saludó con la mano al tiempo que tomaba bastón y sombrero de copa y corría hacia ellos. Estaba vestido de traje formal gris a rayas, con rosa amarilla en el ojal. Iba rumbo a una boda, por lo que no podía quedarse, pero tendría mucho gusto en dejarlos a cargo de St. John, quien les daría las instrucciones precisas de lo que tendrían que hacer, dijo a toda prisa.

Michael St. John se levantó de su silla y desde detrás de su escritorio estiró la mano para saludar al trío de jóvenes que entró a su cubículo. Era un hombre grande, de manos toscas cubiertas por un vello rubio que parecía bajar desde su cuello como crin y deslizarse por los brazos hasta salir por los puños de su camisa. De ojos pequeños, grisáceos, tenía mirada penetrante y gestos de persona intolerante, diría luego Aidan, a quien no escapaba detalle alguno de la naturaleza humana.

—Señores, tengo el gusto de recibirles como el equipo estrella de lo que será un nuevo hito en la historia de las publicaciones de lengua inglesa —dijo en un tono que trataba de ser afable pero sonaba intimidante—. Y fíjense que no digo norteamericana porque somos una sola unidad anglosajona, cristiana, heredera de la civilización política y cultural griega, pero de habla inglesa. Sé que dos de ustedes tienen otras sangres y eso es bueno, hasta cierto grado, porque mejora las razas, pero recuerden que es lo que tengan de la cultura que ahora esparce sus fuentes del saber por todo el globo terráqueo, esa parte de su herencia de la antigua Sajonia, de los anglos y los celtas, la que más beneficio rinde al planeta todo. La industria, el comercio, los grandes descubrimientos y el desarrollo de la ciencia y la civilización que se esparcirá como nunca antes durante el siglo 20 se debe a nosotros.

Le he pedido al Sr. Max un informe completo de sus orígenes y los he estudiado a los tres. Por supuesto, el que más entroncado está con nuestro propósito, desde el punto de vista de nuestra herencia, es usted, Aidan, siendo como es descendiente de galeses e ingleses y de cepa pelirroja, probablemente de antepasados vikingos, sin duda. Usted, Andrés Estelrich, algo tiene también de nosotros, pues sabemos que los celtas casaron en España con iberos y tuvieron sus momentos de grandeza, a más de la sangre que trae de sus antepasados canarios, guanches, de seguro, hermanos de nosotros los de la antigua Thule. En cuanto a usted, Jacobo Rosas, como le han llamado erróneamente y usted lo ha permitido, lo cual dice algo de usted: que es flexible, que no le da importancia a las apariencias, buenísima cualidad; pero a lo que vamos, usted no tiene, por así decirlo, una carta de presentación de sangre pero sí, de cultura, pues es hijo de un hebreo, ha estudiado el Tora y de seguro, algo de la Cábala, que son las bases de los misterios antiguos que nuestra civilización necesita retomar para poder progresar.

Ahora bien, tienen a su favor que vienen de antiguas cepas de sangre o de conocimientos y también, favorables signos astrológicos, lo que no tienen es las agallas en su sitio porque ustedes dos —dijo señalando a Jacobo y a Andrés— apenas son dos mocosos y usted, Aidan, es sólo un científico en ciernes—. St. John arreció su diatriba pues había llegado al punto que quería desarrollar y continuó: —Uno no es periodista porque le celebren una docena de patrañas de aparecidos que pudieron ser escritas por señoritas de colegio en sus álbumes de recuerdos.

Al oír esto Andrés sentía que se iba poniendo rojo, caliente de la vergüenza y la impotencia que le enervaban por dentro. ¿Qué se traía este hombre? ¿Por qué los trataba así? ¿No sería mejor irse en ese instante? Pero no se atrevía, nunca se atrevió a retirarse frente a un regaño, estaba condicionado a escucharlo para luego tratar de ripostar.

—Uno se hace periodista en el campo de trabajo —continuó St. John— y es sólo con los años de oficio que uno se curte, como en todo. No se dejen impresionar por las adulaciones de los mediocres. El mundo está lleno de ellos, y si les hacen caso, se quedarán a su nivel. Yo no les puedo prometer nada excepto hacerlos buenos en su profesión, y espero lo mejor de los tres.

Michael St. John tomó un respiro. Había terminado el discurso que probablemente había estado preparando en su mente toda la mañana, y no tenía más que decir al respecto. No buscaba sus miradas, las relaciones humanas no eran su fuerte. Era, sin embargo, excepcionalmente bueno en su profesión, como irían aprendiendo los tres durante los próximos años.

—Desde ahora vamos a publicar las fotos ampliadas, sólo usaremos ilustraciones cuando sea menester. Usted, Andrés, ocúpese de mejorar cada día su redacción y por favor no comience tantas oraciones con sujetos y predicados. Aidan, usted tiene que estar al día en todos los descubrimientos científicos, sobre todo en lo relacionado al mundo mineral y magnético. Olvídese un poco de la fauna, loable como es ocuparse de animales, no lo trajimos aquí como veterinario. En cuanto a usted, Jacobo Rosas, 'artista del lente' según he escuchado que les ha dado ahora a los fotógrafos en llamarse, tiene que desarrollar fotos más precisas y dejar esa línea romántica-impresionista de imágenes fotográficas que con efectos brumosos quieren hablarnos de los tiempos de antaño. No, no y no. Una sola foto espléndida y clara de Stonehenge cubierto por la nieve hablará más para nuestros lectores que lo insinuado tras una capa de neblina. Ya tenemos una mejor imprenta, las tintas y el papel han mejorado muchísimo, podemos sacar una revista excelente, de eso me encargaré yo.

Y a propósito —añadió— ahí afuera les tengo textos para que vayan leyendo, son de las líneas telúricas que se trazan desde España a Escocia y cruzan monumentos megalíticos, vayan estudiándolos porque pronto serán enviados a Inglaterra para comenzar un reportaje. Por ahora les tenemos otras asignaciones que interesan al Sr. Max y son muchos los viajes que hemos planificado. Necesitarán tener sus papeles en orden, ya él les habrá informado…

St. John llegó a sus vidas con todos los datos memorizados y todas las reglas interiorizadas, que es como sobreviven en el poder los hombres que a falta de gran inteligencia, están dotados por la naturaleza de sagacidad y determinación. Pero sabía mucho de los temas que habrían de cubrir para *The Mysterious World of Science* y creía en una prosa clara, firme y precisa para las publicaciones masivas, estilo que hizo desarrollar a Andrés y Aidan.

Al primer lugar que les envió fue al desierto del territorio de Nuevo México, un espacio que ninguno de los tres conocía ni había imaginado jamás. Que el cielo fuera tan vasto de día como de noche, que el azul del horizonte se enlazara al rojo ladrillo de la tierra, que las nubes fueran tan inmensas que uno podía mirar de este a oeste y no ver dónde terminaban, eran experiencias completamente nuevas, como lo era cabalgar días enteros bajo el sol. Les impactó, además, el halo de soledad fría en los amaneceres, cuando despertaban en el desierto luego de acampar junto a los guías vaqueros, que parecían despreciarles por sus atuendos de ciudad pero admiraban su tenacidad al verlos trepar como cabras por las rocas antiguas que llevaban a las ruinas de los pueblos de indios. Jacobo tomó fotos de las edificaciones; Andrés, contra todas las indicaciones de St. John, se sentó largas horas a dibujarlas para luego poder extasiarse mirándolas una y otra vez y Aidan midió sus coordenadas y se llevó muestras de las piedras y el terreno.

Luego fueron al norte, a entrevistar a los trabajadores de un aserradero en Canadá quienes aseguraban haber visto en los bosques un extraño ser peludo, casi humano, de tres metros de alto, cuyas huellas aún estaban en la nieve y Jacobo pudo fotografiar. Apenas habían terminado esas asignaciones cuando recibieron por telegrama órdenes de trasladarse al poblado de Narraganset en Massachusetts donde una torre llamada de Newport, alegaba recientemente un científico, no databa de la época del gobernador Arnold en el siglo XVII, sino que era prueba fehaciente de la presencia de navegantes noruegos que desde el año 1000 habían residido intermitentemente en la costa norte del continente americano. Aidan tomó medidas y estudió la posición de la torre elevada sobre arcos que descansaban en ocho columnas, número enfocado hacia el cosmos, sentenció, y Andrés escribió una pieza bella, en prosa que emulaba al mismo Longfellow y enviaron todo por correo a la redacción de *The Mysterious World of Science.*

Habían trabajado casi un mes sin descanso y aún así St. John les mandó continuar de viaje, esta vez hacia la costa del Atlántico. Habían sido avistados calamares gigantes en la costa atlántica; las autoridades británicas habían despachado al vapor Lake Superior a investigar y se suponía que arribase a Canadá en cuestión de días. Tenían órdenes de entrevistar al capitán y a la tripulación, pues siempre había la posibilidad de que un arponero hábil hubiese conseguido aunque fuese un pedazo del molusco. Impulsados por su afán de cumplir con su cometido, llegaron exhaustos una noche a un pueblo costero enclavado en las rocas de una rada que abría al mar frío del norte, donde habrían de esperar la llegada del vapor.

Entonces se dieron cuenta de que estaban casi en vísperas del año nuevo y de que durante esa travesía agotadora ninguno había sentido, en lo absoluto, necesidad de su familia, ni nostalgia de su casa. El trabajo en conjunto, la aventura y el misterio les habían unido a tal punto que lo que pasaba en el mundo exterior no dejaba huella en ellos; sólo importaba lo que tuvieran que hacer entre los tres. En cada lugar al que llegaban, buscaban de inmediato acomodo de segunda para no gastar de más, como les había indicado St. John. Luego preguntaban por guías o por quienes quisieran fungir como tales, cosa harto fácil cuando los residentes veían el dinero que ellos generosamente ofrecían a nombre de la revista. Entonces se lanzaban a trabajar como si ellos tres fueran los obreros diestros de una pequeña fábrica de ensamblaje cuyo producto final era su serie de coloridos reportajes.

Andrés hablaba más que los otros dos. Él, tan tímido y callado en sus primeros años de vida, era ahora parlanchín y hasta un poquito jactancioso. Alto, sereno, llevaba puesto siempre un sombrero gris de ala mediana que le daba un aire de respetabilidad. Jacobo, de espesa barba negra, con sus enormes cámaras al hombro provocaba curiosidad en la gente y eso abría camino para hacerles hablar a todos. Aidan atraía a los mayores por su compostura, sus lentes redondos y su pipa, que le hacían parecer un sabio viajero de antaño. Daban una impresión de profesionalismo muy distinta a la de los reporteros de los diarios, muchos de los cuales, en esa época, eran embaucadores y buscapleitos; y quizás esa impresión partía, precisamente, de la seriedad con la que ellos tomaban su trabajo. Aidan estaba interesado a más no poder en todo lo que la Naturaleza ofrecía y sobre todo, en cómo los reinos animal y vegetal reproducían sus rasgos en sus herederos; Andrés vivía asombrado con todo lo que el ser humano creaba y construía, y buscaba, en cada expedición, pruebas de la gesta antigua del hombre y la mujer por el planeta; Jacobo se movía en dos polos opuestos, pues buscaba captar imágenes de la Naturaleza ajena al ser humano pero, al mismo tiempo, retrataba a todos los seres humanos que se cruzaban por su camino, sobre todo a los que estaban en sus faenas, pues era la gente como seres sociales lo que más le llamaba la atención.

—El mundo está en pedazos hace años. Los anarquistas lanzan bombas y matan políticos. Los políticos hacen las leyes que matan a los pobres, quienes hacen el trabajo que da vida a las fábricas, los sembradíos, los puertos y las plantaciones; y todas éstas a su vez dan vida a las ciudades, donde viven los burgueses adinerados que de vez en cuando logran casarse con la nobleza, para ser muertos, cuando les toque, por las bombas anarquistas —fue como Jacobo explicó a Andrés y a Aidan el recién aprendido por él 'orden del mundo' la víspera del Año Nuevo de 1900, aguardando el nacimiento de otro siglo, mientras bebían un vino francés en la única taberna de un pueblo cuyo nombre no llegaron a precisar. El siglo los encontró jurándose amistad eterna los tres, con esa fiereza y lealtad con que sólo son capaces de jurar los hombres jóvenes que nunca han ido a la guerra y nunca han sabido del amor.

El año nuevo les trajo una lista de encomiendas tan amplia que Andrés consideró prudente ir primero a visitar a su abuelo, pues los iban a mandar a Europa y podría pasar mucho tiempo antes de que él regresara a América. Volvió a sentir curiosidad por lo que le estuviese sucediendo a don Vicente y también quería estar seguro de que su madre y su hermana estuviesen bien atendidas. Desde que comenzó a trabajar en la nueva revista, había alquilado un dormitorio en la misma pensión de Jacobo, pero cuando estaba en la ciudad, procuraba ir a verlas a menudo.

Al regresar de su jornada encontró a Eladia un poco huraña, como él había sido de pequeño, y llegando la primavera le dijo a su madre: —Tengo que ver al abuelo y creo que debo llevar a Eladia para que salga de aquí aunque sea una vez. —Monserrate no le dijo ni sí ni no. Ahora tenía más tiempo libre y había comenzado a bordar por su cuenta unos encajes primorosos que vendía en un almacén. Andrés se preparó, pues deseaba llegar a San Antonio hecho un hombre de mundo. Se mandó a hacer el primer traje de hilo de los que luego usó por siempre, de un color marfil que destacaba su piel blanca y soleada y que lo hacía verse más alto de lo que había llegado a ser. Con sus enormes ojos verdes y su pelo bien recortado, ya se perfilaba como un joven demasiado guapo y practicaba frente al espejo sus poses de hombre de gran ciudad. Para verse mayor, comenzó a fumar cigarrillos rubios que él mismo enrollaba en un delgado papel de arroz importado que cargaba en una cajita de plata.

Una semana antes del viaje, Monserrate le mandó a buscar porque la niña se había puesto mala. Tenía una fiebre altísima que ni el médico de la familia Monte Olaya lograba bajarle. El doctor creyó necesario llevarla a un sanatorio para mayores pruebas. Andrés corrió a buscar un coche. Eran las doce, el momento en que el día se parte en dos y ahí se le murió en los brazos su hermana, la niña Eladia, mientras intentaban sacarla de la única casa que conoció.

Por disposición de la baronesa, la velaron en la sala de recibir de la mansión. Le compraron la caja para infantes más elaborada de todas las que vendían en la funeraria que atendía a cónsules y embajadores y vistieron a Eladia para su último viaje con ropa de encaje hecha por Monserrate. Después del responso, Andrés dijo a su madre: —De todas maneras se va conmigo, la llevaré a enterrar a su país.

En vano Monserrate le argumentó que Eladia ni siquiera sabía lo que era Puerto Rico, que ella había nacido en Nueva York, que no era portoriqueny, pero Andrés insistió.

Capítulo 15

La bandera americana ondeaba en la Dársena de San Juan y los soldados uniformados, junto a los funcionarios de aduana dispersos por el puerto, hablaban en inglés a los pasajeros y marineros que iban desembarcando, pero de primera intención Andrés no se percató de esto la madrugada que llegó a Puerto Rico, pues venía absorto pensando en su regreso a casa, en su niña muerta. Sólo cuando pareció que habría problemas con sus documentos fue que cayó en cuenta de que la bandera de franjas rojas y amarilla ya no estaba visible en ningún lugar y que de nada valían las explicaciones de los demás pasajeros a los soldados, pues éstos no comprendían nada de español y el único intérprete con que contaban ese día era requerido de un lado a otro para traducir las quejas, lamentos y preocupaciones de los recién llegados de tres naves.

El sargentito rubio y bigotudo que le tocó a Andrés miró una y otra vez los papeles que señalaban al joven como oriundo de la isla. El sargento dudaba, porque no le habían dado indicaciones de cómo procesar a viajeros que vinieran con fe de bautismo de Puerto Rico, sin padre conocido, y con certificados de nacimiento y defunción de una niña neoyorquina. Además, el acento del joven no se parecía al de los portorriqueños que el soldado había tratado durante las pocas semanas que llevaba en la Isla. Para colmo, el pasajero tenía un amago de bigote marrón claro y una seriedad acompasada que le hacía parecer mayor de lo que decían sus papeles de identidad y, dentro de su corazón, ya lo era. Entonces Andrés le habló claramente, en un perfecto inglés que en algo imitaba el acento de Aidan, pero con una compostura tal que el soldado le mandó pasar a donde un funcionario para que estamparan sus documentos.

En una de las lanchas en que traían el equipaje, llegó el ataúd blanco-hueso de Eladia. Era más pequeño que muchos de los baúles de los pasajeros y tenía flores rosadas pintadas en la tapa. Los estibadores del muelle, al ver la pequeña caja, se quitaron sus gorras y se persignaron. Uno de ellos la cargó hasta el coche que alquiló Andrés para ir a San Antonio. Al salir de los muelles, iba mirando hacia la bahía; no pudo ver que ya no había murallas por el lado de tierra de la ciudad, que la puerta por la que había entrado de niño con la ilusión de que entraba a un castillo, había sido derrumbada para abrir la Capital a la isla toda. Sólo iba pensando en su hermana y en la familia que con ella terminaba. Era un día hermoso, de sol y azules, de esperanza y no de muerte, cuando Andrés volvió a su pueblo natal. Eran las tres de la tarde, no había nadie en las calles y él fue directo a su casa.

En el balcón, sentado en su mecedora fumando una pipa de maíz, estaba esperándole, de luto absoluto, Vicente Ramírez Ángel. En la puerta recién pintada había un crespón de luto con flores blancas. Andrés no tuvo que preguntarle cómo supo que él llegaría a esa hora, pues había aprendido, de una vez por todas, que nada importante escapaba a su abuelo. Al día siguiente enterraron a Eladia. Vicente lloró a la nena como si también fuera su nieta y mandó decir misa de réquiem porque pensó que a Monserrate le gustaría. De vuelta en su hogar Andrés se sentó en el balcón y miró detenidamente las casas vecinas, el palmar, el camino, y todo le pareció más pequeño de lo que lo recordaba

—¿Entonces no vas a estudiar? ¿No quieres ser arquitecto? —fue lo primero que le preguntó don Vicente cuando se sentaron a platicar.

—Todavía no sé, Abuelo —contestó Andrés.

—Haz lo que te nazca del corazón, hijo, pero… ¡tendrías tanto futuro si estudiaras!

—Bueno, por ahora, tengo algo de futuro, ¿no? Tengo trabajo, viajo, sigo aprendiendo. Pero mire, mire lo que le traje Abuelo —dijo, sacando de su maleta una edición del Hermes Trismegisto en español y en griego, y un diccionario español-griego porque Vicente había decidido que debería aprender la lengua de los dioses antes de morir. También le trajo un frasco azul lleno de agua de los Grandes Lagos porque el abuelo insistía que habían sido visitados por los Antiguos y él quería sentir el frescor de ese agua en sus manos. El viejo se alegró con sus regalos. Entonces Andrés le entregó un tercer regalo. Los ojos de Vicente se encendieron como los de un niño al abrir una caja y encontrar adentro mapas iluminados a mano en los que se destacaban todas las ciudades y pueblos del Languedoc francés, donde florecieron los cátaros antes de ser aniquilados.

—Los hice yo mismo para usted, Abuelo —explicó Andrés, y Vicente casi lloró de alegría, pues de un tiempo acá, cuando le escribía a su nieto, le contaba que al fin tenía la certeza de que él era un reencarnado. Había sido en otra vida un cátaro, un magnífico hereje, decía, y había muerto defendiendo una de sus fortalezas. Se emocionó mucho al ver los mapas y las primorosas pinturas que en ellos hizo su nieto. —Tan diestro —le dijo— de seguro constructor. —Andrés se preocupó al verlo tan emocionado; de pronto, le pareció un hombre viejo. En eso llegó Isidra y les trajo un té de limón. Andrés sintió que ella demostraba una familiaridad inusual, entonces miró detenidamente la casa y la encontró tan aseada como cuando Monserrate y él la vivían, a pesar de que Isidra pasaba poco tiempo adentro y parecía ansiosa, mirando a las casas vecinas.

Todo en el pueblo, parecía, estaba cambiando y todos andaban pendientes a los americanos, pero eso lo supo más tarde, porque al segundo día de estar en su casa encontró, casi escondida tras la mesa del comedor, una cesta llena de juguetes de los que hacía don Vicente. Eran tallas en madera de soldados templarios y pequeños barcos, réplicas de goletas medievales. Andrés quedó fascinado y miró a su abuelo como preguntando. Vicente esquivó su mirada y caminó hacia la ventana de la salita. Andrés fue tras él con los juguetes en la mano. Vicente, mirando hacia el cocotal dijo: —Tienes tíos, Andrés.

No supo Andrés si don Vicente se avergonzaba por lo avanzado de su edad o porque siempre había dado la impresión de ser un hombre que había renunciado a la carne. El abuelo, por su parte, no contaba con la alegría que le daría a su nieto, que siempre andaba en busca de una familia.

—Isidra —llamó don Vicente— trae los niños de casa de la comadre, ya le dije a Andrés. —Al rato regresó ella con un niño de unos tres años y una infante en brazos. El niño corrió donde don Vicente a tiempo que gritaba: —Hola Papá —y se lanzaba encima de él.

—Bernardo, lo he llamado Bernardo ¿ya ves? —Andrés tuvo que sonreír ante la obsesión de Vicente, que siempre había creído cosa del destino que Monserrate le hubiera llamado Andrés, nombre de uno de los primeros siete caballeros Templarios, Andrés de Montband. En vano Monserrate le explicaba que ése era nombre común en su familia. Pero Vicente se sentía marcado por el destino y por eso nombró al niño-tío Bernardo, un juego a la inversa, en honor de San Bernardo, sobrino de Andrés de Montband que apadrinó a los templarios. Era un niño mulato, fuerte, de ojos grises y mirada pícara. La niña, en cambio, era negra, flaquita, inquieta y de grandes ojos negros. Miraba a su alrededor como alguien que se da a respetar y no sonreía mucho. Si no fuera por su color, parecería hija de Monserrate, pensó Andrés. Se llamaba Socorro. Andrés se sentó en el suelo a jugar con ellos. Adentro de sí aún lloraba a Eladia pero ahora la vida le ponía en frente otros niños, también de su sangre. En aquella estampa de cariños familiares sólo Isidra estaba confundida y no se sentía cómoda encarando la situación. Esa noche, cuando don Vicente se durmió, Andrés habló con ella.

—Isidra, usted es ahora el ama de esta casa, no sienta pena ante mí, de verdad me alegra mucho ver a mi abuelo acompañado y querido, con sus hijos.

Isidra le miró a los ojos y sólo le contestó: —No, señorito Andrés, no soy ama de nada ni de nadie. Sólo soy mujer de don Vicente, y no le niego que he llegado a quererle, pero sé que no somos iguales, ustedes y yo. Mis hijos son míos y son negros; aunque usted juegue con ellos un día, no son nada de usted.

Andrés, sin embargo, no cesó en su empeño de hacerse querer de los niños y al otro día se los llevó con él a la plaza a comprarles dulces. Fue entonces cuando se dio cuenta de cómo había cambiado San Antonio. En las vitrinas de algunos negocios había letreros que decían '*We speak English*'. El banco de los españoles había cerrado. Y en un local frente por frente a la plaza, las oficinas de la recién fundada compañía San Antonio Sugar recibía a los dueños de las haciendas medianas y a los pequeños agricultores que endeudados a más no poder, se veían obligados a hipotecar o vender sus tierras. Frente al Hotel Hamburgo dos soldados americanos organizaban una y otra vez una fila de hombres y mujeres que, cansados del esperar bajo el sol caliente, se iban a sentar bajo los árboles de la plaza y luego volvían a disputar su turno. Allí, poniendo orden y urgiendo a la gente a no desesperarse, reconoció a Carmen Ocasio, quien le saludó con cariño y lo encontró demasiado guapo.

—¿Con qué alimentan en los Estados Unidos a los jóvenes, que regresan tan saludables, tan bien parecidos? —le dijo, bromeando hasta verlo enrojecer.

—Ay, Carmen, usted siempre de buen humor —contestó Andrés. Carmen miró a Socorro y Bernardo.

—Son los hijos de mi abuelo —explicó, sin necesidad, Andrés.

—Lo sé, me alegra que anden de paseo con usted. El mundo está cambiando, para mejorar. Fíjese, en mi caso, tengo la oportunidad de ser maestra de nuevo —añadió feliz—. Aquí estamos anotándonos en las listas y dicen que hay hasta becas para ir a Estados Unidos a aprender inglés y técnicas de enseñanza. Han aprobado unas leyes escolares y ahora las juntas escogen a los maestros, no como antes, que eran los ricos del pueblo los que decidían todo. ¿Y sabe qué? ¡Al fin llegó la educación para niños y niñas juntos!

Esto lo dijo alzando un poco la voz. Uno de la fila hizo un mohín de desagrado y otro exclamó: —Se creen que lo pueden cambiar todo, así, por decreto.

Carmen Ocasio aprovechó para exclamar: —¡Pues por decreto hay que hacer las cosas cuando la gente no quiere entrar al siglo 20, y por decreto se van a educar al fin todos los niños, no sólo los de los blancos!

Ese mismo contraste encontró Andrés en todos los lugares que visitó. Había quienes no cabían en sí de alegría porque se habían ido los españoles y su monopolio de tiendas y ahora se viviría la democracia en la Isla. Y había los que no confiaban, los que veían mayores penurias para los isleños y los que se sentían traicionados por los americanos. Entre éstos estaba Gabino Grau, quien se atrevió a proclamar en La Arcadia que los americanos no venían a liberarnos sino a quedarse con todo. —Y maldita sea si un sólo yanqui pone un pie en mi propiedad —sentenció al salir de la taberna un día, para gran molestia de los Adell, uno de los cuales había sido colocado como alcalde por las tropas americanas. Andrés escuchaba a unos y otros, pero no pensaba en el futuro de San Antonio ni en el de la Isla, sino en el pasado, pues como tantos que llevan tiempo fuera, había venido a buscar algo parecido a sus raíces y trataba de encontrarlo caminando por la orilla del mar y por los senderos donde jugó de pequeño.

Unos días más tarde entró a la estación de correos a enviar un telegrama a St. John cuando se topó con un hombre de barba espesa, curtido por el sol, vestido de traje blanco de hilo, con sombrero de ala ancha y un fuete en la mano izquierda.

—Andrés, Andrés Estelrich el periodista —dijo el hombre, sonriendo al estirar su mano para saludar a Andrés. Miguel Heraclio Cantré era una copia fiel de su padre. Un poco más alto y ancho de cuello, pero también más jovial y mujeriego, había florecido en pocos años como un hacendado importante. La Providencia era ahora una central poderosa porque los Cantré habían comprado más tierras, en el barrio del Frutal. Miguel había casado con una sobrina de los Adell y ya tenía dos hijos con ella y media docena con las empleadas de la central. Sus ojos marrones sesgados se esparcían por todos sus dominios. Su madre languidecía en la casa del pueblo junto a don Heraclio, paralítico y apenas consciente, y a la hermana menor, todavía niña. Pero él prefería habitar la casa hacienda de La Providencia, donde debería estar un dueño de central para velar sus dominios. La llegada de los americanos ciertamente había cambiado muchas cosas, pensó Andrés de regreso a su casa, tratando de comprender cómo era posible que Miguel Heraclio le hubiese invitado a La Providencia.

—El sábado tenemos una fiesta para agasajar a los oficiales del ejército que están destacados acá —le dijo— y estás invitado. Tú sabes buen inglés, has vivido allá, con eso los vamos a impresionar.

La Providencia había sido remozada hacía poco. La habían pintado de blanco y le habían construido una escalera central nueva, que abría a ambos lados del gigantesco balcón que la circundaba. Los tiestos y porrones llenos de flores que adornaban el balcón estaban pintados de azul celeste. La luz rebotaba contra las trinitarias púrpuras que subían por su lado y contra las hojas enormes, lisas y relucientes, de las matas de plátano sembradas a corta distancia. También las casuchas de servicio y lo que antes había sido barracón de esclavos y ahora era almacén estaban recién pintados de ese blanco casi azuloso que le daba un aura fantasmal al atardecer. Andrés se apeó de su caballo y vio, consternado, que nadie más había llegado. Era la primera vez que iba a esa casa como invitado y no como muchacho de mandado o acompañante de don Vicente. Se sintió cohibido, porque aunque era sociable para su trabajo, aún era tímido para lo social.

Pero no tuvo problema alguno en encontrar con quien conversar; en el descanso donde se bifurcaba la escalera de la hacienda, estaba Teresa Cantré, como esperándolo.

—Te vi un par de veces en el pueblo —le dijo.

—Yo... no la vi a usted —contestó Andrés, deslumbrado con esa mujer que había crecido grande, como su hermano, pero de un talle pequeñísimo. Vestía un traje de fiesta escotado que había hecho Monserrate años atrás para doña Margarita.

Al ver la expresión de Andrés, exclamó: —Todavía es muy admirado en el pueblo este bordado —y puso su mano sobre el pecho bajando, más de lo que parecía correcto, el borde del vestido donde Andrés había fijado su mirada. Poco después llegaron los invitados, unos diez soldados azules, entre ellos el prometido de Teresa, el Teniente William Howard, natural de Virginia.

Entrada la noche, Andrés se encontró totalmente feliz. Había bebido whisky, cosa que no acostumbraba, y contaba sus peripecias a los soldados borrachos que le escuchaban embelesados. Miguel Heraclio celebraba las aventuras de Andrés porque como tantos isleños, poderosos o no, sentía que el éxito de un compueblano en la gran metrópoli de los nuevos dueños le permitía medirse con ellos de igual a igual.

—Hay que tenerlos contentos —le dijo a Andrés más tarde mientras caminaban fumando por el balcón—. Por eso los traigo aquí. Cuando hay que pedir favores a las autoridades o solicitar que miren hacia el otro lado, es más fácil hacerlo con hombres con quienes has bebido, no lo olvides —sentenció, pavoneándose como si acabara de decir algo importante.

—O con los que han comprado tus mujeres —exclamó alguien suavemente. Al escuchar esto, Andrés se dio vuelta. Una figura blanca, de pelo negro trenzado y ojos negros brillantes se acercó. Miguel gritó furioso: —¡Haydée, a tu cuarto, te he dicho que te está prohibido salir de noche!

—No es el sereno lo que me hace daño, es la sangre que comparto con ustedes —replicó la joven.

—Cállate y vete arriba, Haydée.

—Haydée, ¡cómo has cambiado! —atinó a decir Andrés.

—No, no he cambiado, señor Andrés, joven Andrés —dijo la muchacha y corrió escaleras arriba hacia los dormitorios.

—No sabemos qué más hacer con ella, Andrés. Hasta Mamá acepta, con dolor en el alma, que tendremos que enviarla a un sanatorio. Está más loca que nunca. Fuimos a la Florida, pagamos médicos y especialistas en campos magnéticos, de esos que mesmerizan, tratamos con hipnosis, y nada. Siempre está rebelde, como loca, iracunda. Yo pensé que le faltaba marido aunque es tan joven aún, pero no hay quien se case con ella, y mira que ofrecí buen dinero a dos o tres.

—¿Pero qué es lo que le sucede?

—No sabemos. De pronto le da como una furia y se pone a porfiar con todo el mundo. Dice que quiere irse a estudiar arte, al extranjero, pero no podemos dejarla ir así. Se queda días y días encerrada en su cuarto pintando y de pronto se escapa, se pone ropa de varón y se va a dormir al descampado, expuesta a que la viole un peón o la mate alguno de esos locos que andan machete en mano por los montes. Y por poco echa a perder la fiesta de compromiso de Teresa. ¡Habían llegado los padres de William y tuvimos que amarrarla a la cama para que no bajara a decir imprudencias!

—Ya está guardada Miguel, ya no molestará más —dijo una mujer.

—Gracias amor, gracias ¡qué nos haríamos sin ti! —contestó Miguel Heraclio agarrando por la cintura a una joven rubia, de ojos azules, que miraba tímidamente a su alrededor.

—Andrés, te presento a mi señora, Aurora Adell, sobrina de doña Olimpia, natural de Ponce, la más preciada dama del sur de la isla. Todos la querían pero yo me la gané, siempre gano, ¿verdad mi amor? —Aurora bajó la vista y sonrió—. Ella tiene una paciencia infinita con la loca de Haydée, te digo que nos tiene….

—No le hables más de cosas tristes a Andrés, vino a divertirse —interrumpió Teresa—. Don Vicente le contó a Mamá que está hecho un gran artista, que pinta cuadros preciosos de castillos y de casas, hasta de la mansión de los Monte Olaya hizo una pintura que le compraron. ¿No querrías pintar esta casa criolla, esta mansión tropical? Sería un regalo estupendo para Papá y Mamá.

—¡Buena idea, buenísima idea! Claro, Andrés, sí, lo harás. Aún te queda tiempo en San Antonio ¿no? —dictaminó Miguel Heraclio.

Dos días después, Andrés comenzó los bocetos de la casa-hacienda de La Providencia. Caminaba alrededor de la estructura tratando de buscar el ángulo perfecto. Se acercaba a mirar, se retiraba, la enmarcaba desde una loma cercana con ramas de flamboyán. Al fin decidió pintarla desde la derecha, sobreponiendo en el borde unas guajanas plateadas, la flor de la caña, símbolo de la riqueza de los Cantré. Mientras hacía los bocetos, se topó una que otra vez con Teresa, que casualmente iba o venía de algún paseo. Pero el día que comenzó su trabajo en serio, llevaba varias horas sentado sobre la yerba cuando de la nada, ella apareció. Andrés, del susto, dejó caer el boceto.

—Perdona —dijo ella— sólo quería ver de cerca cómo es que un artista crea. Es algo muy íntimo, ¿verdad?

—No fue nada, sólo que me sorprendiste —titubeó Andrés.

—Lo sé, me gusta sorprender. Y me gustó mucho verte absorto en tu dibujo, ese proceso en un hombre creador debe ser como el de una mujer que está gestando ¿verdad? Trazo a trazo, tu mano transmite al papel lo que tu ojo ve, y las mujeres, trazo a trazo, alimentamos y formamos al hijo que llevamos dentro —dijo llevándose la mano al vientre—. Dicen que si una mujer embarazada mira mucho a una persona, el hijo le sale igualito a quien miró.

—Yo, no sé....

—No te asustes, no estoy en cinta ¿eso pensaste?

—No, no; no pensé nada....

—Eres tan joven, Andrés —dijo, acercándosele—. ¿Qué edad tienes ahora, dieciocho años? ¿Menos? No me engañas con tu estatura ni con tu pose de hombre de mundo. Y eres virgen, ¿verdad?

Andrés se sonrojó, tomó su bulto y sus bocetos y dijo abruptamente:
—Ya terminé por hoy, creo que es mejor que me vaya.

—Vete si quieres, pero volverás, porque esta yerba es muy verde y este sol calienta demasiado. ¿No has oído decir que los hombres son como los ratones de campo, que cuando ven algo que brilla, no descansan hasta que lo tienen?

Andrés regresó al pueblo sobresaltado y el resto del día lo pasó considerando el peligro que suponía todo este acercamiento de Teresa, que no era cualquier mujer, ni siquiera cualquier mujer de los poderosos del pueblo, sino la hija mayor de los Cantré. Pero la Reina de las Flores del Mediodía había tejido cabalmente su red y justamente a esa hora fue que se le presentó.

—Ay, no es bueno trabajar al mediodía, usted lo sabe, Señorito Andrés —le dijo Blas cuando lo vio llegar dos días después a La Providencia—. Usted sabe lo que dicen, ese sol de las doce fríe el cerebro de los hombres pero les calienta el alacrán.

Andrés, sin embargo, no le hizo caso. El deseo inmemorial por Teresa era demasiado fuerte. Había vuelto en día feriado. Los sirvientes y la peonada estaban celebrando en el pueblo. Blas y otro anciano se acurrucaron como palomos a dormir una siesta junto al barracón. Él se recostó en la yerba detrás de un árbol de roble y miró al cielo, casi cegado por la resolana. Entonces algo saltó de la maleza. Teresa Cantré, vestida de blanco, acababa de lanzarse encima de él. Andrés parecía paralizado mientras ella le besaba la frente, los ojos, los labios, la barbilla, las comisuras de su boca y de nuevo los ojos y los labios. Él se abrazó a ella y sintió que iba a perder el conocimiento. De pronto, Teresa se incorporó y sacó una botella de vino de una cesta.

—Toma, a ver si te vuelve el color —le dijo riendo. Miró la pintura ya comenzada y añadió: —Has avanzado mucho, ya pronto estará lista ¿verdad? Pero dime, ¿no harías también retratos de nosotros? Todas las familias decentes tienen retratistas pero Papá nunca se preocupó por eso.

—No… no soy bueno como retratista, los rostros me dan trabajo.

—¿Sólo los rostros? ¿Y el resto del cuerpo humano? ¿Habrás tenido modelos, no? —dijo Teresa mientras desabrochaba los botones del frente de su blusa. Al terminar se quitó el zagalejo y quedó desnuda de la cintura hacía arriba. Andrés continuaba estupefacto y poco a poco acercó su mano al cuello de Teresa.

No se escuchaba más que el zumbido de alguna cigarra, las hojas movidas por una brisa apenas imperceptible y la respiración de Andrés Esterlich cuando, por primera vez en su vida adulta, puso su mano sobre el pezón de una mujer.

Entonces fue él quien besó a Teresa, la abrazó, la tiró en la yerba, se quitó el chaquetón y el chaleco y empezó a besar lentamente el cuello y los pechos de Teresa, a lamerlos, a chuparlos, descontrolado, apresurándose, a la vez, a abrir los botones de su bragueta mientras ella le abría los de su camisa, revueltos los dos, Teresa alzándose la falda y mostrando sus piernas hermosas, gruesas, con apenas un poco de vello castaño, con sus botas negras bien amarradas y su pantaleta de algodón con iniciales bordadas al lado izquierdo, tomando la mano de Andrés y poniéndola una y otra vez sobre su pecho, bajándola hacia su vientre. Arriba, sólo el cielo azul y las nubes; abajo el sudor, las ganas y de pronto, una sombra tapando al sol, sonriendo y exclamando lentamente: —Mejor se dan prisa porque el Teniente Howard anda buscando a su novia….

—Maldición. ¡Se suponía que venía a las cuatro! —gritó Teresa mientras se ponía de pie, iba cerrando de arriba a abajo los botones de su blusa y se sacudía las hojas y caíllos pegados a su falda. Entonces, sin mirar a Andrés ni a Haydée, sacó un peine de su cesta, se lo pasó por el cabello y caminó, muy compuesta, hacia la casa-hacienda.

Andrés quedó turbado, molesto, todavía excitado. Frente a Haydée, el susto y la vergüenza competían por su corazón. Al fin ambos sentimientos se hicieron uno y pudo hablar. —Por favor vete de aquí —le dijo a Haydée, quien cortésmente le quitaba el polvo a su chaquetón y le arrimaba a su bulto los bocetos, pinturas y pinceles.

—Si vuelves el año próximo exactamente este día y a esta hora, la encontrarás de nuevo —dijo la muchacha.

—¿De qué hablas, qué dices?

—¿Es que nunca viste cómo se obtiene la manteca de culebra para dar masajes y aliviar el dolor de huesos rotos? A las culebras se les coge por este monte, yo lo he visto. El curandero, cuando captura una, la abre de arriba a abajo con una cuchilla fina, le saca la manteca con mucho cuidado y luego la cose. Al año siguiente, exactamente 365 días después, la culebra vuelve al lugar donde fue tomada, pregúntale a cualquiera, eso hacen.

—¿Que dices, niña?

—Ella es una víbora, Señor Andrés, ándese con cuidado. Ah, y yo ya no soy una niña —dijo Haydée caminando de prisa de regreso a la casa.

Capítulo 16

Andrés terminó la pintura dentro de la casa-hacienda y no volvió a tener oportunidad de verse a solas con Teresa porque ésta no se la dio. Cuando se cruzaban frente a frente, la miraba intensamente, como si le debiera algo, porque algo, según él, ella le debía. Pero lo que fuera, no tuvo tiempo de cobrárselo pues llegó cable urgente de Max: debía tomar el primer barco rumbo a Nueva York porque saldrían para Francia muy pronto. Se despidió de su abuelo y de sus diminutos tíos, prometió volver a verles en cuanto pudiera y zarpó enseguida. Al llegar a la ciudad encontró a Monserrate considerando cambiar de trabajo, pero le hizo jurar que iba a esperar que él volviera. Siempre necesitó tener todo bajo control para poder viajar tranquilo, como si la vida debiese detenerse en lo que él regresaba.

El año de 1900 cruzó el Atlántico por vez primera. Él, Jacobo y Aidan se entretuvieron inventándole nombres y vidas a los pasajeros que veían caminar por la cubierta. Arribaron a Francia una mañana brillante y tomaron el tren a París, donde Max les esperaba entusiasmado. Les había reservado habitación sólo por una noche.

—No están de paseo aquí, aunque crean que sí —les dijo sonriendo, mientras hacía señas para que el mozo les trajera más botellas de vino en el restaurante a donde los invitó a cenar—. Y hay cambio de planes, tienen que salir mañana para la Bretaña. Ha habido apariciones de hadas en varios bosques; no está en los diarios pero varios funcionarios gubernamentales, amigos de mi padre, me confirmaron que las autoridades locales están enviando informes diariamente. Hay un gran desconcierto en la región por las apariciones. Pueden ser sólo emanaciones de gases, ustedes sabrán, pero quiero fotos, ¿oyeron? Fotos y datos. Si no hay hadas, busquen a quien las haya visto u oído. Algo habrá en esos lares, qué se yo. Merlín vivió por ahí ¿o no?

Y fue así que comenzó el idilio de Andrés con esa parte del mundo llamada Bretaña. Pocos lugares del extranjero lograron enamorarle a lo largo de su vida y la Bretaña fue su primer lugar amado. Durmieron la primer noche en el pequeñísimo poblado de Paimpont y al día siguiente entraron con un guía al bosque de Broceliande, a buscar la fuente de Barenton, junto a la cual, de acuerdo a la leyenda antigua, el mago Merlín reveló sus secretos a la dama del agua, Vivianne. Era aquí que se habían avistado hadas en esos días.

Según explicó el guía a Aidan, que era quien único entendía su mezcla de francés y bretón, él mismo había sido despertado varias noches en su cabaña por lo que llamó 'la fiesta de las hadas'. El bosque era solitario y los tres estaban dispuestos a creer y a impresionarse, pero nada encontraron ni nada sintieron cuando después de caminar varias horas llegaron frente a la fuente abandonada. Aidan tomó muestras del suelo y de las plantas cercanas, Andrés hizo breves apuntes y Jacobo fotografió al joven guía junto a la fuente pero no hallaron en lo absoluto de qué escribir su reportaje.

Decidieron adentrarse en la región y bajaron hacia la península de Quiberon. Era de noche cuando llegaron a un pueblo a la orilla del mar. Estaban cansados y se hospedaron en la primera pensión que hallaron, pero Andrés no podía dormir. Algo le sucedía. Comenzó a hojear un libro y de pronto, mirando unas imágenes, sintió necesario, urgente, echar a andar. Salió sin rumbo fijo y anduvo hacia los campos cercanos. Llevaba un rato caminando en absoluta oscuridad cuando, de pronto, se percató de que no estaba solo. Sintió la presencia de alguien parado junto a él. Estiró la mano y tocó algo frío y suave: una roca enorme, como de tres metros de alto, cubierta de liquen. Más adelante había otra y unos pasos más allá, otra más grande. De pronto, la luna apareció tras unas nubes y Andrés se encontró con un espacio abierto, apenas cubierto por plantas silvestres, todo sembrado de rocas. Le latía aceleradamente el pulso y se dio cuenta de que aunque quisiera decir algo, no podía. Intentó emitir un ruido gutural pero por su boca no salía nada, estaba enmudecido, preso, no de pánico, sino de las piedras; las piedras y la tierra primigenia le habían atrapado. Había llegado, sin proponérselo, a Carnac, a los alineamientos de Kermario. Estuvo caminando toda la noche hacia un lado y otro, tocando las piedras, maravillándose de su número y extensión hasta que, en un arranque, se abrazó a una de ellas. Alguien, miles de años antes, también la había abrazado para colocarla allí, para que en fila junto a cientos y cientos de otras, marcara la presencia de los hombres y mujeres que poblaron ese mundo, para que testificara que ellos habían vivido y habían rogado a sus diosas y habían temido a sus dioses y acaso, los habían amado. Los dólmenes, los menhires, la noche de pocas estrellas y luna clara, la brisa fría anunciando el otoño y el liquen húmedo se apoderaron de Andrés Estelrich; el amanecer lo encontró caminando como un iluminado, con los ojos rojos y la faz deshecha.

Jacobo y Aidan habían salido temprano a buscarlo; cuando lo encontraron, estaba con una sonrisa rígida en los labios y todavía no podía hablar. Creyeron que tenía un ataque al corazón y no estaban equivocados, pues su corazón estaba herido de querencia por ese lugar que era, lo supo él enseguida, un santuario verdadero, sin engaños, sin oropeles de iglesias, sin sacerdotes que proclamaran sus virtudes, ése era un templo abierto, un suelo sagrado, antiguo y esencial.

Lo llevaron a Carnac y de allí al poblado de la playa, donde abundaban los hospicios con algas y baños de agua de sal para curar enfermos. Telegrafiaron a Max que algo andaba mal con Andrés. Él les dijo que lo trajeran de inmediato de vuelta a París, pero en el momento en que fueron a montarle en un carro para viajar a la estación de tren, Andrés pudo moverse. Con mucha serenidad se incorporó y dijo:
—Prepara la cámara, Jacobo, mañana, de madrugada, comenzamos el artículo.

Ahí empezó su vida de periodista cultural. En eso estuvo años, creo que los primeros diez años del siglo, así los pasó, narrando historias que parecía habían estado esperando por él desde antaño para ser compartidas con la Humanidad".

TERCERA PARTE

Qué lejos estoy del suelo
donde he nacido.

Canción Mixteca

Capítulo 17

"¿Lo que quieren es saber si alguna vez se casó?" respondió Madame Delestre cuando un día Lydia preguntó si Andrés tuvo familia propia. La sesión había sido muy larga ese sábado y ella parecía cansada, pero este tema pareció motivarle de inmediato a seguir contando.

—Sí Madame, eso, precisamente, el amor. ¿Teresa fue su gran amor? —continuó Lydia.

—¡Oh, cómo se ve que son jóvenes! ¿De cuál amor hablan, de la experiencia de amar o del amor que se vive, el que uno lleva adentro? Un hombre así tiene muchos amores. De quien primero creyó estar enamorado fue de Sarah. Sucedió cuando regresó a Nueva York totalmente deslumbrado por los lugares que visitó, pero también muy confundido, no por lo que trabajó en la Bretaña o en Inglaterra, sino por algo que vivió en París: la Exposición Universal.

Su reportaje sobre la Bretaña fue un gran éxito. Los alineamientos de Carnac, la leyenda de San Cornelio, protector de los animales con cuerno, los datos históricos sobre los celtas que poblaron antiguamente esa región, toda la magia que evocaba la Armorica, la tierra que da al mar, y los posibles vestigios de rituales paganos y sus vínculos con la leyenda de Arturo y Merlín, el Santo Grial y la isla de San Brandán, colmaron por mucho las expectativas de los suscriptores, cuyo número aumentó descomunalmente ese año, pues todos querían leer la serie que publicó *The Mysterious World of Science* .

Andrés escribía una sección fija llamada 'Cuaderno del Viaje a...tal lugar', y ésta, substanciada por los datos científicos de Aidan y acompañada por las fotos de Jacobo, nutrían mes tras mes a una humanidad que entraba al nuevo siglo con paso firme, pero agarrada de la mano del siglo anterior. Si de día se deleitaban con las turbinas y los telégrafos, al caer el sol necesitaban la música de un romántico nocturno o la certeza de una realidad supranatural. Mientras más avances hacía la ciencia de la salud, más proliferaban los falsos médicos; mientras las leyes de la física y el estudio de la metalurgia permitían el desarrollo de construcciones maravillosas y de rascacielos que no cabían en la imaginación veinte años antes, más anuncios había de talismanes magnéticos que curaban enfermos o permitían encontrar tesoros escondidos. Por eso, precisamente por eso, esa idea de Max de desarrollar una revista que evocara el misterio de lo mágico que puede haber en todo lo científicamente constatable, tuvo un éxito insospechado.

El resto del año lo pasaron entre bosques, castillos y ruinas, buscando ciudades sumergidas frente a las costas de Dinamarca, estudiando los monumentos prehistóricos en las islas que bordeaban Gran Bretaña, entrevistando a exploradores del Ártico que narraban cómo disminuían las pulsaciones de todos en los campamentos al aparecer las auroras boreales, y midiendo, tomando fotos y dibujando desde todos los ángulos posibles el tor de Glastonbury y las ruinas de la iglesia de Glastonbury y las fuentes, mariposas, flores silvestres y prados en torno al pueblecito de Glastonbury.

Los literatos, poetas, artistas y embaucadores ingleses llegaban en tropel a inspirarse y a emborracharse en ese bucólico lugar donde todos querían sentir la presencia de los espíritus del Rey Arturo y la Reina Ginebra, quienes deambulaban desorientados desde que sus tumbas, según contaban los guías turísticos, fueran saqueadas siglos atrás. Las logias de místicos y los magos de circo se peleaban por subir en procesión hasta la cima de esa colina llamada tor, donde inventaban cultos porque desde tiempo inmemorial ése era lugar sagrado de los celtas o donde, ataviados con túnicas blancas, clamaban en contra de los cristianos quienes habían usurpado las religiones auténticas el erigir esa iglesia de la que sólo quedaba una torre dedicada a San Miguel para que mantuviera a los demonios en el infierno.

Unos y otros se proclamaban los verdaderos herederos de las antiguas tradiciones. De visita en el lugar, incluso Max y algunos amigos adinerados y bufones donaron dinero a nombre de la Cofradía de los Nuevos Paganos del Bosque para que se erigiera en la falda del tor un pequeño templo neoclásico donde los visitantes pudiesen descansar al bajar de la colina, pero las autoridades del ayuntamiento no lo permitieron.

Andrés, entre tanto espectáculo y artimaña, se refugiaba en los caminos vecinales, desde donde veía los pasadías de creyentes y las procesiones de los timadores, esperando el atardecer para subir al tor y aguardando la noche para deambular por el prado asperjado de ruinas que una vez fueron el templo de donde los soldados se llevaron al Abad para matarle. Era uno de los viejos cuentos de su abuelo, quien a pesar de no haber estado jamás allí, le narró muchas veces la historia detalladamente. 'Al lugar donde se fundó el monasterio de Glastonbury había llegado el mismísimo José de Arimatea desde la Tierra Santa', explicaba don Vicente. 'Fue sitio sagrado para la cristiandad, donde reposaron por siglos los restos del más noble de los reyes, y lugar cercano al tor de los dioses antiguos, centro de poder al que el Gran Arquitecto favoreció hasta hacer de su Abadía la más rica de Inglaterra. Su iglesia fue erigida siguiendo los cánones secretos de los constructores y era la más grande del reino. Entonces, tal como estaba escrito, llegó el fin. Cuando más hermosa estaba la campiña, a mediados de septiembre, llegaron a galope los soldados del Rey Enrique, los soldados que siempre tienen que obedecer órdenes. Mandaba el rey a decir que el Abad tenía que entregar a la corona su abadía y sus dominios, es decir, su iglesia, sus capillas y sus claustros; sus sembradíos, sus vacas, sus ovejas y sus caballos; sus mieles y sus cueros, sus reservas de grano, su incensario de oro, sus cruces de oro, sus reliquias de oro y sus cálices y joyas y tapices, todo lo que la hacía la más rica y la más antigua y la más venerada. El rey se había declarado cabeza de una nueva religión. Tenía todo el poder militar para hacer valer sus caprichos. Hubiera sido tan sencillo decir: —Ahí tienen las llaves. —Pero el Abad rehusó acatar las órdenes. Tenía ochenta años y sabía cuál era su misión en la vida. Los soldados le celebraron juicio, lo arrastraron a la cima del tor y lo mataron. Destruyeron la abadía y, poco a poco, los que caminaban por esos lares se llevaron las piedras y los goznes, los ventanales y las cornisas hasta dejar tan sólo un esqueleto de arcos góticos donde se respira una paz antigua y una tristeza tan profunda como la de los caballeros que nunca encontraron el Santo Grial' .

Andrés pudo, al fin, andar por esa ruta de la que tantas veces le contó su abuelo y, apartándose de los demás, caminar el laberinto de la antigua religión. Sentado en la ladera, mirando hacia la solitaria torre que corona el tor, escribió, conmovido, la historia del lugar sagrado a partir del viejo Abad que escogió la muerte antes que la vida manchada del que se somete ante lo injusto.

A Max y a St. John le hubiese gustado que enfatizara más lo pagano que lo cristiano, pero estaba tan bien escrito su 'Cuaderno del Viaje a Glastonbury' que no le pidieron que lo rescribiera. Cuando les dieron unas breves vacaciones, regresaron todos a París para ir a la Exposición, de la que todo el mundo hablaba y que ellos ansiaban visitar.

Al principio Andrés estuvo fascinado caminando por los pabellones, kioscos y exhibiciones y, fiel a su naturaleza, regresaba una y otra vez a ver lo mismo hasta saciarse. A veces iba con Jacobo y Aidan, otras con Max, que acababa de llegar de Viena y no paraba de hablar de la nueva estética que cambiaría el curso del arte en la historia de la Humanidad. Pero la mayoría de las veces Andrés prefería andar solo porque estaba ensimismado con la ciudad y la exposición. ¿Y cómo no? Imagínense: a esa edad, en ese momento, uno sin preocupaciones ¡y en París!

No se había interesado por las exhibiciones de África y Asia; se la había pasado viendo la exhibición del cinematógrafo y dibujando la Puerta Monumental, el Palacio de la Electricidad con sus arcadas como cuevas en filigranas y las fuentes. Entonces un día caminó hacia el muestrario más singular de la exposición, el zoológico humano, y se encontró con que decenas de africanos, en una copia fiel y exacta de su entorno, vivían, comían, dormían y conversaban frente a chozas, un pedazo de África trasladado íntegramente a París para entretener a las multitudes.

Los visitantes, casi todos europeos blancos, observaban el zoológico humano con gran interés. Andrés escuchaba a los niños preguntar a sus padres que por qué esa gente era así, y no podía creer las respuestas de los progenitores que explicaban cómo, en los trópicos, ni el clima ni los nativos tienen posibilidad de desarrollar civilizaciones. Por primera vez pensó en que esos burgueses parisinos y esos lores ingleses y esas familias suizas, todos esos visitantes europeos, de saber que él era nacido y criado en el trópico, en una pequeña aldea, porque eso era San Antonio en el mapa del mundo, una pequeña aldea, también lo mirarían como no civilizado. De un modo como nunca se lo hubiera planteado por su cuenta, él estaba hermanado a esos africanos. Y era todo por dentro, porque por fuera, él, tan blanco, con su sombrero, sus guantes, su tarjeta de presentación, su educación, pasaba perfectamente por norteamericano, y todavía mejor, por europeo ahora que estaba aprendiendo francés y portugués y se había comprado ropa en Inglaterra.

Pero adentro, él era un antillano, hijo de emigrantes, sin siquiera apellido de padre. Si hubiesen ido unos pocos años atrás a buscar niños antillanos para reproducir la villa costera de la isla tropical, ¿se lo hubieran traído a él y a Jacobo, a Anselmito y a los niños de Inés y Margario?

Reducidos a chozas, puntos de sombra ante la exquisitez de la Ciudad Luz a principios de siglo, esos como si dijéramos especímenes humanos, justificaban todo el colonialismo de siglos pasados y años por venir. Pero lo que más impactó a Andrés fue ver a un hombre flaco, acuclillado junto a un árbol, fumando una pipa larga y mirando intensamente al horizonte inexistente. Ese hombre era idéntico a Blas. Era Blas o su padre o su hermano. Tenía puesto un gabán sobre un faldón largo y calzaba botas para el frío. Sus ojos grandes, su pelo corto apenas bordeado de blanco en las sienes, sus gestos, todo él era Blas. Miró entonces detenidamente a los demás y encontró a Isidra. Cualquiera de los niños podría ser también su tía Socorro o su tío Bernardo. Ellos eran su familia, eran, según se atrevía a proclamar hacía poco un puñado de científicos perseguidos, la parte más antigua de la Familia del Hombre. ¿Y si él lo dijera, quién le creería? Y si le creyeran que gente como ésta, en su país de origen, eran sus vecinos y parientes, ¿a quién le importaría? Dirían que habría sido un accidente, una burla del destino que un hombre como él estuviera emparentado tan de cerca con estos interesantes ejemplares. Además, ¿acaso no era ley de la vida que los señores tuvieran hijos con sus esclavas? Así había sido desde tiempo inmemorial. Y en los virreinatos de las plantaciones de América, según la tradición de mejorar la estirpe, se preñaba a las esclavas para reproducir la fuerza trabajadora. Esos negros y mulatos no eran familia de él, le dirían y si él decidiera quedarse siendo parte de ellos, era él sólo el que retrocedería en la escala de la evolución humana. Andrés volvió una y otra vez a mirar a Blas, preso, preso porque no se les permitía salir de su campamento, y el alma se le achicó.

Al regresar a Nueva York, se sintió perdido y visitó a Sarah. Cuando tocó a su puerta ella estaba leyéndole a un grupo de jóvenes un ensayo sobre la importancia de formar un estado judío. —Ya lo dijo Mazzini, sin un país seremos siempre los bastardos del mundo —exclamaba elocuente. Andrés aguardó a que terminara la sesión y se quedó a tomar té con ella.

—Es bueno que te hayas preocupado por esa muestra indigna de seres humanos que viste en la exposición, Andrés, quiere decir que no todo está perdido contigo y algo de conciencia tienes a pesar de que has escogido dedicarte a cosas necias —sentenció Sarah luego de escucharle. Sorprendido y molesto, él le respondió.

—¿Y crees que me debo dedicar, como tú, a hablar y hablar a grupos de idealistas? Con palabras no se cambia nada, Sarah. Sin dinero, uno no tiene nada, está a merced de los poderosos. Por eso esa tribu completa está allí, porque alguien tenía el dinero para traerla.

—Andrés, número uno, nunca subestimes el poder de la palabra. Número dos, en cuanto a dinero, el poder de las masas puede más que el dinero, es el que genera el dinero y a ellas tiene que volver, por la fuerza, si necesario. ¡Mil obreros en huelga pueden paralizar a un solo oligarca!

—Y quince policías con metralletas al servicio del dueño de la fábrica pueden paralizar a los mil obreros, Sarah.

—Pues entonces mil obreros armados, y mil mujeres junto a ellos, y guiándolos, si hiciera falta, exclamó —volviendo a adoptar el tono triunfalista de su reunión.

—No sé por qué vine —dijo Andrés.

—Viniste porque soy la única que te dice la verdad. No puedes poner tu talento al servicio de esas tonterías que Max Pfiffer inventa para hacer más dinero. Antes de que se te haga costumbre, deberías ponerte al lado de los que luchan por algo de valor. Tú no eres uno de ellos, Andrés, por mucho que te lo creas, ahora tan señorito de la revistilla esa. Yo tampoco lo soy, por ser judía. A la menor provocación, nos sacan en cara nuestro origen, nuestra sangre, que al parecer no es tan buena como la de ellos y lo mismo harán contigo por ser portorriqueño.

—Hablas como mi madre.

—Pues he oído decir que las portorriqueñas y las judías en mucho nos parecemos.

—¿Qué dices? Mi madre no es puertorriqueña. Y tú ¿desde cuándo conoces gente de mi país?

—¡Ay Andrés! Hace años que en Nueva York viven exiliados portorriqueños, batallando contra las injusticias de España y ahora contra los *carpetbaggers* americanos que están saqueando la Isla. Han luchado junto a los cubanos por defender la independencia de tu país. Han emigrado obreros a trabajar acá y formar gremios para luchar por sus derechos. Hay intelectuales, políticos, gente de oficio, compatriotas tuyos aquí pero tú ni te das por enterado, tú quieres pasar por la vida como un turista inglés. Y a veces eso pareces. Tan lampiño, tan risueño —dijo, suavizando el tono de voz y pasando su mano por la cabeza de Andrés que, cansado y compungido, tomaba su té en el suelo junto a ella.

De seguro que Sarah sentía que estaba logrando un discípulo más. Desde pequeña ella sabía que era líder de grupo y de barricada. Quizás por eso le invitó. —Quédate aquí esta noche —le dijo. Y él se quedó. Lo desvistió poco a poco, se desvistió ella sin parsimonia, apagó la luz y se fueron a la cama, desnudos como si fueran Adán y Eva, pero a diferencia de Adán y Eva, sin vergüenza ninguna. Con la misma naturalidad con que proclamaba el derecho de las mujeres a votar, Sarah Cohen hacía el amor con quien le pareciera. Se estaba convirtiendo en una oradora muy solicitada en huelgas de socialistas y reuniones de sufragistas y, de paso, había descubierto que la manera más sencilla de vivir era sin ataduras emocionales de ninguna índole. Por eso tomó la costumbre de hacer el amor sin restricciones; ni pedía ni juraba fidelidad a nadie.

Le tomó un tiempo a Andrés entender esto. Los días y semanas después de haber hecho el amor con ella le andaba detrás como gato en celo, pero eso es natural que le pase a los hombres con su primera mujer. Al cabo comprendió lo que Sarah trataba de decirle: el mundo estaba cambiando y la gente también, no había amor hasta la muerte en la relación de ellos y si se preciaban de ser maduros, podían ser amigos y acostarse cuando a ambos le pareciera. —A ambos —repetía ella, no fuera a pensar ni por un instante que irían a la cama cuando él se antojara, como de seguro le habían enseñado a todo los hombres de su pueblo, le decía.

Fue entonces cuando comenzó a interesarse por los asuntos de su país. Pero aunque analizaba con Sarah y sus amigos las pugnas políticas y culturales que se estaban llevando a cabo en la Isla por la enseñanza del inglés, por la americanización y por los desmanes del nuevo cuerpo de la Policía, que era sanguinario a más no poder con los isleños, y luego llegó a leer con detenimiento las páginas del *Puerto Rico Herald* que publicó en Nueva York Luis Muñoz Rivera detallando las persecuciones de las turbas republicanas en consorcio con los gobernantes, no sentía urgencia alguna por tomar partido. No creía que había necesidad de educarse políticamente para luchar por los cambios sociales. Su vida en aquel entonces estaba demasiado centrada en su propia persona. Además, don Vicente le escribía a menudo y le contaba de cómo iban las cosas en la Isla y eso le bastaba como referencia.

Por lo demás, seguía trabajando en todo lo que le asignaran y se mudó a un cuarto mejor, con vista del río, donde recibía a sus amigos cuando estaba en la ciudad. Visitaba a Monserrate regularmente y le contaba de su trabajo, nunca de su vida, y ella no preguntaba porque entendía que su hijo era tan privado como ella. Ahora Monse se dedicaba en cuerpo y alma a la viuda Monte Olaya y disponía sólo de un par de tardes a la semana para conversar con él. Después de la muerte de la niña se sintió más culpable que nunca y buscó oficio cada segundo del día como si con su trabajo agotador expiara el delito constante que era su vida. Andrés quiso llevársela de esa casa pero ella rehusó tajantemente. —No viviré de tu sudor, hijo, yo me puedo valer por mí misma todavía —le dijo.

Un día Andrés recibió un cable críptico de don Vicente pidiéndole que fuera de inmediato a la Isla, pero no a San Antonio, sino a la Capital. Zarpó en cuanto pudo y al llegar a San Juan procuró al abuelo donde éste le había citado, en el barrio de Santurce, en la casa de Carmen Ocasio, ahora maestra de sexto grado en una escuela recién inaugurada. Al ver a Andrés entrar, ella lo saludó y se retiró para dejarle solo con don Vicente. Por primera vez Andrés vio a su abuelo como un anciano; y por primera vez en su vida lo vio llorar.

—Hubiera querido que se conocieran —dijo muy bajito— que al menos lo hubieras escuchado hablar. Santiago vino aquí buscándote. Los padres hacen eso. Aunque sea al final de su vida, los padres que se han ido siempre guardan en el corazón un amor por sus hijos, un amor que la gente malinterpreta como interés, pero es el amor del padre ausente. Él vino acá porque ya estaba muy enfermo y aunque yo le rogué, no quiso quedarse conmigo, se hospedó solo en una pensión. Te esperó hasta el final, pero no llegaste a tiempo. Murió esta mañana, lo estamos velando en la logia.

Andrés abrazó al abuelo y salió de la casa. Si uno ha sido abandonado por su padre y ha aprendido a prescindir de él como lo hizo Andrés, la muerte de ese hombre es como la de un extraño. Y aún si se le ha perdonado, siempre queda la duda de por qué no quiso a uno, no quiso ver a uno, buscarlo a uno, llevarlo de la mano a uno. ¿Qué lo ahuyentó de ser padre? Y si nada de eso se pregunta el hijo, entonces queda la curiosidad que hiere, el querer saber cómo era, el buscar lazos que unan aunque sólo sea para detestarse al verse reflejado en el padre que siempre estuvo ausente.

Andrés estaba herido y caminó sin rumbo mucho rato antes de acercarse a la logia donde yacía el cuerpo de Santiago. Ya era de noche.

Unas mujeres regresaban de misa con mantillas en la nuca y rosarios en mano. Las vio pasar con los símbolos de su culto y sintió entonces que él estaba mal vestido, que no podía restarle dignidad a la muerte de su padre, que aunque le dolía ese lugar hueco donde nunca había estado quien con su voluntad de varón hizo que él viniera a la vida, él tenía que cumplir. Volvió a la casa de Carmen, se puso un traje negro y una cinta de luto en el brazo y salió vestido de duelo.

Al entrar él a la logia, apenas levantaron sus cabezas el puñado de viejecitos que hacían de deudos. Andrés se acercó al féretro abierto y creyó mirar en un espejo. Era su cara, más quemada de sol, quizás con la nariz más pequeña. Era su cuerpo, quizás más macizo, y aunque las manos del muerto eran más grandes, eran sus dedos, idénticos hasta en los nudillos virados de los meñiques. Pero, sobre todo, le llamó la atención el olor de su padre. Recién muerto, sin embalsamar, despedía en la noche santurcina un olor agridulce de transeúnte entre la vida y la muerte. Pensó que quizás cuando su padre y su madre se conocieron en esa playa salobre poblada de cangrejos, ése era el olor que emanaba de Santiago. Era un olor ácido y dulce, un olor a venida y despedida. Andrés hubiera querido poder verle los ojos, porque en la mirada, sabía, estaría la seña de identidad. Bajó la cabeza pero, por más que trató, no pudo rezar oración alguna por su padre. Entonces hizo lo que siempre deseó desde pequeño: tomó con su mano una de las manos largas y elegantes de Santiago, con sus dedos calientes apretó los fríos, con los suyos flexibles y vivos acarició los tiesos y rígidos. Esa noche, agarrado, al fin, a la mano de su padre, presintió que al final de su vida a él también le tocaría morir así, solo y sin perfume.

Capítulo 18

Después de enterrarlo en el cementerio de San Juan, los dos viajaron a San Antonio. Facunda, Margario y muchos más del barrio tenían premura por hablar con don Vicente, pues se había corrido la voz de que las tierras de Barrio Abajo tenían dueño y todos los habitantes del sector tendrían que abandonarlas. Casi a diario se reunían los vecinos, argumentando sobre lo que les parecía justo e injusto, comunicándose lo recién informado, asustándose más con cada nuevo rumor. Tres abogados americanos eran los entendidos en la materia y, en su oficina al lado de La Arcadia, se sentaban en sillas de madera plegadizas a pontificar sobre la necesidad de respetar la ley, mientras mostraban una y otra vez a los curiosos unos documentos notarizados, escritos a máquina y firmados por un tal Roberto Arlis, que atestiguaban que esas tierras eran suyas y se las había vendido en Londres a un nativo de Baltimore, Mr. Jonathan Brandey, Esq. El Sr. Brandey, casualmente, había visitado la Isla el año anterior y era cliente de los letrados.

La alcaldía de San Antonio, ahora en manos de Rodrigo Adell, diariamente era escenario de gritos, amenazas, súplicas y retos. Mientras, en La Arcadia, los hacendados argüían que si se habían vendido las tierras en buena ley, le pertenecían a su nuevo dueño, aunque nadie recordaba haber conocido un Roberto Arlis en ese pueblo. Sólo Gabino Grau abogaba por la sensatez de exigir, a través del cónsul británico en la Capital, que el tal Arlis fuera localizado en Inglaterra para que diera prueba de su alegato y que la rúbrica de los documentos de los abogados americanos fuera autenticada por el propio cónsul. Andrés fue reclutado para traducir los reclamos de los residentes de Barrio Abajo, pero no tuvo que trabajar mucho, pues a los pocos días, uno de los abogados fue muerto en una riña y los otros dos desaparecieron del pueblo con sus documentos notarizados, sus sillas plegadizas y su máquina de escribir.

Una noche de feria, Isidra llevó los niños a la plaza y don Vicente se sentó a conversar a solas con Andrés, quien, por primera vez, iba rumbo a México, a encontrarse con Jacobo, y estaba en espera de un vapor que zarparía en pocas semanas rumbo a Veracruz, con parada en Campeche. Don Vicente acababa de leer las cartas, y se veía cansado, pero se alegró sobremanera de que Andrés fuera a México. —Desembarca en Campeche, hijo, es lo mejor que podrás hacer por ti y por este viejo —le dijo—. Allí debe vivir aún tu tía, trata de encontrarla, así tendrás familia cuando no estemos nosotros.

Andrés se quedó callado, Vicente continuó: —Todo tiene su tiempo, Andrés, y el mío está por llegar. Ya no puedo ver tan claramente en las cartas lo que está pasando, pero ahora sueño mucho. Hace poco vi a este barrio tan cambiado. Y lo peor fue que vi la casa de los Cantré como abandonada y la hacienda de los Grau baldía, su casa con letreros colgando de su balcón y una carretera que le pasaba pegadita al lado de la galería. Y no pongas esa cara, porque si augura mal para un pueblo que los pobres se queden sin casas, cosa que ha pasado desde que el mundo es mundo, peor augurio es que los ricos pierdan las suyas, porque entonces es señal de que todo va a desmejorar.

En vano Andrés le argumentó, con sus recién aprendidas lecciones, de la unión internacional de los obreros, la lucha contra los terratenientes y capitalistas y otras sutilezas enseñadas por Sarah, pues don Vicente ya había discutido eso cien veces hacía muchos años y no le parecía convincente ninguna de las razones que daba Andrés para explicar los cambios que vendrían.

—Al fin y al cabo, hijo, lo que nos queda es lo lejano. Los viejos siempre recordamos más nuestra niñez que nuestra vida adulta, y a nuestros padres y hermanos, más que a la familia que tuvimos después. Hay días predispuestos, como también hay vidas predispuestas. Insisto, busca a tu tía en México. Tu abuela era una mujer buena, muy hermosa, y así como Santiago abandonó a tu madre, yo la dejé a ella.

Ella tuvo la fortuna de encontrar a un hombre que la quiso y la cuidó hasta su muerte, aunque Santiago nunca se llevó con él y por eso se fue de la casa muy joven aún. Tuvieron una hija, que es tu tía y la criaron con cariño, y bien. Se llamaba Amanda o Amalia creo, y se apellidaba Chávez.

Santiago la procuró de vez en cuando —continuó don Vicente— y decía que ella le tenía mucho afecto. Sé que casó bien, aunque creo que enviudó. No sé si sabía que Santiago estaba tan enfermo. Yo oro por ella todos los días como si fuera hija mía y moriré tranquilo si sé que tú la encuentras y le cuentas de Santiago; y dile también de mi parte, que siempre oro por su madre y la recuerdo con su pelo hermoso trenzado y su vestido azul de holán—. Cuando Vicente terminó, Andrés le abrazó.

—No hable de muerte, Abuelo, que sabe que no me gusta —dijo, y sacó del bolsillo de su chaqueta una pequeña agenda de piel donde anotaba direcciones y encomiendas. En su letra magnífica, escribió las señas que le dio don Vicente. Las anotó exactamente debajo de las que le había dado su madre del primo Fernando, y se las mostró. —Mire usted, abuelo, como en una misma página se abre mi vida hacia las dos ramas de mi familia.

—Ah, Fernando —dijo don Vicente— bien, bien, sí que lo debes ir a ver, y, de una vez por todas, pregúntale. Él es médico, él es familia, y debe saber qué es lo que te sucede.

—Abuelo, no me sucede nada.

—Te sucedió de niño en la iglesia, y aún antes, cuando muy pequeño, aunque no lo recuerdes, caminaste hacia el ojo de agua. Y te volverá a suceder, si no es que ya te pasó—. Andrés se sinceró con don Vicente. Le contó de la primera vez que fue a la Bretaña.

—¿Pero qué te pasó exactamente? ¿Qué estabas haciendo? ¿Cómo te sentías antes?

—No sé, cansado, creo. Estaba leyendo

—¿Leyendo qué?

—Más bien mirando, un libro de grabados antiguos, de guerras, tenía ilustraciones de la India, de la China.

—Tienes que hacer un esfuerzo por recordar. Te ha sucedido de mañana, al mediodía, de noche, luego no tiene que ver con la hora del día, tampoco es algo de tu salud, eso ya lo descartó el Musiú Leclerc.

—¿Aquel doctor al que Usted me llevó? Sólo recuerdo que nos dieron horchata.

—Pregúntale de nuevo a tu madre, y ve a ver a ese primo médico de ella.

—¿A mi madre por qué? ¿qué tiene ella que ver?

—También tu abuelo Antón sufría de ese mal. Yo… lo busqué a él, pero ya se había ido de la Isla cuando lo fui a procurar.

—Me sorprende todo esto, Abuelo, ¿cómo nunca me dijeron nada de lo que querían averiguar usted y Mamá?

—Eras tan pequeño, ¡y tan impresionable!

Andrés sonrió. —Está bien, abuelo, de todas maneras, ya hice arreglos para ver al primo de mi madre. Tengo curiosidad por saber de él. Miguel Heraclio me ha pedido que le lleve unos documentos a unos parientes de Mayagüez y ha puesto a mi disposición un coche, me invitó a quedarme hoy en la hacienda, viajo al amanecer.

Vicente miró detenidamente a este nieto-hijo, ahora hombre, y luchó en su interior por quedarse callado, pero no pudo.

—Escucha lo que te voy a decir, Andrés. Tú eres libre de hacer lo que quieras, pero escúchame una última vez.

—Abuelo, no….

—Calla. Lo primero que quiero pedirte es algo muy sencillo y te va a parecer una imposición pero no es por capricho que te lo pido.

—Pídame lo que desee, Abuelo.

—A tus hijos, a tu descendencia, has de ponerle nombres canarios. Toma este cuadernillo, tiene muchos para varones y para hembras, pero hay más, puedes buscarlos. Es fuerte en ti esa herencia, hijo, y así quedará bendecida tu semilla. Andrés miró las listas de nombres sonoros que le parecieron extraños y a la vez, conocidos. Algunos parecían ser de indios antillanos, otros, de nómadas del desierto, pero no eran ni lo uno ni lo otro.

—Parecen antiguos, abuelo —fue todo lo que dijo, y don Vicente asintió con su cabeza.

—Lo segundo es algo más cercano. He mirado las cartas Andrexu, las he echado para verte a ti y no es halagador lo que veo. Veo a un hombre vencido, dejándose llevar por la vida en vez de enfrentándola, huyendo de su vocación, la que nace muy adentro pero uno no quiere aceptar. Anda entre reyes y príncipes pero no pertenece a ese mundo. Al final siempre sale el sabio, pero quizás llegue muy tarde. Has tenido mal de amores y lo tendrás por buen tiempo. Pero lo más que me preocupa es esto: aunque suene extraño, pues te corresponde en derecho porque es de tu signo, aléjate de todo lo que tenga que ver con hierro, con Hermes el forjador. Ese no es tu camino, aunque creas lo contrario. El signo que veas de hierro: en industria, en milicia, en construcción, incluso, aléjalo de ti; no sé cómo llegará, porque no está claro. Ya murió Frau y no hay herrero en este pueblo, así que tú cuídate cuando del hierro te manden aviso.

—Abuelo, no me complique la vida.

—No te la complico, hijo, nada más te doy aviso, como hacen las campanas de la iglesia cuando viene temporal. Quiero, además, dejar todo en orden. Y te pido que cuides a mis hijos si yo faltara. No he querido tirar las cartas para ver su futuro. Soy muy viejo para doler por esos críos. Todavía no sé que deberás hacer con mis restos, pero, ¡déjame terminar, espera! —exclamó don Vicente al ver que Andrés se tapaba los oídos como rehusando oírle—. Escucha lo que te digo, te lo dejaré escrito. Y no pongas esa cara, no pienso morir aún, pero te advierto esto por si las moscas, como dicen tus compatriotas; y las moscas sólo vienen cuando uno ya está muerto.

Capítulo 19

—¿Fue entonces que conoció, al fin, a nuestro abuelo? Nadie en nuestra familia recuerda —dijo Quique.

—Bueno, probablemente nadie de la generación de sus padres había nacido para entonces. Fernando había llegado hacía poco a la Isla. Es posible que todavía no conociera a Sarita Dubois, sería para entonces una jovencita —dijo Madame—. De todas maneras Andrés sólo lo vio unas horas pues la mayor parte del tiempo la pasó entregando documentos a los familiares de los Cantré, para eso fue que Miguel lo hizo quedar en la hacienda, para adiestrarlo en sus intrigas.

La Providencia estuvo tranquila la víspera de la partida de Andrés. Miguel Heraclio se sentó con él a explicarle el santo y seña de los parientes a los que debería entregar los diversos documentos y el orden en que debería procurar a cada quien. Era como un juego de ajedrez cuyos resultados él había calculado. Unos papeles a unos, unas escrituras a otros, parecería que nadie tendría toda la información necesaria para dilucidar la venta de las tierras que habían heredado de su bisabuela en el Valle de Lajas. Todo estaba coordinado para que Miguel Heraclio se llevara la tajada mayor de las ventas y él hablaba entusiasmado de cómo invertiría el dinero en agrandar la central.

Andrés le escuchaba atento, pues le era ajeno ese mundo. De negocios y capital él desconocía absolutamente todo. No podía imaginar una vida más engorrosa que la de estar día tras día pendiente de cientos de almas para que cada una hiciera lo que le tocaba y así producir bienes y dinero. Él, en cambio, le hablaba a Miguel Heraclio de los lugares que había visitado, de cómo eran los hoteles en París, en Inglaterra, en Dinamarca, de lo importante que era para un isleño despertar en otro país, con otras costumbres, donde el pan sabía distinto, donde el clima era otro y otros los olores y otras las luces. Toda persona nacida en la Isla debería viajar largamente por Tierra Firme, señalaba.

Entre ambos se había ido consolidando una especie de camaradería que, si bien no podría ser nunca una gran amistad, era una relación refrescante porque tenían algo que aprender el uno del otro. Sus vidas parecían entrelazadas como las maderitas del enrejillado de la galería de la hacienda, unas en una dirección, otras en otra, pero formando un *lattice* delgado por donde trepaban las enredaderas. Aunque, a decir verdad, la vida de Andrés estuvo destinada a entrelazarse con más de un Cantré.

Llevaban mucho rato en el balcón cuando Aurora vino a dar las buenas noches. Le acompañaba Provi, la hermana menor de los Cantré, que para entonces era apenas una niña. Andrés nunca la había visto y se le quedó mirando porque no se parecía a ninguno de sus hermanos. Tenía el pelo marrón en rizos que le bajaban hasta la nuca y una sonrisa franca, sin dobleces, que le recordaba a alguien pero no podía precisar a quién. Miguel Heraclio había bebido de más, como hacía frecuentemente y, fijándose en Provi, dijo:

—Aquí está la que faltaba. Ya le estoy buscando marido entre los Caro. Hay que empezar temprano, para que no se queden estorbando en las casas.

—Vamos, amor —susurró Aurora al tiempo que alzaba las cejas indicando a Andrés que le ayudara a levantar a Miguel Heraclio. Él se tambaleaba escaleras arriba y Andrés y Aurora lo llevaron hasta su dormitorio escoltados por Provi, que cargaba una botellita de alcoholado y una toalla con la que a diario había que dar masaje a Miguel Heraclio en las sienes antes de acostarle. Ya toda la familia estaba descansando. A Haydée la habían encerrado desde las seis y Teresa se había retirado temprano dizque muerta de sueño porque estaba aburrida sin su esposo, que andaba por Virginia visitando solo a sus padres porque ella no había querido acompañarlo. Andrés se acostó en el dormitorio de huéspedes a leer un tratado anarquista que le había prometido a Sarah analizar durante el viaje, pero no bien leía dos líneas, sentía que esa lectura chocaba constantemente con el lugar donde estaba.

Nunca en su vida se había siquiera atrevido a soñar con pasar la noche en la casa de la hacienda La Providencia y sin embargo, ahí estaba.

Acostado en cama con dosel, que hacía juego con un enorme ropero de madera noble importado de Barcelona, en cuarto de techos pintados con escenas de cupidos y puerta de caoba labrada, Andrés se sentía gran señor y pensaba en que hubiese querido que Max viera ese cuarto. Max, que Maximiliano Pffeifer pudiera constatar que también en este país había cuartos hermosos, dormitorios elegantes, mediando la distancia ente Europa, Nueva York y la Isla, mediando la medianía tropical, lo importado y lo heredado, lo reestructurado y lo reelaborado había algo de valor estético aquí, pero hubiese sido perfecto si estuviese Max para validarlo.

Max, sin embargo, no llegó esa noche; Teresa sí. Abrió la puerta con la mayor naturalidad, echó el cerrojo y se acercó a la cama apenas dándole tiempo a él a incorporarse y dejar caer su tratado de anarquismo. —Teresa, tú... no... Miguel, es que —balbuceó todas las excusas que como letanías su cerebro le dictaba automáticamente, mientras ella lo desvestía y se apresuraba a consumar lo que hacía años había soñado, pasar aunque fuera una noche con el bastardito de San Antonio de ojos bellos, manos finas y voluntad quebradiza.

Andrés se apasionó tanto con Teresa esa noche que se encaprichó con ella y, casi al alba, le pedía que se fugara con él, que huyeran juntos a Nueva York. Tere se reía y lo callaba a besos. —No sabes lo que dices. Mi marido regresa en unas semanas y ya tú tienes que haberte ido de la Isla, para que no me embrujes, para que no diga tu nombre en las noches con él. Andrés tú eres como un dulce rico, prohibido, una confitura guardada en el chinero para la gran fiesta. No eres pan de cada día para mí y creo que para nadie. Yo estoy bien con mi marido y nos ayuda mucho a mi familia que yo haya casado con un americano. Tú eres azúcar con crema, quédate quietecito, así, un segundo —decía, mientras le lamía los muslos, le amasaba las carnes firmes y él la agarraba por la cintura tan esbelta, se rozaba contra sus pechos, se volvían locos los dos y ella se tiraba boca arriba en la cama para que él volviera a tomarla mientras le susurraba al oído: —No hagas ruido, ya andará rondando los pasillos la negra Santita para recoger las bacinetas, no puedes hacer ruido....

Ojeroso y aletargado pero absolutamente feliz, Andrés bajó con su maletín a desayunar antes de que cantara el gallo. Su coche estuvo listo en un dos por tres y él se despidió de Aurora, que era la única de la familia despierta a esa hora. Cuando iba a montarse, apareció de la nada Haydée y le dio un pequeño cuaderno. —Por favor, mire estos dibujos, y la próxima vez que venga, dígame que piensa —dijo. Entonces se le acercó y murmuró: —Las noches con ella no son nada. No te engañes, ella nunca será tu hada —y corrió hacia el sótano de la casa. Fue la última vez que Andrés la vio en La Providencia.

Mayagüez fue una ciudad que siempre le agradó. Era de calles anchas y gran comercio y abundaban allí las panaderías, los almacenes y las tiendas donde vendían perfumes de Francia y encajes de Bruselas, y siempre había de visita alguna soprano o algún poeta para amenizar la vida nocturna. En los muelles encontró las oficinas de algunos de los parientes de Miguel Heraclio, a otro lo visitó en el pueblo, en una casa solariega cercana a la plaza, y a la viuda del último la fue a ver a un caserón a la salida del pueblo que tenía una magnífica vista del punto exacto en el horizonte donde todos los atardeceres el sol se ponía rojo y perfecto sobre el mar para deleite de ella y de sus invitados.

Cumplida su encomienda, al día siguiente mandó planchar su traje favorito de hilo, compró dulces en una repostería de franceses y llegó a la casa del primo de su madre, donde en la mañana había dejado su tarjeta de visita anunciando que vendría después de la siesta. El primo Fernando le recibió con mucho afecto. Recién se había establecido en la ciudad y alquilaba dos piezas en esa casa, esperando decidir si se quedaba o no en Puerto Rico. Era un hombre joven, prematuramente calvo, con un bigote fino muy cuidado. Tenía un aire de Monserrate en sus gestos, en el perfil duro, en los ojos hundidos. Sobre una mesita de salón tenía varias fotografías enmarcadas. Andrés las miró con detenimiento. Ahí estaba su sangre. Sobre todo en la de una mujer algo entrada en años, muy distinguida, parecida a Monserrate. —Es mi madre, María Luisa —dijo el primo Fernando—, hermana de Antón, tu abuelo.

Tal como le había pedido don Vicente, Andrés aprovechó la ocasión para preguntarle a su pariente médico por esa extraña dolencia de Antón Estelrich.

—No a todos en la familia le dan esos vahídos —explicó el médico—. Pero a tu abuelo sí le dio uno. Yo lo vi el día que regresó del huerto. También a nuestro bisabuelo le sucedía. A mí y a otros primos hermanos no. No sé cómo se hereda, es tan poco lo que la ciencia sabe aún de la herencia humana. —Conversaron hasta muy entrada la noche. Fernando no tenía hermanos y el encontrarse con un familiar que no sólo era agradable, sino inteligente, le colmó de alegría. Cuando Andrés se iba a retirar, Fernando Solís le hizo prometer que lo visitaría cuando pasara por la Isla y, al parecer, Andrés trató de complacerle porque cada vez que pudo, fue de visita a casa de Fernando.

Capítulo 20

El viaje a México se pospuso y, de regreso en Nueva York, Andrés se encontró con que el barón y su familia habían decidido reubicarse en California. Para esa época mucha gente empezó a emigrar hacia allá, los de oficio buscando trabajo en las siembras de frutas, viñedos y hortalizas y los pudientes montando casas en un lugar cálido y fresco con vista al Pacífico, ese mar cuyo nombre engaña, decía Andrés. Monserrate estaba dispuesta a acompañar a la baronesa y Andrés no tuvo reparos porque sabía que Nueva York nunca le había agradado a su madre. Entonces rentó un departamento que él mismo organizó y decoró según su gusto, es decir, tuvo su primer hogar propio y eso le produjo un placer inimaginable. Sabía que, de ahora en adelante, cuando saliera a cubrir portentos o eventos, pues así categorizaba Aidan la vida de ellos, volvería no a una casa ajena ni a un cuarto rentado con muebles mal tapizados, sino a un hogar suyo y eso le colmaba de seguridad. Cuando se sentaba en su pequeño estudio de paredes recubiertas de grabados y dibujos, volvía a soñar con la casa que un día iba a construir, una casa por él diseñada, allí junto al palmar, en la tierra suya, en el solar que daba al mar, cuando él regresara triunfante a la Isla y tuviera una familia y amigos que vendrían todas las tardes a conversar con él.

Deben de haber sido esos los últimos años que vivió tranquilo, pues luego trabajó en muchas encomiendas y es posible que haya ido a Sur América porque la familia Pfiffer había desarrollado una bebida refrescante que llevaba extracto de la planta de coca, algo muy habitual en esa época, y Max quiso que Aidan recopilara datos sobre esa planta en Perú y Bolivia para que Andrés y Jacobo escribieran e ilustraran varios artículos adjudicándole científicamente a la coca las virtudes que proclamaban los anunciantes. No había hechos sobrenaturales en esa encomienda, pues todo se iba a publicar, por mediación de Max, en un diario respetable. Si se llegó a hacer no sé, pero ciertamente ellos elaboraron varios reportajes sobre culturas indígenas de los Andes y sus ciudades perdidas.

Luego viajaron a Europa de nuevo, en esa ocasión a buscar rasgos de los descendientes de la Atlántida en las excavaciones al sur de España. Los tres iban y venían según soplara el antojo de St. John o de Max y a Andrés no le molestaba porque aprovechaba para ir a conciertos y festivales. Siempre le había gustado escuchar música y ahora se estaba dando un banquete. Con tanto viaje había muchas oportunidades de ir a temporadas de óperas, asistir a recitales de música de cámara y hasta de escuchar cuartetos en plaza públicas, en fin, de vivir con música como se hacía en tantos lugares antes de la guerra. Tuvo la gran dicha de escuchar al que era entonces el más admirado tenor del mundo, un compatriota de Puerto Rico, Antonio Paoli, cuando éste se presentó en Venecia por primera vez. Era también la primera vez que Andrés visitaba esa ciudad que se sigue hundiendo en el mar y nunca pudo pensar en Venecia sin asociarla a Paoli, porque los conoció juntos.

Pero cada vez que regresaba de Europa, más le asaltaba la curiosidad por América Latina. Era como si lo que le captara la atención se moviera como el péndulo de un reloj entre el mundo más allá y el mundo más acá del Atlántico. En uno de esos viajes, fue, al fin, a México, pero no le hizo caso a su abuelo y entró por Veracruz con Aidan y Jacobo, enviados por St. John a visitar Teotihuacan para develar los misterios de esa civilización. Obviamente St. John no tenía idea de lo que les estaba pidiendo. Nada de lo que habían leído les había preparado para la impresión que les dio esa ciudad de los antiguos mexicanos. Tampoco estaban preparados para lo que México, como país, podía ofrecer.

Fue una época sin ataduras, por eso no se sabe mucho de esa parte de su vida. Cuando uno está al garete, no deja rastro. Pero ese país le hizo volver una y otra vez. Allá tuvo uno de sus mejores amigos, quizás el más cercano después de Jacobo. Se llamaba Alejandro Ocañas y era ingeniero y aficionado a la arqueología. Andrés le puso de sobrenombre 'el lunático' porque lo conoció junto a la Pirámide de la Luna un día que se habían quedado en Teotihuacan hasta el atardecer. Fue durante un equinoccio de primavera, cuando Aidan quiso constatar con mediciones científicas todo lo que se rumoraba y se había publicado sobre la relación de los templos ceremoniales de esa ciudad sagrada con los astros, sobre todo con el Señor Sol, como le decía Remigio, el guía que les consiguieron en el hotel. Ya no quedaban en los templos de la ciudad turistas curiosos, ni caminaban entre las excavaciones los vendedores de aguas frescas y de antigüedades robadas, cuando Andrés miró hacia el firmamento y vio fascinado cómo comenzaban las estrellas a tachonar el cielo azul transparente. Se alejó de la Pirámide del Sol y caminó despacio el trecho hasta la de la Luna. Sólo se escuchaban los grillos y el trote de caballos que se alejaban, cuando oyó algo parecido a una oración que alguien repetía una y otra vez. Se acercó por el este de la pirámide y encontró, encaramado a varios metros de altura en unas piedras que se habían deslizado del monumento, a un hombre vestido de negro, con capa y sombrero, que leía en voz alta monótonas estrofas en una lengua ininteligible.

Alejandro, cuando vio a Andrés con su farol en la mano, ataviado con un liviano saco de cuero marrón, le creyó arqueólogo. Andrés, al ver a aquel hombre alto vestido de negro absoluto hablándole solo a las piedras de la pirámide, le creyó loco. Alejandro bajó y se le presentó. Ya de cerca, Andrés aquilató al hombre extraño que, al darle la mano, le hizo presión con su pulgar entre los dedos índice y del corazón, a lo que Andrés contestó: —Tubal-Cain; no soy maestro masón, pero entiendo. —Alejandro sonrió y dijo: —Pero yo no entiendo, ¿por qué has venido hoy?

A Andrés no le pareció insensata su pregunta, sino que señaló a sus amigos, que venían buscándole desde la otra pirámide. —Somos periodistas —contestó y comenzó a explicar su viaje a México y su trabajo. Terminaron la plática de madrugada en el hotel; en una sola noche se contaron sus vidas mirándose a los ojos y se hicieron amigos hasta la muerte.

Guiado por Alejandro, Andrés conoció de verdad a México y descubrió muchos de los lugares que más llegó a admirar de ese país. El primero fue el monasterio del Acolman, que está camino a las pirámides y que le cautivó no porque no hubiera visto conventos e iglesias más monumentales o más hermosos, sino porque esa estructura maciza de los primeros años de la Conquista parecía traída a través del tiempo, del medioevo al siglo 20, y parecía olvidada de Dios, tan solitaria y vulnerada, anegada en lodo y habitada por palomas tristes.

Alejandro le llevó allí sólo para que viera la cruz del atrio, pues, aunque Andrés renegaba de los símbolos cristianos que mostraran dolor, desde que llegó a México se interesó por las cruces atriles y trataba de visitar todos los templos que las tuvieran. Pero durante esa primera visita no tuvo tiempo de mirar la de San Agustín de Acolman, porque al ver la iglesia, ésta acaparó toda su atención por su ábside almenado, los contrafuertes que le hacían parecer más fortaleza guerrera que casa de Dios, y la hermosa portada plateresca que engalanaba una pared llana y humilde de ladrillos. Mientras recorrían el templo y el convento, Alejandro le iba señalando los retablos, las pinturas, los capiteles y los motivos esculpidos en los arcos del claustro principal. Andrés quiso requedarse. Y como solía hacer con todo lo que le gustaba, volvió una y otra vez a Acolman a dibujar su fachada y su claustro. La última vez que visitó la iglesia, se dispuso a dibujar al fin la cruz del atrio, con todos sus simbolismos indígenas y cristianos esculpidos en piedra, y le llamó la atención que la cara del Cristo parecía un don Vicente joven.

Cuando terminaron de recopilar todo lo que procedía sobre Teotihuacan, Jacobo y Aidan siguieron camino al norte para estudiar otras ciudades; Andrés fue invitado por Alejandro a Guanajuato para la inauguración de un teatro como no se había visto, le dijo. Desde que se acercaron a la ciudad Andrés se sintió nervioso. Alejandro le dejó en el hotel para que reposara pero, minuto a minuto, Andrés sentía mayor aprehensión. Cuando Alejandro lo vino a buscar, lo encontró pálido y desencajado.

—¿Prefieres quedarte? —le preguntó—. No, debemos ir —dijo y caminó sudoroso hasta el Teatro Juárez. Pero al llegar, tuvo que sentarse en un asiento en el vestíbulo y no fue hasta que acabó la función y el señor Presidente y su séquito salieron del lugar que él pudo recobrar sus fuerzas para pasar a la sala a admirar el decorado y a deleitarse con el telón multicolor de motivos que parecían chinescos. Entonces, se desmayó.

Al día siguiente, cuando despertó en el hotel, Alejandro estaba sentado a su lado leyendo un fascículo que tenía por portada la novena carta del Tarot.

—La Fuerza —dijo Andrés, mirando el dibujo de la mujer que abre las fauces de un león.

—Fuerza es lo menos que tienes, estás exhausto, debes regresar a tu casa a descansar —sentenció Alejandro. Y tenía razón. Andrés telegrafió a St. John y solicitó unas vacaciones cortas para regresar a San Antonio. Consideró detenerse en Campeche y darle ese gusto al Abuelo, pero lo descartó cuando Alejandro le prometió que si regresaba para octubre, él le acompañaría a buscar a sus parientes.

Capítulo 21

Hay tiempos en la vida de la gente en que los viajes auguran muertes. El velero que abordó Andrés en Veracruz tenía un mascarón de ángel con túnica que una vez fue rosada, pero ahora estaba tan desgastada por el mar que parecía del color de rosa muerta. Antes de subir a la nave, Andrés miró el ángel y su color pero no temió en absoluto que fuera señal de naufragio, pues él sabía que no estaba escrito que él tuviera percances en sus viajes y así se lo había hecho saber a todos sus amigos. Luego recordaría que, mirando la proa del barco, por un segundo tuvo un atisbo de la terrible tara que es la muerte y sólo sintió urgencia por llegar cuanto antes a la Isla.

Cuando desembarcó en Puerto Rico y pisó los maderos del muelle, sintió que sus piernas cedían ante el peso de su cuerpo, que ya no le podían sostener, que algo fundamental, propiamente corpóreo, que era parte de la base de su vida, estaba descompuesto. De inmediato supo que se trataba de don Vicente, que el viaje casi ordenado tenía su propia razón. Se recostó por un rato de un barril, se concentró unos minutos y se obligó a caminar hasta el puesto de alquiler de coches. Pidió uno para él solo y durante todo el camino rogó una y otra vez al cochero que se apresurara.

Cuando llegó a San Antonio, ya lo habían enterrado. —Murió en el sueño, don Andrés —le dijo ojerosa Isidra. Parada al oscurecer en el balconcito de la casa con Bernardo y Socorro inconsolables, enlazados como hiedra a su cintura, a Andrés le pareció una escultura moderna de alguna heroína de la antigüedad.

Andrés entró a la casa y cenó con ellos en silencio. Al terminar, Isidra le dijo: —Él le dejó instrucciones en la gavetita. —Andrés fue al dormitorio de don Vicente y abrió la pequeña gaveta bajo su mesa de lectura. Allí estaba un sobre con un cuadernillo en el que había escrito Vicente Ramírez Ángel lo que mandaba que se hiciera cuando él ya no estuviese y un fajo de dollars americanos para la manutención de su familia. Andrés le dio el dinero a Isidra, que no quería aceptarlo, pero al fin accedió pensando en los niños; luego, él salió a buscar a Facunda y a Margario, los únicos que quedaban en ese pueblo en quienes tuviera absoluta confianza para hacer lo que era menester pero no estaba permitido.

Para entonces Margario trabajaba haciendo carbón en una cueva cerca del Barrio del Frutal. Desde allí había un atajo hecho por los peones a través de la maleza hasta el palmar que colindaba con el cementerio. A la noche siguiente los tres caminaron hasta el camposanto. Facunda llevó un quinqué que colocó en el suelo junto a la tumba de don Vicente y luego se retiró a velar a la mula que esperaba pacientemente junto al palmar. Andrés y Margario tuvieron que excavar buen rato para lograr liberar al ataúd de don Vicente de la tierra roja que lo cubría y lo arrastraron con mucha dificultad hasta el atajo; allí lo colocaron sobre una parihuela y Facunda y Margario se perdieron monte adentro mientras Andrés rellenaba la tumba vacía con ramas, pedazos de troncos y la tierra extraída. Esperó al amanecer para dejar todo en orden y se regresó a la casa.

Durmió apenas dos horas y se levantó a buscar entre los libros del abuelo hasta encontrar el que necesitaba, un tomo enorme de historia natural encuadernado con cubierta de pasta color morado. Tomó tijeras y, con mucho cuidado, comenzó a horadar el interior de las páginas de manera que de canto no se notara que estaba hueco. Entonces se sentó a esperar que Facunda le avisara.

Dos días después las cenizas de Don Vicente, mezcladas con cenizas de maderos de la isla, reposaban dentro de una bolsita de tela nacarada colocada en el interior del libro de historia natural que Andrés puso dentro de su maleta. Se despidió de Isidra y de los niños prometiendo volver muy pronto. En todos esos días no derramó una lágrima por don Vicente, pues ante la tragedia Andrés era estoico y parco en emociones; era luego, mucho tiempo más tarde, cuando se permitía llorar por lo perdido.

Andrés siguió meticulosamente la ruta que le trazó Vicente, que incluía visitas a siete lugares templarios, todos bajo la advocación de vírgenes negras, cuidándose de cumplir las indicaciones en el día y a la hora establecidos. Un viernes a las ocho de la mañana se presentó con el libro a la iglesia de Santorcaz en Madrid y prendió siete velas ante Nuestra Señora de las Abejas. Cuando regresó, siete horas después, un hombre mayor vestido de militar se le acercó y le hizo señas de que le siguiera. Caminaron hasta el retablo mayor de la iglesia. En su base había una puerta pequeña que el hombre abrió y ambos caminaron por un pasillo profusamente decorado con símbolos del mundo vegetal, que terminaba en un cuarto abovedado. El hombre se detuvo donde terminaba el pasillo, tomó de manos de Andrés el libro con las cenizas de Vicente y tocó con él siete veces dos pequeñas pinturas en la pared. Eran unos rombos, como celdas de un panal, cada uno decorado con una abeja en el medio de dos estrellas de David. El militar comenzó una oración ininteligible para Andrés y luego pareció recitar el alfabeto hebreo al revés, saltando las letras de una en una y de dos en dos. Fue entonces que Andrés recordó su visita al Bastión de las Ánimas en San Juan, cuando era pequeño. El hombre se percató, puso una mano sobre su hombro, le sonrió y le dijo: —Manda a decir Vicente que siempre estará contigo. —Acto seguido pareció meter su mano en la pared de piedra, de donde extrajo un pañuelo blanco, lo pasó sobre el libro y lo devolvió a la pared, que no mostraba hendidura alguna, lo que no sorprendió a Andrés.

Él continuó su encomienda. Visitó otras cinco iglesias-monasterios en la península, asistió a ritos, siempre en silencio, y se dio cuenta de que, poco a poco, iba sintiendo una paz que no creyó tendría jamás ante la pérdida de don Vicente. Le faltaba un último templo en la lista, pero aunque éste no figuraba en ninguna guía para viajantes, Andrés sabía que lo encontraría.

Así fue como llegó a la tierra de su abuelo, cuya belleza y verdor no es posible imaginar ni describir, diría luego; sólo es posible entenderlos si uno ha estado en Asturias. Siguiendo las instrucciones de Vicente Ramírez Ángel, Andrés nunca reveló el nombre del lugar a donde acudió a dejar los restos. Lo único que contó fue que se internó solo en la sierra cercana al pueblo a donde llegó, a pesar de que, de primera intención, el tabernero del hostal donde estaba hospedado le advirtió que era una temeridad caminar por las laderas y riscos de esa región sin un guía. Andrés le contestó tajantemente con una frase indicada por Vicente: —Traigo un mensaje urgente para el Maestre —ante lo cual el tabernero pareció hacer una reverencia con su cabeza y no dijo más.

Andrés tuvo que buscar en un mapa las coordenadas del lugar exacto donde debía dejar las cenizas de Don Vicente, porque para entonces la brújula que éste le había regalado ya tenía la aguja loca y rara vez apuntaba al norte. Después de medio día de marcha encontró un desfiladero que abría a un valle pequeño, atravesó un bosque tupido y subió a una meseta desde la cual vio claramente dos montes escarpados al poniente. Era un lugar silencioso y agreste; se escuchaba de vez en cuando el canto de pájaros pequeños, pero no había seña alguna de ser humano, ni choza, ni humo de hoguera, ni un cencerro que anunciara animal doméstico. Allí encontró una piedra negra, erguida, que parecía una imagen pero estaba tan gastada que su forma humana bien podía ser ilusión. Supo que era el lugar indicado porque junto a ésta estaba otra piedra grande, chata, donde tenía que dejar el tomo de historia natural y con él, lo único tangible del hombre que fue su padre.

Las instrucciones, claras y precisas, indicaban que debía retirarse en cuanto colocara el libro, pero justo en ese momento, a Andrés se le salió el solar, como dicen acá, y tuvo que despedirse como hacen los puertorriqueños, con la emoción a flor de piel. Se arrodilló junto a la piedra a recordar a su abuelo y lloró y suspiró durante un largo rato por todo lo que fueron juntos él y don Vicente. Luego se incorporó y comenzó su viaje de regreso. Mientras caminaba por la ladera de la montaña, no podía evitar mirar hacia atrás, anhelando saber quién se ocuparía de las exequias de don Vicente y cómo eran los que andaban por ese lugar que, aunque abierto a la naturaleza, se sentía cerrado y escondido. Llevaba unos minutos de camino cuando la curiosidad le hizo regresar. Corrió de vuelta, dispuesto a esconderse en la maleza para poder ver lo que sucedería con los restos de su abuelo. Cuando halló el lugar, el libro ya no estaba allí ni había rastro de persona alguna. Vicente Ramírez Ángel había vuelto a su tierra natal y descansaba entre su propia gente.

Capítulo 22

Estuvo de viaje apenas unas semanas, pero al regresar a San Antonio para poner en orden los papeles y la casa del abuelo, todo había cambiado. Isidra, tan fuerte, primero esclava trabajadora, después liberta luchadora, viuda, y luego con marido e hijos nuevos, había muerto de pronto de una fiebre que nadie supo de dónde vino ni por qué, en todo el pueblo, sólo se la llevó a ella. Pero si el destino de Isidra tomó por sorpresa a Andrés, el de sus hijos le llenó de angustia.

—Ya no viven acá —le dijeron los vecinos.

—¿Cómo que no? ¿Dónde están viviendo?

—Se los llevaron, Señor Andrés.

—¿Quién se los llevó? ¿Acaso los tiene la comadre de Isidra? ¿Pero dónde están?

Los vecinos comentaron; Facunda trató de explicarle. Un ayudante del alcalde los había recogido cuando murió Isidra y los había enviado a vivir a otro lugar.

Andrés habló de cuestiones de derecho y Facunda se le quedó mirando, pues los alegatos en cuanto a qué era o no legal les eran tan ajenos como las mismas leyes.

—Pues se los llevaron, los regalaron, a los negritos de Isidra, los regalaron.

—¿Regalaron? ¿Cómo que los regalaron? —preguntaba Andrés primero sorprendido, luego encolerizado. El secretario del alcalde fue más explícito cuando Andrés irrumpió en la Casa Alcaldía demandando una explicación.

—Se los dimos, sí, a una familia bien, del área este, que vive cerca de Humacao, creo. —Estaban de visita en el pueblo y oyeron decir que esos dos huérfanos habían quedado solos, sin padre, ni madre, ni familiares con quienes dejarles. Como usted sabe, el hermano mayor, Ramón, se embarcó hace años y no se volvió a saber de él.

—¡Pero ellos son hijos de Vicente Ramírez, mi abuelo, ustedes lo sabían, y yo soy su sobrino!

—Señor Estelrich, un sobrino de un mocoso de ocho o nueve años no es exactamente un tutor, se supone que, digo, usualmente, aunque claro, no siempre, los sobrinos son menores que los tíos, pero en fin, estaban solos y usted no estaba por aquí ni dejó razón de dónde procurarle. Son dos negritos sin familia, entienda. Además, —añadió, sopesando sus palabras— nadie sabía de usted y usted no es precisamente un habitante de este pueblo, ni nada por el estilo. En cuanto al aspecto legal, Sr. Estelrich, usted...no lleva el apellido Ramírez ¿o sí?

Andrés iba a contestarle, pero este argumento del secretario le dejó aturdido. Su madre había tenido la razón todo este tiempo: él, era un bastardo. Aunque nunca se había planteado que hubiese problema alguno en San Antonio por no apellidarse Ramírez, pues todo el mundo en el pueblo sabía que él era el nieto de don Vicente, ahora la realidad era otra. Desaparecidos los niños, él sin papeles para poder demandar tutoría legal, él sin haber acudido todavía a los tribunales con el testamento de su abuelo para poder siquiera disponer de la casita, no supo qué decir. De pronto se dio cuenta de que tenía que olvidarse de sí mismo; lo que importaba en ese momento era la suerte de Bernardo y de Socorro.

—Pudieron haberlos llevado con su madrina, la comadre de Isidra —dijo.

—Ah, qué fácil es decirlo. Pero ¿qué vida les esperaba con ella, de arrimados donde ya hay otros diez críos? La pareja que se los llevó es familia de bien, un hombre y una mujer de medios, y buenos cristianos; venían, precisamente, buscando servicio, muchachitos así, para brindarles casa, comida, enseñarles el catecismo y darles un oficio. Señor Estelrich, ¿qué mejor que esa vida para esos dos negritos?

—Mejor vida les puedo dar yo, otra gente, una madre de crianza, quién sabe quién, pero no así. ¿Cómo dice la gente que los regalaron? Los regalaron como si fueran animales; animales no, porque hasta una gallina tiene precio, un cerdo, un becerrillo ¿cómo pueden regalar a un ser humano? ¿No entiende que son mi sangre?

El secretario del alcalde se encogió de hombros. Quien no entendía nada era Andrés. Parecería que no había nacido ni se había criado en San Antonio. A los negritos los regalaban, muy entrado el siglo aún se hacía. Y también a los niños blancos que fueran pobres. Las familias que tenían muchos hijos vivos quedaban en la mayor pobreza. A veces daban los hijos como sirvientes para que al menos les dieran comida, la que fuera, y ropa, como fuera. Eran, en verdad, como esclavos. Pero si eran niños negros, entonces no había un 'como' que matizara su esclavitud. Todas las familias ricas tenían niños negros que les habían regalado. Si, así se decía. Cuando las niñas de las haciendas dejaban de ser infantes y se aburrían en las soledades de sus casas sus madres les prometían: 'te voy a regalar una negrita para que juegues', como si fuera eso, un juguete, una mascota.

Así había sido siempre, y así se hizo con Bernardo y con Socorro cuando quedaron bajo el amparo de la caridad pública. Andrés quiso quedarse para buscarlos, pero el nombre de la familia que le dio el ayudante del alcalde no correspondía a nadie del pueblo de Humacao, a donde supuestamente los habían enviado. La tierra se los había tragado, nadie sabía dónde estaban y St. John le había llamado con urgencia porque Max demandaba su presencia en Francia con otra asignación.

El dilató su salida lo más que pudo y envió razón a algunos lugares. Al no tener respuesta, y a pesar de que le dolió pensar que los nenes estuvieran sufriendo y de que necesitaba encontrarlos, optó por viajar para cumplir con su trabajo. Antes de irse, sin embargo, encargó a Emérito Robles su búsqueda. A través del diario y de su trabajo político, él conocía a muchas personas del litoral. Andrés abandonó la Isla confiado en que Socorro y Bernardo aparecerían, pero angustiado porque no sabía cuándo.

Ese fue el año en que por vez primera visitó a Haydée en el sanatorio donde la habían recluido. Habiendo vuelto de una *tournée* intensa buscando los castillos templarios en Francia, España y Portugal, coincidió en París con un grupo de puertorriqueños, entre los que estaba Heraclio José. Él, como muchos otros latinoamericanos ricos, se había establecido en la capital francesa, donde, de una a cinco de la tarde, se dedicaba con muchísimo afán a diagnosticar los males de su país en los cafés a los que acudían políticos exilados, poetas en ciernes y diplomáticos a punto de exilarse para escribir poesía. Se escuchaban atentos unos a otros, explicaban las razones de todos los problemas económicos y sociales que existían en la Patagonia, en México o en Puerto Rico, criticaban ferozmente a los que gobernaban o legislaban en esos lares y comentaban sobre la producción literaria y ensayística de cada país hasta que, exhaustos de tanto pensar en sus lugares de origen y penar por ellos, convenían en encontrarse esa noche en alguna velada musical o al día siguiente en las carreras de caballos.

Pero como sucede con los puertorriqueños cuando se encuentran con sus compueblanos en tierras extrañas, aunque apenas se conocían, Heraclio José y Andrés se alegraron muchísimo de verse. Hablaron de los habitantes de San Antonio y de los que habían salido al extranjero y fue entonces cuando Heraclio le contó de Haydée. Según él, a pesar de que al principio le fue difícil acoplarse, ella estaba progresando y hasta se le permitían salidas supervisadas. Heraclio José había tratado de que Miguel le otorgara la patria potestad de su hermana porque él, estando más cerca, la podía atender mejor, pero Miguel rehusaba. Argumentaba que Heraclio José no conocía lo torcida que era, y lo manipuladora, por lo que le dio permiso para supervisar su progreso médico pero no para emanciparla ni disponer del dinero que se había depositado en un banco de París para su manutención. A ella le vendría muy bien la visita de un conocido, le explicó Heraclio José a Andrés, al tiempo que le dio la dirección del sanatorio y le pidió que si alguna vez dispusiera de tiempo, la procurara. Andrés tomó las señas por educación, pues no estaba en sus planes ir a ver a nadie. Días después, sin embargo, de paseo por las afueras de la ciudad, bajo un castaño que lanzaba ramas hacia la carretera como pidiendo auxilio, vio un letrero que anunciaba el lugar de reclusión de esa joven ante quien se sentía siempre confundido y quien, por accidente, conocía mejor que nadie su vida íntima en la Isla.

El destino, pensó, lo había llevado allí, y al destino, él le respondía a veces. La encontró igual que siempre: desafiante, ardiente, pero, para su sorpresa, con mayor dominio de sí y hecha una gran pintora. Ella acababa de cumplir los veinte años y sentía que estaba destinada a seguir presa toda su vida.

La habían internado en la Casa de Salud de los Dres. Parterre, lo que equivale a decir en un manicomio para ricos. Los Cantré tomaron la decisión luego de que Haydée se les escapara llevándose el salario de la semana de los peones y desapareciera por días en la Capital. Se había alojado en el barrio de Santurce y nunca se había sentido más feliz. En la Calle Duffaut daba clases de pintura Oller y ella, tímidamente, se le había acercado a pedir que le aceptara como pupila. Así estuvo dos semanas hasta que la reconoció un vecino de San Antonio y avisó a la familia. La sacaron a gritos por esa calle que desembocaba en el antiguo Colegio de los Jesuitas, hoy día sede del Departamento de Sanidad, donde primero expuso Oller *El Velorio*, ese lienzo ante el cual ella quedó extasiada de niña, cuando lo exhibieron para las grandes fiestas del Cuarto Centenario del Descubrimiento de Puerto Rico. La fachada de ese edificio fue la última imagen que se llevó de su patria pues durmió durante todo el camino hasta San Juan con los calmantes que le inyectaron, y durante toda la travesía en barco hasta Calais. Para el viaje en coche a París, le redujeron la dosis porque doña Margarita quería despedirse de ella. Haydée no levantó la vista hasta que llegaron al sanatorio. Doña Margarita quiso abrazarla pero ella no lo permitió; en vez, comenzó a aullar como si fuera una loba herida y así aullando, se separó para siempre de la familia en la que le había tocado nacer.

Al principio se defendió mordiendo y pateando a los que pudo pero, como sucede con todos los cuerdos encerrados, eventualmente se aceptó como loca, o aceptó el mundo como uno de locos en el que a ella le había tocado el papel de confinada. Los pabellones de ese lugar eran hermosos, con cuartos amplios y ventilados, decorados con pinturas en las paredes, aunque atornilladas, claro está, y sobre mesas y repisas no había ninguna de las pequeñas esculturas que estaban de moda entonces, pues podían ser armas letales en manos de tanta gente que de pronto podía tornarse violenta. Pero las condiciones de vida de los enfermos mentales, aún en el mejor de los lugares, siempre han sido... tristes, por decirlo de algún modo.

Digo que vida triste y me equivoco, existencia triste, terrible, cuando se cierran las puertas todas las noches, hay barrotes en cada ventana de cristal y los depredadores comienzan a rondar. Lo peor de esos lugares es la gente que trabaja allí. Piénsenlo, ¿se irían ustedes a laborar a un lugar donde cuidan locos? No, esa vocación no la tiene cualquiera. Hay enfermeras y doctores que desarrollan un sentido del deber y una verdadera solidaridad con los que llamamos locos, pero son muy escasos. La mayor parte de los que aceptan trabajar cuidando o limpiando en esos lugares lo hacen porque buscan poder sobre otras personas, o buscan hacer doler, o están locos ellos mismos y quieren acercarse a los encerrados para verse reflejados allí. De estos tres, los más peligrosos, claro está, son los que causan dolor.

Había varios de ellos que llevaban muchos años trabajando allí cuando Haydée llegó. Uno de ellos se especializaba en visitar a las mujeres luego de que cayera el sol; a todas las que deseaba, las poseía a golpes. Él violó a Haydée al mes de ella haber llegado y aunque ella se quejó a otros enfermeros, nada de lo que les decía les parecía coherente porque allí también la tenían casi drogada, habiéndola diagnosticado como 'de personalidad fiera y mentalidad imaginativa', enfermedad de la que, según los hombres, padecía un buen número de mujeres en aquel entonces.

Ella trató de vengarse de alguna manera, pero no pudo y él volvió a violarla un par de veces más. Se llamaba Justin, ¡que ironía! y se vanagloriaba de sus fechorías frente a sus cómplices. Esto sucede en todos los manicomios, no crean que sólo en los públicos, también en los privados, porque los locos no tienen redentor.

Lo que Justin no sabía era cuán astuta había nacido Haydée. Nadie, ni su familia, ni los de su pueblo, ni ella misma lo supo hasta que llegó al Parterre. Así hizo su venganza: empezó a buscar a Justin y, cuando le veía en las horas de juegos o de terapias, iba corriendo a donde él, le besaba la mejilla, se agarraba de su brazo como si él fuera el más grande protector. Justin se henchía de orgullo porque hasta los doctores creían que él había logrado, de alguna manera, entablar una línea de comunicación con esa joven antillana tan salvaje. Cuando le tocaba dar paseos por el parque, se agarraba a la cintura de Justin. En fin, se fue volviendo como su sombra de un modo que comenzó a ser incómodo, y los médicos sospecharon que quizás era ninfómana.

Decidieron un día examinarla en grupo para ponerle a hablar de sus sentimientos hacia Justin. Ella rehusó comentar sobre él pero les indicó que si le traían cuadernos explicaría a través de dibujos cómo se sentía. Puso como condición que los haría allí, en las oficinas de la administración, para que no se los quitaran en lo que los terminaba. A mi suegro esta solicitud le pareció indicativa de gran mejoría, de que ella estaba comenzando a comunicarse, y mandó traer lo que pedía. Un par de horas después, los galenos vieron horrorizados unos bocetos primorosamente bordeados de rosas y gardenias que mostraban a Justin ultrajando a Haydée una vez le había amarrado un pañuelo por la boca para que no se escucharan sus gritos.

Los doctores quedaron compungidos. —Yo sé que creen que me invento esto, que estoy loca —les dijo seriamente la muchacha— pero más locos están ustedes que no pueden entender lo que sucede aquí. Si no me creen, vengan a velar de noche cuando estén todas las luces apagadas y quedemos todas a merced de Justin y de los demás.

Al salir de las oficinas se lo encontró en el salón comedor y le sonrió zalamera. Esa tarde, al terminar de comer, escondió un tenedor de trinchar en el amplio ruedo del vestido que llevaba. Dos noche más tarde Justin la visitó. Ella le sonrió y le pidió que se desvistiera. —Ya no te voy a rechazar más, Justin, a fin de cuentas has llegado a gustarme mucho —le dijo. Justin se entusiasmó. Se quitó su bata, sus pantalones y su camisa y se metió a la cama con ella. A los pocos momentos se escuchó un grito espantoso y al llegar el guardia acompañado de los doctores encontraron a Justin sangrando por un testículo en el cual todavía estaba enterrado el tenedor.

El nuevo director de Sanatorio, el Dr. Georges Delestre, mi suegro, les proveía a los pacientes algunos alicientes para que comunicaran a través de expresiones artísticas lo que sentían. Poco después de conocer a Haydée, supo que ella no estaba loca, no lo estaba, pero la potestad de liberarla la tenía su hermano y tutor Miguel Cantré y no había modo de convencerle de que ella había mejorado en su actitud. Por eso ella se limitó a aceptar su suerte y a escapar a través de sus lienzos. En esta su primera visita, Andrés encontró que tenía mucho en común con ella, que podían conversar horas y horas, sobre todo de arte y estética, y de la vida cultural que evolucionaba y se revolucionaba en torno a ellos.

Con el permiso del Dr. Delestre, la llevó al Louvre y a varias exposiciones de arte que la dejaron ilusionada. Por primera vez se conocieron Haydée y Andrés, no como dos seres de mundos diferentes, sino como dos almas gemelas, extranjeros en París, oriundos del mismo lugar al otro lado del mundo y así nació una gran amistad entre ambos, que les permitía conversar de lo más íntimo de cada cual, como si fueran una voz y su eco. Cuando Andrés le contó lo sucedido con sus pequeños tíos, ella se limitó a preguntar —¿A que Miguel no te ayudó, verdad? —Y era cierto, pues cuando Andrés le comentó a Miguel que necesitaba saber de su paradero él se encogió de hombros, hizo un ademán con su mano como queriendo decir que no era nada importante, insistió en que no debía preocuparse por eso y no hizo intento alguno de ayudarlo. En el mundo de los Cantré la gente estaba estratificada de modo muy preciso y, en su escala social, ese par de mulatitos no ocupaba ningún peldaño.

Para gran alivio de Andrés, Bernardo y Socorro eventualmente aparecieron y él les buscó un hogar de crianza y allí los mantuvo, visitándoles cuando podía y escribiéndoles siempre. No sé qué sucedió después con ellos. A Haydée la procuró por muchos años y fue a través de ella que él visitó alguna vez a la Sra. de Matisse, no al pintor. Quizás de ahí viene la confusión en la familia de ustedes.

Capítulo 23

—La miel de la flor de coco es más oscura; la de la manzana, del durazno y del tejocote es más clara, pero todas las de esta parte son muy codiciadas en las Europas —comenzó a explicar Juan Canché a Andrés mientras caminaban por el apiario de la finca del Estado de Campeche adonde le había llevado Alejandro. Era la primera vez que visitaba esa región, que le pareció una de las más hermosas de la Tierra y era la primera vez que comenzaba a aprender de la vida de las abejas, esos insectos bajo cuya tutela durmió tanto años, desde que su abuelo se los talló en la cabecera de la cama. Ahora no cesaba de maravillarse con las colmenas, con la perfección de los panales y sus celdas de zánganos, de obreras, con el cuido que le daban a la abeja reina y con esa división de labores tan precisa: las nodrizas que cuidan de los huevos y las larvas, las pecoreadoras que recogen el néctar y el polen, las ventiladoras que mantienen fresca la colmena y las portadoras de agua. Pero si maravillosa era la convivencia de las abejas, más aún su sentido de sacrificio cuando, no pudiendo ya cumplir con sus tareas, sabían que se cerraba su ciclo de vida y se iban a morir lejos de la colmena par no ser una carga.

Conocer de la vida de las abejas le hizo apegarse aún más al recuerdo de su abuelo, quizás por eso la región le cautivó y la propia ciudad de Campeche se le antojó una extensión de San Juan de Puerto Rico. Extrañamente, él se sintió parte de allí no bien tocó suelo. Su alma se sentía en paz, le decía a Alejandro, como si no hubiese frontera entre la Isla y la tierra firme, no en balde don Vicente había insistido que fuera allí. Campeche, amurallada como San Juan, con las mismas garitas y las mismas casas, a donde uno miraba desde la acera y veía las hamacas colgando adentro y a sus habitantes tomando la siesta con las persianas a medio abrir, era una gemela fraterna de la capital de Puerto Rico.

Había llegado allí atraído por la curiosidad insaciable que tuvo toda su vida de estrechar lazos familiares y se las había agenciado para convencer a St. John de hacer una serie de artículos sobre lugares mágicos de la península de Yucatán, ya que habían terminado la del altiplano. No se imaginaba cuántos había, ni dónde, verdaderamente, estaba la magia de esa parte enorme del país. Él se adelantó a Aidan y Jacobo y pidió a Alejandro que le orientara. Alejandro hizo mucho más, vino al muelle a recibirlo acompañado de un tropel de amigos y consiguió alojamiento en una villa famosa por su apiario. Sentado en el balcón de la casona, Andrés, aún aturdido por tanta cara nueva y la algarabía del almuerzo, de pronto se fijó en una de las presentes, una mujer joven que no había pronunciado palabra en todo ese tiempo y que escuchaba a los demás con mucha atención, pero proyectaba ser más dueña de sí que ninguna otra persona que él hubiera visto, a excepción quizás de Sarah. No parecía mexicana, más bien europea, quizás francesa o catalana y, a ratos su fisonomía le daba la impresión de que se parecía a él mismo. Algo en ella hacía que él la mirara a cada momento y, por más que trató, no pudo integrarse a conversación alguna porque ella, hermética e intensa, atraía toda su atención. Al atardecer, los amigos de Alejandro se excusaron porque iban para un recital de poesía. Sólo entonces la muchacha habló, para despedirse, en perfecto español. Al escucharle, Andrés se percató de que era mexicana esa mujer de extrema blancura y mirada desafiante, de ojos color de miel de manzana y de pelo color de miel de durazno. No llevaba puesto sombrero, ni velo, ni guantes, ni nada que le identificara como de su clase pero su vestido crema era de exquisita hechura y calzaba elegantes botas de cuero. Con una agilidad sorprendente, montó a caballo como los hombres y se fue con ellos por el camino central bordeado de flamboyanes amarillos.

Alejandro tenía conocidos y amigos en todo México, pero a éstos, le dijo a Andrés, les tenía un cariño particular. —Unos son poetas, ilusos, otros compositores soñadores que juegan a la política y andan en la bohemia —le dijo a Andrés cuando los perdieron de vista—, pero sin ellos, no habría poesía, ni teatro ni canción; casi todos son licenciados, dos estudiaron medicina y uno que otro es maestro, sólo que quieren arreglar el mundo y en eso se les va la mayor parte de su vida.

Andrés comenzó su trabajo en Yucatán pero se sentía anonadado porque todo lo que veía, olía, sentía y escuchaba le parecía sorprendente. Cabalgaba por llanuras y sabanas repletas de palmas reales y palmas de corozo, de palos de tinte, robles, laureles y cedros escuchando miles de pájaros: ruiseñores, zenzontles, pavos del monte, papagayos y calandrias que no se callaban nunca.

Visitó los cayos y arrecifes del litoral, las lagunas y ensenadas, se deleitó con las Salinas Desconocidas, de la Herradura y del Real, y dibujó las riberas del hermoso río San Pedro y las del río Candelaria, que nace en Guatemala y corre caudaloso por Yucatán. Jamás imaginó un mundo donde sus habitantes tuvieran mayor conciencia de los colores y de sus combinaciones, ni había visto que en mercado alguno expusieran los frutos de la tierra con una coordinación perfecta, alternándolos según sus formas y sus tonalidades. Lo mismo hacían con las mercancías de paja, de madera, de henequén, que colocaban en los mercaditos de Campeche como si fueran obras de arte. Todos los días al atardecer desmontaban sus puestos y estantes y al día siguiente los volvían a montar, mostrando esa innata capacidad para el diseño que atraía la vista y daba placer al espíritu. Y al caminar las calles, uno quedaba envuelto en el olor del perejil, el romero, la ruda, la albahaca y la vainilla que cultivaban en las afueras de la ciudad. Andrés andaba de un lado para otro, se fijaba en los vuelos de las faldas de las mujeres, en los bordados de las camisas de los hombres, en cada vendedor ambulante y se paseaba por los mercados y tiendas saboreando intensamente esa urbe mestiza y antigua.

Alejandro le llevó, además, a visitar las ruinas más conocidas. Cabalgaban a monte traviesa hasta la atarraya donde las siembras colindaban con una vegetación agreste y cerrada, poblada de armadillos, venados, tepescuintles y faisanes y allí dejaban amarrados los caballos para internarse en la selva, machete en mano, hasta llegar a los lugares perdidos de los mayas, que ahora comenzaban a explorarse. A veces encontraban guajolotes sacrificados y sahumerios de copal, como si no hubiesen pasado mil años. Trepaban a las murallas, se abrían paso por los recintos y él dibujaba las antiguas estructuras de varios pisos de alto, todas cubiertas por la vegetación, ensalzadas por el canto de los pájaros y protegidas por las víboras y los tigrillos que, en más de una ocasión, miraron a los forasteros como advirtiéndoles que debían alejarse de esos lugares que no les pertenecían.

Andrés recopiló, en pocas semanas, un caudal de historias fantásticas de toda la provincia, como la leyenda de la extraña Isla Bermeja, que había sido vista pocas veces en el Golfo de Campeche y de cuya existencia dudaba casi todo el mundo, y los cuentos de por qué el lagarto no tiene lengua, cómo tomó su forma el armadillo y porqué era benéfico y peligroso el dios Auracán, cuyos rayos dañaban las milpas.

En poco tiempo tuvo una lista larga de todos los reportajes que se propuso hacer y, mientras aguardaba por Jacobo y Aidan, acompañó a Alejandro en visitas a pueblos que no aparecían en los mapas, donde celebraban fiestas de angelito ante la muerte de un niño y donde los brujos de las tribus, según el horóscopo, escogían el nombre de cada recién nacido y, de paso, su tonal, su animal tutelar. Sin embargo, las dos cosas que más deseaba encontrar en Campeche aún no se materializaban: esa supuesta media hermana de su padre y un arco iris verde, la maravilla de ese área según los libros de viajes que había leído.

Ambos deseos se le concederían en un mismo día de junio cuya fecha Andrés nunca pudo recordar por más que hurgó en su memoria años más tarde. Andaba por el apiario, interesado como nunca antes en esos insectos constructores, cuando comenzó una larga conversación con Alejandro sobre las familias, los ancestros y el pedido que le hizo don Vicente de poner nombres canarios a sus descendientes y mencionó con su nombre completo a su padre, Santiago Guadaneth Ramírez. Al escucharlo, Juan Canché, que sabía leer, le dijo: —Ese nombre lo he visto, patroncito , está en un altar de la capilla de la hacienda de los Ramos.

—¿Dices que en la capilla de los Ramos, Juan? —preguntó Alejandro—, es muy cerca de aquí pero… no se ajusta a la descripción que me diste, Andrés. Dijiste que la hermana de tu padre sería una mujer mayor, que quizás era viuda. Pensé, en alguien grande ya, y la imaginé señorona, por eso no la pude asociar con nadie de las haciendas que conozco. ¡Pero Doña Leo, si fuera ella, ¡uf! Doña Leo es como le dicen a Eleonora, la esposa de Pablo Ramos Zabala, tienen hijos y nietos, son un familión bullanguero. En fin, iremos a procurarlos.

Esa mañana de junio salieron de los cañaverales para ir bordeando el mar y Andrés Estelrich miró hacia una rada y allí vio el primero de varios arco iris verdes que vería en su vida. Horas más tarde entraban a las tierras de los Ramos Zabala, dueños de la hermosa hacienda La Isabela. Tenía varios pozos y un sistema de irrigación que le había hecho prosperar aún en tiempos de sequía. En camino a la casa grande estaba una capillita de ladrillos pintada de blanco con una puerta azul añil, dedicada a la Virgen de la Guadalupe. Andrés se apeó de su caballo y entró a verla. Adentro había seis pequeños bancos y en las paredes varios nichos con imágenes religiosas. En uno de ellos había un lienzo de Santiago Matamoros y bajo éste una inscripción: 'Ruego a Sant Iago por Santiago Guadaneth Ramírez, mi hermano. Intercede por él ante el Altísimo, tú, batallador'. Sobrecogido, Andrés salió corriendo y galopó junto a Alejandro hasta la casa.

Habiendo sido avisados, como era la buena costumbre, de que Alejandro y un huésped que podría ser pariente vendrían de visita, la familia entera estaba allí esperándole bajo los arcos de la amplia galería amarilla que enmarcaba la casa de La Isabela. El día que los conoció todos vestían de blanco, de crema o de verde menta y todos eran afables, cálidos, alegres, o al menos así idealizó y siempre quiso recordar Andrés a los miembros de esa familia que hizo suya cuando al fin la encontró y sintió que pertenecía a alguna.

Doña Leo Chávez de Ramos Zabala no recibió a Andrés como a un sobrino lejano, sino como a un hijo. Siempre había querido con especial afecto a su hermano de madre, Santiago, y aunque durante su vida sólo compartió con él poco tiempo, lo echaba de menos sobremanera. Cuando Andrés le contó que había fallecido, sus ojos se llenaron de lágrimas, pero no perdió su compostura y dijo que no decretarían luto porque si la muerte le había quitado a un hermano, la vida le había traído otro hijo. Sabía de las andanzas de Santiago y del nacimiento y la vida de Andrés por las cartas que su hermano le había escrito esporádicamente. Pero Eleonora Amalia no se parecía en nada a Santiago; había crecido con estrella, acunada por la familia de su madre y desposada a los dieciséis con un hombre enamorado eternamente de ella, de la agricultura y de su país, en ese orden. La vida de Eleonora estaba centrada en su propia familia, en la que reinaba como dueña y con su mantón de Manila blanco y oro envolvió a Andrés al abrazarlo y darle la bienvenida a esa parte del mundo y de la familia.

—Así que tú eres el famoso Andrés —dijo efusivamente mientras tomaba las manos del recién llegado en las suyas don Juan Ramos Zabala, un hombre alto, quemado de sol, de ojos azul celeste y sonrisa franca—. Estos son tus primos —dijo, presentándole a los gemelos Juan Enrique y Carmen, y al hijo menor, Arturo—. Y estos dos son mis nietos —añadió, señalando dos niños que miraban a Andrés intensamente— los hijos de

Amalia, la mayor, que anda de viaje en la Capital pero pronto regresará. Me han contado que eres periodista y que te interesan las ruinas ¿no? Podemos llevarte a donde quieras. A los cenotes... a las cuevas...

—Pablo Ramos Zabala —dijo Doña Leo, llamándole por su nombre completo, como era su costumbre— no abrumes a mi sobrino Andrés; ahora le toca quedarse aquí con nosotros para conocernos.

—No me abruma, tía —dijo Andrés, sorprendiéndose de poder llamar así por primera vez a una persona. Y añadió: —Necesito visitar todos los lugares antes de que lleguen mis compañeros, para ir haciendo bocetos e investigar.

—Bueno, se hará, se hará, pero ojo con las cuevas, aquí cerca está la de....

—Perdone que la interrumpa, pero la más que intereso visitar es la gruta de la Dama Escondida.

—¡Qué dices, hijo! Nadie ha vuelto a bajar allá desde hace años, desde el '94, creo, ninguna persona, que yo sepa, la ha visitado. Es muy peligrosa, la escalerilla de ramaje es sólo para indios que suben y bajan cargando el agua. Y en las entrañas hay muchos estanques y corredizos; dicen que quien allí se pierde nunca aparece.

—Pero Doña Leo—... ella lo miró y sonrió—. Pero tía —corrigió— no se preocupe, mis compañeros y yo... ya tenemos algo de experiencia en esto. —Entonces comenzó a contarles de sus viajes, de las piedras, de las casas embrujadas. Se puso el sol y allí seguían conversando de todo, como si siempre hubieran estado juntos. Andrés entró por la puerta blanca de la hacienda amarilla y una parte de él se quedó allí para siempre. Los Ramos Zabala insistieron en que Alejandro y él pernoctaran con ellos una temporada y mandaron a buscar sus cosas a la villa donde estaban hospedados.

Al otro día, como era su costumbre, Andrés estaba parado al amanecer saludando al sol en el balcón de su habitación cuando vio que se acercaban jinetes al trote. Era un par de amigos de Alejandro que de seguro, pensó Andrés, también tenían amistad con los Ramos Zabala. Entonces vio a Doña Leo salir al patio y abrazar a la joven de pelo color de miel al tiempo que le decía: —Amalia, cada vez estás más quemada, se te va a dañar el rostro si sigues cabalgando así —pero en su voz no había reproche, sino más bien admiración por esa hija mayor que había heredado lo indómito de su hermano Santiago y la belleza intensa que la propia Eleonora tuvo a los veinte y tantos. Amalia miró hacia arriba y lo vio en el balcón. Sólo entonces él se percató de que esa mujer era su prima, la madre de los dos nietos de los Ramos Zabala y se preguntó dónde estaría su marido y cómo hacerlo desaparecer de inmediato si es que existía, porque en ese mismo instante Andrés se dio cuenta de que había sido hechizado por Amalia Ramos. Los siguientes años los pasaría amándola desesperadamente y llorando por ella como alma en pena.

Capítulo 24

Pasadas unas semanas, cuando Alejandro informó que tenía que regresar a Ciudad México, los Ramos Zabala invitaron a la hacienda a sus amigos y le ofrecieron un fiestón de despedida que duró tres días. En las tardes merendaron junto a los palmares, compitieron en juegos de naipes y representaron una obra de teatro en la que cada uno tenía que disfrazarse e imitar a un miembro de la familia mientras todos reían a carcajadas, alegres, bien plantados en la vida. En las noches cantaron acompañados de las guitarras de Arturo y Juan Enrique y de la pianola que tocaba doña Leo; y para la víspera de su partida, trajeron una banda con trompetas, violines y marimbas al son de la cual todos bailaron hasta el amanecer.

Cuando Alejandro al fin se dispuso a cabalgar a Campeche, Andrés salió a despedirse. Estaba todavía un poco mareado por la fiesta, pero con el alma encendida y feliz, como hacía tiempo no se sentía. Alejandro le miró detenidamente y, desde su caballo, se dobló para santiguarlo. Andrés se quedó quieto y vio la sombra de su abuelo a la grupa de Alejandro. Alejandro sonrió y salió a galope.

Después de tanto jolgorio, Andrés se lanzó a trabajar laboriosamente antes de que llegaran Jacobo y Aidan. Recopiló todos los datos necesarios para las expediciones que harían y trazó mapas consultando siempre con Abel Canché y Gregorio Pech, a quienes había contratado como guías, pero el resto del tiempo, en vez de comenzar a redactar, como era su costumbre, lo pasó pendiente a Amalia. Si ella estaba en la hacienda, la seguía como cordero y le ponía conversación sólo por escuchar su voz; si estaba fuera, pasaba las noches en vilo esperando que volviera. No le gustaba nada sentirse así, preso de los vaivenes de esa mujer, pero no tenía manera de controlar sus sentimientos y tampoco se atrevía a preguntarle a ella lo que parecía ver en su mirada, una complicidad, acaso una esperanza de algún día, algún momento, confrontar un amor que él estaba seguro se tenían entre sí.

A veces, cuando caminaba muy de mañana hasta el apiario de La Isabela o paseaba solo por la vereda de la colindancia de la hacienda con la selva, sentía que una mirada se posaba en su nuca. Cuando se volvía, nunca había nadie tras él y sin embargo, él sabía que alguien o algo le seguía. Se lo contó a los guías y Abel Canché dijo: —Un espíritu te ronda. Ha de ser tu padre. —Gregorio Pech añadió: —Habla con él. —Siempre supersticioso, Andrés decidió llevar una ofrenda al altarcito dedicado a Santiago en la capilla de los Ramos Zabala.

Allí se presentó una tarde con una vela y un ramo de margaritas, y estaba hablando con su padre, cuando sintió, más penetrante que nunca, la mirada en su nuca. Este vez, cuando se volteó, Amalia estaba allí. También traía flores en las manos y con mucho cuidado las colocó en un banco, se dio vuelta, cerró las puertas de la capilla y se quedó mirando a Andrés. Él se le acercó lentamente, rozó con sus dedos su mejilla, se deleitó tomando los rizos del pelo color miel de durazno y le dio un beso que duró largo rato, como larga había sido su espera por enamorarse. Se besaron como si fuera un reencuentro, una pasión domada y vuelta a prender. Al separarse, Amalia sonrió feliz. Andrés, imitándola inconscientemente, comenzó a sonreír pero de pronto se asustó; por primera vez en su vida se sintió culpable de desear a alguien. ¡Era su prima! Era más, ¡era su hermana! La familia Ramos Zabala lo había acogido como a un hijo, todos le trataban con una familiaridad de pariente cercano. Y él los traicionaba, él, intentaba amar a Amalia. ¿Intentaba? No, ya la amaba, la quiso desde el primer momento en que la vio; la deseaba, quería pasar con ella todos los días de su vida; pensaba en ella desde el amanecer hasta el atardecer, no entendía dónde terminaba él y dónde comenzaba ella. Quererla era traición a los demás, pero no quererla era traición a sí mismo, a Amalia y a esa pasión tan intensa que él sentía y que era más poderosa que todos los valores que jamás hubiese tenido, que todo lo que se había propuesto, que todo lo que había aprendido en su vida.

Cuando llegaron Aidan y Jacobo, Andrés era, como los muertos en vida de las leyendas haitianas, un hombre sin voluntad. Lo único que ocupaba su mente era Amalia.

—No te puedes enamorar de mí, ¿entiendes? —le había dicho Amalia al día siguiente de hacer el amor por primera vez—. No es posible, ni conveniente. —Pero él no podía escucharle.

—¿Qué dices, acaso no me quieres? —exclamó sorprendido.

—Te quiero mucho, mucho —dijo, besándolo una y otra vez—. Pero no te enamores, no se puede estar enamorado hoy día.

—No digas tonterías. En la historia de la Humanidad no hay fechas para enamorarse. Uno se enamora y punto. Quiere o no; el corazón es el que manda —contestó Andrés.

—Pues te lo digo, es más, te lo ruego, de mí no te enamores de esa manera. Ya yo sufrí lo suficiente con mi marido. Cuando nos separamos, él se alejó de mí y esa separación me quemó como si fuera con fierro candente. No quiero que vayamos a doler luego. Es mejor así, quererse y ya. La vida es muy complicada hoy día, Andrés, en serio, yo no sé siquiera por qué tuve hijos, una no debe traer hijos a un mundo tan convulso como éste.

Eso argumentaba Amalia, pero adoraba a su dos niños, al pequeño, Juan José, que era pelinegro, alegre y tan altivo como ella y al mayor, Atanasio, que parecía hijo de Andrés hasta en la manera de caminar y que tenía, como él, el don para el dibujo. Andrés jugaba mucho con ambos, sobre todo trepaba a los árboles con ellos para otear el horizonte de esa llanura de selva verde brillante que parecía no tener fin. A Atanasio le gustaba colgarse de las ramas con una soga que anudaba a su tobillo para dejarse caer al vacío, doblar la otra pierna sobre la amarrada y poner los brazos atrás mientras hacía girar su cuerpo hasta marearse. Andrés, encaramado en la copa del árbol, miraba a ese niño alargado e intenso y se preguntaba por qué había llegado tan tarde a la vida de Amalia. Otras veces acompañaba a los niños al estanque donde chapoteaban cuando hacía mucho calor. El estanque estaba bordeado de un pequeño muro de ladrillos y frente a éste los dibujó, parados uno con el brazo sobre el otro, desnudos excepto por sus calzones azul brillante, sudando copiosamente con el sol encima. Fue la primera vez que Andrés pudo retratar a alguien y pensó que era porque amaba entrañablemente a esos niños, que pudieron haber sido suyos.

Al atardecer siempre tomaba té con la tía Leo y don Juan en una terraza donde conversaban por largas horas. A diferencia de Amalia, doña Leo y don Juan no pensaban que la vida fuese peor ni mejor en esos tiempos que en los anteriores. Andrés les escuchaba con atención porque sentía que con ellos aprendía mucho, y mientras más tiempo pasaba junto a ellos, más culpable se sentía de su relación con Amalia.

Loco por acostarse con ella, la acompañaba a cualquier lugar que ella fuese a visitar para aprovechar el trecho que pudiesen estar solos y hacer el amor en recodos de los caminos o en las riberas del los ríos. Y, aunque a Andrés se le helara la sangre en las venas, hacían el amor en la hacienda cada vez que Amalia, como un espíritu inquieto, se le aparecía en el balcón de su dormitorio con su sonrisa a flor de labios y su cuerpo desnudo bajo su bata de lino.

Por eso Andrés esperaba con aprehensión la llegada de sus amigos; quería escribir infinidad de reportajes de Yucatán, en particular de Campeche, para los cuales los necesitaba a ellos y quería que conocieran y disfrutaran todo lo que estaba viviendo, pero al mismo tiempo penaba pensando que ya no estaría a solas con Amalia, que sólo podría desearla y soñarla.

Doña Leo mandó a preparar una comida especial para los compañeros de trabajo de su sobrino. Le preguntó a Andrés cuáles eran los platos favoritos de cada uno y se esmeró confeccionando el carnero verde con sal, pimiento, yerbabuena y piñones para Jacobo, los macarrones di cardinali, con cangrejos y salsa bechamel para Aidan, y las mantecadas de Astorga con canela de las que tanto hablaba Andrés, a quien le gustaban los postres más que ninguna otra comida. Toda la familia los recibió y encomió muchísimo, pues nunca habían tenido un grupo de periodistas del exterior cenando en su casa, dijo con mucha gracia don Juan antes de dar el brindis. Andrés estaba que no cabía de la felicidad, pues una casa así, una familia así y una mesa así de bien puesta era lo que toda su vida había soñado tener.

Al día siguiente partieron a recorrer la península y consiguieron tanto material como para llenar doce ediciones de *The Mysterious World of Science*, un año completo, y aún le sobrarían textos. A insistencia de Andrés, fueron primero a la Gruta de la Dama Guardada o Escondida.

—Xtacumbilxunaan es su verdadero nombre —informó con la mayor soltura Andrés, pues nunca le fue difícil la pronunciación en otras lenguas.

Andrés bajó con Gregorio y Jacobo y fueron iluminando el camino con antorchas de viento. De allí escribió Andrés uno de sus más extraños textos, haciendo hincapié en las pozas dentro de la gruta. Chimezha, la de agua con gusanos o ciempiés; chachac-ha, la que tenía el agua roja; ocil-ha, agua con nata, por la capa fina de grasa y la más sorprendente de todas, pucul-ha, agua que huye, a la que hay que acercarse callados según Gregorio, porque si los hombres se le acercan hablando o haciendo algún ruido, desaparece su reflujo.

Estuvieron un día entero dentro de la gruta gigantesca y vieron a los indios subir y bajar a toda velocidad por la empinada escalerilla de juncos que colgaba verticalmente desde la boca de la ruta, cargando agua en vasijas y jarras de barro.

Luego siguieron de viaje hacia otras cuevas, a los cenotes sagrados, a las tierras perdidas. Acamparon en las sierras y vieron tigrillos cruzar los caminos de fango y tucanes volar frente al cielo tan azul y siempre, en los humedales, aparecieron las garzas que no permitían a Andrés olvidar su destino de hombre solo.

Cuando llegaron a San Cristóbal de las Casas, se les unió Silvia, la hermana de Alejandro, que había sido enviada por él 'porque ella sí sabría a dónde llevarle' le dijo en la carta que le mandó. Esa ciudad les gustó mucho y allí tuvo Andrés un sueño que mucho le perturbó. Soñó que había sido hecho prisionero en un teatro enorme, vacío. En el escenario estaba el cura Hidalgo esperando cumplir su sentencia de muerte. Cuando Andrés lo vio, subió hasta él y le besó el anillo en señal de respeto al tiempo que le dijo: 'no sabe el honor que es para mí morir junto a usted'.

Aidan le dijo que de seguro ese sueño reflejaba su deseo de adolescente de ser héroe y morir por una causa noble. Jacobo se limitó a señalar que quizás apuntaba a algo que le sucedería, no necesariamente la muerte física, sino otro tipo de muerte. Sólo Silvia lo relacionó con el presente. —No te conozco mucho aún, pero ¿sabes qué creo? Que estás en guerra contigo mismo. Podrías dedicarte al arte, he visto tus dibujos y pinturas, de veras tienes talento; en vez, andas detrás de estas quimeras....

Luego de varias semanas explorando sierras, cabalgando a lomo de mula para llegar a pueblos recónditos y navegando en canoas silenciosas por cañadas y lagos, todos estaban exhaustos y Andrés, además, estaba doliendo de amor. De vuelta a la hacienda se encontró con que Amalia había viajado a Ciudad México. Jacobo y Aidan regresaron a Nueva York con los textos de Andrés y él emprendió otro viaje con Silvia, Gregorio y Gabriel porque ella le había prometido llevarle a un lugar verdaderamente encantado. Si algo disfrutaba de su compañía era que ella era la mejor cuentera que había escuchado. Parecía conocer a cientos de personas y le hablaba de sus vidas como si estuviera contando novelas por encargo. Era además, tan entusiasta con todo lo que su país tenía, que Andrés decía que fue a través de ella que aprendió a querer a México.

Tomaron rumbo al estado de Puebla y él quedó prendado de cada comunidad, cada aldea, cada pueblo. Silvia insistió en detenerse en San Francisco de Cuetzalan para que Andrés pudiera admirar su parroquia de arte barroco indígena. Luego pasaron por Zacapoaxtla y se hospedaron con una tía donde ella y Alejandro pasaron muchos veranos en su niñez. Andrés disfrutaba quedarse en casas particulares cuando viajaba, para ver la vida cotidiana de la gente: a qué hora se despertaban, qué desayunaban, cómo cocinaban, de dónde traían el agua, qué flores ponían en las macetas, de qué maderas construían los estantes. En todo, todo, se fijaba, todo lo anotaba y siempre que podía, hacía bocetos para luego dibujar en detalle esas casas de donde manaba la vida de los pueblos y las ciudades.

Al fin, un día, cabalgaron largamente desde el amanecer y atravesaron un bosque de pinos y encinos hasta llegar frente a una casa en el recodo de un valle. Tenía, como todas las de la región, techo de tejas, estaba pintada de blanco, con un zócalo azul brillante y de sus paredes colgaban tiestos con geranios, pero no había nadie alrededor. El silencio era tan intenso que uno podía escucharlo. Amarraron sus caballos frente a la casa y Silvia señaló hacia el valle. A ambos lados de un pequeño riachuelo, entre pino y pino, había unas enormes rocas negras que la propia Naturaleza había organizado al azar, unas acostadas, algunas erguidas, otras todavía encajadas, como naciendo de los montecillos pespunteados de arbustos verdosos.

A los pocos minutos de comenzar a caminar entre las piedras los envolvió una niebla espesa y, aunque al llamarse unos a otros se podían escuchar entre sí, apenas se veían. Habían llegado al Valle de las Piedras Encimadas, donde el único horizonte lo marcaban las copas de una hilera de árboles. Andrés se acercó a una piedra enorme de casi cinco metros de alto y vio que por un lado estaba cubierta de líquenes verde chatré y por el otro, a ras de tierra, de líquenes amarillo huevo, púrpura, rosa viejo, ocre, ladrillo, una paleta de pintor viva en la piedra primigenia.

Entonces, el tiempo se detuvo. Andrés sacó un barómetro pero su aguja daba vueltas. Buscó su brújula y para su sorpresa vio que apuntaba sólo al sur. Su reloj cesó de marcar el tiempo. Dio unos pasos adelante y quedó separado del resto del grupo. Escuchaba sus voces como un murmullo pero cuando caminaba hacia ellos, no los encontraba. Sólo había neblina, rocas, pinos y un riachuelo que era el mismo pero parecía bifurcarse una y otra vez, de manera que él lo cruzaba y volvía al mismo lugar. Se detuvo un momento para reflexionar hacia dónde seguir y sintió una leve sacudida. La neblina era tan densa que por un instante le pareció que ni siquiera podía ver su propio cuerpo. Ya no se escuchaba voz humana alguna, sólo se oía, acercándose, una flauta de Pan. En ese pedazo perdido de tierra mexicana alguien tocaba la flauta del dios que le perseguía; alguien, él lo escuchó clarito, tocaba la flauta de Pan. A los pocos minutos la neblina se disipó. Pero cuando Silvia y Gregorio Pech lo encontraron, estaban desencajados.

—¿Dónde estabas? ¡Nos has dado un susto tan grande! —exclamó Silvia.

—Aquí, junto al riachuelo, de uno y otro lado, pero desde que llegamos no me he movido de aquí —contestó Andrés.

—¿Cómo? ¿Tantas horas? —preguntó Silvia.

—¿De qué hablas? Apenas llevamos diez minutos en este lugar — respondió él.

—No Andrés, mira mi reloj, hace cuatro horas que andamos buscándote.

De las piedras y de lo que le sucedió, escribió varios textos pero no pudo publicar ninguno. Todos los cuadernos de ese viaje se los envió a Haydée, pero, con el pasar del tiempo, se fueron perdiendo. Sólo una hoja queda y dice así:

'Tocaban la flauta de Pan. De algún lugar recóndito venía volando certera hacia mí su música. Tocaban la flauta de Pan, para nosotros los humanos el más peligroso por ser el más irrelevante de los dioses. No tiene huestes a su mando; no esgrime rayos ni truenos ni monta bestias aladas; no tiene la fuerza del viento ni la fuerza inmemorial de las aguas de las que todos venimos y todos somos parte. Tiene tan sólo el primordial poder, el de comunicar la vida, el de arrastrar a los hombres y mujeres que habitan la tierra a ser parte de la tierra misma, a la posición por siempre de horizonte, a entroncar con la tierra, a ser semilla, a hacer semillas. La flauta de Pan que guía a uno a la tierra que absorbe, ahonda y hunde, que esconde y acaso mata. La tierra, el único lugar donde hombres y mujeres han de sentirse seguros, la tierra, que luego tiembla y hace desaparecer. El valle, la tierra del Valle de las Piedras Encimadas de la región de Puebla, el que viste tan sólo una tarde en la niebla, el que arrastra como las piedras sagradas de todo el planeta, como la flauta de Pan, como la convivencia con lo prohibido. ¡Cuidado! ¡Temor! ¡Dulce temor dejarse llevar por la fuerza de Pan! Ser Pan, el dios de la tierra misma, de flauta juguetona que encierra misterios que no deben descubrirse ¡oh miedo! Ser Pan y seguir, sin poder evitarlo, el llamado de su música, más de vida, y más de pequeña muerte que todos los otros signos de la vida, ser signo de tierra y seguir a Pan….'

Capítulo 25

Hay años que están marcados por los astros para los grandes cambios en la vida de la gente. Al menos, eso es lo que afirman muchos y cuando llegó el Año del Cometa, muchos más lo creyeron. El semanario *El Misterioso Mundo de la Ciencia*, pues para entonces ya se publicaba también en español, alemán, francés y, por antojo de Max, en esperanto, tuvo ediciones especiales que hicieron viajar más que nunca antes a Jacobo y a Andrés. Aidan se había ido alejando poco a poco de ese trabajo. Su interés por la ciencia de la psiquis y de la genética humana, le había llevado a un pequeño colegio de Estados Unidos, desde donde a veces escribía algunos artículos, pero ya no acompañaba a sus amigos.

Ese año, el Cometa cambió a muchos en el mundo; a Andrés, le partió la vida para siempre y a Haydée se la completó, también para siempre. Sucede que, en el Año del Cometa, Andrés perdió a Amalia. Como casi todas las mujeres de su vida, ella se encontró un día enamorada de otro hombre, un venezolano más joven que ella, pero igualmente fogoso y pasional. Andrés vio llegar a Francisco Cárdenas como quien ve llegar al mal agüero, pero no hizo nada por evitar que cada vez se acercara más a Amalia. Quizás hasta le dio la bienvenida a un hombre que le alejaba forzosamente de una relación considerada por él un pecado por purgar, una traición a la familia que tanto le quería. O quizás muy adentro de sí, le agradó que llegara quien lo liberara de una pasión que era, sin duda alguna, una forma de esclavitud. Pero, a pesar de todo lo que racionalizó, le dolió tanto y le hizo llorar de tantas maneras, que por primera vez sintió que su signo no era la tierra, sino el agua. Como hacía cada vez que tenía que enfrentar un problema, se lanzó al escape diciendo que tenía que trabajar en algo, según él, impostergable. Toda la temporada de lluvias la pasó caminando por las selvas de Campeche, buscando, aparentemente, una ciudad perdida que habían predicho aparecería en el Año del Cometa, pero en realidad, buscando que la tierra se lo tragara. Se quedaba a la intemperie bajo los aguaceros para poder llorar sin que Gabriel y Gregorio se dieran cuenta, como si ellos no conocieran el alma de los hombres. Así pasó gran parte del año, con pocas visitas a la hacienda porque ver a Amalia del brazo de Francisco era echar sal en la carne viva de su corazón. Lo peor fue que luego ella dejó a Francisco, pero rehusó volver con Andrés.

Por muchos años la gente se refirió a ese año como el del Cometa. El mismo Andrés, que estuvo en México para ese tiempo, que vivió el comienzo de la Revolución, no podía sino llamarlo así. Era como si de verdad los astros hubieran decidido todo. Pasó meses sin hablar de su pena con nadie, convencido de que si aguantaba el dolor, todo cambiaría y Amalia volvería con él, hasta que un día no aguantó más y se sinceró con Alejandro. Él no se sorprendió; le habló como si hubiera sabido todo desde el principio.

—Los amores de verdad son gomosos —le dijo Alejandro— cuando comienzan a romperse no se parten en pedazos como las piedras sino que se van estirando, como la goma del árbol de hule. Por eso a veces los amantes tardan años en poder separarse y mientras, la tristeza los carcome. Es mejor alejarse de quien ya no quiere a uno —le advirtió, pero Andrés se requedaba por Campeche, como si sólo doliendo pudiera vivir.

Entonces estalló la revolución y la familia de los Ramos Zabala, como tantas otras campechanas, se dividió en sus lealtades. Amalia y Arturo la apoyaban, don Juan temía por el futuro de la hacienda, a doña Leo y a Carmen les preocupaba la suerte de tanto inocente en las líneas de fuego y a Juan Enrique le pareció vergonzoso que nadie de su familia excepto él defendiera al señor Presidente de la República y la ofensiva que éste había lanzado contra los insurrectos.

Enviaron primero a los niños a Nueva Orleans y luego casi todos se fueron mudando allá. Andrés continuó refugiado en su trabajo. Pero a veces seguía a hurtadillas a Amalia cuando ella iba a Campeche o a

Mérida. La veía entrar a alguna casa donde se reunía con sus amigos a conspirar o a tratar de arreglar el mundo y se quedaba parado en un callejón cercano las horas que fuese necesario, esperando para ver con quién andaba, con quién pasaría la noche. Entonces, cuando la veía salir discutiendo con cinco a la vez, pero agarrada del brazo de uno, comenzaba a doler días y días. Dolía tanto que sentía que su corazón, como el de Cristo y el de la Virgen en las estampas religiosas, estaba traspasado por flechas y puñales. Su corazón, pesado, sangraba hacia dentro y la sangre que brotaba era negra y le envenenaba el cuerpo entero. Así estuvo muchos meses hasta que un día logró sacar fuerzas de donde no creía que le quedaban, pasó registro a su relación con Amalia, se dio cuenta de que todo en la vida tenía un propósito, se dijo a sí mismo que tenía que seguir camino y, en un acto impresionante de fuerza de voluntad, rompió con su obsesión por ella y decidió seguir su vida.

Capítulo 26

Pero no podía olvidarla.

Capítulo 27

De tanto penar, se puso delgado, y de tanto fumar, amarillo. Para no morirse, a ratos pensaba que el tiempo, que lo cura todo, le estaba aliviando, pero no bien ese pensamiento llegaba a su mente cuando empezaba a doler de nuevo. Desatendió su trabajo y telegrafió excusa tras excusa a St. John mientras esperaba que la muerte se apiadara de él y se lo llevara como a tantos otros, pero la muerte lo pasaba por alto. Un día, cabalgando frente al mar, volvió a ver un arco iris verde. Lo tomó como presagio de algo bueno y no se equivocó. Buscando un paliativo, decidió regresar a París, respirar el aire de la ciudad y visitar las exposiciones de los nuevos.

Se sentía como aturdido un atardecer de octubre cuando se le presentó a Haydée. Ella estaba sentada junto a un ventanal por donde entraba una brisa fresca que hacía volar su pelo negro aterciopelado. Vestía un traje color vino que resaltaba el rosado de su piel y hacía brillar sus ojos. Llevaba tiempo esperándole, desde que pasó el Cometa el año anterior, porque sabía que él vendría a donde ella. Conversaron largo rato y poco a poco Andrés pudo, al fin, hablar de su tormentoso amor. Ella le escuchó con mucho interés. Cuando él terminó ella le miró a los ojos.

—Señor Andrés —le dijo muy seriamente— ¿Alguna vez dejará de sentir pena por usted mismo? Si no pudo quedarse a luchar por ella, ¿por qué llorarla ahora? ¿Por qué decidirse a doler toda su vida? ¿Acaso siempre quiso ser un romántico que muere de amor?

—Eres dura conmigo —le contestó Andrés.

—No más que la vida, Sr. Estelrich. Ahora lo que le conviene es irse a un lugar querido. Yo, que apenas puedo salir de aquí, sé lo que le digo. Váyase a un balneario, encuéntrese con extraños bien vestidos que dormitan en estanques tibios en las mañanas, reciben masajes en las tardes y luego juegan cartas y beben vino en las noches; que duermen en habitaciones ajenas, se cobijan en brazos extraños y al día siguiente buscan curar su aburrimiento bañándose en las aguas calientes de manantiales antiguos, como solía hacer mi padre cuando iba a los Baños de Coamo. Vaya y piense y sienta y llore, y volverá nuevo, Sr. Andrés. —Entonces, esa noche de un día para nada importante en la historia, comenzó la historia de Haydée y Andrés.

—Tiene razón, Srta. Haydée —dijo en tono burlón imitándola a ella— tomaré unas cortas vacaciones... pero sólo si usted me acompaña.

El Dr. Delestre padre, consideró excelente la idea de que Haydée viajara a la Bretaña con Andrés; no así el Dr. Delestre hijo, mi marido, que siempre pensó que Haydée no necesitaba desarrollar afinidades con personas pasajeras porque eso no le permitiría ser dueña de sí. Pero la opinión del doctor padre prevaleció. Como dama de compañía iría con ellos la Sra. Anjou. Haydée preparó sus lienzos, sus pinturas y su pequeño caballete portátil y viajó con Andrés a las piedras llena de entusiasmo, como una colegiala que va de excursión. Era la primera vez que pernoctaba fuera del sanatorio después de tantos años de encierro.

El hotel Celtique parecía tambalearse por completo porque las hojas de la hiedra adherida a su costado, movidas por el viento, daban la impresión de que la estructura iba y venía de un lado al otro. Era un edificio blanco de cuatro plantas, con un torreón adosado a la derecha y enormes ventanas de cristal que dejaban entrar la luz opaca y callada de la Bretaña en octubre. Alrededor del hotel, los pinos vetustos, cimbreados también por los vientos que el mar abierto traía a la Península de Quiberon, dejaban caer poco a poco sus agujas y sus pequeñísimos piñones para configurar en el suelo una alfombra marrón y suave que recibió a los viajeros al atardecer. A Haydée le pareció el lugar más encantador del mundo y, cuando entró al salón de estar con butacas acojinadas y una chimenea prendida, sintió una paz que nunca antes había sentido y un deseo de vivir que le intoxicó desde que llegó a Carnac.

Era otoño, y el frío del mar se colaba por los resquicios de las ventanas del hotel, pero nada detenía el fuego de Haydée, que empujaba a Andrés todos los días a llevarla a cada alineamiento de las piedras, a cada túmulo, a la iglesita de San Cornelio una y otra vez, a ver su primoroso friso, tan *naïf*, de las bestias doblegadas ante el santo. Hizo bocetos, pintó acuarelas y escuchó embelesada a los guías locales que juraban por sus hijos que eran ciertas las leyendas, que los alineamientos eran guerreros convertidos en piedras, que esas eran piedras tan antiguas como las guerras de cuando no había historia.

Andrés caminaba con sus pesares al hombro o más bien, con sus corazón pesado. Siempre dijo que esa frase en inglés, *with a heavy heart*, era la que mejor describía cómo se sienten los despechados por amor. Ahora lo vivía y suspiraba mañana, tarde y noche cada vez que se obligaba a recordar a Amalia, a Amalia con él, a Amalia con Francisco, a Amalia sabe Dios con cuántos otros hombres. Pero Haydée no permitía que el pesado corazón de Andrés los inmovilizara. Ella corría por las avenidas de dólmenes como si fuera la primigenia sacerdotisa encargada de los lugares. Madame Anjou apenas los acompañaba en sus excursiones pues desde que llegaron estaba resfriada. A lo sumo tomaban almuerzo juntos y luego Madame Anjou jugaba cartas con unas huéspedes del hotel y se acostaba tempranísimo bajo cobijas de lana.

Contrariando las advertencias de los empleados del hotel, casi vacío en esa temporada húmeda e inhóspita, Andrés y Haydée caminaban en las mañanas por la playa de arena oscura, deteniéndose a recoger acaso una pequeña piedra traída por el mar, o algún caracol frío y sin brillo. Un día se remontaron a su niñez junto al mar en San Antonio, cuando todos tenían un nombre de cuento, recordaba Andrés.

—Menos yo —reclamó Haydée— a mí nunca me dieron un nombre, yo no existía para ustedes, Sr. Andrés.

—¡Eras muy pequeña!

—Sólo era una molestia, y usted no estaba enamorado de mí como de Teresa, lo sé.

—¿Enamorado? ¿Qué dices? ¡Éramos niños!

—Éramos niños enamorados. Usted de Teresa, y yo—... y no dijo más. Se le acercó lentamente, se estiró en la punta de sus pies para alcanzarle y con sus labios rozó suavemente los de Andrés en un amago de beso. Entonces sonrió y siguió caminando junto a él.

Cruzaron el poblado y se adentraron en el bosque. Estaban cerca del túmulo de San Miguel, esa cueva horadada en la tierra durante la prehistoria para que sirviera de tumba de algún gran señor. —O de algún mago —dijo Haydée—, por algo le habrán puesto los cristianos el nombre de San Miguel, como detente para los demonios. —Y de pronto comenzó una lluvia, que se tornó en tempestad. Se refugiaron en el túmulo. Al doblarse para entrar, Andrés puso su mano protectora sobre la cabeza de Haydée y ella la tomó en las suyas. El atardecer los encontró aún abrazados. Habían hecho el amor todo el día sin apenas comer ni beber nada, excepto el uno a la otra.

Haydée decidió que si era cierto que al momento de morir cada quien pasa revista a los sucesos importantes de su vida, entonces ella sólo querría recordar éste una y otra y otra vez. Eso lo pensó más tarde, cuando escampó y tuvieron que vestirse y salir a la luz de las estrellas. Caminaron casi una hora hasta que encontraron al guía que Madame había enviado, preocupada por no saber de ellos en todo el día. Todavía caía una lluvia tenue, todavía los dos tenían los corazones mojados, todavía sentían al unísono que su encuentro había sido predestinado, que era el de un hombre y una mujer de la prehistoria, de esas piedras, de los que las alinearon y al terminar, acaso también se acostaron junto al recodo de una cueva que era templo y que era tumba, en un ritual de esperanza de otras vidas, iguales a ellos dos, iguales a todos los hombres y las mujeres que a través del tiempo van dejando su huella al construir sobre la tierra.

El resto de las vacaciones lo pasaron juntos. Madame siguió jugando naipes sin inquirir al ver a las muchachas de limpieza mudar la ropa de Haydée al cuarto de Andrés. Las mañanas las pasaban dibujando, las tardes caminando y las noches amándose. No se sabe si desde entonces comenzó él a olvidar a Amalia, pero, aunque de seguro la recordaba, no tenía tiempo para desearla, todo lo que parecía desear lo encontraba enlazado al cabello negro, largo de Haydée que los envolvía a los dos hora tras hora, noche tras noche.

Pensaron extender su estadía, quedarse a invernar en el Hotel Celtique, pero otras piedras interrumpieron su vida. El Día de los Muertos, el 2 de noviembre, la última de las grandes piedras transversales del monumento megalítico de Stonehenge se vino al suelo. Cuando Max se enteró, mandó buscar a Andrés porque esto no era rumor ni leyenda, era científicamente cierto. Un hecho insólito, ¿acaso presagio de alguna desgracia, de algún portento? Andrés no aparecía y sólo a Jacobo se le ocurrió enviar telegramas a San Antonio, a París, a Carnac, hasta que dieron con él.

Haydée estuvo a punto de pedirle alguna prenda, como de compromiso, no sabía si con ella, con el amor que ella sentía, o con lo que habían tejido juntos esos días de Carnac, pero no lo hizo y él ni lo intentó. Se despidieron torpemente, como le sucede a las personas que, luego de haber estado a solas y desnudas por tantos días, de pronto se encuentran vestidas frente a la gente; las palabras y los gestos y la ropa dificultaban el hablarse con sinceridad.

Capítulo 28

—O sea, Madame, ¿que al final con quien se quedó fue con Haydée? —preguntó Quique durante una cita un domingo en la mañana, hora extraña en que les recibió Madame Delestre porque deseaba acelerar las entrevistas. A él y a Lydia les urgía que ella les diera contestaciones concretas a sus preguntas, porque sabían que ésta era una de las últimas veces que verían a la señora.

Estaba por terminar el verano y ella había anunciado que tenía que partir hacia Francia. —Siempre pasamos septiembre en familia —les había dicho cuando les explicó que pronto cesarían sus reuniones porque tenía que empacar para regresar a su país. Iría al sur, a pasar una temporada en una casa de campo con sus nietas y biznietos, a quienes adoraba. Quique sentía que tenían que llegar a lo importante, a lo perenne en la vida de Andrés Estelrich antes de que se les acabara el tiempo.

—¿Quedarse? No sé si es la palabra correcta. Haydée ciertamente le quiso mucho pero él tenía alma de peregrino y no podía 'quedarse' mucho en ningún lugar. Se amaron durante años pero él nunca consideró echar raíces en París. Sólo cuando volvió a Puerto Rico, ya mayor, logró asentarse .

—¿Entonces él sí volvió a vivir acá?

—Bueno, volvía de vez en cuando, pero no se quedó en la Isla hasta mucho después. De Stonehenge pasó a Nueva York. Y poco después, viajó a Colorado, se suponía que para investigar unos yacimientos indígenas pero realmente, tratando de ser un periodista de verdad. Había vuelto a encontrarse con Sarah y ella le había convencido de que en algún lugar del camino, aunque fuera una sola vez, debería poner su talento al servicio de alguna causa social. No hubo mucho que reportar de Stonehenge; la piedra se cayó y punto, en cambio a él, a él se le había caído un poco el alma. Estaba turbado por su encuentro reciente con Haydée. Se sentía ¿hechizado? No, se sentía a gusto, lo que sentía en los brazos de Haydée era algo que nunca había podido imaginar. Entonces pensó que quizás debía cambiar de rumbo, hacer cosas más relevantes como dedicarse en serio al arte. Pero por lo pronto, hacerle caso a Sarah, que era como su conciencia, y cumplir con ella.

Por eso fue a Colorado. Había huelga de mineros. Y él, impulsivo cuando de pronto le parecía que tenía que cumplir con algo, le prometió a Sarah que por primera vez en su vida haría una serie de artículos sobre la realidad social, la vida en jirones de esos hombres que día tras día iban dejando su vida en los túneles, que un año perdían un dedo, al otro un ojo, y al tercero un pulmón, que con sus cuerpos vivos iban segando sus vidas de manera atroz en ese mundo, incomprensible para los habitantes de las ciudades, de las minas gigantescas con sus túneles de minerales manchados de sangre y sudor. Los dueños no querían aumentar los salarios, mucho menos el cuidado médico que era, de por sí, casi inexistente. Por qué esa causa le atrajo, no se sabe. Quizás porque tenía que ver con la tierra, con las entrañas mismas del planeta.

Pero una cosa es ser periodista de asuntos mágicos y otra muy distinta, admitiría luego Andrés, es entrevistar a la gente que verdaderamente protagoniza un suceso. Para eso, él no tenía ninguna preparación. Las cuevas y los arco iris y los tucanes no contestan preguntas de los periodistas. Andrés nunca había tenido que indagar, a costa de ser perseguido, a hombres como ésos que se estaban jugando la vida, ni a soldados como los que apostados frente a los huelguistas, amagaban con comenzar a disparar en cuanto se les ordenara. Fue en enero, el mes cuando Andrés siempre dolía.

Andaba en compañía de un amigo de Sarah, un estudiante de leyes que había venido a ayudar a los obreros. La situación era muy tirante. Los mineros estaban apostados con palas y picos a la entrada de la mina y los soldados acampaban a pocos metros con carabinas y rifles, listos a atacar. Joshua, el amigo de Sarah, se reunió con algunos de los líderes obreros para planificar estrategias, pero realmente no había nada que se pudiera hacer. Los obreros aguardaban con mucha esperanza a un grupo de compañeros de un aserradero cercano que habían jurado ir a apoyarlos y que llegarían a la noche siguiente. Lo importante era aguardar, sin comenzar trifulca alguna, hasta que contaran con esos refuerzos. Entonces, decían, les abrirían las cabezas a los soldados, a los capataces y, de paso, a los gerentes de la mina.

Los compañeros nunca llegaron, porque una de las prostitutas del campamento los delató y un ayudante del Gobernador envió de inmediato un destacamento militar que cercó el aserradero. Al enterarse, los mineros sintieron que el mundo se les venía abajo, pero decidieron quedarse en su línea de piquete, pues los dueños habían anunciado que todos estaban despedidos; ya no tenían nada más que perder. Se dispusieron a inmolarse por todos los mineros del mundo y, de una vez, a vengar, en la mujer que les traicionó, la rabia y la frustración que sintieron.

Joshua trató de disuadirlos pero uno de los mineros le dio un manotazo en la cara y lo mando de vuelta a 'las ciudades llenas de señoritos como usted que nada tienen que hacer aquí'. Andrés estaba perturbado por todo y le anunció a Joshua su intención de interceder por la vida de la mujer, porque no podían quedarse así, cruzados de brazos, mientras se ejecutaba una barbarie, afirmaba. Su compañero, anonadado por el rechazo que recibió, le decía que sí a regañadientes. Al anochecer, caminaron hacia la cabaña donde tenían encerrada a la mujer. A pocos pasos del lugar se percataron de que un grupo de mineros se acercaba por una vereda detrás de la choza, varios de ellos armados con fusiles, algunos cargando jachos encendidos. —¿Qué haremos ahora? —preguntó ansioso Andrés, pero nadie le contestó. Joshua le había abandonado. Al encontrarse solo, en ese mundo desconocido y violento, Andrés sintió miedo; miedo no, terror, un terror que era como un frío seco en la boca, en el estómago, en las palmas de las manos, pero que en vez de detenerle, le hacía caminar maquinalmente hacia la cabaña.

Cuando los mineros abrieron la puerta, él se escondió tras unos arbustos. Escuchó entonces los gritos de la mujer clamando por su vida, oyó a los hombres recitarle la sentencia que habían dictaminado luego del juicio que le habían hecho, se dio cuenta de que muchos de ellos estaban borrachos si no de alcohol, de rabia, y supo que había llegado el momento de levantarse, entrar e interceder por esa muchacha cuya vida de seguro había sido tan desgraciada como la de los propios mineros. De pronto sintió una mano en su hombro. —No te muevas —le dijo Joshua— no podemos hacer nada, si nos ven aquí nos matan a nosotros también.

—No importa, no podemos quedarnos así —contestó Andrés. Pero se quedó. Sus piernas no le obedecieron cuando quiso levantarse. Entonces sonaron los disparos, una y otra y otra vez. La balearon tanto que no debe de haber quedado nada de ella. Luego le prendieron fuego a la cabaña.

Al otro día fue la matanza de los mineros. Los militares, siguiendo las órdenes de un ayudante del gobernador, sin mediar palabra abrieron fuego contra todos los que rehusaron salirse de la entrada de la mina y luego se acercaron poco a poco a rematarlos. Andrés y Joshua ya se habían ido. Por el resto de su vida, Andrés sintió que él también había participado de la matanza de esa mujer, que quizás sí merecía morir, quizás no, pero él no tuvo el valor de defenderla, argumentó cuando, de vuelta en Francia, se lo contó a Haydée. Ella sólo lo cobijó cerca de sí y le dijo que él no tenía derecho a arriesgarse a morir por causas perdidas, que no hubiera ganado nada con defender a la mujer excepto ser abatido junto a ella. Cuando Andrés se lo contó a Jacobo, éste concordó con Haydée y añadió: —Pero si estás vivo, es que te han dado una señal, Andrés, vendrá un tiempo en que tendrás que probarte de nuevo.

No quiso ir a ver a Sarah a los ojos, para que ésta no le diera sermones de sus deberes sociales. En vez, le escribió desde París una carta larga donde le explicó, de una vez por todas, que él no había nacido para redentor de nadie, y que había decidido tomar un tiempo para encontrar las coordenadas de su vida, que ahora siempre parecían apuntar al sur, como su brújula, le dijo. Entonces viajó a Puerto Rico a cumplir una última voluntad de su abuelo.

Capítulo 29

El 18 de marzo de 1914, la iglesia de San Antonio recibió en la mañana un extraño cargamento: jarrones y jarrones con arreglos florales rojos, amarillos y anaranjados que, vistos desde lejos, parecían llamas. También recibió una donación de $100 dollars en efectivo enviados desde un banco de Nueva York.

No se sorprendió tanto el Padre Bermejo como el monseñor y los otros sacerdotes citados para oficiar la misa cantada de Réquiem, pues, desde su llegada al pueblo, Vicente Ramírez Ángel había mandado a decir misa de muertos por un pariente suyo y al morir había dejado el dinero para que, a perpetuidad, se celebrara cada 18 de marzo a las tres de la tarde.

Andrés estaba presente entre los feligreses que ese día habían asistido en masa al oficio, atraídos por tanto sacerdote, tanto incienso y tanta flor. Cuando el monseñor alzó el pan de la hostia para consagrarlo, Andrés sintió que el piso se estremecía bajo sus pies, pero no porque supiera que los padres, ajenos a todo, decían misa por un hereje condenado, sino porque el recuerdo de ese hombre, como el de tantos otros que había aprendido a admirar, le recordaba cada vez con más fuerza la inutilidad de su quehacer, su falta de oficio y su terror a quedar vulnerable ante la vida.

Ahora, viendo al sacerdote alzar el cáliz de oro, cerraba los ojos y recordaba el lugar que él había visitado en París por encargo del abuelo, donde 600 años atrás había muerto en la hoguera, víctima de un entrampamiento del rey de Francia, no Santiago Ramírez Mola, como había mandado poner don Vicente en las esquelas que publicaba como si el muerto fuera su pariente carnal, sino Santiago de Molay, el último Gran Maestre de la orden de los Caballeros del Temple y para colmo, el número 22, la cifra mágica de la cábala, de las letras hebreas, de los arcanos del Tarot, y del tiempo que Andrés creía que le quedaba sobre la tierra.

Porque Andrés había soñado la guerra y se había sugestionado pensando que iba a morir en una lucha armada y que todo apuntaba a un 22. Primero creyó que moriría en el 1922, luego, que le quedaban 22 años de vida. Pensó que para despistar al Destino, debería quedarse aquí, donde nunca había habido guerra, pero el Destino le tenía marcado otros rumbos y esa visita había sido sólo eso, un breve lapso para cumplir con la última voluntad que dejó escrita su abuelo, y para visitar a sus parientes y amistades.

Cada vez que pensaba en su abuelo recordaba cuánto le debía y cómo hubiera querido ser arquitecto tan sólo para hacerle feliz. "Recuerda que la arquitectura es la reina de las ciencias matemáticas", decía don Vicente, por eso se ilusionaba cuando Andrés le contaba que estaba tomando cursos de dibujo con Van Dam o estudiando matemáticas con *Sister* Saint Sulpice. "Tienes que saber de perspectiva, de pintura, de música, de mecánica, sólo así comenzarás el camino hacia el arte, que siempre está basado en números y proporciones, no le creas a los que esto niegan, hijo, estudia a los Iluminados", repetía. Para complacerle Andrés había leído la Naometría de Simon Studios, Lug y la Tabla de Esmeralda, de Antonin Cerc, los opúsculos de la Sociedad Jacob Böhme y una y otra vez el Canto de Débora, que según don Vicente era, para los iniciados, como un prado fresco en el camino incierto de la vida.

Durante esa visita a la Isla, a los seiscientos años de la muerte de Santiago de Molay, sintió intensamente la presencia de don Vicente porque en muchas entidades cívicas y centros culturales hubo conferencias, simposios y actos de recordación de los Caballeros del Temple, cuyas hazañas estaban en las actas fundacionales de muchas logias venidas de Europa y recreadas en las Américas. Andrés fue invitado a una conferencia en Ponce por Américo Ortiz, un amigo que era maestro de español y se aventuró sin mucho entusiasmo a acompañarlo. Una vez llegó a la ciudad, sin embargo, quedó preso para siempre del encanto de la 'Perla del sur'.

Era la primera vez que la visitaba y aunque llegó a la una de la tarde, cuando el sol tuesta a la ciudad y los ponceños no deambulan por sus calles, él no bien se instaló en el hotel, sintió que tenía que caminarla. Ponce era hermosísima en aquel entonces, con su gran plaza en el centro, el teatro, el casino, institutos de enseñanza y una población grande de hombres y mujeres cultos: boticarios que eran poetas, sastres que eran músicos, estudiantes que eran compositores, maestras que eran ensayistas, hacendados, comerciantes y gente de oficio, y todos asistían a las obras teatrales, a las retretas en la plaza, a los conciertos y conferencias.

Mucha gente pudiente era oriunda de allí, muchos otros eran emigrantes: franceses, corsos, catalanes, estadounidenses, asturianos, ingleses y alemanes que durante años habían mandado a construir casas solariegas, mansiones con patios interiores gigantescos y edificios nobles para sus bancos y empresas. Aunque su playa y sus muelles quedaban un poco retirados de la ciudad, las luces anunciaban el mar cercano, y las calles amplias, sembradas de árboles, y el gusto de los ponceños por edificar casas que no sólo estaban bien pensadas y bien orientadas, sino que tenían fachadas que proclamaban 'aquí, alguien, tomó en cuenta lo bello cuando me construyó' deleitaron a más no poder a Andrés desde ese primer día en que la conoció. Si en algún lugar de Puerto Rico él se sintió tan bien como en San Antonio, ese lugar fue la ciudad de Ponce. Esa noche acompañó a Américo a la conferencia y conoció a varios ponceños que luego fueron muy amigos suyos.

—No se puede ser caballero templario sin un compañero guerrero junto a uno —comenzó a explicar el profesor conferenciante—. Los templarios fueron soldados de Cristo, monjes-guerreros que hacían votos de pobreza, obediencia y castidad pero que, contrario a sus demás hermanos, podían verter la sangre de sus enemigos paganos gracias a la sapiencia teológica de San Bernardo quien en su escrito *De laudibus novas militae* sustenta que no hay otra salida para los cristianos que luchar por la Tierra Santa.

En 1128 el concilio de Troyes dio a los templarios sus estatutos oficiales. Para llevar la capa blanca con la cruz era preciso probanza de nobleza. Los que no hubiesen nacido caballeros sólo podían vestir de negro o pardo, como hermanos en servicio. El Gran maestre de la orden era electo en concilio general y respondía directamente al Santo Padre en Roma.

San Bernardo era sobrino de uno de los primeros nueve caballeros del Temple, Andrés de Montband. Habrán ustedes escuchado por vía de las malas lenguas y la saña persecutoria de algunos dizque eruditos que los templarios amasaron una gran fortuna para sí y se dieron a los más viles placeres. ¡Pues nada más lejos de la verdad! Fue para sufragar los gastos de sus campañas en Tierra Santa, para construir hospicios y hospitales, para comprar armas y caballos y mantener sus ejércitos que se hicieron grandes maestros del comercio y de la banca. Todo se hizo en nombre del Señor para salvaguardar el camino a Jerusalén. Su vida privada era de grandes sacrificios. Aunque todos tenía su propio corcel, el sello de la orden muestra su humildad: dos caballeros en un sólo caballo, todo compartido. Admirados y queridos por toda la cristiandad fueron los Caballeros del Temple, con su cabeza rapada, su barba poblada y esa capa blanca con la cruz bermeja en el hombro derecho. ¡El templario no podía aceptar regalos, no podía poseer nada! —enfatizaba el conferenciante de voz destemplada, absorto en su propio discurso y en su propia audiencia.

Andrés, aburrido porque el texto que el hombre leía era uno harto conocido por él, se levantó con mucha discreción y caminó al exterior de la casa solariega, a un patio lleno de luz de luna y continuó recitando de memoria lo que escuchó de labios de don Vicente una y otra vez en su niñez antes de dormirse: 'La orden le daba a cada caballero lo que era menester tuviese: una capa, dos mantos, uno para el verano y otro para el invierno, dos mantas, una liviana y una gruesa, dos camisas, dos pares de calzado, dos calzones y un sayón. Luego una túnica, cinturón, gorra y equipo militar completo con casco, yelmo, espada, escudo, cota de armas y puñal. Y todos los aperos para su caballo. Los soldados templarios no podían hacer lo que quisiesen; tenían que obedecer si eran enviados a cualquier parte del mundo y nunca, nunca, podían rehusarse a luchar aunque el enemigo les triplicara en número. Tampoco merecían que se pagara por ellos rescate si eran capturados. Si caían prisioneros serían ejecutados o quedarían como esclavos. Y cuando morían se les sepultaba boca abajo en la tierra, sin ataúd, sin pompa, en tumba anónima; siervos de siervos, contentos de que su cuerpo regresara al polvo. Non nobis, Domine, nos nobis sed Nomini tuo da gloriam. Nada para nosotros, Señor, sino para dar gloria a tu nombre', era la divisa de su orden. Mientras otros niños habían memorizado oraciones y letanías en su infancia, Andrés había aprendido las reglas de los monjes guerreros porque su abuelo quería hacer de él un hombre frugal, valiente, desprendido.

La noche estaba fresca y Andrés, hablando solo al recitar las virtudes de los templarios y preguntándose por qué nunca llegó a ser lo que su abuelo hubiese querido que fuera, recordó de pronto algo que hacía años se había escondido en su memoria: las veces que de noche acompañó a don Vicente a las casas en construcción cargando un pequeño quinqué con el que se alumbraban en las oscuridad. El abuelo hacía unas mediciones y luego arrimaba una escalera a las paredes ya terminadas o a los medio puntos ya enclavados entre las habitaciones para trepar hasta los techos y, con un cuchilla finísima, grabar 10 letras de un encantamiento apenas audible 'Non, nobis Domine… Es el artículo ocho', le decía a Andrés 'no le cuentes a nadie de nuestra visita, es el artículo ocho'. Y Andrés le obedecía, conspirando sin saber en qué pero jamás dudando de que, con sus poderes, su abuelo estuviese protegiendo los lugares construidos.

Capítulo 30

Pero si para llenar el lado espiritual de su vida a don Vicente le bastó con sus lecturas sagradas y sus vínculos con ese gremio de constructores que eran como sombras que le acompañaron durante toda su vida y guardaron sus restos cuando él murió, para Andrés, era el Arte, así con 'A' mayúscula, lo único que servía de oración para llenar ese vacío, parecido a un dolor dulce, que sienten a veces los hombres ajenos a religiones organizadas. El Arte, decía, era más válido que el rezo y, para quien supiera vivirlo, reconfortaba como una verdadera y universal religión. Y Max y sus hermanos le hacían eco cuando coincidían en París. Había renunciado a trabajar a tiempo completo con la revista pero continuaba como corresponsal de vez en cuando y siempre mantuvo su amistad con los Pfiffer.

—¿Pero entonces no murió en la guerra? —preguntó Lydia.

—No, no, siguió viviendo como siempre, dando vueltas, igual que la Tierra, y llenando sus horas vacías visitando museos y monumentos, admirando una y otra vez todo lo que el ser humano era capaz de crear. Mientras la juventud europea se sumía en un lamento existencial como nunca se había visto, un puñado de enamorados de las artes se refugiaba en soñar el futuro. Entre éstos estaban los hermanos Pfiffer. Habían abandonado a su padre, ahora convertido en un viejo que se deshojaba en la soledad de la casa de Nueva York. Max se había mudado a las afueras de París, Ernst tenía casas en Viena y en Capri y el pequeño 'perro' era oficial militar con casa en Berlín pero frecuentaba a sus hermanos en la Ciudad Luz.

Aunque no se vieran a menudo, Andrés y Max siempre tenían algo nuevo que conversar sobre algún artista, exposición o movimiento que estuviera surgiendo. Andrés compartía mucho, también, con expatriados y recién llegados latinoamericanos y siempre que podía, llevaba a Haydée a sus tertulias. Así conoció ella, antes de la Guerra, al periodista Luis Bonafoux, que tuvo que exilarse de Puerto Rico, y a Rubén Darío, que para entonces publicaba la más hermosa revista en castellano, el *Mundial Magazine* y con ambos conversaba sobre la importancia del arte y de la enseñanza del arte a los niños, tema que le interesaba mucho.

Aunque discutían hasta la saciedad sobre el devenir social de los pueblos, lo que realmente les interesaba a Andrés y a sus amistades era el mundo artístico y cultural. Eso era lo imperecedero. No en balde Andrés seguía siempre las huellas del arte, del antiguo y del moderno, del arte plástico y la arquitectura, claro está, que eran su pasiones principales, por eso la creencia, falsamente difundida, de que él era amigo de artistas y andaba con ellos. Que si Francisco Oller, que si Matisse, que si Gauguin. A Oller lo vio dos o tres veces en su vida. Cuando de pequeño visitó una vez su estudio y no volvió a ver al pintor hasta que era muy anciano y andaba por las playas del pueblecito de Cataño, al borde de la bahía de San Juan, recogiendo trozos de madera para pintar, con su rostro quemado por el sol bajo el sombrero de paja. Para entonces Oller era un hombre delgado, ajado, pero con la mirada de pintor intacta, esa que sólo tienen los artistas y que, si uno los mira de cerca, se ve que emana del iris manchado. Todos los pintores, decía Andrés, tienen los ojos así. Así debían de ser los de Matisse, a quien él admiró más que a ningún otro artista, no sólo por el aplomo del trabajo, por la disciplina que Andrés nunca tuvo y que siempre admiró en los demás, sino por lo que ese artista pudo descubrir.

—Perdone que le interrumpa, Madame, pero ¿cuáles obras le gustaban a Andrés? ¿Cuál era su gusto? —preguntó Lydia.

—¡Oh, lo de Andrés era una enamoramiento total! Andrés amaba del arte su permanencia, el hecho de que una obra de arte fuese buena o excelente, desde el primer día en que fue terminada hasta dos mil años después. Amaba el arte antiguo, el etrusco, el maya, amaba las catedrales góticas porque su abuelo le enseñó algunos de sus secretos y amaba el monasterio de Acolman en México y los restos de templos jesuitas de la Antigua Guatemala. Pero también gustaba mucho de la pintura; de su país admiraba a Oller, por sus paisajes, sus retratos, sus 'purísimos cielos azules', sus palmas vivas y sus naturalezas muertas; y amaba, con una intensidad casi carnal, a Matisse. Cuando divagaba con sus amigos sobre el arte siempre se enfrascaban en absurdas discusiones, unos a favor de la muerte del que ama el arte porque sólo negándose a sí mismo accede a la vida de la obra; otros afirmando que el arte, sustentado por la estética, sólo puede ser de vida en el destino del ser humano. Andrés argumentaba que la vida de uno no era nada ante una verdadera obra de arte. El arte era algo tan fundamental, decía, que entendía por qué los coleccionistas mataban por una pieza, por qué robaban, por qué el poseer una obra maestra era tan vital. Las tertulias seguían hasta el amanecer. ¿Sólo poseyendo una obra de arte se convertía uno en parte de ella? se preguntaban. No, contestaban al rato, pero sólo a quien la mirara una y otra vez, a quien la admirara en un acto de entrega total como se entrega uno a una amante, es que revelaba sus secretos una verdadera obra de arte.

En París, su obra favorita era una totalmente moderna, un pequeño lienzo de Matisse, *Corbeille d' oranges*, la *Cesta de naranjas*. En esa pintura, explicaba Andrés, estaba el balance de la vida. En la composición, en el trasfondo perfecto de rayas verticales y horizontales, en el juego de las frutas y los bouquets de flores que se deslizaban como incorpóreos por el mantel, en el rojo dulce del cajón que hacía de mesa, en el plato tan sólido y tan transparente que el propio ojo del espectador construye, donde descansaban las frutas anaranjadas bordeadas aquí y allá de un azul que era como azúcar, en esa sola pintura saltaba a los ojos de quienes entendían, que el mundo había cambiado para siempre, que el siglo 19 había terminado, y que aunque era de admirar la maestría de los decimonónicos, el camino a seguir estaba en las propuestas de los nuevos. No hacía falta más nunca pintar lo que se veía como si fuera una fotografía, pues el *Corbeille d' oranges* demostraba que la naturaleza muerta encima de la mesa era igual de viva que la estampada en la tela, que no se trataba de dar una impresión, sino de llegar al tuétano de la vida, a la esencia de lo que se pinta, con los rasgos estrictamente necesarios y con la imaginación del artista que provee lo que la vida no da. Nunca antes alguien pensó así, explicaba Andrés, pues estaban ante un misterio del arte que sólo había podido descifrar Matisse, ese palomo de espejuelos gruesos, que pasó su niñez oliendo telas y remolachas en Bohain y su juventud esgrimiendo ideas y colores en París.

Para Andrés, Matisse tenía el don de la comunicación que tienen los Grandes Iluminados con sus discípulos. Había en sus pinturas un mundo completo intelectual y sensorial, un volumen que daba peso, los justos espacios que proveían liviandad y una conciencia clara de que la vuelta a la inocencia proclamada por Gauguin como el camino a seguir para devolver al arte Occidental la vida que había perdido, no estaba fuera de él, sino que tenía que partir desde adentro del artista. Matisse, había escuchado decir y repetía incesantemente Andrés, era un pintor que jugaba con el calor de los colores como no se había hecho hasta entonces y aunque organizaba sus pinturas desde su inconsciente, las plasmaba desde su intelecto.

Andrés había visto cuanta obra de Matisse se pudiese ver, yendo a los Salones de Otoño, visitando galerías e insistiendo con amigos o conocidos para que lo llevaran a las casas de los afortunados que habían comprado alguna de sus pinturas. Siempre que podía iba acompañado de Haydée porque ella era la única tan apasionada como él por la obra de Matisse. De tanto mirar sus pinturas sentían que les era conocido y que había entablado una conversación con ellos. Nunca se atrevieron a visitarle personalmente, porque sabían que la magia que Matisse comunicaba a través de su obra no necesitaba de palabras. Sus gestos, sus sentimientos, su vida y sus ideas, los plasmaba Matisse en pinturas como ésa, afirmaba Andrés.

Y como él, eran muchos los que insistían en poner a los artistas en pedestales y en ofrendar sus vidas por el Arte. Esto le sucedió a Jack, un amigo inglés de Aidan que, al mudarse a París a estudiar arte, cambió su nombre a Jacques, siguió todas las instrucciones, tomó clases con varios maestros conocidos y comenzó a imitar a los modernos. Varias veces acompañó a Andrés y a Haydée a ver colecciones privadas de los pocos ricos con sensibilidad moderna que compraban obras de Matisse, de Gauguin, de Picasso. Jacques se tornó introvertido y un día les agradeció efusivamente a ambos que lo hubiesen acercado a ver lo que de verdad constituye lo genial. Después de extasiarse por una hora ante un lienzo de Matisse, les dijo que se había dado cuenta de que su vida humana, terrenal, abocada al olvido, era y sería siempre, un fracaso al lado de la vida de una obra como ésa.

A las pocas semanas Jacques apareció ahogado. Fue un día en que Andrés había quedado en llevarlo a Chartres, a caminar el laberinto a la entrada de la catedral, que es el antiguo juego de la oca, y a beber agua del pozo tras la iglesia. Pero Jacques nunca llegó. Se había lanzado a un río, pero no al Sena, sino a un tributario, porque aun en el acto de su muerte, quiso dejar claro que él no era tan grande como para merecer ser sacado de un río principal. Sus amigos lo enterraron en las afueras de París, escribieron a su familia en Inglaterra diciéndole que había muerto de pulmonía y supieron, de una vez por todas, que el arte, que podía llenar de vida a uno, también podía matar.

Si le preguntaban a Andrés cómo comenzó ese tiempo que él decidió llenar tan sólo con el arte, él remitía a uno al *Corbeille d' oranges*. No mencionaba que había sido al finalizar la guerra, la Gran Guerra, ésa que abrió los ojos del mundo y se los cerró a una generación completa de franceses. Ahí murieron dos hermanos de mi marido y murió, también, el gusto de la gente por saber su futuro, por jugar a los dioses. Andrés, luego de la muerte de Jacques, se la pasó por América y fue entonces que conoció esa canción de la que su familia les contó a ustedes, la Canción Mixteca.

Él siempre cantó mucho, tenía una voz hermosa, aunque no tenía preparación alguna en canto. Lo que sí tenía era una memoria para las melodías que le gustaban, que casi siempre eran muy emocionales, muy románticas. Él nunca desarrolló el gusto por la música moderna. Haydée decía que en cuanto a música clásica, se quedó digamos, en Verdi; por eso gustaba de la canción popular, porque se pega por los sentimientos. Cuando se acordaba de una, la tarareaba constantemente. Así le pasó con esa canción que aprendió en México. Se la cantó a Haydée alguna vez cuando la visitó, porque no estaba grabada aún, le dijo, excusándose por no haberle traído el disco desde América.

Había regresado de un viaje que hizo acompañando a Jacobo, que estaba tomando fotos para un libro de Centro América. Cuando llegaron a México algunos amigos le dijeron que la Revolución había sido traicionada, como dicen siempre los que la pierden o los que tenían esperanzas, pero muchos estaban entusiasmados creyendo que podrían hacer grandes cambios sociales con el congreso constituyente al que estaba convocando el presidente Venustiano Carranza. Los Ramos Zabala ya no vivían en la hacienda. Habían viajado a Luisiana y se habían quedado allá. Andrés procuró a Alejandro y éste se lo llevó de parranda con un tropel de amigos poetas y músicos. Así conoció a varios compositores y al poeta Amado Nervo, con quien sostuvo correspondencia por algún tiempo. En algún rincón ha de haber escuchado Andrés esa canción.

Luego bajaron rumbo al golfo de Tehuantepec, que era otro de sus lugares favoritos y siguieron rumbo a Chiapas y a Guatemala. Jacobo había ido a procurar a J.J. Yas, un japonés que montó un gabinete fotográfico en la Antigua Guatemala y tomaba fotos extraordinarias de los habitantes de la ciudad, pero al llegar se encontraron con que Yas había fallecido. Entonces embarcaron por el Caribe, visitaron Jamaica, las Antillas menores y es posible que hayan llegado hasta Venezuela y Colombia. Andrés se sorprendió de lo mucho que se parecían entre sí la gente de las islas y le escribió a Haydée que nunca se perdonaría no haberlas visitado antes, 'cuando era joven y hubiera entendido todo mejor', decía.

Esto debe de haber sido un poco antes de la muerte de su madre, cuando la fue a visitar y la encontró en los huesos. Ella, tras emigrar con la baronesa, perdió su trabajo cuando la anciana murió, pero rápidamente consiguió de qué vivir: cosiendo vestuarios para la gran industria de películas que comenzaron a filmarse entonces en ese estado. Vivía en un pequeño *bungalow* cerca de Hollywood y parecía que estaba esperando que él llegara para morirse, no porque le asustara morir sola, pues ella era tan fuerte, sino porque sabía cuánto sufriría su hijo si él estuviese ausente al ella fallecer. Andrés paseó con ella cuanto pudo y la dibujó frente a la casita. El no había cesado de escribirle ni un sólo mes. Al menos, eso le enorgullecía, haberle enviado doce cartas al año, los veinte años del siglo que ella duró. Monserrate no tuvo agonía. Estaba desmejorada cuando él llegó; un día, se quedó en cama y al otro, murió. Andrés la enterró allí mismo en California, ya no quería transportar a más seres queridos muertos y además, no tenía a dónde llevar a esa mujer que nunca sintió afecto por ningún lugar pues ella era su propia patria. Es posible que para entonces comenzara esa nostalgia tan grande que le acompañó el resto de su vida y que le hacía cantar tan seguido, sin pensarlo siquiera, pues le salía espontáneamente cuando caminaba por lugares ajenos: 'Que lejos estoy del suelo donde he nacido….'

Capítulo 31

—Madame Delestre —dijo Lydia una tarde a punto de terminar la sesión de entrevista— quiero preguntarle algo. ¿Alguno de los cuadros que hay en esta casa es de Andrés?

Al escuchar esto la anciana pareció turbarse. Ella, la imperturbable, estaba confundida.

—Perdonen —dijo— trato de repasar en mi mente… hay tantos aquí. Podemos ver, si gustan —añadió, invitándoles con un gesto de su mano a levantarse y acompañarla. Fue la única vez que pudieron caminar a sus anchas por la casa y mirar cada rincón de la sala de estar, del comedor, los pasillos, el recibidor y la sala formal. Allí se detuvieron ante uno que la mujer escudriñó. En la esquina, a la izquierda, estaba firmado 'A. Estelrich'. —Este —dijo— esta pintura, si mal no recuerdo, se la mandó a Haydée, es del interior de una iglesia o convento en el sur de Italia. Y es de las pocas que hizo pues era más dibujante que pintor. —Lydia y Quique miraron por un rato largo la pintura de un claustro con un jardín en primer plano y, detrás, una arcada a través de la cual se veían, en una pared, cuadros alegóricos del juicio final y de la muerte segando vidas con la hoz. —Es de cuando estuvo en Capri —añadió—. Casi no le escribió en ese tiempo, pero le mandó pinturas.

Para entonces eran muchos los expatriados que se refugiaban en Capri, así fue por muchos años, y Ernst Pfiffer se vanagloriaba de andar entre ellos, como si a él, que nunca le faltó nada en el mundo, le diera cierta gloria estar con los no aceptados. De la vida de Andrés en Capri, de ese año o esos meses —nunca dijo cuánto tiempo duró esa temporada— no se sabe mucho. Ernst, al igual que su hermano, era un anfitrión excelente pero lo que le brindó a Andrés como aventura no debe haber sido algo de lo que Andrés pudiera hablar libremente. Hay tantas cosas que uno no sabe si contar o no, si compartir o no; hay tiempos que uno guarda sólo en la memoria.

Pero lo cierto es que Andrés visitaba la casa del Barón Fersen, la Villa Lysis, cuyo lema 'Sagrada al amor y al dolor' todavía puede leerse en el friso a su entrada. Había fotos de él ahí. Ahora está abandonada, llena de gatos y matojos, un monumento decadente. En la isla había decenas de mansiones como ésa, algunas nuevas, otras erigidas desde los tiempos romanos. Muchos extranjeros genuinamente interesados en las antigüedades, se habían instalado en Capri, pero también llegaban de temporada en temporada, muchos interesados en olvidarse de todo, en tratar de repetir lo irrepetible, desde las fiestas paganas hasta los misterios míticos. Lo que buscaban vivir era un especie de *revival*, pero el problema con esos movimientos es que casi nunca los que los impulsan son tan talentosos ni, obviamente, tan auténticos como los originales. ¿Me explico? Había de todo en Capri, muchos muchachos y muchachas jóvenes jugando a ser faunos y ninfas y muchos hombres y mujeres expatriados buscando la fuente de la juventud, negándose a ellos mismos y entregándose a quien quisiera.

Ernst, al igual que los demás ociosos con dinero que habían poblado la isla, hacía fiestas casi semanalmente, de etiqueta, de disfraces, de *sportsmen*. La primera vez que Andrés fue a una, se sorprendió de lo elaborados que podían ser los vestidos de esa gente que no tenía nada más que hacer que comer, dormir, bailar y acostarse unos con otros. A esa fiesta, como era costumbre, llegaron conocidos y desconocidos y todos tuvieron que posar en el patio interior para las fotos que un criado de Ernst les tomaba y luego colocaba en el álbum de su amo. Los primeros en llegar fueron cuatro amigos de Max, vestidos de hienas con coronas en la cabeza, que preguntaron por Andrés y, al identificarlo, lo cargaron en hombros y lo pasearon por los jardines hasta llegar a la 'gruta de los misterios', donde le hicieron beber el regalo que le enviaba Max, su jefe-amigo dijeron, un licor de albaricoque que le dejó atontado toda la noche.

Sentado en el lugar de honor en la gruta, vio desfilar ante sí a un muchacho flaco, desnudo del torso hacia arriba, disfrazado de diablo con dos alas azules y cuernos dorados, que venía acompañado de dos enanos con rabo y cuernos de alce, casi desnudos, amarrados uno a otro con una soga por el cuello; una mujer entrada en años simulando ser la Justicia, con una balanza en una mano y una espada en la otra; un hombre alto y lánguido de pelo blanco, ataviado de emperatriz, y una comparsa de un papa y varios jóvenes vestidos de monjes con tonsura. Quiénes más llegaron, él nunca supo, le escribió a Haydée, pues la noche se le hizo demasiado larga, tanto que no podía decir con certeza que no hubiese durado varios días.

Andrés no envió mucha correspondencia desde allí, porque cuando no estaba aturdido, se dedicaba a pintar paisajes de Capri, y a la investigación histórica sobre la isla. De ahí pasó a interesarse por libros antiguos que nunca había leído. Ernst se ocupó de ponerlo al día en los clásicos griegos y romanos e insistía en que no había mejor lugar para comunicarse con lo dioses, con Apolo y sobre todo con Pan, que la isla de Capri, de las cabras y los machos cabríos.

Andrés se hospedó con Ernst y ambos pasaron semanas enteras compartiendo con los turistas y los visitantes que se paseaban por las villas: escritores buscando inspiración, artistas buscando paisajes, reyes y reinas que iban a encontrarse con sus amantes, príncipes exiliados adictos al opio, duques desheredados buscando parejas ricas y condes acusados de oprobio en sus lugares natales. Capri lo embriagó, todo en la isla se le hizo irreal pero aunque trataba, no podía zafarse del encanto decadente de esos jardines y esas mansiones a donde llegó equivocadamente siguiendo a Ernst.

Porque sucede que no recordó el último consejo de su abuelo, de que se alejara del hierro, o no se percató hasta mucho después, pues cuando Ernst le invitó a Capri envió un yate a Nápoles a recogerlo, y fue en el *Iron Lady*, que cruzó por vez primera de tierra firme a la isla. Un tiempo después se dio cuenta de que no debió haber hecho eso, de que no se fijó, por eso cayó en las trampas.

—¿Las trampas? ¿A qué se refiere Madame? —preguntó Lydia.

—Hay… personas… lugares, que son trampas que la vida le pone a uno para probarlo; hay que saber discernir. Pero no, no, él estaba ensimismado de nuevo con el arte antiguo. Había cubierto hallazgos arqueológicos en la isla de Malta y en la costa del Adriático y estaba demasiado imbuido de esa pasión que a algunos hombres le da con los antiguos. Pero no debió acercarse de esa manera al mundo grecorromano y ciertamente no debió acercarse a Ernst.

Ah, pero lo hecho, hecho está. Allí estuvo una temporada hasta que una noche, oyó una voz que le hizo cambiar de rumbo. Estaba solo en la gruta leyendo un tomo de Plutarco, donde narra un extraño suceso ocurrido en tiempos del emperador Tiberio. Un barco navegaba de Grecia a Italia y cerca de la isla de Paxos, el piloto de la nave, un egipcio llamado Thamus, escuchó en medio del mar una voz que le llamaba. Él, asustado, no contestó. Una segunda vez escuchó que le llamaban y él seguía callado. A la tercera vez, se aventuró a contestar. Entonces la voz sentenció: 'Cuando llegues a Palodes, anuncia que el gran dios Pan ha muerto'.

Thamus decidió que si el viento seguía soplando favorablemente, no diría nada, pues seguro era un ardid de los dioses. Pero al poco tiempo sobrevino una gran calma y Thamus, convencido de que le habían hablado con la verdad, gritó a los cuatro vientos que Pan había muerto. Entonces, un sonido de lamento terrible, como si una multitud se levantara, se escuchó en la nave. Era cierto, el dios había muerto. El mismo emperador Tiberio, según la historia, cuestionó a Thamus cuando éste arribó a Italia.

Al terminar el texto, Andrés bajó corriendo a la orilla del mar. Algo le sucedía, algo que nunca antes había sentido. Esa historia, que leía por primera vez, ya la conocía. Y no porque su abuelo se la hubiera leído, ni porque en sus múltiples viajes la hubiese escuchado, la conocía porque sintió, sin atisbo de duda, que él había estado a bordo de esa nave cuando se dio aviso de que el dios había muerto. Ahora, tantos años después, tampoco hubo testigos que secundaran su versión de lo que sucedió, pero le aseguró a Haydée que apenas llevaba unos minutos en la playa cuando escuchó de nuevo ese lamento desgarrador, como aullido del mar, y le sobrevino una tristeza de antaño; entonces supo, de golpe, que lo que había muerto era su juventud. En unos segundos su vida cambió, era como si al fin fuera adulto. Y era tiempo de retornar a su casa. Así fue que volvió aquí. Ya había renunciado a *The Mysterious World of Science*, ya sabía que ése no era rumbo a seguir, pero no tenía claro qué hacer el resto de su vida.

Una y otra vez *Sister* Saint Sulpice le había hecho cuestionarse de qué vale vivir la vida de uno si no está apasionado por un oficio o por una causa que sea grata a los ojos de Dios, y ahora esas dudas sembradas por ella, por tantos años olvidadas, regresaban a asediarle. La última vez que vio a la monja, volvió a discutir con ella. La buscó porque soñó que ella dejaba de hablar y eso le asustó. No bien se habían encontrado comenzaron a contarse cómo les iba en la vida y retomaron su eterna discusión.

—¿De qué vale vivir la vida si no se hace con intensidad y en nombre de Dios? —le recordó ella.

—Intensidad, quizás, pero ¿y si se hace en nombre de la Humanidad? argumentó Andrés.

—No vale y tú lo sabes —dijo *Sister* Saint Sulpice—. La caridad tiene que hacerse en nombre de Dios, y la oración, no lo olvides, es igualmente importante. Hay que rezar a diario, hay que comunicarse con Dios —repitió.

—¿Y si yo dejo pasar a Dios por mi lado y no le sigo?

—¿Qué tonterías dices, Andrés?

—*Sister*, usted sabe que a mí nunca me ha gustado mucho leer la Biblia, no sé, es tan pesado su tono, no tiene el encanto del poema de Gilgamesh, ni el misterio de los libros de Osiris, ni siquiera el tono profético y poético del Chilam Balam, en fin, no es mi libro sagrado favorito, pero sí me gustan algunos episodios. ¿Y sabe con cuál yo siempre me he identificado? Con el del joven rico que se acerca a Jesús y siente la atracción de seguir la vida abnegada, sencilla y perfecta de los que han escuchado el llamado, pero no puede. No puede no porque sea peor, no puede no porque le tema al sacrificio y a la angustia que la vida trae a todo ser humano. No puede, porque si va a ser fiel consigo mismo sabe que ése no es su camino. El joven rico no necesariamente es rico en objetos, puedo serlo en ideas o en un conocimiento profundo de su vocación de artista. Él reza, *Sister*, pero reza con su obra, su trabajo es su oración.

Esa vez *Sister* Saint Sulpice le sonrió y no le contradijo; por una vez permitió que su alumno favorito creyese que le había ganado con sus argumentos. Poco después ella embarcó para el archipiélago de Hawaii. Nunca más se volvieron a ver, aunque se escribieron por varios años. Ella se había ido de voluntaria a trabajar en una escuela para los hijos de los leprosos en la isla de Molokai. Allí se contagió con la enfermedad, perdió parte de la quijada y las cuerdas vocales y tuvo que dejar el magisterio porque ya no podía hablar; entonces, se convirtió en asistente de enfermería y cuidó a los más débiles hasta el fin de sus días.

Cuando Andrés se enteró de su muerte, la lloró como si fuera su propia madre la que hubiera vuelto a morir y no se perdonó jamás no haberle dicho cuánto la quiso, aunque en sus cartas le profesó su admiración y su respeto por todo lo que le enseñó.

Las discusiones con *Sister* Saint Sulpice le rondaban la conciencia siempre, y aunque tratara de olvidar sus argumentos y de contraponerle otros, y decía estar convencido de que el arte era lo que más acercaba al hombre a Dios, muy adentro de sí no podía encontrar un llamado más entrañable que el de entregarse al servicio de la Humanidad. Los que, como Aidan, se dedicaban al estudio de la ciencia por el bien ajeno y los que, como esas monjas de su juventud, trabajaban por los demás, eran, sin duda, los más nobles de todos los que caminaban sobre la faz de la tierra.

Porque había algo insustituible en esa entrega absoluta de los que tienen fe en algo; en ese darse uno, había algo innombrable, como lo era el mismo nombre de Dios para los hebreos, así de sagrado. Una sola vez Andrés estuvo presente en una ceremonia en que recibieron el sacramento de la orden sacerdotal unos seminaristas romanos. Eran quince, algunos entrados en años, todos solemnes y, le pareció a Andrés, intensamente contentos.

Del ritual no recordaba mucho, sólo una emoción que sintió cuando los vio acostarse en el suelo, boca abajo, como los templarios muertos, con esa entrega que parecería que le quita dignidad al ser humano, pero es todo lo contrario, se la acrecienta. Por un instante pensó que quizás su viaje por la vida había sido interrumpido por demasiados caminos bifurcados, quizás la ruta más sencilla sería irse a un monasterio, a la contemplación, el rezo y un oficio. Pero tan pronto lo pensó, lo descartó, porque, ¿para qué engañarse? él era ave solitaria y errante.

Capítulo 32

—Perdone que le interrumpa, Madame —dijo Quique— pero me parece que por lo que usted acaba de decir Andrés Estelrich no perteneció entonces a ninguna organización, ni partido, ni asociación, no entendía la importancia de trabajar junto a otros unido, con disciplina, por una causa. ¡Es imposible, entonces, que haya sido del Partido Nacionalista!

—Ajá —dijo la mujer—. ¿Entonces qué hizo tantos años de su vida con Jacobo y Aidan si no fue trabajar en grupo? Joven, dese cuenta que no todo el mundo es igual. Usted puede colaborar con un grupo sin tener que seguir sus órdenes como autómata. Excepto los artistas del espectáculo, y bastante difícil que se les hace a veces trabajar en conjunto, los que tienen vocación para las artes son, por necesidad, solitarios. Claro que pueden militar en partidos y uniones obreras y gremios profesionales; y sí se amanceban, se casan, tienen hijos, familia, pero en un momento dado, si son fieles a sí mismos, cuando escuchan las voces de su interior, tienen que abandonarlo todo y seguir su propio camino.

—O sea, no pueden ser fieles, constantes —agregó Lydia.

—¿Fieles y constantes? sí; sumisos, ¡nunca! Aunque les vaya mal, aunque se equivoquen, aunque los echen de sus casas, aunque los persigan. Cuando en su interior sienten que tienen que amanecerse escuchando lo que dice la Luna, saben que ése es su deber. —Lydia dudó antes de preguntar lo que había querido desde hacía rato, pero al fin se decidió.

—¿Y si su interior les lleva a algo, digamos, prohibido?

Madame Delestre estaba recostada en un sofá pero se sentó derecha para contestarle ésta a la muchacha.

—También, también, claro que sí, gran parte del arte y quizás gran parte de la sabiduría viene de lo prohibido. ¿Es que ni siquiera han leído la Biblia? ¿Hay alguna cultura donde los hombres y las mujeres no hayan retado a sus dioses para poder acceder a la sabiduría y el arte? El arte, el verdadero, es sólo un camino para llegar al saber. Claro que habrá castigos, castigos severos, dolorosísimos, pero ningún dolor borra el orgullo de saber que uno siguió la ruta propia. En eso pensaba Andrés cuando se propuso escribir una nueva versión de fábulas para niños dándole la razón a la liebre orgullosa de su velocidad, aunque perdiera la carrera; al niño que harto de tanta advertencia se burlaba de sus compueblanos gritando "lobo, lobo" hasta morir, y a la cigarra que sabía que, por vocación, tenía que tocar música en vez de trabajar almacenando alimentos para un futuro incierto. Él las escribió y se propuso ilustrarlas, o por lo menos intentó hacerlo, cuando volvió a Puerto Rico y descubrió cómo era, verdaderamente, su país.

No sé cómo ni por qué se unió a su tía —continuó Madame— pero decidió acompañarla a todos los lugares de la Isla a donde Sanidad Pública la enviaba como supervisora, pues ella se había hecho enfermera. Iban los dos de pueblo en pueblo, pero no se hospedaban en haciendas ni en hoteles, sino en casas donde se alquilaban cuartos a las enfermeras. Así fue que empezó a frecuentar, después de tantos años de exilio, a la gente de tierra adentro, que no era, como decían los intelectuales de San Juan en sus arranques de cursilería, 'nobles jíbaros de las montañas, nobles pero ignorantes', era sólo gente sencilla que trabajaba de sol a sol, como en su niñez había visto hacer a todos los de su barrio en San Antonio. Sencilla era esa señorita maestra venida de Salinas a trabajar en una escuelita de paredes de madera y piso de tierra en un barrio de Jayuya. Sencillo era el superintendente de escuelas, Mr. Cranston, que viajaba a lomo de mula por los barrios de Ciales, Morovis, Las Marías, escuchaba las quejas de los maestros, miraba a los niños amarillos del hambre, la anemia y los parásitos y se deshacía por dentro porque simplemente no había dinero ni recursos para poder hacer algo más por ellos. Si no han desayunado, siquiera, ¿cómo van a poder aprender el alfabeto? preguntaban las maestras y los maestros, las negras, los blancos, las mulatas, los trigueños, la raza puertorriqueña completa metida al magisterio, en pueblo tras pueblo, tan sólo por un amor por la enseñanza, incomprensible hoy día para muchos.

Sencillos eran los camineros, los que iban a pie eternamente, arreglando los pocos caminos transitables para autos y el puñado de carreteras nuevas por las cuales trataba la Isla entera de comunicarse. Sencillos eran los que recogían el café cuando era temporada y los que amorosamente cuidaban de las hojas de las plantas de tabaco. Sencillos los albañiles y los carpinteros como su abuelo, que intentaban ganarse la vida en un mundo en el que apenas uno que otro hombre rico del pueblo construía una casa que parecía palacio español, porque el resto sólo podía hacer casitas de tablas con techos de yagua o con pedazos de zinc robado.

La gente bajaba de la montaña a los pueblos buscando oficio, pero nadie tenía con qué pagarle, entonces había que sobrevivir con lo que fuera: contrabandeando embutidos y carnes fiambre desde las Islas Vírgenes, robando caballos de los potreros del sur para venderlos en el oeste; fabricando alambiques para hacer ron clandestino en las reservas forestales de las faldas de la sierra de Luquillo, por Canóvanas, por Río Grande, proveyendo a la nación del pitrinche que mordía la garganta pero aliviaba el espíritu. Cumpliendo con las leyes de Dios, o las de sus propios demonios, todos en la Isla trabajaban doce, quince horas diarias tratando de sobrevivir, desesperados por el hambre que nunca cesaba y por los gusanos que se los estaban comiendo por dentro. Sencillas eran también las cajas en las que los iban enterrando: hombres viejos, mujeres jóvenes, hombres mozos, mujeres ancianas, niños en flor esperanza de sus padres, a todos se los estaba llevando la muerte en esos años terribles entre las dos guerras.

Los que quedaban en pie salían de sus casas al amanecer a sobrellevar sus vidas de alguna manera, muchos a mendigarla, otros a tratar de vender con un ruego lo que fuera de algún valor, lo que habían hecho, creado, guardado, atesorado o amado por años. Vendían sus calados y sábanas de desposadas las mujeres; vendían sus revólveres y sus sillas de montar los hombres; en una calle a la salida del pueblo, vendían las ancianas dulces confeccionados con el último azúcar y pastelitos hechos con merengue batido de la clara del último huevo que les quedaba. Vendían sus prendas, si es que tenían alguna y los frutos del huerto casero para poder comprar un poco de leche para los niños. Dos mazorcas, cinco yautías, un racimo raquítico de guineos por dos hogazas de pan, un suspiro de tocino y cinco centavos de gas fluido para el quinqué. La pobreza, el hambre, la tuberculosis y la anemia estaban diezmando al país.

Y en medio de esa hecatombe, más blancas que las almas de los niños muertos y más almidonadas que las camisas de los alcaldes, salían todas las mañanas las enfermeras de las brigadas de Sanidad entre las que descolló, desde el primer día, Miss Ramírez, Socorro Ramírez-Isidra. Se internaban por los barrios de los pueblos, por las hondonadas de los campos, por los caminos que llevaban a los bohíos perdidos en la memoria de la gente y empezaban a limpiar los hogares, a barrer los bateyes, a abrir las casas al sol que secaba y purificaba, sacerdotisas del astro, vestales antiguas, mujeres modernas. Había decenas de ellas por toda la Isla e iban abriendo dispensarios, dando charlas de salud, explicándole a las mujeres que en lo posible fueran a parir a los pueblos para atajar de alguna manera el número enorme de recién nacidos muertos que resultaba de los partos mal atendidos. Les pedían que tomaran toda la leche que pudieran conseguir durante el embarazo, que limpiaran a sus críos con el mismo afán con que los mozos de las haciendas bañaban los caballos de paso fino de los grandes señores, que echaran cerca de las letrinas el desinfectante que ellas les daban, que no dejaran a los mocosos andar descalzos sobre la mierda de los cerdos, gallinas y perros que merodeaban por los bateyes, bajo los socos de las casas, afuera de los corrales. Y de noche reunían a las comunidades para mostrarles a la luz de velas y lámparas de kerosén, láminas de los microbios que se le metían en la barriga a la gente, de las tenias temibles que vivían en sus intestinos y los secaban por dentro, de las lombrices gestoras de miles de huevecillos. Rogaban o exigían, con toda la autoridad que pudieran convocar, que la gente cuidara especialmente a los niños y niñas de Puerto Rico. Era importante cambiar a los bebés de pañal lo más a menudo posible, no dejar a los infantes jugar con su caca, mandar a buscar al médico en cuanto le subiera la fiebre a cualquier niño. Y la gente las escuchaba, las admiraba y aprendía a quererlas y todos prometían que harían lo posible por seguir sus consejos, pero todos sabían, enfermeras y gente, que se podía hacer muy poco porque la vida no permitía otra cosa.

Pero ellas volvían a la carga. Que cualquier lesión cerca de un ojo la tratara un doctor y no un curandero, que se dejaran vacunar cuando los llamaran del municipio para las jornadas de vacunación, que mataran a las ardillas que se encontraran por la maleza y en los patios de las casas porque estaban regando la rabia por todo el país.

Esas mangostas, responsables de que su abuelo hubiera visitado la Isla por primera vez, esos inteligentes animales domesticables como gatos, esos mamíferos fieros que enfrentaban cobras en la India y ratas de campo en las Antillas, incorporados a la tradición isleña con el inofensivo nombre de ardillas, eran ahora objeto de persecución inmisericorde. Mientras trataban de exterminarlas con palos y machetes, más leyendas creaban los puertorriqueños de su llegada a la Isla. Andrés recordaba la foto de su abuelo, vestido de marinero junto a las jaulas llenas de mangostas en la fragata *Elizabeth* y todo lo que le contó sobre la procedencia de esos animalitos en la Isla. Pero de nada valía el dato certero, la prueba fotográfica que él tuviera, pues no bien Andrés explicaba a alguien el origen de las mangostas en Puerto Rico, media docena de compatriotas daban sus versiones y bajo juramento sustentaban su veracidad. Que si las habían traído los hacendados españoles en tiempos de la Regente; que si había sido un inglés de Ponce a fines del siglo pasado, que si las habían importado los americanos de las centrales de Arecibo el Año del Cometa. No era posible, se dio cuenta, recoger jamás lo que la leyenda había lanzado al viento.

No pasó inadvertido para Andrés el desgaste físico de los pueblos. La pobreza que hacía estragos en la gente, se llevaba por el medio todo lo construido. Si el dinero no alcanzaba para comer, menos para pintar casas, cambiar balaústres comidos de comején o arreglar techos destartalados por la más reciente tormenta platanera que hubiese pasado por la región. La gente tomó por costumbre tapar los huecos de la madera apolillada de sus pequeños negocios con letreros de latón que anunciaban leche, cigarrillos, refrescos y gasolinas. Y en las plazas se fueron desplomando poco a poco las glorietas donde una vez tocaron retretas las bandas municipales o cantaron arias las sopranos invitadas.

En las afueras de las poblaciones, el deterioro era igual o peor. Una a una se iban abandonado las casas solariegas de fincas y haciendas. La maleza por años contenida a tajo de machete, cobraba su venganza metiéndose por los hogares de los hacendados, tejiendo enredaderas por cuartos y balcones, enramándose a los cimientos de ladrillo y argamasa, humedeciendo hasta hacer quebrar la madera de las paredes, de las puertas, de las celosías y entorpeciendo por toda la eternidad las máquinas inglesas, americanas, belgas y francesas con las que soñaron cambiar el rumbo del país los dueños de la industria del azúcar. Mientras en un puñado de centrales poderosas las familias bailaban al son de la danza de los millones, en las pequeñas haciendas cañeras de las costas del país los hornos se iban apagando para siempre y para siempre dejó de salir humo por sus chimeneas. Ante tanta edificación en ruinas y tanta a punto de perecer, Andrés creyó necesario salvar aunque fuera su imagen, y se dedicó a dibujar escenas de pueblos, villas y caseríos; casas de campesinos, de hacendados y de mayorales; antiguos barracones de esclavos y puentes a punto de morir en el olvido. En los viejos atajos que se iban abandonado para construir carreteras anchas para los automóviles, encontró restos de ermitas de las que nadie tenía recuerdo y llegó a pintar los caminos reales que sólo guardaban de realeza el esplendor de los flamboyanes bajo los cuales cuarenta años atrás habían cabalgado los oficiales y caminado las tropas de regreso a San Juan en su último recorrido por la última posesión del imperio español en América.

Andrés acompañó por mucho tiempo a su diminuta tía a los pueblos a donde la mandaron, a veces en camionetas públicas, las más a lomo de jacas. Ella, mulata, flaca, espigada, entusiasta, con sus espejuelos de concha de carey y su cofia blanca de enfermera, cargando valijas llenas de hojas instructivas de higiene y salud pública para explicar a todo el mundo qué había que hacer para marchar hacia el futuro; él, blanco, delgado, espigado, taciturno, con su sombrero gris de ala mediana, cargando sus maletines atestados de dibujos y bocetos que no interesaban a nadie porque sólo mostraban lo que había sido y no volvería a ser.

A veces, cuando llevaban mucho tiempo en pueblos de la cordillera, él dejaba a Socorro instalada en algún lugar y bajaba a los pueblos de la costa, porque necesitaba oler el mar y caminar entre los cocoteros. Se detenía en ventorrillos y hablaba con la gente, preguntando, como en sus años de corresponsal de *The Mysterious World of Science*, por algún lugar de leyenda que valiera la pena visitar. Y allá iba a dibujar iglesias, camposantos y negocios abandonados en caminos donde se aparecía el yure en noches de mal agüero. Él sabía que todo eso ya podía ser captado con la cámara fotográfica y con el cinematógrafo, pero seguía en su empeño febril de que fuera su mano de nervios y músculos y osamenta, la que bajo la dirección de su cerebro y pasando por el filtro de ese algo indefectible que era su espíritu, como le había indicado Van Dam, plasmara en esos pedazos de papel la historia de las construcciones de esta comunidad hermosa y dolida, siempre hermosa, siempre dolida que era su patria, Puerto Rico.

Él, como tantos otros compatriotas suyos, la quería con pena, aunque fuera de campiñas tan felices a la vista, aunque los verdes y azules de sus mares y cielo fueran lo más alejado posible de los colores de la tristeza; aunque sus flores, sus helechos, sus palmas reales y cocoteros, todo pareciera cantar alabanza a la alegría, se le quería con pena y más los que como él, iban y venían, la arrullaban y la abandonaban. Puerto Rico era patria de demasiados hombres sin padre, como Andrés, y era patria de mujeres paridoras de gente triste que, en un velorio de infante muerto, dejaba brotar una alegría inconmensurable para luego, cuando nadie había muerto, volver a la tristeza. En esos años eran muchos los que se sentían doblegados por el país, y tratando de arreglarlo, marchaban en huelgas ataviados como lo que eran: trabajadores de la caña, tejedores de palma, albañiles, y eran apaleados y apresados por intentar hacer justicia, o marchaban con camisas negras, soldados de una república que aún no existía, y eran muertos a tiros por demandar libertad. También Andrés marchaba, pero por los caminos de antes, sin encontrar un lugar que fuera suyo, él tan adulto, aún sin pareja y sin descendencia, sin haber hecho nada de valor por la Isla, se repetía a sí mismo una y otra vez, pues había comenzado a preguntarse, de nuevo, qué valor tenía el pasar por la vida y por qué le tocaba a uno un mundo en particular. Un día, escuchando a los parroquianos de un ventorrillo discutir sobre política, se dio cuenta de que él no tenía una posición firme respecto al presente ni al futuro de su país; nunca se había unido a ningún partido ni había considerado poner su bagaje intelectual, su talento al servicio de ninguna causa. Mirando hacia afuera del local vio una enorme palma de viajero y se sintió identificado con ella, una planta tan ambigua que lleva por nombre palma, aunque no lo es; con hojas como las del plátano, sin tener fruto; con forma de abanico pero que apenas se mece y refresca; tan verde y carnosa, tan aposentada en la tierra pero llamándose 'viajera'. Desde entonces la incorporó a todos sus dibujos y si no tenían trasfondo de vegetación, la dibujaba pequeñita junto a su firma.

No dejaba pasar un sólo día sin dibujar, le escribía orgulloso a Haydée, como queriéndole decir que había encontrado un oficio, un camino a seguir. Toda construcción que le pareciera notable, importante, hermosa o trascendente, la plasmaba en sus cuadernos. Llegó a dibujar cientos de escenas puertorriqueñas. Incluso, se sintió al fin capaz de plasmar figuras humanas con cierta soltura. No lo había intentado desde que dibujó a los hijos de Amalia frente al estanque de La Isabela. Pero ahora, tantos años después, se sentía diestro retratando gente por la Isla. Casi siempre eran escenas de procesiones durante las fiestas patronales frente a las iglesias de los pueblos. Trazaba primero el templo, luego los árboles de la plaza a la que abría y entonces las filas de feligreses con sus raquíticos ramos de flores, cargando imágenes y estandartes, envueltos en esa fe primitiva y misteriosa que Andrés siempre anheló tener, en ese halo de confraternización que envuelve a los que han orado en conjunto por muchos años. Pero él nunca supo rezar en grupo, no sé siquiera cómo eran sus rezos a solas. A veces, a manera de ofrenda, dejaba como regalo en las parroquias los magníficos dibujos que hacía de las iglesias.

Tanto indagar por lugares abandonados y tanto dibujar casas en ruinas le hizo comenzar a pensar en sus orígenes. Trataba de recordar los colores de cada casa de su pueblo natal, las formas de sus puertas, las imágenes de la iglesia, los letreros de los negocios y se daba cuenta que unos estaban muy claros en el recuerdo, pero otros se perdían en algún lugar de donde no podía recobrarlos. ¿Qué era cierto y qué no, de todo lo que uno recordaba? Esto lo había hablado con Jacobo y cuando él mencionaba algo que Andrés no recordaba, entonces ese algo pasaba a la lista de sus recuerdos. ¿Cuántas veces sucedía esto? ¿Era posible que uno recordara como suyo lo que otros habían vivido? Le escribió a Aidan, ahora tan metido en el mundo de los sueños y los estudios de los reencarnados y Aidan le mandó una carta que más parecía un ensayo científico donde le pedía encarecidamente que fuera a hacerse una lectura con un famoso síquico, el Dr. Edgar Cayce, porque de seguro él le podría ayudar, pero esto Andrés lo pospuso una y otra vez; no sé si llegó a hacerlo.

A veces viajaba a la Capital a comprar libros y cuadernos de dibujo y aprovechaba para visitar a su primo Fernando, ahora avecindado en el barrio de Santurce. Cuando llegaba, tenía la costumbre de sentarse en el balcón a tomar su té y platicar de todo en la vida con ese pariente que siempre estaba al tanto de los familiares de Mallorca, los que Andrés nunca llegó a conocer. Se llevaba muy bien con las hijas de Fernando, estudiosas, inteligentes y tan hacendosas como Monserrate, y sentía una afinidad especial con Sergio, el hijo menor, que se parecía mucho a él. —Eso pasó porque cuando Mamá estaba embarazada de Sergio usted visitó la casa y ella se quedó mucho rato hablando con usted y mirándole —decían risueñas las muchacha Solís—. Por eso se parece a usted.

Sergio siempre le pedía que le hablara de sus viajes a los lugares mágicos, que le describiera los museos y las pinturas que había visto y sobre todo, que le contara del pintor Oller, pues había visto algunos de sus cuadros pequeños en una colección privada de una amiga de sus hermanas que vivía en el sector de Miramar y algo en esas pinturas le había prendido el corazón. Andrés sentía un lazo de hermandad con los hijos de su primo y un día que Sergio volvió a preguntar sobre Oller le dijo bromeando: —Eso fue en el siglo pasado, Sergio. —Entonces una de las muchachas dijo: —Ay, mejor cuéntenos de los juegos florales, Andrés, ¿verdad que usted asistió a muchos?

—Sólo a uno que otro —dijo Andrés, pero esa frase, se daba cuenta él, quedaría inscrita en los recuerdos de las Solís como 'El primo Andrés fue a los Juegos florales por muchos años'. En la próxima visita le preguntarían por los muchos poemas que escuchó durante las competencias de los juegos y ya le adjudicarían haber sido juez de los de Ponce y de Manatí, y no había nada que Andrés pudiera hacer porque las familias, él ya lo sabía, tejían la red de la memoria con puntadas cuidadosamente elaboradas y si algo salía mal deshacían la puntada para comenzar de nuevo aunque, de paso, borraran el recuerdo preciso y lo sustituyeran con uno inventado. Los juegos de la memoria continuaban intrigándole. A veces pensaba que debería viajar de nuevo pero, ¿a dónde?

Durante una visita a los Solís se fue a caminar con Sergio por las calles llenas de casas nuevas que iban construyendo en todo Santurce. A lo largo de la Avenida Ponce de León, donde estaban las casonas viejas y las mansiones, había ahora varios edificios de dos y tres pisos con antojos decorativos del Arte Decco que le daban un aire moderno al sector. Bajando hacia el Condado, había *bungalows* que se adaptaban perfectamente al trópico isleño con frescos balcones de techos amplios. En las calles aledañas se levantaban ahora ristras de villas de un piso o de dos, como la que vivían los Solís, unas hechas de madera con salientes de buhardilla y sótanos enrejillados; otras de cemento, con adornos caprichosos de mosaicos en las columnas de las fachadas.

Ese día conversaron mucho sobre el país, y sobre la vida que llevaba la gente y Sergio le confesó que si por él fuera, se uniría a los Cadetes de la República del Partido Nacionalista, pues creía en la independencia política de la Isla aunque no se atreviera a decirlo en su casa. Le atraía ese ejército de jóvenes de camisas negras porque, según él, estaban organizados y tenían muy claro los pasos a seguir para hacer que Puerto Rico se liberara del yugo de Estados Unidos y así alcanzar la dignidad individual y colectiva. Andrés le escuchaba con mucha atención y pensaba para sus adentros que ese muchacho era como él cuando joven, buscando un espacio o un lugar en el mundo pero, a diferencia de él, Sergio se sentía comprometido con algo más allá de su propia persona.

Andaban por la calle Robles, que daba a la parte de atrás de la escuela más hermosa que jamás hubieran construido en el país, la Escuela Superior Central, cuando vieron a un ama de casa colgando la ropa recién lavada en los cordeles alineados por el lado de su casa. La mujer, de unos 40 años, alta, muy dueña de sí, con el pelo recogido a ambos lados de la cabeza con horquillas, cantaba con voz profunda mientras colgaba la ropa: —Qué lejos estoy del suelo donde he nacido, inmensa nostalgia invade mi pensamiento.... —Cantaba entusiasmada y Andrés se detuvo a escucharla—. A orillas del mar, suspiro por veerte —continuó. ¡No, esa no era la letra! se dio cuenta Andrés. Lo próximo era: 'Oh tierra del sol, suspiro por verte'. Pensó corregirle, pero se contuvo.

¿Qué alquimia había hecho a esta mujer cambiar la tierra del sol por la orilla del mar? Andrés le preguntó a la mujer que dónde había aprendido esa canción. Ella lo miró un segundo, como dudando de si hablarle a ese hombre extraño, pero al verlo acompañado del joven, al parecer se sintió segura y contestó, con mucha convicción: —Ay, esa canción es una viejísima, más vieja que la primer camisa, yo no sé cómo se llama, pero es de aquí, imagínese que en mi casa la cantaban cuando yo era chiquita — y siguió hacia el patio de atrás. Con qué facilidad, le contaría luego a Haydée, la gente hace suyo todo lo que le gusta, lo inserta en su vida, hasta lo ata a su memoria. Qué difícil es saber qué es cierto y qué no. Él había escuchado por primera vez esa canción en México unos años atrás, cuando recién había sido compuesta, y esta mujer ya le había cambiado la letra y decía que era de principios de siglo y, para colmo, puertorriqueña.

Continuaron su camino, Sergio contándole de su pasión política, Andrés, maravillado con lo que acababan de presenciar. Era imposible que esa mujer hubiese escuchado en su niñez esa canción que se había popularizado hacía relativamente poco tiempo, y sin embargo ella la había incorporado a sus recuerdos de niña. Fenómenos como éste, le había escrito Aidan, no eran sino manifestaciones de los llamado 'vasos comunicantes', una especie de conducto espiritual que permitía que la psiquis de uno recibiera informaciones de las de los demás y las adoptara como suyas, sólo que al no poder descifrarlas correctamente si, por ejemplo, el recipiente perteneciese a otra cultura, se procesaban según el mejor entendimiento de cada quien.

—Y yo le contesté que no podía ser, porque estaríamos todos en la Tierra comunicados 24 horas al día recibiendo mensajes e informaciones —argumentó Andrés—. Pero él me explicó que esto se da en ciertos momentos y, de paso, se da a través del tiempo, es intemporal. ¿Tú qué crees?

—Yo creo que es mucho más sencillo, Andrés —le dijo Sergio—. Yo creo que esa canción puede que sea mexicana pero podría ser de aquí, como tantas otras que se cantan por toda la América hispana. Cuando la señora dijo que era de aquí es porque así es, ya ella la adoptó, ya le pertenece, no hay fronteras tan delimitadas entre nuestras culturas, Andrés. De seguro pasa al revés con algunas melodías nuestras, que quizás las cantan en México o en Venezuela y la gente cree que son de allá. Tiene que ver con lo parecidos que somos, un mismo tronco latinoamericano con varias ramas.

—¿Parecidos? Sí y no —dijo Andrés—. Eso tendrás que apreciarlo tú, cuando salgas, cuando te vayas de viaje, Sergio. Uno no puede encontrarse a sí mismo viviendo siempre en el mismo lugar.

—Bueno, Andrés, y usted que ha salido tanto ¿ya se encontró?

Andrés le sonrió a ese muchacho que parecía estaba eternamente en juego de ajedrez con él. —Quizás no, cada uno es un mundo, Sergio —le contestó—. Pero cuando se es isleño, ayuda haber salido. Mira, Oller vivió muchos años en Francia y luego regresó.

—Pero usted dice que regresó a sufrir.

—Ah, pero esa es la suerte de todo artista en esta parte del mundo.

Y era cierto, al menos eso repetía Andrés. Cuando pensaba en Francisco Oller, sobre todo, temía terminar como el Maestro, mendigando ayuda de un gobierno que nunca respaldaría el arte, como forzosamente sucedía en las Antillas, y recordaba haberlo visto por última vez viejo, delgado, vestido de paño oscuro, caminando por las playas del otro lado de la bahía agarrándose su sombrero con una mano mientras con la otra echaba maderos traídos por la mar en una cesta de mimbre.

¿Cómo y por qué y cuándo ese artista, ese hombre que había dado gloria a su país, que le había brindado la obra emblemática de un siglo de formación y espera había sido reducido a alguien que tiene que pedir? Puerto Rico y los puertorriqueños, año tras año, siglo tras siglo pedían y suplicaban, y tenían que tragarse su orgullo los que no estuvieran dispuestos a hacerlo, antes con los españoles, ahora con los estadounidenses y siempre con lo boricuas obsequiosos que servían de intermediarios, tan solícitos con los que estaban en el poder, tan arrogantes con los que necesitaban ayuda. Andrés no querría jamás tener que pedir nada a nadie. A lo mejor fue para entonces que comenzó a considerar que Sergio y los demás jóvenes que abogaban por la propia soberanía, tenían algo de razón, pero si lo pensó, no se lo dijo a nadie.

Capítulo 33

—Madame Delestre, ¿entonces él nunca más regresó a su pueblo? ¿Qué pasó luego de viajar con Socorro? ¿Se quedó en la Capital? —Lydia y Quique a veces lanzaban demasiadas preguntas una tras otra, desesperados, pensando que cuando Madame diera por terminadas las sesiones, pudieran quedar lagunas en torno a la vida de Andrés.

—Bueno, al parecer visitaba San Antonio de vez en cuando. Pero sucedió que al fracasar las centrales, en el pueblo todo se vino abajo. Él seguía soñando con algún día construir una casa en el terreno cerca de la playa, donde había vivido de pequeño, y hasta la había dibujado, una casa de una planta, amplia, con techo a cuatro aguas, pintada de amarillo, pero esa tierra se la robaron.

Donde consiguió trabajo fijo fue en Ponce; él se mudó por un tiempo allá y tuvo un reencuentro con uno de los Muratti y otro pariente de los Grau. Pero lo que sigue son datos confusos; no está claro por qué de buenas a primeras resolvió volver a su pueblo, que ya no era tal. San Antonio, luego del deceso de su último alcalde y habiéndose encontradas vacías las arcas municipales, había caído en un caos administrativo. Mucha gente se había ido a la Capital porque decían que allá había trabajo y muchos otros se embarcaron para Nueva York luego de que viniera un representante gubernamental a prometerles salarios de ensueño y una vida plena en la gran ciudad. El pueblo estaba quebrado, el teatro había cerrado sus puertas hacía años y no había dinero ni para pagar a los barrenderos de la alcaldía. La solución del gobierno fue tajante: declararon barrio a San Antonio y se lo adjudicaron al municipio de Carolina, como muchos años antes había sucedido con el municipio de Trujillo Bajo. Pero sus habitantes nunca cesaron de llamarlo 'pueblo' y aunque la casa alcaldía fue convertida en la Oficina Regional del Área Noreste de la recién creada Autoridad de Acueductos y Alcantarillados, la plaza fue reducida a la mitad y la iglesia perdió el atrio, todos los 13 de junio los compueblanos celebraron las fiestas del santo patrono paseando su imagen por las calles, haciendo competencias de caballos de paso fino, montando kioscos en las aceras y lanzando luces de bengala en un simulacro magnífico de autonomía pueblerina que retó por muchos años el dictamen gubernamental que le había bajado de categoría después de tantos años de buena ventura.

Hospedado en un cuarto del antiguo Hotel Hamburgo, ahora rebautizado Hotel Broadway, Andrés se levantaba temprano y caminaba por las calles y los caminos vecinales tratando de recuperar lo que guardaba en su memoria pero los cambios estaban llegando tan rápido que no bien él caminaba frente a una casa un día, al otro ya la habían arrasado y con ello trastocado el mapa urbano que los sanantoninos llevaban cosido a la memoria.

Estaban construyendo una carretera que uniría lo que una vez fue el Barrio del Frutal con la Número Tres, la troncal principal que llegaba hasta la costa este. El bitumul de olor rancio era vertido por los obreros sobre la gravilla de un camino abierto como herida a través de un cañaveral. Los ingenieros trazaron la carretera tan cerca de la hacienda La Celestina que tuvieron que tumbar todas las casas aledañas. Tan sólo se salvaron la casa ancestral, que quedó a sólo metros de una intersección, y la enorme chimenea de la hacienda, decorada con borde de mosaicos, ahora apagada para siempre porque los Grau sólo habían salvado sus fincas de tabaco y algunos huertos. Sus cañaverales, subastados a los Cantré, iban a convertirse en sembradíos de piña, fruta que tenía gran mercado en Estados Unidos.

Un mecánico y una espiritista se disputaban el sótano de la vieja casona despintada y un letrero escrito con mano incierta anunciaba cuartos en alquiler. Era mediodía y los hombres, agotados por el calor insoportable de la brea derretida y de los rayos de sol que traspasaban sus camisetas blancas, se habían cobijado junto a la casa buscando el poquito de sombra que el alto balcón daba en derredor. La espiritista, con pañoleta gris en la cabeza y habano en la boca, estaba sentada frente a una puerta pequeña que daba al sótano enrejillado de la casa hacienda. Tenía frente a sí una mesita apolillada donde lanzaba una y otra vez las cartas tratando de atraer la mirada de la cuadrilla de obreros. En forma de cruz iba colocando las cartas del Tarot de Marsella y a boca de jarro gritaba al aire: —El Amante, La Rueda de la Fortuna, La Papisa, La Torre de la Destrucción, El Mundo, todo el futuro, el pasado y el presente están aquí, sólo tienen que aventurarse a buscarlo— pero ninguno se le acercaba.

Al ver a Andrés se le quedó mirando un rato largo, como si lo reconociera, pero luego bajó la vista y comenzó de nuevo su ritual. Al otro lado de la escalera doble que abría al balcón, el mecánico pasaba lija al bonete de un carro y el viento caliente que soplaba de la tierra que una vez fue cañaveral levantaba los minúsculos fragmentos de pintura azul y los iba adhiriendo a los balaústres del balcón. Andrés recordó que las losas de ese balcón habían sido siempre admiradas por los ciudadanos de San Antonio porque comenzaban desde las escaleras con un diseño de tablero de ajedrez en pequeñísimos cuadrados blancos y negros y al finalizar la escalera, donde empezaba el balcón, el piso tenía un doble borde que daba la ilusión de mosaicos azules, negros y blancos, con florecillas lilas intercaladas. En el medio del piso, a ambos lados, las losas decorativas mostraban, sobre un campo amarillo, una mujer desnuda de la cintura hacia arriba vertiendo agua de dos cántaros rojos en un río azul, frente a un cielo tachonado de estrellas. Las había mandado a hacer un antepasado de los Grau cuando construyó la casa porque él y su mujer eran del signo de acuario. Aún gastadas y llenas de polvo, eran admirables esas losas y Andrés se acuclilló a mirarlas de cerca mientras se preguntaba en dónde las habrían hecho.

—Son de aquí aunque no lo creas —dijo alguien que caminaba lentamente de una habitación hacia el balcón.

—Roberto Grau —exclamó Andrés al virarse y ver a un hombre mayor caminar pesadamente hacia él.

—El mismo que viste y calza, aunque ahora mi calzado, como verás, no es el mejor —dijo, señalando una pierna hinchada envuelta en gasa, que arrastraba una pantufla vieja, de señora.

—Estaba dando una vuelta, precisamente tratando de ubicarte, pero no creí que quedara alguien de la familia aquí. Entonces recordé de pronto las famosas losas del balcón.

—Como te dije, fueron hechas en la Isla, en una fábrica de losas decorativas cerca de Ponce, mi bisabuelo las mandó a hacer —añadió

Grau—. Aquí había un gran desarrollo comercial y cultural en el siglo pasado, aunque los americanos y sus sirvientes boricuas se han dedicado a decir que éramos como salvajes hasta que ellos llegaron a salvarnos. ¿Y qué trae de vuelta al lar a un hombre de mundo como tú? Ven, entra, la sala y la cocina aún son nuestras aunque todo lo demás he tenido que arrendarlo; como ves, nos han quitado todo.

Andrés entró a la casa y el corazón se le vino abajo. El techo de madera estaba descascarado, y lo que una vez fueron pinturas rupestres estaban ahora cubiertas de un limo blanco. En las esquinas del techo había nidos secos de avispas y las paredes y el piso estaban cubiertas por una capa fina de polvo rojo, de la misma tierra que había generado una vez la fortuna de los Grau.

—Papá tenía razón —dijo Roberto Grau poniendo una botella de ron y dos vasos sobre la mesa del comedor—. Los yanquis vinieron a quedarse con todo y no lo supimos a tiempo.

—¿Qué dices? —argumentó Andrés— siempre se supo, lo que pasó fue que no hubo tiempo para organizarse. Al menos eso decían tus hermanos hace unos años cuando me topé con ellos en Italia.

—Ah, sí. 'Lo urgente no dejaba tiempo para lo importante: había que defender las tierras, luchar contra la devaluación, pelear por el idioma, asegurarse de que las leyes no nos estrangularan'. ¿Eso te dijeron, no? Pues no señor, Papá era quien tenía razón, nunca lo hicimos bien. Era con la armas que había que enfrentarlos, no con leyes y yendo a tribunales. ¡Si los hubiésemos recibido con pistola en mano nos hubieran respetado!

Andrés miró la sombras hermosas que a la una de la tarde se fijaban en las paredes del comedor y sintió una extraña melancolía al tiempo que dijo, al fin, lo que había sido enviado a anunciar: —Quizás no es demasiado tarde. Al escuchar esto, los ojos de Roberto Grau brillaron como centellas.

—¿Por qué lo dices? ¿Es que....? No, no puede ser ¿tú? —Andrés sacó una carta de su bolsillo, una hoja de papel ajado, y se la dio a Roberto. Éste la leyó en silencio. Al terminar le brindó a Andrés una sonrisa triste y le dijo: —¿Entonces te mudarás acá conmigo?

—No —contestó Andrés— debo seguir en el hospedaje, en la plaza.

Capítulo 34

El día de la última entrevista, los primos rompieron con el protocolo y llegaron más temprano de lo acordado. Lydia cargaba con un ramo de margaritas y claveles multicolores. Quique había insistido en que deberían ser 'flores elegantes' pero Lydia se impuso y compraron un ramo 'alegre'. Quique traía de regalo un *necessaire* de piel, con llave y espejo dentro de la tapa, que era color azul marino porque él lo seleccionó, aunque Lydia insistía que debieron haberlo comprado color vino. Eran lo regalos adecuados, pensaron, porque una dama francesa siempre agradecería un ramo de flores para decorar su casa y un *necessaire* para viajar. Sólo ahora, cuando cayeron en cuenta de que Madame Gertrude Delestre se alejaría de sus vidas, se percataron de cuánto se habían acostumbrado a ella, a su puntualidad, a su decoro al hablar de las personas que ya no estaban presentes, a sus exquisitas tazas de té, que ambos habían detestado al principio y luego aprendido a apreciar, y a la gracia que tenía para todo: saludar, sentarse, servir el té, sonreír, rememorar y despedirse.

Los sábados con Madame les habían llenado la vida de tal manera, que los dos habían decidido matricularse al siguiente semestre en la carrera de Historia, intención que tenía a sus familiares contrariados. Pero para ambos, luego de escuchar lo que contaba Madame, nada parecía tan atractivo como dedicarse a recuperar los retazos de historia de su comunidad, guardados, escondidos o acaso olvidados en archivos municipales o en la memoria frágil de los que habían nacido el siglo anterior. —No inventen—les había advertido una tía —ahora no vengan con tonterías de irse por ahí a vagabundear. Queremos ver primero el cuero de chivo, el diploma firmado por el Rector, y luego vamos a ver dónde encuentran trabajo, si es que no terminan vendiendo ropa y zapatos en la tienda de González Padín. ¿Por qué será que desde chiquitos se dejan llenar la cabeza de musarañas?

—Porque no nacimos para trabajar en una oficina y ponernos viejos esperando a que sean las cinco de la tarde para ponchar un reloj —contestó Lydia—. ¿Qué tiene de malo dedicarse a investigar, a descubrir lo que nadie ha encontrado, a analizar lo que somos a ver si nos entendemos, a recopilar las historias que nadie conoce, lo importante? —le gritó a la tía mientras salían rumbo a Manatí a su última entrevista con Madame Delestre.

Y fue precisamente esa última vez que se vieron, que Madame Delestre, casi por casualidad, les contó lo que para ellos resultó ser lo más importante en la vida de Andrés Estelrich.

—Entonces no es cierto que Haydée fue su gran amor, si no volvió a donde ella —fue lo primero que dijo Lydia cuando, entregados y apreciados los regalos, Madame se sentó a contestar las preguntas que los jóvenes habían traído anotadas para aprovechar al máximo la última entrevista.

—Oh, de nuevo con el 'Gran Amor', tut, tut, tut —sentenció Madame.

—Sí Lydia, tut, tut, tut —dijo Quique, burlándose de su prima—. Madame, no le haga caso, lo importante es: ¿Es cierto que fue Nacionalista y luchó por la libertad de su país?

—¡Ah, la política! ¡Pero cómo son los jóvenes! Por un lado quieren amores eternos y por otro luchas armadas. Que no. Las grandes luchas se dan dentro del corazón de los hombres y las mujeres, y los grandes amores también. Sí, sí volvió a donde Haydée pero ella había crecido, no era ya sólo una muchacha encerrada, era una mujer, una artista y había publicado un pequeño tomo de enseñanza de dibujo para niños. Su relación duró muchos años… incluso… tuvieron un hijo.

—¡Un hijo¡ Madame, ¡pero cómo no nos contó esto desde el principio! ¿Dónde está? ¿Vive aún?

—Tuvieron un hijo pero Andrés nunca lo supo.

—¿Cómo?

—Ella no se lo dijo.

—¿Por qué?

—Él no estaba en Francia cuando ella se dio cuenta de que estaba embarazada. Haydée había visto en sus ojos que él quería regresar a la Isla y ella ni podía, ni quería volver. Para entonces mi marido y yo la estábamos ayudando mucho, salíamos con amistades y ella ya se había aclimatado a Francia. Se sentía más cómoda hablando francés que castellano y estaba dando una lucha férrea, junto a su hermano Heraclio José, para que Miguel le permitiera salir del sanatorio. El primo de ambos, el que vivía aquí, Heraclio Pío, fue un gran aliado de Heraclio José; la visitó allá, le consiguió documentos y hasta una declaración juramentada de Providencia, la hermana menor y le legó esta casa que ella nos prestó a mi esposo y mí para vacacionar. Si Miguel se hubiese enterado de su estado, la deja allí para siempre. La última vez que Andrés la visitó, le contó que había decidido volver a la Isla. Tenía una nostalgia a flor de piel que a ella le enterneció.

—Me parece muy bien que usted vaya, se busque y con suerte se encuentre en alguna de las islas, si no en la suya propia —le dijo, al él mencionar que también quería viajar por el Caribe—. Yo creo que debemos hacer un pacto, Señor Andrés. No se sienta obligado conmigo, sólo escríbame si procede y si gusta, alguna vez regrese a verme.

—No quiero pensar que no vas a estar aquí cuando vuelva —dijo Andrés. Pero ella sabía que probablemente no le volvería a ver.

Años después él regresó a Francia y la buscó en el Parterre, pero ella ya había salido y no había dejado dirección. Sí estaban dispuestos a recibir las cartas que él enviara y a guardárselas hasta que ella las procurara. Andrés le escribió una carta larga contándole de los oficios que había practicado, de las islas que iba conociendo poco a poco y, sobre todo, de cuánto le impresionó su viaje a Cuba. También le explicó que había hecho amistad con un grupo de maestros de historia y español que le habían hecho darse cuenta de todo lo que faltaba por hacer en Puerto Rico, y de la lucha férrea que tenían que dar todos los que tuviesen algo de conciencia, para que sus compueblanos fueran, al fin, dueños de su destino. Había muchos frentes de lucha: desde los argumentos legales, hasta las revistas literarias; desde el servicio civil hasta el clandestinaje político. Él, impulsivo, parecía que quería participar en todos.

Cerraba la misiva diciéndole que él sabía que ella se había convertido en hada y vivía en los bosques cercanos, donde él la encontraría en un próximo viaje. Sin embargo, él no pudo volver, así que continuó escribiéndole cartas y todas las terminaba preguntándole cómo era la vida en el bosque, cómo eran las fiestas de las hadas y su música, y cómo era el mundo mágico al que ella había vuelto y del que sólo había salido para amarlo a él.

Pero ella estaba en Lyon, una ciudad hermosa y sensata que nada tenía que ver con hadas, criando a su hijo, tan parecido a Monserrate que sólo le faltaba el acento mallorquín.

—¿Entonces, qué fue de Andrés?

En la última carta que Haydée recibió, él le contaba de cómo la Isla parecía sacudirse de un sueño de siglos y de cuánta maquinaria estaba llegando y cuántos planes había para abrir fábricas y eliminar la pobreza. Pero la pobreza sigue, decía, y la gente necesita no sólo el pan, la justicia y la libertad, lemas del nuevo partido que impulsaba el país hacia el progreso, sino de la dignidad. ¿Dónde se encuentra si no en la soberanía? Tú que estuviste presa, sin emancipar, sin poder dirigir tu destino, entenderás de lo que hablo, añadía. Cuando recibió esa carta, Haydée no supo si alegrarse porque al fin él estaba pensando, actuando, envolviéndose en el devenir de algo o de alguien, atreviéndose a tomar partido por alguna causa, o si temer, porque, dadas su ignorancia absoluta de los procesos políticos y su consabida ingenuidad ante la gente dominante, él estuviera andando a ciegas y dando malos pasos, aunque ya era un hombre mayor.

Y así fue. Al parecer, luego de que los Cantré traicionaran a los más pobres de San Antonio y les quitaran sus tierras, Andrés se había unido a un grupo de hombres que decían ser simpatizantes de los Nacionalistas. Aunque nunca iban a un mitin, ni a una reunión del partido, para que no se les pudiera identificar como tales, se la pasaban leyendo libros de historia, discursos políticos y tratados de jurisprudencia internacional, y practicando al tiro al blanco para cuando viniera la revolución. Estaban confiados en que los desposeídos de la tierra apoyarían una revuelta armada para lograr la libertad y la soberanía políticas y establecer una república. Ellos, que se habían formado en unos años en que brigadas de jóvenes uniformados y de cuadrillas de hombres disciplinados habían derrocado estados y se habían convertido en poderosos ejércitos, de verdad creían que tendrían el poder para convocar a las masas a través de la lucha armada. Parece que mucha gente pensaba así, pero no tanta como para poder triunfar contra la Guardia Nacional y la Policía estatal que el nuevo gobierno había organizado y armado de pies a cabeza.

Poco a poco el ambiente se puso muy tenso. Había mucho rumor y secreteo entre la gente. Un sargento de la Policía se apostaba cerca de la casona de los Grau de vez en cuando y el grupo decidió separarse. Les habían mandado a decir que al fin comenzaría la lucha por la República, que estuvieran atentos a los mensajes que les enviarían. Capitaneados por Luis Antonio Grau, casi todos se trasladaron a la Capital para ponerse al servicio del partido, pero dejaron a Andrés a cargo de cuidar su pequeño arsenal, un baúl con pistolas y fusiles, algunos tan viejos que probablemente los habían usado los abuelos para amedrentar a la Guardia Civil española durante el Componte. Con la ayuda de Dimas y Lemuel, arrimados de una finca de los Grau pero considerados 'hombres de confianza', Andrés sacó el baúl una noche y lo escondió cerca del manglar. Entonces se sentaron a esperar la orden de levantarse en armas; pero ésta nunca llegó.

Lo que sí llegó fue la noticia, por radio, de que había comenzado un golpe armado en el mismísimo centro de la Isla, en el pueblo de Jayuya. Al enterarse, Andrés se desesperó. ¡Se habían adelantado! ¡Y él era el único con rango para guiar al grupo de San Antonio! Pero no encontró a nadie más que a Dimas y Lemuel dispuestos a acompañarle hacia Jayuya. En Puerto Rico siempre es así, muchos hablando de lo que hay que hacer y unos pocos haciéndolo todo.

Andrés no lo pensó dos veces, sacó un viejo Studebaker del garaje de la hacienda, buscó a Dimas y a Lemuel, recogieron las armas y tomaron la carretera rumbo a Jayuya, seguros, por primera vez en sus vidas, de que iban a hacer valer sus derechos como se había hecho por toda la América hispana más de cien años antes.

Llevaban varias horas de camino cuando de pronto, Andrés tuvo que detener el auto en medio de la carretera. Estaban en una meseta solitaria, el sol se estaba poniendo y a él se le hacía cada vez más difícil respirar. Dimas y Lemuel lo bajaron del carro y lo acostaron sobre la yerba. Se quitaron sus camisas para ponerlas bajo su nuca y trataron en vano de darles sorbos de agua de un termo.

Andrés miró a los ojos a Dimas y Lemuel y se dio cuenta de que había llegado el final. Respiraba profundamente, agitado, quizás no podía creer que fuera así, tan inesperadamente, que terminarían sus días justo cuando se sentía que había encontrado un camino a seguir. Entonces manifestó su última voluntad: —Póngame mirando hacia Maracaibo —dijo— quiero morir mirando hacia allá. —Y allí murió. Ellos le taparon la cara con una de las camisas desteñidas, escondieron el baúl en la maleza y se sentaron a esperar que algún conductor los socorriera, pues en su vida habían manejado un auto. Cuando fueron remolcados hasta San Antonio, llegaron con el cuerpo a la casa-hacienda donde Gabinito Grau estaba sentado tomando ron en la mecedora de Roberto. Al enterarse de lo sucedido, Gabinito les dio dinero y les mandó a esconderse por un tiempo; entonces, llamó a la funeraria de un compadre para encargarle el entierro de Andrés Estelrich. Gabinito, sus tíos y primos habían vuelto ese mismo día a San Antonio y no se les pudo probar vínculos con ninguno de los rebeldes, pero la Policía y los Federales los dejaron para siempre en sus listas de sospechosos.

Pasado un año, Roberto Grau, siguiendo instrucciones que Andrés le había dejado, mandó a la mano al Parterre un diario que Andrés había llevado los últimos años de su vida, una caja de cartón fino, decorada en rojo, azul y amarillo en cuya tapa estaba pintada una mujer con alas de ángel que tenía en cada mano un cántaro y vertía agua de uno a otro y una carta extensa en la que Gabino daba cuenta a Haydée de todo lo sucedido. ¿Qué dónde lo enterraron? Supongo que en San Antonio, pero no se sabe. Es posible que también haya dejado instrucciones para su entierro, él era tan organizado para sus cosas. Si las dejó, de seguro pidió ser enterrado boca abajo, en la tierra, sin lujo y sin tarja, como corresponde a los que han entregado su vida a luchar por el bien de los demás y a los que, al menos, lo intentaron".

CUARTA PARTE

in the handywork of their craft
is their prayer.

Ecclesiastes 34:38

Capítulo 35

Testimonio de Doña Carmen Ocasio

"Todo antillano que se precie de serlo debe visitar La Habana al menos una vez en su vida, como todo mahometano debe tratar de ir al menos una vez en su vida a la Meca..." comenzó la carta que me escribió don Andresito cuando fue por primera vez a Cuba, ay, de ésa sí me acuerdo. ¡Estaba tan impresionado por esa ciudad! Estaba sobrecogido. Para entonces yo tenía a los niños. Él me los había llevado a la casa en Santurce, a donde yo había vuelto luego de estudiar en los Estados Unidos. Me buscó porque yo era negra, claro, de eso no hay duda. Y él me lo dijo de frente: —Necesito a una mujer negra que quiera criar a los niños.

Pero no a cualquier mujer, no señor, también me buscó a mí porque sabía que yo era fuerte, que no era una eñangotada y que yo era maestra y creía y creo en educar a los niños y niñas del país, no importa su color.

Al principio yo no quise quedármelos. Ya yo tenía a mis dos hijas, Ana Luisa y Josefina. Y bastante candela que me daban, lo menos que yo necesitaba era otros dos muchachitos para criar. Pero don Andresito era palabrero y sabía convencer a uno. Él era un caballero, hablaba con mucha convicción y me dijo: —Carmen, usted los educa y yo los mantengo, se lo prometo. —No, Carmen no, me dijo 'doña Carmen' porque, cuando se hizo mayor, él siempre me trató de doña Carmen y yo a él de Andresito y cuando creció, le puse el 'don'.

—Si se los doy a una blanca —me dijo— quizás les enseñe a leer y a escribir pero eso no es educar. Usted lo sabe bien, acabarán sirviendo a los blancos. —Y tenía razón.

Él tuvo que comprarlos de vuelta ¿saben? Tuvo que pagar para que se los devolvieran. ¿Ustedes creían que la esclavitud terminó en esta isla en el '73? Pues no señor, todavía entrado el siglo los negros se regalaban y se vendían y los blancos también, si eran pobres, eran niños 'entregados', así se les decía. A Bernardo y a Socorrito los tenían de niños de mandado en casa de una gente rica en Humacao. Allá fue a reclamarlos don Andrés, pero la señora de la casa y sus hijas estaban encaprichadas con los nenes y no querían devolverlos. Don Andrés citó al jefe de la familia en un despacho de abogados en Fajardo, porque antes, las cosas se arreglaban sin gente del Gobierno, y le ofreció dollars en cantante y sonante. Entonces se le quitó al hombre el afán por tener a los nenes y aceptó la oferta. Don Andresito corrió a la casa a buscarlos, los montó en un coche y los trajo a Santurce.

Yo miré a esos dos niños, huérfanos de padre y madre, con esos ojazos grandes y ese modo tan dulce de ser, porque Isidra y don Vicente los habían criado con mucho cariño. Ahí estaban esas criaturas, regaladas y vueltas a comprar; ya Bernardo tenía como once años y la nena poco menos, y yo… ¡no se crean que fue porque yo estuviera pendiente de esas cosas del destino, que yo ni magia, ni supercherías, ni santos! Yo creo en la educación y la justicia y el bienestar de la sociedad; yo me eduqué leyendo a don Eugenio María de Hostos, el educador, y trabajando por los derechos de las mujeres junto a doña Ana Roqué y escuchando los discursos de Luisa Capetillo y del Dr. José Celso Barbosa, que nos impulsaban a todos los puertorriqueños a luchar por nuestro futuro. Y siempre fui maestra y sufragista, y voté desde la primera vez que los hombres tuvieron que dejarnos votar, no es que nos dieran el voto, como dicen equivocadamente por ahí, ¿saben? ¡Nosotras lo tomamos! Pues ahí los tenía yo en frente y ellos al menos me conocían, si yo los había visto nacer….

Así que me quedé a los nenes y los crié como mis hijos, pero los inscribí como les correspondía, con su apellido Ramírez, pero mejor aún, Ramírez-Isidra. Les puse el nombre de su madre porque ella había sido esclava y ellos tenían que recordarlo y honrarla por eso. Esclava fue, y no la pudieron humillar ni matar de hambre cuando no quiso seguir en la casa de sus antiguos amos, no señor, echó para adelante. A

Ramón, el hermano mayor de ellos, no lo volvimos a ver porque ése se perdió en la historia. Así es, siempre hay gente que se pierde en la historia y antes pasaba más a menudo. Ahora, que cuando el señor Andresito me los dejó, pues lo primero que hice fue llevarlos a inscribir y tuve problemas porque en el Registro no querían ponerle esos apellidos. Figúrense, unos muchachitos negros, sin padre ni madre, sin propiedad alguna, no eran nadie. ¡Y con apellido compuesto, eso no se había visto! A los blancos no les gustó nada. Pero yo sabía mis derechos y busqué a un abogado más blanco que todos, el licenciado Roberto Grau, hermano de don Gabino, de pura cepa puertorriqueña, pero blanco por todos lados, al parecer, porque vaya usted a saber, ¿verdad? Y me los tuvieron que inscribir como yo pedí.

Entonces me asignaron de maestra a Salinas, un pueblo que quise mucho, donde viví muchos años y donde crié a mis hijos hasta que empezaron a ser hombre y señoritas, Y luego estuve en Coamo, Maricao, Peñuelas y Ponce, y volví a San Juan. Y todo ese tiempo, regularmente, don Andresito me mandó dinero para Socorro y Bernardo y dinero de más, para mis otras hijas y yo le decía que no hacía falta, porque yo tenía mi orgullo, pero él contestaba que para qué quería él dinero si él tenía lo suficiente para sus gastos y nada más nos tenía a nosotros y a Monserrate, su madre. Entonces ella todavía estaba viva y trabajando más de la cuenta, como siempre. ¡Qué mujer para ser fuerte; y flaca que era, pero como un roble! Y pudo haber sido bonita, porque era de buena presencia, pero siempre tenía una mirada tan dura que le trincaba la cara y no la dejaba ser.

Carmen Ocasio no aparentaba los casi 95 años que llevaba a cuestas cuando la encontraron. Vivía en una casa por el sector de la playa de Isla Verde, de donde habían tratado de sacarla los desarrolladores porque querían reubicar a la gente negra lejos del área, para poder dedicarla al turismo y urbanizaciones de clase media, pero no habían podido obligar a Carmen a vender su propiedad. Pasaba sus días rodeada de nietos y bisnietos que la cuidaban como si fuera un tesoro nacional. Y eso, precisamente, es lo que ella era. Las paredes de la sala estaban cubiertas de diplomas y reconocimientos que atestiguaban la admiración y el respeto que le habían manifestado durante todo el siglo decenas de organizaciones culturales y cívicas, y hasta el propio Departamento de Instrucción. Fue a través de una parienta en esa dependencia que dieron con Carmen. Cuando le dijeron que hacía varios años que la buscaban para que les diera datos sobre Andrés Estelrich, le extrañó que hubiese sido tarea difícil.

—Pero criaturas —exclamó— qué tanto buscar ni nada ¡si mi nombre y número de teléfono están en la guía!

La miraron sorprendidos. ¡Hubiese sido tan sencillo! Pero jamás se les había ocurrido que alguien mayor de setenta años figurara en una guía telefónica.

—¿Y qué es lo que quieren saber?

—Todo, todo lo que sepa de Andrés Estelrich. Tenemos entendido que era conocido suyo y queremos poner al día la información que nos dio la Sra. Delestre.

—¿Y quién es esa?

—Una francesa, amiga de los Cantré, que lo conoció y sabía mucho sobre él.

—¿Los Cantré? —exclamó con desagrado.

—Sí, amiga de Haydée Cantré, la que estaba, usted sabe, la que decían que estaba loca y que mandaron a Francia.

—Ah, la Niña Haydée… ¿Dicen que amiga de ella? Sí, Sería de por allá, porque aquí nunca la oí nombrar. A la Srta. Haydée creo que la dejaron salir del sanatorio grande ya; esa criatura no estaba loca. Quería ser artista, eso sí, y para la familia Cantré eso era locura. Perniciosa esa familia, mala sangre tenían todos. El viejo, el hijo, la esposa, la Teresa…

Don Andrés los frecuentaba al principio, luego no. ¡Vivió tantos años fuera de la Isla! Él fue periodista y viajó por el mundo entero, pero en su corazón, era poeta, eso digo yo. Y artista, que es lo mismo. ¡Y cómo cantaba! Le gustaba mucho la música, la poesía. Me escribía de todas partes y mandaba cartas y postales para los nenes. ¿Saben cómo yo le decía? que era como la flor de pascua. Así mismito, tuvo muchas desdichas, se le veía en el rostro, pero él, como si nada. De sus propias hojas hacen flor las pascuas, y así era él. Y como las pascuas, siempre aparecía cerca de Navidad. Les traía a los nenes los regalos más bonitos que puedan imaginarse: aeroplanos de madera, cajas de música, mantones de Manila a mis hijas les trajo y las llevó a ver las zarzuelas con ellos puestos; canicas de cristal para Bernardo, muñecas de porcelana con juegos de ropa. Eso costaba una fortuna y él, eso compraba. En vez de una casa para su vejez, no, todo lo gastaba en los niños.

Eso fue cuando los años esdrújulos. Así mismito los bautizó él. Para entonces vino de seguido a la Isla. A veces íbamos a conferencias en el Ateneo, o a los Juegos Florales y luego nos sentábamos a conversar él y yo con Evaristo Núñez, otro compañero, maestro de historia, y con Américo

Ortiz, gran amigo de él, que enseñaba español; éramos un grupo, todos maestros excepto él, y nos poníamos a analizar lo que estaba pasando en nuestro país porque nos preocupaba, no crean que no, el que los niños y las niñas no estuvieran recibiendo la educación en su lengua materna, eso no estaba bien, aunque estuvieran llegando muchos maestros buenos de Estados Unidos —y otros no tan buenos, aquí los había mejores-pero no sabían español y eso atrasaba mucho la capacidad de los muchachos para entender las matemáticas, la geografía, las ciencias sociales. Y ni hablar de la literatura. A decir verdad yo no sé cómo se mantuvo el español. A lo mejor fue gracias a los poetas, todo el mundo era poeta o quería serlo entonces y hacían poesías y rimas y, versificaban a la menor provocación, con mucha soltura y mucha gracia ¿saben?

Pues don Andresito nos dijo un día: —¿Se han fijado cómo está la cosa? No existe un poeta nuevo que no hable de sílfides y no hay mansión nueva que no tenga ánforas, no hay un estanque que no tenga nenúfares y no hay una fiesta donde las damas no tengan prendedores de libélulas y no existe un libro de viajes donde no se hable de cariátides. ¡Les digo que es el decenio esdrújulo y todos se imitan unos a otros! —Y así se quedó para nosotros, el decenio esdrújulo. Pues de todo eso yo me acuerdo. Pero, no sé qué más pueda contarles. ¿Qué quieren saber en específico?

Le contaron lo que hasta entonces habían encontrado y le leyeron una carta que les había mandado el hijo de Aidan. –Queremos saber todo, de él, de sus amigos; su vida se nos pierde después de la guerra, de la Gran guerra, o sea la Primera Guerra Mundial, hay pocos datos de él.

—Sé que ésa es la Gran Guerra —dijo regañándolos— ¿o qué creen, que nací ayer? Lo que sucede es que ese año de 1917 fue muy cargado, demasiado diría yo. Lo tengo clarito en la memoria, fue cuando la ciudadanía norteamericana. Esa ciudadanía que nos honra, sí señor, a pesar de lo que digan algunos, cambió todo en Puerto Rico, y fue también cuando la aparición de la Virgen de Fátima. La prensa dijo que el cielo se oscureció de día y el sol parecía un disco dando vueltas en lontananza. A don Andresito lo mandaron a escribir de ella, de los milagros... Pero él dijo que ya ese lugar era santo desde antes; él siempre estaba metido en esas cosas. Es por su abuelo, que perteneció a una... cofradía, una organización como los masones, pero no de acá, era algo raro que él se trajo de las islas, creo. Ay mijos, y la gente murió como moscas porque después de la guerra vino la epidemia de influenza ¡y eso mató a tanta gente! Pero a don Andrés nada de eso le afectó tanto como la muerte de don Paquito Oller. ¿Han oído hablar de él, verdad? Pues el 17 de mayo de 1917 murió Oller. Y fuimos muchos los que le lloramos, ¿saben? Hoy día no, todo está olvidado, pero en Puerto Rico, somos nosotros, los maestros, los que no nos olvidamos. En otros países son los historiadores pero aquí, somos nosotros los que siempre recordamos a los nuestros. Don Andrés lo admiraba mucho, admiraba a todos los que se arriesgaban por una causa, pero sobre todo, sentía una lealtad muy grande hacia los artistas que, aunque vivieran a veces en la miseria, se dedicaban a trabajar por el país y a quererlo. Pero él le tenía miedo a la pobreza, y con razón, ser pobre antes no era como ahora, que hay Seguro Social y ayudas de gobierno. Y cualquiera diría que había pasado hambre de niño y no fue así. Sucede que tenía hambre de ser respetado; en los pueblos chiquitos todo se sabe, y él era bastardo. Ahora no, ya quitaron eso hasta de los certificados de nacimiento pero antes… eso se le quedaba a uno para toda la vida y más si su madre se lo inculcaba, que fue lo que le pasó a él.

Yo creo que eso fue lo que le afectó. Y como él había heredado, además, lo de las visiones. Sí, eso es así, hay gente que hereda esas cosas. Yo tuve una tía que soñaba con lo que iba a pasar y pasaba. Don Andrés, en cambio, no tenía presentimientos del futuro, sino del pasado, revivía algo que un pariente vivió. Por eso don Vicente se lo encargó a Alejandro, el mexicano que era hermano de logia de don Vicente. Porque él era, como les dije, de una organización de esas místicas pero además era de la Casa de las Almas y de quién sabe cómo se llamaba esa otra cofradía. Eran muy estudiosos. Entonces a Alejandro lo pusieron a indagar qué cosa le sucedía a don Andresito, al menos eso me contó don Vicente, pero haciéndome prometer que no le diría nada al joven Andrés. Aunque años después, cuando fuimos amigos, pudimos conversar sobre eso.

—¿Y al fin se supo qué le pasaba?

—Fíjense que algo se averiguó porque le dio por allá por México, en Guanajuato, frente a Alejandro. Era… déjenme ver si me acuerdo… era con la muerte.

—¿Acaso le tenía miedo a la muerte, la presentía? —preguntó Quique.

— No, no, era que al parecer, a veces veía algo asociado con la muerte y como que le hacía perder la razón y tenía que salir corriendo. Eso fue lo que averiguaron, o creyeron averiguar, según me dijo una vez, aunque él hablaba poco de eso.

Lydia y Enrique no quisieron abundar. De pronto, creyeron correcto no mencionar lo que sucedió en Colorado y el sentimiento de cobardía que acompañó tanto tiempo a Andrés, pues a fin de cuentas no había sido culpa de él. Doña Carmen se percató. No les preguntó nada, pero añadió: —Esto él lo heredó, entienden, le pasó desde niño, no fue por algo que él viviera, lo heredó como se hereda el color del pelo o la manera de caminar. También la memoria se hereda, al menos eso dice una carta que le mandó Alejandro.

—¿Carta? ¿Usted tiene cartas?

—Ay, que si tengo, mira muchacha, montones, y fotos, todas las del mundo. Las que él tenía, casi todas se las iba dejando a los tíos, ya saben que eran su familia más cercana, aunque también tenía una amistad en Coamo, y allá debe haber dejado sus dibujos. Yo tengo muchísimas. Antes uno se comunicaba por carta, casi nadie tenía teléfono, así que uno se mandaba cartas y postales no sólo cuando salía de la Isla, sino de pueblo a pueblo. Él le escribía a sus amigos aquí; a Américo Ortíz, con ése estaba las horas muertas discutiendo por escrito sobre la lengua y la gramática y ni hablar de la arquitectura, porque Américo se había hecho protestante y don Andresito criticaba los nuevos templos que hacían los protestantes porque muchos no tenían arcos, ni las medidas correctas, decía. Él afirmaba que los ángeles sólo se posaban en los arcos y que Dios de seguro no gustaba de los espigados templos protestantes y Américo le decía que la iglesia no era el espacio físico, sino la gente y entonces estaban horas y horas en esas discusiones. Entonces empezaban a hablar de la cultura y de cómo los americanos nos miraban por encima del hombro, y era verdad, no todos, pero muchos, aún los que no tenían estudios y llegaban en barco con una mano adelante y otra atrás, se creían mejor que uno sólo porque eran americanos. ¡Lo mismo que había pasado con los españoles! Pero por eso mismo es que Américo decía que había que educar a todo el mundo, y que las iglesias tenían que tener reverendos y sacerdotes y ministros puertorriqueños, para darnos a respetar. También iban a las tertulias con don José Negrón Sanjurjo ¿saben quién es? Él era de los que creía en la unión universal y abogaba por el uso del Esperanto; fue a participar del Congreso Universal de Esperanto en Washington, a fines del 10, creo. Don Andresito también se carteaba con un músico, de Carolina él. ¿Cómo es que se llamaba? Era un violinista muy famoso y terminó muerto de hambre. Bendito, acabó tocando música mientras pasaban las películas en un cine, allí por donde hoy día es el Condado, un poquito más allá, y le daba tanta vergüenza que salía por la parte de atrás del edificio cuando terminaba la tanda.

Don Andrés siempre anduvo con músicos, de los que se reunían frente a los colmados para cantar y rememorar, por eso se sabía tantas canciones. Y cuando venía el carnaval ¡Ave María, qué mucho le gustaba! Porque él no iba a bailes ni jaranas ni nada de eso, pero le gustaba esa algarabía en las calles y se iba con Américo y con sus amistades, los Candelas, los Meaux a ver al Rey Febrero, un mulato flaco que se vestía de blanco y se paseaba en una balsa por la Laguna del Condado, porque él hubiera querido ir en carroza pero no podía, por su raza no se lo permitían, así que se paseaba por el agua y luego formaba un jolgorio en Santurce abajo.

Don Andresito viajaba mucho; iba y venía, y a veces nos sorprendía con las cosas que parecía saber. Figúrense que estábamos una tarde en casa y llegó corriendo a decirnos que venía una tormenta terrible, que iba a azotarnos esa noche o al otro día. Y ya se sabía que habría vendaval, pero él decía 'no, no, es algo terrible lo que viene' e insistió que teníamos que asegurar bien la casa, y todo porque él había estado de paseo en San Juan y había visto a los muchachos de la isleta bajar hacia la barriada de la Perla detrás de unas mariposas grandes, negras y rojas. Eso nos contó. Acá por Santurce no se vieron, pero fíjense, al otro día fue el huracán San Felipe y ése sí que destrozó a medio Puerto Rico.

Pues él siempre estaba platicando de todo con Américo y se escribían uno al otro y, cuando don Andresito de pronto se contradecía en algo, Américo sacaba las cartas y le leía lo que él había dicho y así se amanecían discutiendo. Ay mijos, ¡que si lo recuerdo! Pero claro que sí, y que si tengo fotos y cartas ¡por montones!

Pidieron verlas; al fin verían su rostro, pues el retrato de él que había estado sobre la repisa de la escalera en la casa de las tías, vestido de etiqueta con lazo blanco al cuello, había ido desapareciendo por la luz del sol y las tías lo habían botado hacía años. Pero Doña Carmen les adelantó: —Ah no, de él no tengo ninguna. Él guardaba muchas de sus amistades, pero nunca me dio una de él mismo. No le gustaba salir en fotografías y si alguien le regalaba una, la echaba al cesto de papeles. ¡Y miren que era guapo! Pero de don Andrés una se quedaba con el recuerdo y las postales y cartas; envió muchas de Cuba, algo encontró él allá...

Doña Carmen mandó buscar varias cajas y sus nietos, solícitos, las trajeron. Lydia y Quique comenzaron a leer las de La Habana, ciudad que deslumbró a Andrés como ninguna otra aunque, decía, no acertaba a entender por qué. No era sólo que las calles anchas y los paseos fueran señoriales, cosa que le encantaba de todos los centros urbanos, sino que la arquitectura de cuatro siglos le cautivó. Y eso, unido a la gente que vivía en La Habana y a las luces tropicales dando de tarde a las casas neoclásicas, a las paredes de ladrillos, a los pórticos de las iglesias, a los almacenes junto al puerto, a los patios interiores donde se desbordaban las flores y las palmas y los árboles frutales, le hicieron querer a esa ciudad como un todo y no en fragmentos, como amaba otras de América.

Sin embargo, de todo lo que él escribió sobre Cuba, lo que más le impactó, se dieron cuenta, fue el viaje a Cienfuegos. Algo en el camino le pesaba y la propia ciudad se le hizo extrañamente conocida, en particular una casa amarilla y blanca, de techo de tejas y amplio balcón, enclavada entre otro puñado de casas similares en la isleta a la misma boca de la bahía, de modo que daba al mar en frente y a la bahía atrás. Cuando se abrían las puertas a lo largo de la casa, el resplandor del agua entraba y la colmaba de luces de plata. Vivía allí un hombre joven, el Sr. Serafín de Mazarredo, cónsul honorario de México, con quien tuvo amistad Andrés. De tarde se sentaban a hablar de ese país que tan hondamente les había marcado y al anochecer asistían al teatro o a alguna tertulia en el casino, según contaba en las cartas.

Durante esa primera visita Lydia y Enrique leyeron muchas cartas y postales, y tomaron notas de algunas, pero sintieron que en todas había como una sombra, ni mala ni buena; una sombra entrelíneas que se recostaba del alma de Andrés y no le permitía sentirse tranquilo. También vieron decenas de fotos. Una, de un joven de pelo negro ensortijado parado en unas ruinas romanas con una cámara enorme en un trípode era, sin duda, de Jacobo Levi Rosas, quizás cuando comenzó a trabajar con Andrés. Tenía sonrisa franca, sombra de barba, ojos soñadores.

—Es posible que en Cuba haya decidido trabajar en lo que más le gustaba, que era el dibujo de casas y edificios. Y también el arquitectónico, de diseño de edificaciones —explicó doña Carmen. Porque él se quedó un tiempo por allá; tenía contactos con la colonia española, sobre todo con los asturianos, que le recordaban mucho a su abuelo. Con un arquitecto cubano-español comenzó a colaborar como delineante y diseñador, ¡ni que fuera un muchacho, él que ya estaba entrado en años! Hacía diseños para las molduras en yeso y otros adornos de algunas casas, ése era un trabajo que le encantaba. Entonces, en un arranque, renunció a la revista y se quedó viviendo de sus ahorros. Fue cuando regresó acá a la Isla y decidió acompañar a Socorrito cuando ella iba trabajando de pueblo en pueblo. Él hacía dibujos y escribía. Y Américo lo cucaba y le decía que él ya no era de aquí por haber estado tanto tiempo fuera. Entonces como que le dio nostalgia por haberse ido tan pequeño de la Isla y quiso sincerarse, afirmar esa identidad que quieren recobrar los que se han ido, y escribió una estampa de él mismo, se retrató, como si dijéramos, pero en palabras y nos la leyó a Américo y a mí. Esa yo la tuve aparte porque yo la usaba en las clases de composición, para poner a los muchachos a describirse a sí mismos, pero se me fue gastando y sólo me quedó un pedacito. Es ese papelito azul que está en el cuadernillo, dénmelo acá que se los voy a leer. Dice así: '¿Qué tenía yo cuando me fui? Tenía la vida de 12 años atada a mi pueblo natal y la seguridad de la mano de mi madre cuando caminaba pequeño por las calles y la seguridad de la mano de mi abuelo agarrándome fuertemente camino de alguna construcción. Tenía también los colores de mi pueblo y la manera de mirar que era como se miraban las gentes de mi barrio y el recuerdo del sabor de los dulces de coco y canela envueltos en hojas de plátano que vendía Facunda. Y tenía la memoria de la hilera de palmas y la estampa del río que abría al manglar fijadas en la yema de mis dedos como otra huella dactilar, más precisa, no singular, sino compartida, y tenía la palabra y el modo de hablar de la gente con la que me tocó criarme. Sabio el idioma español que llama yema a la esencia de la vida: el sol amarillo del huevo, convexa forma perfecta, y llama de igual manera a la parte de los dedos por dónde la vida táctil comienza, por donde aprendemos a sentir sin siquiera haber abierto los ojos...'.

Fue entonces que regresó a San Antonio y se sorprendió al ver lo pobre que estaba. Solamente los Adell y los Cantré sobrellevaban bien la crisis. Miguel, lo sabía todo el mundo, había sido uno de los mayores importadores de whisky clandestino en la Isla durante la Prohibición. Lo traía en barcazas desde St. Thomas. Tenía relevos en las islas de Vieques y Culebra y de ahí transportaban todo a una rada por Naguabo. Los Grau estaban vivos porque los hijos y los nietos de Gabino trabajaban para mantenerlos. Gabinito salvó algunas fincas, Roberto José, como su padre, era abogado y Narciso trabajaba de contable en San Juan con una compañía importadora española. Ya casi no quedaba nada de la hacienda, todo se lo habían ido comiendo poco a poco 'mordiendo como ratas' decía Gabino, los acreedores de la San Antonio Sugar Corporation, una central gigantesca de capital americano que había desbancado a los sanantoninos.

Los únicos que seguían bailando la danza de los millones eran los Adell, que habían invertido parte de su caudal en unas compañías americanas, y los Cantré, a los que se les había metido entre ceja y ceja construir una mansión en medio del palmar de Barrio Abajo y se sacaron de la manga unas escrituras que comprobaban que casi tres cuartas partes del palmar y la playa, así como los cayitos en medio del mar, eran propiedad de ellos por vía de la abuela materna. Lo que no pudieron hacer los americanos treinta años antes, lo hizo entonces Miguel Heraclio. Y eso ya era un barrio, hasta casas de cemento había, y dos colmaditos, y huertos, todo el mundo tenía un huerto en la parte de atrás de su casa, pues de allí echaron a las familias que por más de cincuenta años habían poblado el lugar. Algunos trataron de defenderse pero Miguel Heraclio buscó de accionistas a los de la San Antonio Sugar, le pagó a unos guardias, y a palo limpio sacaron a los habitantes y le pegaron fuego a las casas. Enseguida mandaron a sembrar hileras de flores, hicieron jardines y en un recodo construyeron una mansión como no se había visto por aquellos lares.

Era una casa de dos pisos, con balcones todo alrededor en las dos plantas, y al frente tenía dos puertas macizas entre las cuales instalaron un mosaico enorme que representaba la central y los cañaverales. Hacia un lado construyeron una terraza con columnas que abría a un estanque y ahí echaron flores y peces. Imagínense, la gente muriéndose de hambre y ellos con peces grandes, de adorno, en aquel estanque. Hacían fiestas hasta la madrugada porque a los hijos de Teresa y a los de Miguel les gustaba la bebelata; y todos los que habían perdido sus casas escuchaban esas fiestas, esa música, desde el lindero del Barrio del Frutal, a donde el municipio les dio unas tierras húmedas y salobres que sólo servían para criar mosquitos y para que se les inundaran sus casas cada vez que el río se salía de su cauce.

Fue un escándalo, pero a los ricos nada de eso les perturba. Lo que sí les molestó fue que Gabino se atreviera a decir que si esas tierras eran de todos los Cantré, entonces eran en parte de él porque su sangre corría por la familia Cantré. Miguel Heraclio se armó de dos revólveres y fue a pedirle cuentas, pero doña Aurorita, su pobre esposa, se le fue detrás rogando que no le hiciera caso a Gabino Grau, que todo el mundo sabía que estaba loco. Pero es que en el pueblo se comentaba que Providencia era hija de él, porque se le parecía tanto y tanto que no había manera de negarlo. Desde chiquita fue así. Y esa criatura, de verdad, que no parecía tener sangre Cantré porque era otra cosa, seria, juiciosa, casó con un muchacho de Ponce y se fue para allá y allá pasó toda su vida. Decían las malas lenguas que Gabino había enamorado a doña Margarita y que eso fue lo que le dio el derrame a don Heraclio. Que le dio rabia y comenzó a dudar de si la señorita Haydée no sería también hija de Gabino, porque era tan blanca, de pelo negro, pero no, ésa, aunque renegara, era Cantré. En cambio la niña Provi… A Gabino le hubiera gustado batirse a duelo con Miguel Heraclio; Gabino también era de sangre caliente y todavía de viejo tenía mucho pulso para manejar pistola y hasta machete si hacía falta, pero no se dio.

Pues así fue que tomaron casi todo el palmar los Cantré y lo retuvieron por muchos años, hasta que Luis Muñoz Marín, cuando fue gobernador, se los expropió para hacer la playa pública que hay ahora, pero bien que le pagó por esas tierras. Los del Barrio Abajo lo perdieron todo y hasta ahí llegó el sueño de Andrés porque nunca se hubiera imaginado que Miguel le fuera a robar su terreno, pero sí, hasta con el de él se quedó. No respetó a don Andrés, que había sido de los que lo había tratado por mucho tiempo, ni a Facunda, que todavía andaba con Anselmito a cuestas, ni siquiera a unas monjas que habían comenzado una escuelita, a todos se les quedó con las tierras. ¿Y qué decirles? Uno podría pensar que era porque ya tenía esa enfermedad que le comió el cerebro y lo puso como loco, pero la verdad es que él era ruin desde joven, y de viejo, igual o peor.

Cuando se enteró, don Andresito quiso visitar el pueblo para ver si se podía hacer algo, pero todo fue en vano. Se presentó en las oficinas de la central y pidió ver al dueño. Un secretario entró al despacho de Miguel Heraclio y salió a los pocos minutos para decirle que el señor estaba muy ocupado y no tenía tiempo para hablar con nadie. Don Andrés insistió y alzó la voz discutiendo con el empleado. Entonces se abrió la puerta del despacho y Miguel Heraclio Cantré se cuadró frente a Andrés. Había engordado voluminosamente, tenía la cara roja y sudada; lo miró con desdén y exclamó: —Te me vas yendo ahora mismo de aquí. Ni yo, ni nadie de mi familia tiene nada que ver contigo. —Luego se viró y le dijo al secretario: —Si vuelve, le ajotas los perros.

—Don Andresito le iba a contestar, pero se dio cuenta de lo que la Niña Haydée le había dicho toda su vida: eran gente de mala sangre, no tenía caso tratarlos. Y tampoco tenía dinero don Andrés para buscar abogados que pudieran ganarle un pleito a los Cantré.

Salió por el camino polvoriento de la central y caminó hasta la playa. Vio de lejos la mansión que habían construido en medio del palmar y los jardines sembrados donde una vez estuvo el barrio en el que él se crió, y el corazón se le achicó. Entonces cambió de rumbo y se fue cerro arriba. Subió por el atajo que llevaba al ojo de agua y siguió adentrándose en la maleza. Al llegar a la cima, se sorprendió al ver un rancho largo, techado de yaguas, frente al cual una docena de niños descalzos, con el pelo rapado y teñido de precipitado rojo para los piojos, y cinco monjas americanas jóvenes, vestidas de blanco, los velos prendidos en la nuca con imperdibles, trabajaban afanosos construyendo banquetas y simulacros de mesas con madera demasiado verde. Al ver a ese hombre con aire de ciudad parado mirando sin decir nada, una de ellas se le acercó y en un tono que era a la vez pregunta y orden, le dijo en perfecto castellano: —¿Quiere ayudar? ¿O se va a quedar ahí parado todo el día mirándonos? Esto no es ninguna ciencia, yo le puedo explicar. —Andrés sonrió y le dijo: —No siga en esa faena, *Sister*, nada de lo que está haciendo le servirá de mucho. La madera está verde, se torcerá y abrirá donde le ponga clavos; y las patas de las banquetas no están bien medidas, harán juego con el asiento y se irán soltando.

La monja miró de arriba a abajo y aquilató a ese hombre que había llegado de la nada y en medio minuto le había destruido la ilusión que ella tenía de terminar el mobiliario de su escuela para comenzar enseguida a ofrecer clases. —Pues si tanto sabe usted, háganos el favor de decirnos dónde se consigue la madera que sirve y cuánto cuesta, y, si quiere ayudarnos, denos las medidas adecuadas y a cambio rezaremos un rosario diariamente durante un año por su salvación —contestó.

Se llamaba Sor Ignatia, porque admiraba a San Ignacio de Loyola. —Pero podría haberse llamado sor Paula porque es más testaruda que Pablo de Tarso, o quizás Sor Agustina porque cree que sabe lo que Dios quiere para los hombres mejor que el propio San Agustín, padre de la iglesia —le dijo Andrés a los pocos días, cuando terminaron de construir juntos los pupitres, el escritorio, los estantes y las banquetas para la escuela Santa Cecilia.

—Tú qué sabes, Andrés —le tuteó la monja, mientras colocaba cuadernos, lápices, plumillas y tinteros en los pupitres. Se hicieron amigos en un dos por tres cuando ella vio lo hábil que era Andrés para trabajar la madera y cuando él supo lo valiente que había sido ella para encarar a los Cantré.

—Se quedaron con todo lo nuestro, el terreno que habíamos comprado, la casa que habíamos comenzado a construir... Ni siquiera respetaron que éramos religiosas —le dijo.

—Ni la religión ni la caridad han sido importantes en la vida de ellos —contestó Andrés.

—¿Los conoces bien?

—Bastante, aquí nací, hermana.

—Pero has vivido casi toda tu vida fuera, ¿por qué estás de vuelta?

—No lo sé, vine pensando que quería construir al fin una casa en la tierra que me dejó mi abuelo, era una ilusión que guardé muchos años. Ahora me quitaron la tierra, igual que a usted, los de la San Antonio Sugar con los Cantré. Bueno, los Cantré no, Miguel Heraclio, que es el jefe del clan.

Andrés le contó un poco de su vida errante y de las monjas que le educaron en Nueva York. Sor Ignatia también era irlandesa y madre superiora del convento del Divino Pastor, que consistía de una casa larga de madera de tres dormitorios con un patio central convertido en hortaliza, y el ranchón techado de yaguas que pronto sería la Escuela Santa Cecilia. Había venido a Puerto Rico porque había escuchado el pedido que leyeron en las iglesias de Filadelfia el año anterior. Un sacerdote solicitaba a las monjas que pudieran costearse los gastos, que vinieran a la Isla a ayudar a escolarizar a los miles de niños que necesitaban una educación católica, porque los laicos no les inculcaban los valores necesarios para ser buenos cristianos y los protestantes estaban haciendo mucha mella en la tradición católica del pueblo puertorriqueño. Eso motivó más que nada a Sor Ignatia.

Con el permiso de su orden y con el aval de dos o tres feligreses ricos, embarcó con cuatro hermanas hacia Puerto Rico. El único problema fue que, al llegar a San Antonio, se encontraron con que el Padre Joseph, que había sustituido al padre Bermejo, estaba cansado del poco fervor que exhibían los feligreses y de las muchas enfermedades tropicales que le habían asediado desde que llegó a la Isla. —Ya existe el Colegio del Niño Jesús de Praga —les dijo— mejor se regresan a Filadelfia. —Pero ella, ni corta ni perezosa, con el dinero que había traído, compró un terrenito en el barrio que daba al mar. De allí la habían echado a los pocos meses junto con sus compañeras y fueron a refugiarse a la casa parroquial, donde una y otra vez el cura les pedía que se regresaran a su país.

Para Sor Ignatia, sin embargo, nada era más atractivo que una lucha desigual. El sentirse avasallada por los inconvenientes, le daba un sentido inconmensurable a su vida. Rezó y rezó para que Dios les ayudara. Y cuando se sentía agotada de visitar tanta casa de feligreses pudientes, tanto prelado, tanto ricachón boricua que le ofrecía comidas exquisitas pero ni un centavo para la escuela que querían hacer, se recordaba no de los santos, sino de los vikingos. Su padre le había leído sagas de los vikingos cuando era pequeña, pues él les juraba a todos sus hijos que tenían ascendentes escandinavos. Les había inculcado que la mejor experiencia que podía vivir un ser humano era encontrarse en un barco, remando hacia lo desconocido, en un mar bravío, con el sol en el horizonte, listo para enfrentar cualquier vicisitud. Eric el Rojo, el verdadero descubridor de América, decía, ese debe ser el ejemplo para todo el mundo. Y Sor Ignatia, entre rosarios y novenas, entre mosquitos que llenaban de ronchas los brazos y piernas de las hermanas y hojas de plátano que manchaban irremediablemente sus hábitos, pensaba en Eric el Rojo mientras caminaba por barrios y montes buscando ayuda.

Un atardecer, a punto de regresarse vencidas a Filadelfia, entró Luis Antonio Grau a la casa parroquial donde se hospedaban hacinadas las hermanas. Su padre acababa de morir y, para sorpresa de la familia, les había legado una pequeña fortuna depositada en un banco en San Juan. Los Grau eran vengativos y a Luisón le pareció lo más atinado que en el monte, entre los jíbaros de la serranía, unas monjas liberales educaran a los niños y compitieran con el colegio del pueblo, en manos de los Cantré. —Sólo prométame que les buscará siempre buenos maestros que hablen español —le dijo a la religiosa a modo de contrato.

A Sor Ignatia le conmovió esa única solicitud de quien montaría la escuela. ¿Por qué era tan importante para este hombre el idioma? Ella sabía castellano, sus compañeras lo estaban aprendiendo. —No habrá problemas —le dijo—, todo será en español. Por eso dejaron de llamarse '*sisters*' y cada una fue, hasta la muerte, 'sor'. Luisón Grau compró el terreno y recién comenzaba a habilitar la casa-convento y el ranchón para la escuela, cuando sus hermanos empezaron un pleito, que duró años, por la herencia del caudillo. La escuela quedó a medio hacer, pero a Sor Ignatia eso no le molestó. Se veía como Eric el Rojo en la barca, navegando hacia el horizonte, lista para toda prueba.

—¿Y qué piensas hacer? —preguntó a Andrés cuando éste al fin anunció su partida.

—Por lo pronto me iré de viaje a Cuba, creo que algo me hala hacia allá.

—¡Qué tonterías escuchar a un hombre hecho y derecho hablando de dónde halan o no a uno! Aquí deberías quedarte.

—¿Aquí, Sor Ignatia? ¿Haciendo qué? Si ya ni tierra tengo.

Él se quedó un tiempito más, como pensando qué hacer, porque él, o se tardaba mucho en tomar decisiones, o las tomaba de sopetón, sin pensar. En eso, siempre fue de extremos. Y el pueblo seguía desmejorando. La iglesia nunca se repuso de la tormenta San Felipe, que le llevó el campanario, y los feligreses se habían acostumbrado poco a poco al nuevo párroco, el Padre Joseph, quien masticaba un español mezclado con portugués y trataba de acoplarse a la vida de esa comunidad instando a la gente a ser civilizada, que según su criterio, al igual que el de los administradores de la Sugar, estribaba en imbuirse de todo lo anglosajón. Luchó mucho por el pueblo, ciertamente, y logró que una orden de Hermanas de la Caridad, con sede en Boston, fundara una escuela católica, el Colegio del Niño Jesús de Praga, donde todo se enseñaba en inglés para que los alumnos y alumnas fueran tan preparados como los de tierra firme, decía. Pero el padre Joseph ni siquiera enseñaba catecismo allí pues no tenía paciencia con niños ni adolescentes; en cambio era muy querido por los infantes, por lo que decidió convertirse en el maestro de primer grado aunque él no sabía nada de pedagogía. Terco, porque eso sí era, se propuso alfabetizarlos y mandó a buscar a Estados Unidos un banderín del abecedario el cual, naturalmente, no tenía ni la 'ch', ni la 'll', ni la 'ñ', así que él se las añadió a mano al final, y pasaron por su salón varias generaciones de estudiantes quienes aprendieron a recitar el alfabeto con esas letras fuera de orden. Así sabían los maestros en las escuela superiores del distrito quiénes venían de San Antonio, con sólo pedirles que recitaran el alfabeto. El hecho de que esto les dificultaría para toda la vida el poder buscar palabras en el diccionario o el aprender a archivar alfabéticamente nunca le preocupó al Padre Joseph pues como él mismo decía: —El espaniol es lengua menor, baste sepan biein *English* para, por, triunfar en la vida.

Andrés buscó a Facunda y la encontró muy anciana, todavía cuidando a Anselmito, que ahora era un hombre mayor, canoso y flaco, más sosegado que en la niñez y totalmente embebido con la visita diaria a casa del boticario, a donde lo llevaban a escuchar programas de radio cuyo contenido invariablemente repetía llegada la madrugada. Para gran tristeza de Facunda, Anselmo no pareció reconocer a su amigo de la niñez. Ella, ansiosa, le viraba la cabeza para que le mirase a los ojos a ver si recordaba, pero Andrés le calmó y le dijo que no insistiera; ya él había aprendido y aceptado que el tiempo marca las relaciones y sus justos encantos y desencantos.

San Antonio tenía para entonces un cine, el Rialto, y habían abierto ya tres billares, una fábrica de cal y una pequeña estación de correo con un *Postmaster* y todo, pero económicamente estaba decayendo. El Río de Oro se estaba secando, el pozo de agua dulce dentro del mar salobre del manglar, que por siglos había suplido al pueblo cuando había sequía, estaba desapareciendo, y cada día se escuchaban menos los pregones de los ajustadores de colchones, carboneros, amoladores y quincalleros por las calles de San Antonio.

Pues allí estaba don Andresito, rememorando lo que había sido, cuando lo vino a procurar su amigo hebreo, el que se crió de niño con él, se me escapa el nombre... Jacobo, ése mismo, Jacobo. Su padre ya era muy rico, tenía una cadena de tiendas en San Juan y en Caguas, Manhattan Department Stores, se llamaba. Así fue, después de haber caminado casa por casa, callejón por callejón vendiendo sus bisuterías y ropas al hombro, había montado tiendas. Tenía ahora hermanos y cuñadas trabajando en el negocio. Todos menos la mujer, porque a esa sí que no le gustaba para nada el trabajo, qué mujer más vanidosa. En salud se le convierta. Y el judío loco porque ese hijo único viniera a trabajar con él, para prepararlo para legarle las tiendas, y el muchacho, loco con su afán por la fotografía, trabajando por allá fuera de fotógrafo, sin ganar mucho, pero era lo que le gustaba.

Pues vino a buscar a don Andrés porque y que había un periódico famoso que quería artículos de viajes, bien escritos, como sabía hacer don Andresito, pero él dudó, ¿saben? Dudó mucho porque como que le habían entrado ganas de trabajar aquí. Pero, verdaderamente, un hombre como él no tenía mucho futuro en la Isla, a menos que se metiera de lleno a la política o a alguna profesión, y él como que no tenía ninguna, y de periodista no vivía casi nadie, los sueldos eran de reírse uno, como creo que todavía lo son. Así que don Andresito empacó y se fue de nuevo a Estados Unidos y de ahí lo enviaron como corresponsal cultural a Europa.

Yo creo que fue entonces que volvió a visitar a la Niña Haydée pero no la encontró. Ya ella no estaba en el manicomio, creo; la habían sacado porque, como les dije, no estaba loca. El hermano mayor, el que se quedó allá cuando repartieron la herencia, ése fue el que un día la sacó, dicen. Pero en Europa venían tiempos malos. ¿Saben como se decía entonces? 'Soplaban vientos de guerra', así se decía. Y don Andresito escribía sus artículos pero yo creo que ahora miraba con otros ojos. Ahora miraba hacia acá, a cada momento, eso le pasa a uno cuando conoce por fin a su país, ahora no era tan fácil quedarse por allá dando vueltas y haciendo, pues, cosas sanas, yo no digo que no, pero los hombres inteligentes saben que tienen un deber en la vida, y mientras no cumplen con ese deber, están intranquilos, eso es así, y hasta mueren intranquilos ¿verdad?

Por allá se encontró con unos cuantos Nacionalistas, primero con uno de los Grau, fíjense, el más calladito, Felipe —del agua mansa líbreme Dios— resultó que tenía armas escondidas en la casa y tuvo que huir. Y en Italia estaban los hermanos Muratti, refugiados allá porque acá los andaban buscando. Yo no digo que no fueran personas con ideales, porque sí los había, pero para mí que había unos demasiados violentos; no entendían lo importante de nuestra alianza con Estados Unidos. Para mi gusto, él los frecuentó demasiado y hablando con ellos, que conocían mucha historia de Puerto Rico, cada vez se sorprendía más de todo lo que él no sabía, y le entraba un desasosiego, porque ven, el problema que tuvo don Andresito toda su vida fue uno metafísico, si le podemos llamar así. Ése era su problema y el de muchos, ¿verdad? Por eso todos esos poetas y movimientos poéticos de esos años, aquí y en muchas partes, eran metafísicos. Él hubiera podido ser un hombre de letras, pero eso no le apasionaba, así que nunca trató de publicar o de escribir libros, para él eso era un trabajo. En cambio quiso ser artista, dibujante, pero nunca se decidió a arriesgarlo todo, a prepararse de verdad, y a la vez, cuando estaba seguro de que quería ser artista, entonces le entraba la duda de si eso tenía alguna virtud.

Por un tiempo cargaba en el bolsillo un papelito con una cita del líder de los Nacionalistas, Pedro Albizu Campos: 'Me dediqué a la política porque nací en un país esclavizado, si hubiera nacido en un país libre hubiera dedicado mi vida a las artes, a las ciencias'. ¡Y eso le quemaba! Le quemaba por dentro y le daba vueltas y discutía y hablaba de eso porque sus dos mejores amigos, el muchacho hebreo y el otro señor, el británico, eran precisamente, uno artista y el otro científico ¡y no tenían problemas! No tenían que cuestionarse nada. Pero don Andresito sí, y por eso yo creo que dio tantos tumbos, tanta vuelta, digo, por eso, pero también está lo de su enfermedad, verdad, de los vahídos esos que le daban y que lo dejaban muy débil. Yo me atrevía a aconsejarlo, y le decía que no siguiera escuchando a Pedro Albizu Campos, porque ese hombre, abogado, muy inteligente y todo, empezó defendiendo a los pobres pero después incitaba a la violencia, sí señor, que por eso dejaron de seguirlo muchas personas. Yo le decía a don Andresito que él no tenía que estar citando a Albizu Campos, además, no le convenía para nada, porque en esa época no es como ahora; a uno lo seguían y todo se sabía. Pero él empezó a pensar que la Isla no iba echar hacia adelante si no nos hacíamos república, y que los americanos sólo querían explotarnos. Claro, como los banqueros y los comerciantes de allá tenían mano libre y se estaban quedando con todo porque políticamente quitaron a los nuestros... ¡pero también los ricos del país le hacían juego! Y yo le decía que se fijara en los otros americanos, los que llegaron a trabajar y a ayudar, como las monjas esas con las que tuvo amistad. Pero él empezó a cambiar... Hubo muchas injusticias, y en las cortes, siempre ganaban los americanos, eso es cierto, pero por eso había que educar a la gente, Américo y yo se lo repetíamos todo el tiempo. Él nos escuchaba, pero luego se iba a unos mítines con una gente que yo no conocía y comenzó a ver la vida de otra forma. No sé si decirles que él era fuerte o débil, fíjense, y yo lo conocí desde pequeñito y lo vi crecer, y cuando vino para la muerte de su padre, y cuando me trajo a los nenes. Y él los quiso... para qué les cuento, se ocupó de ellos hasta el final, hasta que se me fueron.

A Bernardo me lo mataron en la Segunda Guerra. Miren que era bueno ese hombre, porque fue un hombre cabal. Desde chiquito ¿saben lo que le gustaba? ¡La cocina! En eso salió a la madre. Era un cocinero pero con un talento... de lo mejor. Y a la vez, donde más le gustaba estar, era en alta mar. Se hizo marino mercante, igual que el padre, vaya usted a saber lo que la gente trae por dentro, y luego siguió de cocinero. Trabajó mucho tiempo en el Coamo, que era uno de los dos barcos que iban y venían a Nueva York por años y años, con el Capitán Helgesen; con él estuvo hasta el fin de sus días. El participó cuando el *Coamo* salvó a los sobrevivientes del barco aquél inglés, famoso, que se hundió allá para el '28 o el '29, creo. Y cuando empezó la guerra ¡mira que se arriesgaron! Yo aquí, mijos, rezando con las nietas cada vez que hacían el cruce porque mira que había submarinos de los alemanes por todos lados, dicen que eran como los tiburones y no rescataban a los sobrevivientes, no señor, los dejaban morir, eso hacían.

Y fíjense que yo creo que Don Andresito presintió algo, digo yo. Porque en plena guerra, antes de que Estados Unidos se metiera, Don Andresito estaba en la mismísima Alemania, visitando a ese señorito raro, el que había sido su jefe y que lo ayudó a salir por Suiza. Desde allí me mandó una carta de las más tristes, ésa no sé donde estará, pero él sufrió mucho porque la primera noche que estuvo en Berlín, escuchaba unos ruidos terribles, como de ánimas en pena y salió al pasillo de su hotel y no había nadie y al otro día, cuando preguntó, le dijeron que eran los animales del zoológico, que se estaban muriendo de hambre. Él decía que ese tiene que ser el modo más terrible de morir, de pura hambre, y todos esos animales, los elefantes y los camellos, y las zorras, sobre todo, emitían unos lamentos de dolor, 'de un dolor que no podían comprender' decía él, como si los animales pudieran comprender otros dolores ¿verdad? Ay, ahora no sé… a lo mejor me estoy equivocando, quizás esa carta fue después de la Primera Guerra, que fue cuando la hambruna en Alemania. Bueno, lo que sé es que —y de esto sí me acuerdo bien— me envió una carta de Europa quejándose de que los inocentes tuvieran que morir así, desamparados. Y a mí no me pasó desapercibida su referencia, porque a Berna él siempre le apodó 'el Inocente' y decía que su abuelo se había equivocado al llamarlo Bernardo y debió haberle llamado Inocencio.

Y así fue, porque a ese inocente muchachón, ese hombre bueno, me lo desaparecieron, para diciembre del '42, las Navidades más tristes de mi vida. Me lo desaparecieron con el barco entero. Lo habían convertido en barco militar, y Berna siguió allí con el Capitán Helgesen, que les digo era el más admirado aquí porque ese hombre logró hacer en 80 horas el viaje de Nueva York a San Juan, un viaje que tomaba 88 horas y media, sí señor y todo el mundo lo sabía. Ese capitán tenía tanta experiencia que había mucha gente en Puerto Rico que no viajaba si él no estaba al mando del barco. Y entonces el *Navy,* cuando la guerra, tomó al *Coamo* como transporte militar. Yo le dije a Berna que ya lo dejara, pero él, junto a casi toda la tripulación, se sintió obligado a seguir con el capitán. Viajaron a Sur América ¡y hasta al norte de África fueron cuando la invasión! Y miren cómo es la vida, que el Capitán Helgesen se iba a retirar pero decidió hacer un último viaje porque la tripulación había decidido seguir ayudando al esfuerzo para derrotar a los nazis. En esa época era así; la gente tenía misión en la vida y no era como ahora que primero preguntan ¿cuánto me pagan, cuánto saco yo? No señor, antes era ¿cuánto necesitan, cuánto puedo poner yo?

Se quedó con el capitán y junto a los compañeros de tripulación y los mandaron al Atlántico de nuevo. Ahí los alemanes hundieron al *Coamo.* No se sabe exactamente qué pasó, pero ninguno sobrevivió. Cuando corrió la noticia yo pensaba en Berna, que nadaba tan bien, pero las nietas decían que en las aguas frías uno no dura nada. Y entonces yo me acordé de los botes salvavidas, porque uno siempre tiene que tener esperanza, pero aunque Berna era rápido y hubiera tomado uno, los alemanes no los recogían, no cogían prisioneros en el mar, no señor, que se los tragara el océano, así eran. Nunca lo tuvimos para llorarlo de cuerpo presente, ni para prenderle velas, ni para ponerle flores en su tumba. Pero cuando don Andresito lo supo, se las ingenió para buscar el lugar exacto donde decían que se habría hundido el *Coamo* y me mandó un mapa del Atlántico hecho por él, con las coordenadas de ese lugar donde murió Berna y ahí había dibujado él una lápida preciosa y me escribió: 'Mándala a hacer de mármol de Trujillo Alto, que allí me conocen'. Y yo fui hasta allá y era verdad que lo conocían porque cuando él estuvo con aquel arquitecto trabajando, después de un tiempo, lo más que hizo, fíjense, fue diseñar tumbas y lápidas y capillas para cementerios.

—¿Qué arquitecto? ¿No fue en Cuba que trabajó? —preguntó Lydia, atreviéndose a interrumpir a la señora, por lo que recibió una mirada tajante de Quique.

—Bueno, allá él empezó y luego en Santo Domingo, con una firma de arquitectos, pero donde más trabajó con ellos fue acá. Él aprendió mucho con ellos y como lo de él era el dibujo y el diseño pues le comisionaban eso, los adornos de los edificios y de las casas.

—Eso, eso precisamente queremos saber, ¿dónde, qué casas, qué edificios? ¿Cómo se llamaban los arquitectos? ¿Y qué es eso de tumbas?

—Eran unos americanos y un puertorriqueño-cubano de apellido Montalvo o Monagas, mon algo, pero él murió hace un tiempo y la firma de ellos creo que ya no existe. Don Andresito sí que trabajó ahora, cuál casa... vaya usted a saber. Él diseñaba adornos, las molduras de yeso que estaban muy de moda otra vez en algunas casas, a pesar de que eran como modernas. Esos adornos se podían mandar a comprar por catálogo a Estados Unidos, pero a algunos arquitectos les gustaba que se diseñaran especialmente para una casa. Y también se estilaba poner a las casas detalles decorativos en mosaicos ¡él era tan bueno en eso! De un sólo adorno me acuerdo exactamente. Queda allí por la... por la calle Tetuán, en el casco de San Juan, cerca de la Dársena. Es en un edificio que han cambiado mucho, pero un día nos cruzamos por los muelles y él insistió en llevarme a merendar a un restaurante que él frecuentaba, que tenía fuente de soda, se llamaba el Palm Beach, riquísimo, allí comían los jueces del tribunal federal y los abogados y fiscales y alguaciles, todo el mundo. Pues más abajo en la calle, hay un edificio que tiene un recuadro adornado, donde se pone el número de la casa.

Parece un marco con un borde grueso, y si se fijan bien, verán que a cada lado hay una abeja. Él hizo ese diseño. Él había empezado a incorporarlas de nuevo a todo lo que hacía. Había decidido, por voluntad propia, olvidarse de la garza, que era, según su abuelo, que creía en esas cosas, su animal tutelar. Pues don Andresito quería de todas maneras convertirse en abeja, que ese tenía que ser el modelo de vida de uno, el de las abejas y que además eran tan hermosas para dibujar. Las estaba usando en muchos adornos, hasta en diseños para mosaicos, que estaban de moda entonces en los baños de las casas modernas. Así era él, trataba de obligarse a hacer lo correcto, me decía, porque por naturaleza, no era disciplinado, ni constante.

¡Y él admiraba tanto a los que tenían rutina y oficio del que estuvieran orgullosos! Pero no sé cuáles otros edificios o casas tengan adornos hechos por él. De ésta me acuerdo porque he vuelto a pasear por allí con un bisnieto que tiene su despacho de abogado cerca. Abogado sí, porque les diré que todos mis nietos tuvieron profesión y los bisnietos también. Éste me salió listo, y dulce que es ese hombre, y se hizo abogado, el Licenciado Walker, así le dicen, 'El Licenciado'.

Ahora, lo de las tumbas, pues a lo mejor es más fácil encontrarlo porque fue allá para el área oeste, en el cementerio de Aguadilla y muchas del de Mayagüez, hasta de Rincón, creo. Había capillas funerarias diseñadas por él, eso me contaba, pero yo nunca anduve por esos lares, ni iba a los cementerios, mijos, si yo no tenía muertos allí. Yo no sé cómo él empezó a hacer eso, pero por un tiempo ése fue su oficio. Antes era así, uno hacía de todo ¿ven? No como ahora que el que está en una oficina pues empieza de joven y muere en el mismo lugar, o la que estudia para secretaria, pues muere secretaria; no, antes la mayoría de la gente trabajaba en lo que apareciera y fíjate si tenía talento la gente que uno hacía muchas cosas a lo largo de la vida. Y así hizo él, por eso es que conocía a los de las canteras de Trujillo Alto, de ahí se sacaba mármol bueno para muchas lápidas. Yo la mandé a hacer pero no supe dónde ponerla hasta que él regresó y compró un espacio para un panteón y todo en el cementerio de aquí al lado, el del Dr. Fournier y ahí la mandó poner, para que pudiésemos ponerle flores. Ahí me van a enterrar a mí, y a Socorrito cuando la traigan de Nueva York, porque se me murió allá, pero el marido no me la ha querido devolver.

—Y Andrés, ¿dónde está enterrado?

—Pues en el Municipal de San Antonio, mijos, porque por allá murió él, de un ataque al corazón, bendito sea Dios, y yo que estaba viviendo afuera, con una cuñada por Baltimore y fue cuando la Revuelta Nacionalista, que me escribieron que había muerto. Pero lo más raro es que nadie me supo decir dónde estaba su tumba. Cuando volví, años después, yo fui enseguida con Awilda, la nieta que me lleva y me trae, pero nadie sabía nada. Además, parte del cementerio ya lo habían sacado para hacerle una carretera por encima y eso era ahora un barrio de Carolina; pero los del Palacio Municipal, ni mapa del camposanto tenían. En San Antonio dijeron que estaba y que adentro de un panteón de los Grau, pero eso no se lo cree nadie porque, por amigos que hubiesen sido, los muertos a su sitio y él no tenía sitio entre esos muertos. Y yo lo lloré ¡como si fuera mi propia carne! Porque miren que siempre tuvimos las vidas enlazadas, como decía él: —Como cintas en una trenza, así somos usted y yo, Carmen. —Ya ustedes ven, ahora estoy aquí, sin los nenes que él me trajo, y sin haber podido visitar su tumba, pero recordándolo mucho, porque era tan buena persona, y cuando nos visitaba, fíjense cómo era, me decía que él y que quería aprender de mí, ¡aprender de mí!

Capítulo 36

CARTA DE GARETH WALSH

Estimados Sr. y Sra. Solís:

Soy el otro hijo de Aidan. Recibí la carta que ustedes envían solicitando informes del amigo de mi padre, Sr. Estelrich, que nos visitó cuando murió mi hermano, hace mucho. Cuánta tristeza mi Padre sintió por la muerte de Arthuro no es posible relatar. Sólo ayudó que el Sr. Estelrich llegara el preciso momento. Vino para dos días y se quedó mucho tiempo, por eso le recuerdo, aunque de esos días no recuerdo muchas otras cosas. La mar siempre fue dura con mi Padre, según él, aunque le gustaba tanto la mar. En varios viajes mi Padre estuvo a punto de naufragar. La mar lo separaba de su patria, Gales, decía, y de su familia. Todo esto lo dijo luego de lo de Arthuro. Porque cuando se enamoró de mi madre y decidió quedarse en Estados Unidos como profesor, escogió vivir frente a la mar. 'Para mirar hacia Gales', decía, 'por eso no me fui a la costa del Pacífico, porque el Atlántico es el océano nuestro'.

También sabemos que escogió este lugar para estar cerca del Dr. Edgar Cayce, pues él le hizo una lectura de sus vidas pasadas y mi Padre soñaba claramente con ellas, es decir las recordaba. Vivimos a gusto allí. Desde muy pequeños aprendimos a nadar, mi hermano y yo. Mi Padre se encargó de esto. También de que mis hermanas aprendieran, pues nuestra vida era playa y mar y el horizonte siempre.

Mi Padre tenía gran afecto para el Sr. Estelrich pues habían trabajado mucho tiempo juntos en su juventud. Tenían otro amigo muy estimado, Sr. Jacobo Rosas. Fue muerto por los nazis durante la Guerra. Era fotógrafo, muy bueno, y siempre experimentaba, decía mi Padre. Entonces quiso conocer al Sr. Salomon, el fotógrafo periodista de los retratos cándidos de gente ilustre, a quien él tanto admiraba. Estaba con él cuando lo fueron a arrestar los nazis. El Sr. Jacobo Rosas era sólo mitad judío y aunque no lo parecía, según los amigos del Sr. Salomon, no lo negó, por eso se lo llevaron también a él al campo de concentración, donde murió poco después. El Sr. Estelrich sufrió esa muerte tanto como mi Padre. Se enteraron al terminar la Guerra. Si lo hubieran sabido antes, a través del Sr. Max lo hubieran salvado, decían. Esto escuché a mi Padre contar muy luego de lo de Arthuro.

Sucedió así. Arthuro estaba enamorado de una muchacha que venía de vacaciones todos los años con su familia a la playa nuestra, a los *cottages* que alquilaban para el verano. Ya se acababa la temporada. Mi madre había comenzado a sacar de nuevo la ropa de otoño–invierno, pues según las buenas costumbres, ropa blanca y crema sólo se usaba en los meses que no tuvieran 'r'. Pero Arthuro nunca gustó de ropa oscura, amaba vestirse de blanco. Sería que quizás presentía la muerte, que se conmemora con ropa negra en nuestras culturas, pero en otros lugares, según mi Padre, es vistiéndose de blanco la gente o pintándose el cuerpo de blanco. Arthuro no quería ropa oscura y cuando mi madre trajo su traje de saco y pantalón negro, de lana, y ordenó a Arthuro ponérselo, él tuvo una idea. Retó a los hermanos de su muchacha, Doris, a nadar vestidos formalmente, con traje y corbata, desde la punta de las casitas de vacacionar hasta la bahía de nuestro pueblo. Un traje de lana mojado de agua de mar se tardaría mucho en limpiar y así él estaría de blanco los pocos días que faltaban hasta el fin de la temporada. Era una tontería de muchacho, pero él era muy vanidoso y estaba tan enamorado como se puede estar a esa edad. Quería que Doris se quedara con su imagen de ropas claras al regresar de vacaciones. Pero lo que está escrito no puede borrarse, decía mi Padre.

La competencia de nadar sería a las cinco y media de la tarde. Mis padres no sabían nada, ninguno de los padres. Fuimos sólo los chiquillos. Nos dejaban libres porque era vacaciones. Mi hermano me dio su reloj para que no se le mojara y me dijo que recordara ponerlo en hora siempre. Me dijo 'siempre'. Yo lo miré y él no supo quizás por qué me lo dijo así. Yo no entendí entonces. Quizás luego.

Eran como doce los nadadores. ¡Todos tan elegantes para lanzarse al agua! Salieron al tocar una campana. Arthuro nadaba muy bien pero no era el más veloz. Entonces empezó un viento fuerte y la mar tenía mucha corriente. No sabíamos que cerca había una tormenta del Caribe, que había subido hasta nuestras costas. Pasaba a veces, pero más en septiembre y octubre, y era el último día de agosto.

Los muchachos tuvieron que nadar un poco mar afuera para bordear un pequeño arrecife y volver hacia la bahía. Fue entonces cuando comenzó a llover a cántaros y no vimos más sus cabezas ni sus brazos desde la playa. Los chicos corrimos a donde los grandes a contarles. Todos salieron a la playa. Hicieron un círculo de oración las señoras con mi madre. Los hombres trataron de lanzar una barcaza, pero la mar no lo permitía. Algunos fueron al punto final de la competencia y allí encontraron a varios muchachos sanos y salvos. Faltaban tres. El mar trajo el cuerpo de uno de ellos a eso de las ocho de la noche. A las diez, apareció un hermano de Doris, vivo de milagro, todo cortado por las rocas. Arthuro no apareció.

De vuelta a casa, a media noche, yo le di cuerda al reloj de mi hermano. Mi Padre presentía que nunca lo volveríamos a ver. Mi Madre trataba de no llorar frente a nosotros. Era del noreste, fuerte, y dura para las lágrimas. Mi Padre decía que lo peor era no saber de él, no tener siquiera su cuerpo para enterrar. Y al amanecer, llegó el Sr. Estelrich. Había anunciado que venía el primero de septiembre, pero todos lo habían olvidado. Mi Padre lo abrazó y se atrevió a llorar frente a él. Mis hermanas y yo nos sorprendimos mucho por esto.

Era un hombre alto, elegante, algo delgado, de ojos verdes y mucho pelo castaño lleno de canas. Vestía un traje color marfil y cargaba variados bultos. Mi Padre decía que el Sr. Estelrich era un caracol que tenía su casa al hombro, y así era. En el cuarto de huéspedes donde le alojamos, puso enseguida cosas suyas: fotos, libros, una esterita de paja junto a la cama y un pequeño florero de cristal azul de Murano que desenvolvió de una estola.

No quiso desayunar más que un té y al punto se fue con mi Padre a la orilla de la mar. El día había amanecido sin ráfagas, pero gris. La mar aún estaba un poco revuelta. Mi Padre sólo quería el cuerpo de Arthuro para enterrar. Decía que sin esa certeza nunca estaría tranquilo.

Fue entonces cuando el Sr. Estelrich le dijo a mi Padre: —No te preocupes —se sentó en la arena y pidió que lo dejaran solo allí. Quizás él sabía de los delfines que vivían cerca de la bahía. Todos en la costa lo sabíamos y habíamos escuchado los cuentos. Pero cuando el Sr. Estelrich se sentó a mirar hacia la mar fue como si se hubiera convertido en parte del agua y la roca, de la arena y la vida del océano mismo. Mi Padre le dejó allí y regresó a la casa. Con mucho aplomo llamó a la funeraria del pueblo a preguntar cómo hacer los arreglos y si tenían una caja para muertos color blanca, como las que se usan para los niños, pero de tamaño adulto, pues era grande mi hermano Arthuro. Mi Madre lo escuchó y fue a preguntarle que por qué hacía eso pero él tan sólo le abrazó y salió de nuevo.

Al regresar mi Padre a la orilla vio que había vecinos y forasteros mirando callados al Sr. Estelrich. Nadie se atrevía a decir nada; durante toda la mañana y pasado el mediodía, sólo se escuchaba el rumor de las olas y el Sr. Estelrich allí sentado mirando sin parpadear hacia el horizonte. De pronto, a las dos de la tarde en punto, el Sr. Estelrich se levantó y caminó hacia el agua. En ese momento se escuchó el lamento que hacen los delfines. Venían en ristra nadando, unos seis. Los dos del frente empujaban hacia la playa el cuerpo de mi hermano Arthuro. Ellos grises, casi azulados, con sus ojos de mirada alerta; él tan blanco, vestido de negro, con los ojos cerrados; todos alargados, todos criaturas del mar, mojados de agua salada. El Sr. Estelrich y mi Padre entraron al agua y tomaron el cuerpo que los delfines le entregaron. Entonces los animales hicieron un ruido como graznido de despedida, chapotearon un poco y nadaron mar afuera. Allí estaba también el Sr. Davenport, reportero del *Virginia News* y esto lo contó en su reporte, porque en esas playas los delfines siempre han rescatado a los muertos y los traen de vuelta a la tierra, pero nadie podía saber en qué lugar ni a qué hora y el Sr. Estelrich sí supo.

Luego del sepelio, el Sr. Estelrich se quedó varias semanas en mi casa. Era un hombre por ratos taciturno y por ratos entusiasta. Quizás era de otra manera pero no la mostró por estar nosotros de luto. Mi Padre le quería mucho. Quiso cambiar los muebles de lugar en su habitación, pues él necesitaba dormir de cierta forma, nos dijo, pero el Sr. Estelrich no lo permitió, para eso cargaba su estera y allí dormía, mirando al sur. La noche antes de partir le escuché hablar con mi Padre en el estudio. Hablaban de la encomienda que tenía el Sr. Estelrich en Kentucky. Le habían contratado para investigar a la gente azul, unos habitantes de las montañas que tienen la piel azul por un defecto genético. Le darían mucho dinero por este artículo. Él se las arregló por llegar a las montañas del estado de Kentucky, al propio lugar donde habitaban las familias de piel azul. Entonces, al verles, se sintió desfallecer. Dijo a mi Padre que fue por recordar la Exposición de París. Esto no lo entendí. Continuó diciendo que no era posible que a la gente se la tratara como a los animales de zoológico y entonces renunció a la encomienda, nunca escribió de los hombres azules ni quiso revelar al director de la revista dónde se hallaban, por lo que lo despidieron.

Hablaban también de su país, de cómo era posible que él pudiese viajar tanto y hacer tantas cosas afuera y nunca haber hecho algo de importancia para su nación. Mi Padre decía lo mismo, pero los libros científicos de mi Padre habían sido publicados en Gales y allá era respetado como hijo galés, contestaba el Sr. Andrés. En cambio él sentía ser despatriado y eso, parece, le dolía en algo.

Esto fue para 1947. Perdonen que me tomo tanto tiempo hablando del suceso, no puedo evitarlo al evocar la visita de don Andrés. Antes de irse le regaló a mi Padre un dibujo de dos cartas del Tarot, El Tonto y el Ermitaño, mirándose el uno al otro. Eran, me explicó mi Padre, los apodos que se tenían de joven, pero no sé cuál le tocaba a quién. Nunca más volví a ver a don Andrés y creo que mi Padre tampoco. Sólo recuerdo esto del Sr. Estelrich, de quien ustedes buscan datos. Es posible haya cartas de él a mi Padre pero esas las tendría mi hermana Vivianne, quien habita en Gran Bretaña. Aquí les mando su dirección.

Saludos cordiales,

Gareth Walsh, Esq.

Capítulo 37

CARTA DE DOÑA RAMONITA MONAGAS CANTRÉ

Queridos Enrique y Lydia:

Me enteré por Elenita que andan buscando información sobre Andresito Estelrich y quiero ayudarles en lo que pueda porque ustedes saben que Elenita y yo fuimos amigas desde el colegio, nos graduamos juntas, estudiamos en la Universidad y ahora somos miembros del Club Altrusas. Pues quiero que sepan que él fue amigo de mi tío Jaime, que era arquitecto, y colaboró con él diseñando motivos para la decoración de casas, como *hobby*. Era un hombre muy culto y de mucho mundo, y vivió un tiempo acá en Ponce. Él decía que el cielo más brillante de la Isla se podía apreciar desde esta ciudad. Y no es porque yo sea ponceña, pero él tenía razón. Él visitaba nuestra casa y siempre decía que esta ciudad era única. Es más, una vez le explicó a Papá que el mejor lugar para mirar a Puerto Rico era desde Ponce.

—Si subes al segundo piso del Hotel Meliá y miras hacia la cordillera —le dijo— te darás cuenta de lo que digo. No hay lugar donde el azul del cielo sea más azul ni el blanco de las nubes más blanco. Entonces comienza la cordillera verde y ya sabes lo que es Puerto Rico. Ponce es afortunada porque de las montañas bajan los ríos con esa agua clara que es como la esperanza y el mar del sur trae una sal antigua que es la que le da a la ciudad ese brillo, esa luz perlada que no tiene ningún otro lugar de la Isla.

Así mismito como lo oyen, eso le dijo. Y él era loco con las calles de este pueblo y se quedaba horas mirándolo todo y admirando la arquitectura de aquí. Le encantaba que lo invitaran a merendar a alguna casa a eso de las cuatro de la tarde, porque a esa hora, según él, Ponce irradiaba su propia luz y uno podía apreciar mejor los interiores. Aunque también le encantaban las veladas que hacíamos los ponceños al anochecer, cuando se prendían los olores de los patios y jardines. Entonces todo el mundo tenía gardenias y rosas a la entrada de las casas, y albahaca y yerbabuena y hasta vides en los patios de atrás. En esas reuniones siempre alguien tocaba música y cantábamos. Él sabía muchísimas canciones, desde boleros hasta plenas, y las cantaba con gracia.

Aquí en casa todavía tenemos todo sembrado tal como lo dejó Papá. Cuando gusten, vengan a quedarse acá unos días y verán cómo se vive en esta ciudad. A Andresito le gustaba mucho también sentarse en la plaza cerca de la estatua de Muñoz Rivera. Él era un hombre de lo más agradable y parece que tenía mal de amores para aquél entonces porque mi hermana Santita lo vio una noche abrazado a una palma de viajero enorme que había en el patio de atrás de casa de mi tío, y estaba como suspirando. ¡Figúrense cómo se nos prendió la imaginación a mi hermana y a mí, que recitábamos a la menor provocación a Becquer, a De Diego y a 'La niña de Guatemala' de José Martí. Estábamos seguras de que tenía un amor secreto, quizás aquí en Ponce. Despúes que dejó de trabajar con tío Jaime no le volvimos a ver, decían que se había mudado a Coamo, a lo mejor tenía amistades allá; pero como acá la gente dura mucho, estoy segura de que les puedo conseguir a algunas personas que lo trataron. Cuando gusten, llámennos y pasan por acá.

Bueno, saludos a Doña Sara, a su tía Elenita y a las demás muchachas; que no se olviden de nosotras.

Sinceramente,
Ramonita (y Santita)

P.D. Santita les manda recuerdos; está un poco resfriada pero Gracias a Dios no es nada serio.

Capítulo 38

TRES PLIEGOS DE UNA CARTA DE JUANA INÉS OCAÑA

Estimado Sr. Solís:

Acuso recibo de su atenta carta del 10 de los corrientes. En la misma indaga usted sobre mi padre, Alejandro Ocaña González, y su amistad con el Sr. Andrés Estelrich, fenecido pariente suyo. Verdaderamente, es poco lo que puedo ofrecerle a modo de información, pues mi padre fue un hombre que viajó constantemente por toda la República y tuvo numerosos amigos, unos de la bohemia, otros de la profesión y casi todos miembros de la hermandad a la que perteneció desde muy joven. No sé exactamente cómo describirla, pero si de algo le sirve, la podría catalogar de vanguardista.

Originalmente era una logia compuesta por constructores de recintos amurallados del Caribe, que se fundó en el siglo 18, pero cuando mi padre se inició, ya tenía muchos miembros que sostenían como doctrina que la vida y la sociedad se podrían transformar a través de la arquitectura. Fueron grandes estudiosos y seguidores de los movimientos importantes que se dieron a principios del siglo para rescatar la arquitectura. Sobre todo, regresaron a México y a la cuenca del Caribe imbuidos de una ilusión por crear la ciudad futura luego de asistir a la Exposición de los Arquitectos Desconocidos.

Como toda logia, necesitaba constantemente de nuevos miembros para mantenerse fuerte y expandirse y cuando conocían hombres como el Sr. Estelrich, es posible que intentaran iniciarlos. Sin embargo, en este caso, sé por algunas cartas que encontramos en los cajones de mi padre, que él buscó al Sr. Estelrich por encargo del Sr. Vicente Ramírez Ángel, quien encomendó a sus hermanos de logia a velar por su nieto Andrés cuando éste visitara la República. Es posible que el Sr. Ramírez Ángel, quien según mi padre era capaz de ver el futuro, hubiese anticipado algo de lo que viviría el Sr. Andrés en sus viajes a México.

Lo cierto es que fueron tantas las cosas de este país que deslumbraron al Sr. Andrés, que mi padre nunca pudo guiarle como hubiese querido. El Sr. Andrés tuvo visiones muy fuertes el día de la inauguración del Teatro Juárez en Guanajuato. Tanto así, que mi padre y mi tía, también iniciada en la logia que tenía una división de Rosas del Líbano, para mujeres, decían que todavía cuando uno visita el teatro puede ver un aura alrededor de una butaca circular de terciopelo rojo, donde sentaron al Sr. Estelrich cuando sufrió su desmayo.

Mi tía le acompañó en algunos viajes por Puebla y Chiapas, y contó que él se desmaterializó en el Valle de las Piedras Encimadas, al menos eso dijo ella al regresar. Pero no crea que todo en torno a él fue de esta naturaleza. Al parecer era un hombre muy serio, lógico, y disciplinado para su trabajo. Gran dibujante, también, hizo muchísimos dibujos de las cruces atriles de las iglesias de México, algunas aún están en el estudio de mi padre.

Siento decirles que yo no le conocí personalmente, sólo sé de él por lo que mi padre y mi tía contaban. Creo que la última vez que vino a México se mandó a hacer unos estudios en el Instituto de Estudios Astrales. Este lugar aún existe, ubicado en la misma colonia donde se fundó. Quizás allí pueda encontrar más información. Si alguna vez viene a México por favor no dude en visitarme. Si nuestros ancestros estaban hermanados, el sello de…

Capítulo 39

EXTRACTO DEL LIBRO DE ANOTACIONES DE LYDIA A. SOLÍS

El Instituto de Estudios Astrales S.A. de C.V. estaba ubicado en una colonia al sur de la Ciudad de México, en la Calle Cefeo. Entre casas de vivienda, papelerías, farmacias, negocios de neumáticos y panaderías se distinguía una barda alta de ladrillos pintada de color ocre, ostentando un letrero enorme que anunciaba cursos de astronomía, astrología, preparación de cartas astrales y otras materias. Allí nos recibió don Jacinto Blanco, un hombre muy mayor, de bigote gris, serio al hablar, y de mirada incisiva.

—Fue uno de los primeros sujetos que yo analicé al llegar aquí —dijo, al comenzar a hablarnos de Andrés— y resultó de gran interés para el Instituto porque el caso del Sr. Estelrich es muy especial. Es una pena que no siguiera en contacto con nosotros.

—¿Cómo en contacto? —le pregunté.

—Somos una institución seria y respetable, señorita —recalcó alzando un poco la voz— y damos seguimiento a todos los que nos procuran para orientarse un poco en la vida. Una vez hacemos la carta astral de un sujeto y le informamos lo que las estrellas muestran, nos comprometemos a darle consejos periódicamente. Para esto necesitamos que los sujetos nos envíen, cada tres años, un registro de eventos, de cómo ha ido desarrollándose su vida. Éstos son analizados a la luz de nuestros hallazgos y si detectamos algo importante, inmediatamente nos comunicamos con la persona. Puedo asegurarle que en un 95.7 por ciento de los casos hemos sido certeros. Desgraciadamente, el Sr. Estelrich no nos envió sus registros y es una pena dado que su carta era particularmente interesante. Tenemos, como es de rigor, su horóscopo natal completo, con cada planeta en cada signo, con lectura de cada casa y cada conjunción. Sin embargo, en el caso del Sr. Estelrich, tan importante fue lo que estaba sucediendo en la Tierra como lo que estaba sucediendo en los cielos al momento de él nacer.

El 26 de agosto de 1883, en la latitud 18:30, en el estrecho entre las islas de Java y Sumatra, hizo erupción un volcán que se había activado pocos días antes y lanzó una nube negra de ceniza de 17 millas de alto. En Puerto Rico ya era 27 de agosto. Hacía centurias que no se veía en el mundo un fenómeno así. El Krakatoa hizo estallar islas enteras y dio lugar a la creación de otras. Miles de personas desaparecieron, esa parte del océano estuvo envuelta en tinieblas y las emanaciones del volcán le dieron la vuelta al mundo creando unos atardeceres espectaculares que la gente atribuyó a algo mágico. Miren, aquí está —dijo señalando unas hojas amarillas llenas de notas en tinta marrón— somos muy minuciosos y buscamos estos datos porque las fechas tristes del planeta siempre engendran más tristeza en los recién nacidos. Desde la antigüedad se sabe que quien nace en día de hecatombe cargará durante su vida con muchas angustias a menos que alguna estrella bien aspectada le ayude.

Ése es precisamente el caso del Sr. Estelrich; tuvo la suerte de que Júpiter el Benéfico le favoreciera. Su horóscopo, así como la desgracia del día en que nació, no auguraron que la suya fuera una vida rica en amores; tampoco estaba destinado a riquezas materiales, ni a ser un hombre de gran poder. En cambio, sí nació con suerte para tener amigos, personas que siempre le apoyarían, muchas habilidades, sobre todo artesanales, que le darían gran satisfacción y algo que muy pocas personas tienen: una larga vida y la posibilidad de ser feliz. Además, es probable que él fuera hijo de Vulcano, ese planeta esquivo de cuya existencia no se duda pero cuyo paradero se hace cada vez más difícil de encontrar. Es el del signo del artesano, y el que corresponde verdaderamente a un puñado de los nacidos bajo el signo de Virgo.

—¿Nos podría decir cuándo le hicieron esa carta astral?

—Claro señorita, aquí está anotado, el día de su santo, el 30 de noviembre, del 1930, exactamente.

—O sea, a veinte años de su muerte.

—¿Veinte años? No es posible, él tiene que haber vivido mucho más allá.

Capítulo 40

CARTA DEL LCDO. PEDRO MALAVET VEGA

Estimada amiga Lydia:

Me he propuesto oxigenarme el espíritu contestando cartas hermosas, como la tuya, antes que las mociones, los alegatos, las denuncias y toda esa presionante montaña de papeles —generalmente inútiles— que agobian mi profesión. Me gusta y me apasiona la búsqueda del Derecho y escribirlo, pero tantos años de esto roza el área de la sobredosis.

Me gusta el estudio —y el disfrute— en serio de la canción popular. Llevo años en esta lucha por sacudir a nuestra intelectualidad, de llamarle la atención hacia este área cultural tan bajoestimada y, sin embargo, tan fundamental. Como parte de estos mecanismos de defensa necesarios para sobrevivir en nuestro medio, me las arreglo para viajar un poco. Y he podido constatar que en todos los países del mundo la música popular es el mejor idioma común. Te reúnes con gente de México, Colombia, Cuba, Argentina, España, de donde sea, y celebra y llora sus penas, con la canción popular. Pedestre o fina, sensitiva o vulgar, corriente o con vuelo poético. Pero popular. Nadie a quien su mujer o su hombre le abandona lo expresa con Mozart o Beethoven. El dúo Irizarry de Córdova es más acertado.... o Toña la Negra, o José José....

Bueno, pero al detalle de una canción: La Canción Mixteca. Te envío unos datos que no deseo que parezcan presuntuosos. Es, simplemente, que me gusta el detalle de estos asuntos. Por eso aquí van.

Su autor es el mexicano José López Alavés. Te envío fotocopia de su retrato y de la letra de la canción. Esta canción ganó en 1916 el Primer Premio de un Concurso de Canciones Mexicanas, pero no se publicó hasta 1927, cuando lo hizo su propio autor. López Alavés fue un notable clarinetista y compositor que murió el 25 de octubre de 1974.

Como sabes, 1916 es época de fervor revolucionario en México. Esa revolución tan en figurillas como el Partido Revolucionario Institucional que le ha sobrevivido. Eran tiempos de ese manifiesto noticioso que era el corrido mexicano. Uno de los que salió ese año se refería a la Primera Guerra Mundial: "La guerra europea" que en parte decía:

"Desde hace tres años, señores,
la guerra más desastrosa,
con una gran vacilada
comenzó allá por Europa..."

En Ciudad de México, el pintor Ignacio Rosas reunía en su taller a un grupo de compositores que forman un quién es quién de los mejores compositores mexicanos. Allí se reunían Ignacio Fernández Esperón (Tata Nacho), Manuel M. Ponce, Miguel Lerdo de Tejada, Felipe Llera, Mario Talavera, Amado Nervo, José Juan Tablada, José de Jesús Núñez, etc. etc. Estaba ubicado en la Avenida 5 de mayo entre Bolívar e Isabel la Católica. Era el tiempo en que Venustiano Carranza era presidente y convocaba a un congreso constituyente. Pero, como puede verse, la canción popular tenía su cuota de excelencia. (Mario Talavera le ponía música a hermosos poemas de Amado Nervo) ¿Te imaginas lo que hubiera sido para uno, pibe, tener una entrada de *ringside* para escuchar a ese grupito? Allí se estrenaron preciosas canciones. Se hacía historia musical. Y todavía no había llegado Agustín Lara... ni Guty Cárdenas.

López Alavés compuso otras obras, entre ellas, 'Apasionada', con Alberto Vargas, pero su inmortalidad se debe a la 'Canción Mixteca'. Hay una buena grabación —que la tengo— cantada por Pedro Vargas en dúo con Miguel Aceves Mejía. Ese 1927 en que se hace pública la canción, aparecen cosas tan notables como 'Nunca', de Guty Cárdenas y 'Dónde estás corazón', de Luis Martínez Serrano.

Bueno, pero esto ya puede parecer un abuso de tu paciencia. Estoy a tu orden y por cualquier cosa me puedes llamar.

Con Cariños,

Pedro Malavet Vega.

Capítulo 41

EXTRACTO DEL DIARIO DE ENRIQUE GARCÍA SOLÍS. JUNIO DE 1974.

Viajé en compañía de mi prima a las Carolinas porque era menester. Visitamos la playa de los delfines y pudimos entrevistarnos con el Dr. Sexton, quien lleva años tratando de corroborar científicamente los hallazgos de algunas lecturas del Dr. Cayce. Nos explicó que uno de los avances más importantes de la ciencia es el estudio de todo lo que se hereda.

—Créanme —afirmó— más importante que poner un satélite en órbita o llegar a la Luna es haber descubierto la doble hélix, el saber que el ADN de cada ser humano contiene, en esencia, un mapa completo de quién es esa persona y qué cosas ha heredado. En unos años se sabrá no sólo lo obvio: los rasgos físicos o la vulnerabilidad a las enfermedades, sino lo oculto, la capacidad para las artes o las ciencias o para ambas, que es lo perfecto, y los recuerdos de los antepasados, que algunas personas consideran son vidas pasadas de un mismo ente. Creo que la ciencia nos está enseñando que no es así, es que uno hereda, junto con el color de los ojos y el pelo, los recuerdos y las vivencias de los antepasados.

Le preguntamos por Andrés Estelrich, pues ya nos había adelantado por teléfono que ése era uno de los casos que él había investigado.

Nos dijo que el Dr. Cayce le hizo una de sus famosas 'lecturas' a Andrés. Cayce caía en trance frente a los sujetos y podía ver y revelar las vidas pasadas de éstos. Se agitó mucho durante la sesión y recomendó a Andrés que fuera a Cuba, a buscar rastros de una vida anterior. Andrés siempre hizo sus propias interpretaciones de lo que le decían los sabios a los que procuró durante toda su vida tratando de entenderse a sí mismo. No dudó en ir a Cuba, pero allí se dedicó a buscar vestigios de un antepasado que había vivido en la isla, explicó Sexton. Esto nos pareció raro, pues todos sus antepasados venían de España.

—¿Por qué Cuba? —pregunté.

—En Cuba fue que comenzó todo, dijo el Dr. Sexton—. El Sr. Estelrich escribió luego varias cartas al Dr. Cayce diciéndole, muy respetuosamente, que él no había vivido otra vida allí, sino que había hallado datos del antepasado de quien heredó su mal. Yo me inclino a darle la razón al Sr. Estelrich, pues ya se han comenzado a hacer pruebas concluyentes de que la memoria se hereda. Claro que hasta ahora sólo se ha experimentado con formas de vida muy primitivas, como los gusanos. Se ha entrenado a unos gusanos a caminar por un laberinto. Luego se matan, se les dan de comer a otros y éstos caminan por los laberintos sin habérseles enseñado. Obtienen el conocimiento de las células de los que se comieron, luego ahí está presente la memoria, primitiva y simple, pero presente.

El Dr. Sexton parecía muy cuerdo, pero quizás era sólo apariencia. De todas maneras, al visitarle, supimos algo más de Andrés, aunque las fechas que nos dio de sus cartas a Cayce, ahora desaparecidas o perdidas en esos archivos gigantescos de la Fundación, no concuerdan con las que tenemos de su primer viaje a Cuba. Pero eso no nos preocupa tanto, pues ya nos hemos percatado de que los recuerdos de una persona se entrelazan sin querer con los de otras y sabemos también, por experiencia propia, que los muertos a veces se confabulan y se confunden entre sí para que los que buscamos desde el presente, no podamos descifrar los secretos de los del pasado.

Epílogo

La flor del destino la llevo
en la oreja.
Juan Antonio Corretjer

Pocos años más tarde, Lydia y Enrique recibieron, en casa de sus tías, un pequeño sobre de manila dirigido a ambos. Traía matasellos de Manatí y estaba muy ajado y arrugado en los bordes, como si se hubiese guardado por algún tiempo. Lydia, que para entonces se había mudado a Río Piedras, cerca de la Universidad, fue la primera en llegar a la casa y tuvo que hacer un esfuerzo sobrehumano para no abrirlo hasta que Quique estuviera presente. Cuando al fin él llegó, decidieron abrirlo como hubiera hecho su abuelo, dándole un corte perfecto con un abrecartas y no como solían hacer ellos, metiéndole un dedo por una esquina y desgarrando el papel, porque sentían que ese sólo sobre había que preservarlo para siempre. No se equivocaron. Adentro había un escapulario de San Antonio agarrado con un alfiler mohoso a un pedacito de papel rosado, dos o tres postales de pueblos de la Isla firmadas por Andrés Estelrich y una carta en papel de cebolla, sin fecha, escrita con letra incierta, que leía así:

Señor y Señorita Solís:

Debido al juramento que le hice a Andrés Estelrich, siempre que fui consultada al respecto dije que él murió en la misma mitad de este siglo, en 1950, de un ataque al corazón a raíz de su decisión de querer participar en la lucha armada durante la Revuelta Nacionalista en su país.

Pero la vida de Andrés no terminó así. Al día siguiente de su percance camino a Jayuya, despertó agotado en el monte abierto, donde yacía acostado en el suelo, entre Lemuel y Dimas. No sabía si había sufrido un desmayo, o un pequeño derrame. El sol le daba en pleno rostro y por eso supo: primero, que no había muerto; segundo, que no lo habían colocado, tal como él había pedido, mirando hacia Maracaibo.

No lo habían complacido, se dio cuenta, porque sencillamente sus compañeros no tenían idea de dónde quedaba Maracaibo. Los tres estaban exhaustos, pero Andrés los animó a levantarse. Convencido de que estaban en peligro, les dijo que tenían que deshacerse de las armas. Así lo hicieron, y al enterrar ese baúl con los viejos fusiles y los revólveres de cabos desteñidos, sintieron que, de alguna manera, enterraban también sus almas. Poco después pasó un jíbaro por la carretera donde ellos intentaban echar a andar el auto, que se había averiado sin razón aparente, y les contó que había habido una revuelta, que los revolucionarios habían sido sorprendidos y muertos a tiros y que soldados y policías andaban de pueblo en pueblo cayéndole a golpes a cualquiera que les pareciera sospechoso y arrestando por decenas a todos los Nacionalistas.

Callados y ensombrecidos, abandonaron el auto y caminaron un día entero hasta llegar a los lindes del barrio de San Antonio. Por el camino se toparon par de veces con policías insulares que se sorprendían de encontrarse con un hombre de tanto porte como Andrés, con su chaquetón al hombro y su ropa ajada, que les contaba que su auto había quedado varado y habían tenido que dormir a la intemperie. Lo tomaban por un hombre importante y a Dimas y a Lemuel como sus criados. En los intérvalos en los que caminaron solos, Andrés conoció la vida de Dimas, que hablaba tanto, y la de Lemuel, porque Dimas se la contó, y se dio cuenta de todo lo que no sabían. Eran analfabetas, habían sufrido cárcel, casi todos los amos para los que trabajaban de agregados los estafaban, laboraban en lo que apareciera y tenían mujer e hijos tan maltrechos como ellos mismos.

Debe de haber sido ese día cuando al fin, lo que él sabía desde hacía años, le colmó el corazón. Porque hay gente a la que el destino le señala mil veces a lo largo de su vida la ruta a seguir, pero ellos se empecinan en seguir otros rumbos y Andrés era uno de ésos. Quizás entendió de golpe, no cómo la gente sin recursos siempre cae en manos de los ruines, eso lo sabía desde la infancia, sino por qué era tan importante la educación. Esos dos hombres, listos a ofrendar sus vidas por un ideal, no podían, sin embargo, comprender lo que les daban a firmar cada vez que los contrataban para trabajar, porque nunca dispusieron de tiempo para aprender a leer, a escribir, a educarse. No entendían de leyes, no sabían de letras, ni de historia; no podían tomar control de sus vidas ni sentían que su paso por el mundo tuviera algún valor, era obvio que seguirían siendo abusados hasta el fin de sus días. Y él, que sabía de más, había sido toda su vida un hombre receptor, ávido consumidor de conocimiento, deleitándose con todo lo que aprendía, pero sólo para transmitirlo en pequeños artículos a cambio de dinero, o para guardarlo y nutrir esa parte de sí que se vanagloria de todo lo que uno sabe. Por el camino iba pensando en las vidas de Lemuel y Dimas, que no eran estadísticas, ni eran alegorías, ni símbolos de las luchas obreras, eran hombres de carne y hueso, compañeros dispuestos a unirse a él por una causa y ahora abocados a la pobreza y quizás a ser perseguidos por toda la vida, con sus hijos y los hijos de sus hijos. ¿De qué le valía a él tanto mundo, tanto viaje, tanto aprender si nada de eso compartía siquiera con sus camaradas de lucha?

Creo, repito, que fue entonces que entendió lo que vale la pena en la vida. Cuando llegó a su hospedaje en San Antonio, se bañó, empacó todas sus pertenencias, pagó su cuenta y mandó a Dimas a buscar un carretón halado por una mula para que le cargara sus baúles. Tomaron rumbo al cementerio y siguieron el camino que llevaba a las piedras de indios. Pasaron junto al ojo de agua donde aún se ahogaban bestias y hombres incautos y siguieron monte adentro hasta el poblado del Carmen, a la casa-convento de las Hermanas del Divino Pastor. Allí solicitó a Sor Ignatia que lo aceptara como maestro en la escuelita Santa Cecilia.

—Llevo años esperándole, Señor Andrés —fue lo único que le dijo la mujer, tratándole de 'usted' como cuando le conoció.

—Es posible que la Policía venga y haga preguntas sobre mí, Sor, sobre dónde estuve ayer —le advirtió.

—Y yo le diré la verdad, Señor Estelrich —contestó ella—. Que usted estuvo aquí presente todo el tiempo porque, aunque le parezca extraño, estuvo en mis plegarias todo el día.

—No se andan con rodeos los policías, Sor Ignatia. Y sepa usted que de aceptarme, estará dándole trabajo a un independentista, eso es algo peligroso en estos tiempos.

—De policías e independentistas sé yo, Señor Estelrich, recuerde que vengo de Irlanda, que también es isla y ha sido cautiva.

Fue entonces, tarde en su vida, que Andrés al fin se centró en su vocación. Y aunque se ajustaba aquí y allá a los textos que le daban las hermanas, el maestro Andrés Ramírez —pues no sé si por protegerse, o porque pudo hacer las paces consigo mismo, comenzó a usar el apellido de su padre— elaboró unos textos primorosos para sus alumnos. Hizo e ilustró abecedarios, gramáticas, libros de mapas, un cancionero de toda América y la serie que se había propuesto una vez de cuadernos de fábulas rescritas e iluminadas por él, entre las que destacaba la 'Fábula de la cigarra y las hormigas'.

En esta versión, la cigarra, ciertamente, no trabaja recogiendo comida para cuando llegue el invierno, como hacen las hormigas, pero no por vagancia, sino porque por instinto, tiene que tocar música con sus patas traseras. Su vida es la creación musical y mientras las hormigas laboran y refunfuñan porque la cigarra, tan grande, no ayuda a cargar granos de azúcar ni semillas de guayaba, lo hacen al son de la música de ella. Llegado el invierno tropical, que es de neblina fría en los amaneceres y de aguaceros recios en las tardes, la cigarra tirita de frío a la intemperie porque no tiene cobijo ni guardó comida. Las hormigas, en cambio, están bajo techo y con alimento de sobra pero sienten que les falta algo esencial: la música de la cigarra. Entonces salen corriendo a buscarla y le dan su lugar de artista en la sociedad de los insectos. Es, claro está, una ilusión más de Andrés, pero sin lugar a dudas, una aportación a la educación de verdad de esos niños famélicos, de anchos bostezos y ojos risueños de la barriada del Carmen.

Cuando estas líneas lleguen a sus manos, debe estar saliendo publicada la esquela pequeña que pedí se pusiera cuando llegara el momento para anunciar a esta parte del mundo que Madame G. Delestre ha fallecido y que este nombre es sólo un antifaz —pero no una máscara— que utilizó cuando visitó Puerto Rico Haydée Gertrudis de las Mercedes Cantré y Dalmau. Es, empero, un antifaz totalmente en ley pues el Dr. Delestre fue, ciertamente, mi médico y luego mi marido. Al llegar él al sanatorio fue, junto a su padre, uno de los primeros en entender la justa ira y la justa rabia que muchos tenemos desde que nacimos y por la que se nos condena a la prisión de los manicomios. Cuando nos casamos, adoptó el hijo que tuve con Andrés y que perdimos trágicamente en un accidente y luego me apoyó cuando nos hicimos cargo de las nietas.

Al terminar la guerra ya estaba yo emancipada hacía tiempo por José Heraclio y vine a la Isla en compañía de las dos niñas, que fueron nuestra alegría. Arreglé todo a través de abogados, pues a mis parientes nunca quise verlos de frente porque cesaron de ser mi familia hace mucho. De vez en cuando los vi retratados en la prensa, en bailes de sociedad, en bautizos y cenas de negocio —sus cejas arqueadas, sus bocas fruncidas, su mirada helada— parecería que nada cambió en un siglo.

Pero esa primera vez que regresé, busqué a Andrés porque tanto le debía. Sabía que estaba vivo, a pesar de la carta que dictó a Roberto para que me mandara, porque al Parterre me llegó luego un sobre sin remitente con un dibujo a colores de la hilera de palmas a la boca del Río de Oro por donde caminamos de pequeños junto al mar. No estaba firmada pero a la derecha tenía una pequeñísima palma de viajero y una fecha: 1951. Junto a esa boca de río hay todavía un atajo que sube a la barriada del Carmen. Allí le encontré de maestro en la escuela que las monjas abrieron más allá de la quebrada chica, donde educaban gratuitamente a los niños y niñas de primer a quinto grados para darles al menos una oportunidad de mejorar sus vidas. Lo reconocí enseguida, a pesar de que tenía el cabello blanco y se había afeitado el bigote; todavía le brillaban los ojos, caminaba con el mismo porte y sonreía con esa dentadura perfecta que heredó de quién sabe qué lado de su familia.

Se alegró de verme pero no se sorprendió; creo que para entonces ya tenía los poderes de su abuelo. Me contó de cómo llegó allí y lo único que me pidió fue que nunca en mi vida dijera a nadie dónde estaba. Accedí a su petición y como ven, hasta ahora he cumplido. Le presenté a las dos nietas y de seguro supo que también lo eran de él. Una corriente singular pasó entre nosotros y quizás él miró dentro de mí pero no quise contarle del hijo que tuvimos porque sólo le hubiera hecho sufrir. El rancho que hacía de salón era muy parecido al de la pintura *El Velorio,* de Oller, como también era parecida la luz que entraba por las ventanitas y las puertas. En los maderos de las paredes había dibujos y pinturas suyos, sin enmarcar, clavados con tachuelas. La mayoría era de paisajes, pero también había pinturas pequeñas de tórtolas, gaviotas, palomas torcaces y una de una garza real anidando en el manglar. En algunos paisajes el sol parecía perfecto y anaranjado; en otros, se repetía una y otra vez la hilera de palmas, los cocoteros a través de cuyas pencas se entrelazan las luces y las sombras más hermosas de toda la Isla. Ese día entendí que para él lo que hacía a ese sol diferente de todos los otros soles y a ese palmar diferente de todos los demás palmares era que ése era, sin duda, su sol y ése, su palmar, como suyas eran esa costa de mar profundo, esa memoria de garzas y esa escuelita tierra adentro donde al fin encontró su vocación. Éste era su país, no porque él no pudiera vivir en otro lugar, sino porque había elegido unir su vida a la Isla y a estos isleños de querencias inmediatas y letargos centenarios.

Conversamos un rato más y entonces llegaron unos pequeños a buscarle. Se despidió de mí con un abrazo, besó a las niñas y les regaló el cuaderno de la fábula de la cigarra. —Vamos a ir a recoger caracoles y hojas para dibujarlos, hoy la luz está espectacular —me dijo, a modo de explicación, pues siempre tenía que excusarse, que dar razones. Los niños se arremolinaron como pájaros en torno a él, le agarraron de la chaqueta y una niña pequeña lo tomó de la mano. Traspasó el umbral del ranchón hacia la vereda silvestre, se viró para decirme adiós y se fue con ellos monte adentro. Nunca más le volví a ver.

Yo regresé a Francia con las niñas y sólo vine de vez en cuando a reposar acá. No sé si es correcto faltar a una promesa después que alguien ha muerto, pero es que ustedes me preguntaron si Andrés Estelrich hizo algo notable y no les contesté. Sí, sí lo hizo, fue maestro.

FIN